루아얄가(街)와 콩코르드 광장
오페라 가르니에
메종 도레
Maison Dorée
오페라 코미크
샤를 스완의 저택
콩코르드 다리
샹젤리제 공원
MARTRE
VILLETTE
ROMAINVILLE
MÉNILMONTANT
FORT DE VINCENNES
SEINE
MARNE
BASTILLE
LA GARE
Grand Lac
Place d'Italie

마르셀 프루스트

잃어버린 시간을 찾아서

스완네 집 쪽으로

콩브레-스완의 사랑-고장의 이름: 이름

각색 및 그림

스테판 외에

번역

정재곤

열화당

차례

부록

일러두기

· 이 책은 원작 소설 『잃어버린 시간을 찾아서』의 첫번째 권 『스완네 집 쪽으로』를 구성하는 만화본 네 권, 『콩브레』(1권) 『스완의 사랑 I』(4권) 『스완의 사랑 II』(5권) 『고장의 이름: 이름』(6권)의 합본 개정판으로, 일부 표기법과 표현을 바로잡고 관련 자료를 부록으로 통합해 정리했다.

· 본문에서 노란색 바탕의 지문 부분은 프루스트 소설의 원문을 인용한 것이며, 주로 인물들의 대화를 담은 풍선 부분은 만화가 스테판 외에가 각색하거나 창작한 것이다.

· 본문의 ◈는 만화본 원서의 어휘풀이, *는 역자의 주석으로, 각각 책 끝의 「어휘풀이」와 「역주」와 연결되어 있다.

콩브레

오래 전부터 나는 일찍
잠자리에 들곤 했다.

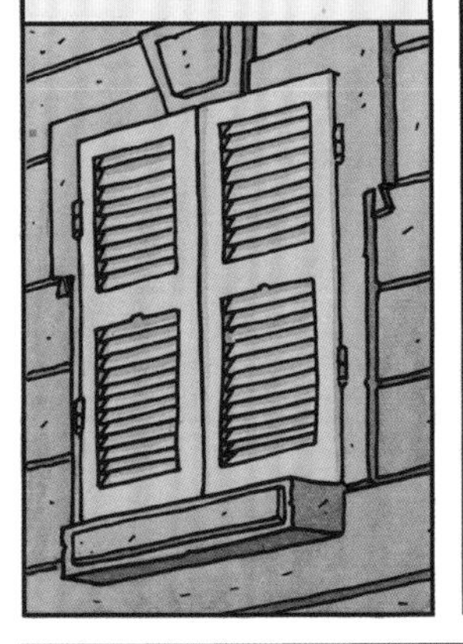

그리고, 내가 잠이 들었다간 한밤중에 깨어나,
지금 어디에 있으며, 또 갓 깨어난 순간 내가
대체 누구인지조차 알 수 없을 때,

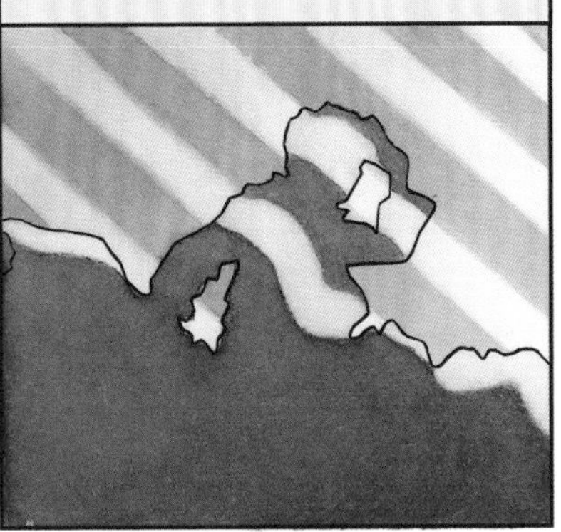

기억이, 마치 하늘에서 내린 구원의 손길과도 같은 기억이
(하지만 전날 내가 잠들었던 방에 대한 기억이 아니라,
과거에 지냈거나 지냈을 것 같은 처소들에 대한 기억이다)
나를 완전한 무(無)의 상태로부터 끄집어내 주는 것이다.

그때 나의 기억은 온통 뒤흔들려,

GRAND HOTEL

잠에서 깬 나는 예전에 지내던 처소를 되새기느라 긴 밤을
지새우곤 했다. 콩브레*의 이모님 댁, 발벡, 파리, 동시에르,◈
베네치아, 그리고 다른 여러 곳들….

아주 오래 전 내가 어린 시절을 보내던 콩브레에서의 잠자리를 회상할 때면, 그곳은 언제나 늦은 오후 무렵으로, 내가 잠자리에 들어야 하지만 엄마나 할머니가 곁에 없어서 잠을 이룰 수 없던 고통스러운 기억으로만 떠오르곤 했다.

그 시절의 저녁 무렵, 어른들은 무척이나 상심해 있는 내 기분을 바꿔 보려고 나한테 마술 환등기®를 비춰 줄 생각을 했는데….
어머님께서 저녁 먹기 전까지 마술 환등기를 보고 있으라고 하셨어요.
할머님께서 곧 올라오실 거예요.

도련님한테 준비에브 드 브라방 전설®을 비춰 드리려고 해요.
그거 좋지, 프랑수아즈.

오늘 저녁 메뉴는 소고기 스튜입니다.

"… 그 못된 골로가 자객을 시켜 준비에브를 감옥에다 가두도록 했지…."

"…하지만 골로의 부하들은 준비에브가 너무나 불쌍해서, 준비에브를 죽였다고 하고는 사실은 숲속으로 도망치게 놓아 주었지…."

"그래서 준비에브는 몇 달 동안 어린 아들하고 같이 숲에 숨어서 지내게 되었단다."

"그 못된 골로가 또 언제 자기를 잡아다가 죽일지 몰라 무서웠거든…."

딸랑
딸랑
딸랑
저녁 드세요!

하지만 나는 저녁을 먹고 나면 곧바로 엄마 곁을 떠날 수밖에 없었는데, 왜냐하면 엄마는 날씨가 좋을 때는 정원에서, 또 비 내리는 궂은 날이면 손님들과 함께 거실에 모여 말씀을 나누곤 했기 때문이다.

비가 오는군!
프랑수아즈! 거실로 술 좀 내와요.

저녁식사 후, 할머니는 언제나 손님들과 대화하는 자리에는 끼지를 않으셨는데, 대신 비가 몹시 내리는 날에도 흠뻑 젖은 채 정원을 거닐곤 하셨다.

시골에 갇혀 있는 신세라니. 어쨌든 바깥 공기가 참 좋네!

저녁식사 후면 이렇게 정원을 산책하시던 할머니가 느닷없이 거실로 불려 들어가는 날이 있었는데,

할아버지께서 독주를 드시면 안 된다는 것을 뻔히 알면서도 종조모께서 놀리려고 일부러 할아버지께 술을 권하고 있는 참이었다.

아메데, 어서요.

바틸드, 어서 와서 당신 서방님 좀 말려요. 코냑을 마시려고 해요!

하지만 정원을 거닐며 할머니께서 수심에 가득 잠겨 있던 까닭이 사실은 할아버지 건강 때문이 아니라, 바로 내가 의지력이 약하고, 건강도 좋지 않고, 또 나의 장래가 불확실해 보이기 때문에 염려하시느라 그랬다는 것을 내가 그때 어찌 알았으랴!

혼자 위층으로 올라가 잠자리에 들어야 했을 때,
내가 오로지 위안 삼는 것은 엄마가 어서 빨리 와서
나한테 저녁 키스를 해 주었으면 하는 생각이었다.

그러나 엄마와 하는 작별 키스의 순간은 어찌나 짧던지…
나는 그저 이 상봉의 시간이 아주 늦게 찾아왔으면, 또 엄마가 아직
오지 않은 이 기다림의 순간이 끝없이 이어졌으면 하고 바랐다.

하지만 엄마가 잠깐이나마
내 방으로 올라오는 날은

그나마 얼마나 다행스러웠던지. 왜냐하면 저녁식사 때
손님들을 초대하는 날이면 엄마가 바빠서 저녁 인사를
해 주러 오지 못하는 날도 있었기 때문이다.

저녁식사에는 생면부지의 사람들이
초대되기도 했지만, 대개는 스완
씨 혼자인 경우가 많았다. 이웃의
스완 씨가 저녁식사에 초대받아
오거나 (하지만 어른들께선 스완
씨가 신분이 낮은 여자와 결혼을
한 후로는 스완 씨의 부인을
꺼리는 바람에 초대하는 일이 점점
줄어들었다), 아니면 저녁식사가
끝났을 때 불쑥 찾아오곤 했다.

딸랑
딸랑

누가 왔나?
대체, 누구죠?
귓속말로 쑥덕대지 말거라. 집에 찾아 온
사람이 보면 몹시 불쾌할 테니 말이다.

덜컹

스완
목소리로구먼.

스완 씨는, 할아버지와는 비록 나이 차가 많이 나긴 했지만, 할아버지께서 과거 스완 씨의 부친과 아주 절친했기 때문에, 할아버지와도 여전히 아주 가깝게 지내는 사이였다.

몇 년 전, 아직 결혼하기 전, 스완 씨는 콩브레의 우리 집으로 자주 놀러오곤 했는데,

당시 이모는 물론, 할아버지, 할머니께선 스완 씨가 조키 클럽* 내에서도 쟁쟁한 회원이란 사실을 꿈에도 모르고 있었다. 어디 그뿐이랴,… 스완 씨가

왕자인 파리 대공*과 영국 왕세자*와는 절친한 친구 사이이고,

포부르 생제르맹의 최고급 사교계에서도 가장 이름을 날리는 인사라는 사실도….

화제가 행여 프랑스 왕가에라도 이를라치면,

스완 씨나 저나
귀하신 몸들을
평생 한번 만나
보기나 하겠어요?
모르면 아무 말
않는 편이 낫겠죠?

할머니는 아무것도 모르시면서 이렇게 스완 씨에게 말을 건네곤 하셨다. 할머니는 상류 사교계에서도 정상급 인사인 스완 씨를, 마치 조심성 없는 철부지가 값비싼 골동품을 싸구려 장난감 다루듯 한 것이다.

이처럼 골수 사교계 인사인 스완 씨는, 실제 그의 모습과는 달리, 엉뚱하게 다른 사람들의 생각들로 빚어져 있었다.
그는 여지껏 그에 대한 우리 자신의 인상들로 채워졌던 것이다.

당시의 부르주아들은 인도 사람처럼 생각하는 경향이 있어서,* 사회 내에서 신분이나 계급에 대한 관념이 철저히 지켜지고 있다고 여겼다. 그래서 사람은 세상에 태어나면 당연히 부모의 계급을 이어받고, 또 이렇게 이어받은 신분의 테두리를 결코 벗어날 수 없다고 생각하여…

행여 누군가가 이런 틀을 깨고, 자기 계급을 뛰어넘는 경우가 생길 경우,*
이럴 수가! 스완이, … 공작 만찬회 고정 멤버라니….

아메데! 무슨 소리예요?

허 참, 그렇다면 스완이 공작을 만났을 때 직접 물어 보면 어째서 자기 삼촌이 회고록에서….

아메데, 도대체 무슨 바보 같은 말을 하는 거예요?
바보 같다니? 게다가 놀랍게도 상원의장 말씀이….

뭐라구요? 스완이 공작네 만찬이라니요!
무슨 소린지, 원!

그런데, 스완 씨가 『피가로』지 「명예」란에 난 것 보셨어요?
스완 씨가 소장하고 있는 그림 한 점이 코로 전시회에 출품된다는군요!
내일 스완 씨가 저녁 먹으러 올 테니 직접 물어 봐야겠다.
스완이 우리 같은 사람과 어울리면 별로 기분이 좋지 않겠는걸? 사실 나도 그렇고 말이야. 스완 덕에 내 이름이 신문에 오르내리면 사람들이 쑥덕댈 텐데, 이를 어쩐담.
이를 어쩌지? 난 내일 또 혼자 저녁 얼른 먹고 자러 가야겠네.
엄마가 저녁 키스 못 해 주겠는데.

스완 씨께서 아메데 님 처제들께 보내는 선물입니다.
VINO DE ASTI

그리고 그날 저녁…
딸랑
딸랑

포도주◈ 고맙게 잘 받았다고들 하는 거예요.
정말 기막혔잖았소, 게다가 그렇게나 많이….
소곤대지 마시구려.
초대받고 와서 사람들이 소곤대는 걸 보면 기분 참 좋겠수다.

자, 이리 와서 함께 앉읍시다.

스완 씨, 오디프레파스키에◈ 공작과 저녁을 같이 먹는 사이라니 묻는데, 그 사람은 뭐라고 합디까?
글쎄요, 제가 지금 드리려는 말씀은 사실 보기보다 어르신네께서 물으신 문제와 아주 밀접한 관계에 있습니다. 생시몽◈의 회고록을 다시 읽어 봤거든요.

뱅퇴유 씨란 이웃 분을 만났는데, 무척 친절하시던데.
친절한 이웃 분이 어디 뱅퇴유 씨 뿐이겠어?

?

오늘 아침 생시몽을 다시 읽다가 발견한 건데요….

사실 일기에 불과하긴 하지만, 참 놀라운 문장들이죠….

어떤 날은 신문* 읽기가 무척 즐거울 때가 있지….

아는 사람 얘기가 기사로 나오면 더더욱 그렇지!

!
네… 생시몽이 몰레브리에◈를 평하며 이렇게 말했죠. "이 두꺼운 병 같은 인간 속에는 오로지 우울, 저속함, 어리석음만이 담겨 있을 따름이다"라고요.

병이 두껍건 얇건 간에, 포도주도 못 담는단 말은 아니겠지….

얘야, 그때 참 네가 나한테 가르쳐 주었던 시구가 뭐였더라? 그 말이 참 위안이 되더구먼. 그래, 옳지, "주여, 당신은 우리로 하여금 얼마나 많은 덕목들을 증오토록 하십니까?"*였지!

우리 손주가 고단해 보이네. 어서 가서 자야겠다. 오늘 어른들이 저녁을 아주 늦게까지 먹을 거거든.

그래, 어서 가서 자거라.

저녁 준비됐습니다.

자, 이제 그만. 언제까지 엄마를 붙들고 있을 거야? 어리광 그만 부리고 어서 올라가 자, 어서!

프랑수아즈, 위층 방에 여름용 침대 갖다 놨지요?
네, 마님. 작은 철제침대로요.

나는 사형수나 쓰는 최후의 수단을 썼다.

엄마 제발 부탁이에요.
저를 보러 오셔야 해요.
아주 심각한 일이에요.

프랑수아즈, 이 쪽지 좀 엄마한테 전해 주실래요?
어른들 모두 식사 중이실 텐데?

하지만 저도 어쩔 수 없어요.
엄마가 이 쪽지 기다리거든요,
전해 주지 않으면 큰일나요!

엄마는 틀림없이 올 것이다!
좋아요, 하는 수 없지.

하지만…

한참 후…
마님께서 전할 말씀이
아무것도 없다고 하시는데요.

티잔* 한 잔 타 드려요?
아니면, 도련님 곁에 제가 있을까요?
됐어요, 프랑수아즈.
그냥 잘래요.

나는 눈을 감고, 정원에서
어른들이 커피를 마시면서
대화하는 소리를 듣지
않으려고 무진 애를 썼다.

한데, 갑자기…
아니야, 무슨 일이 있어도 엄말 꼭 보고 자야 돼!

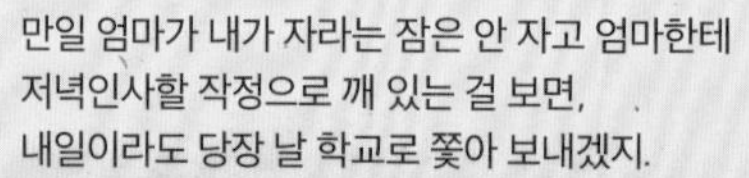
만일 엄마가 내가 자라는 잠은 안 자고 엄마한테 저녁인사할 작정으로 깨 있는 걸 보면, 내일이라도 당장 날 학교로 쫓아 보내겠지.

좋아, 날 내쫓아도 할 수 없어. 무슨 일이 있어도 엄말 꼭 보고, 또 저녁인사를 하고야 말 테야.
철컹
드디어 스완 씨가 가셨네.

그럼요, 가재 요리 좋았어요. 아이스크림은 뭐 좀 그렇고요.
그렇게 신신당부를 했건만! 처제들, 어째서 스완한테 아스티 포도주를 줘서 고맙다는 말을 안 했지?
고맙단 말을 안 했다고요? 그럴 리가 있어요, 멋지게 돌려서 했는데요.
동감이야, 참 멋지던데? 나도 이웃 분들 친절하단 말 썩 잘 했던 것 같아.
아무래도 스완이 좀 변한 것 같아. 늙었어!
자기 안사람 때문에 걱정이 많은가 봐요. 스완 부인이 샤를뤼스란 남자와 콩브레를 휘젓고 다닌다죠, 아마.
글쎄, 처제들, 고맙다는 말을 분명하게 했어야지. 그 사람이 알아듣게 말이에요. 허, 참. 난 그만 잠이나 자러 갈랍니다.

?

어서 가, 숨으라니까! 아버지가 보시면 어쩌려고 그래. 너 정신이 나갔구나!
얘가 아직 안 자요?
저런, 녀석 무척 슬퍼 보이네!
엄마, 저녁인사 해 줘요!

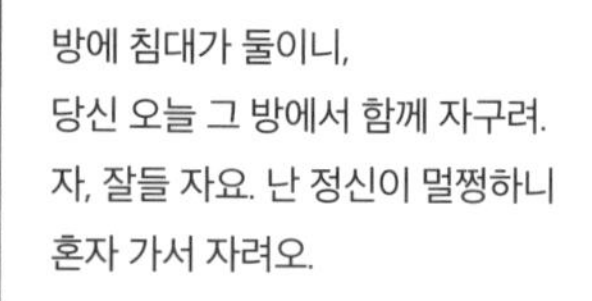
방에 침대가 둘이니, 당신 오늘 그 방에서 함께 자구려. 자, 잘들 자요. 난 정신이 멀쩡하니 혼자 가서 자려오.

!
!

이날 밤 내내 엄마는 내 방에서 밤을 지새웠다.
하지만 행복하리라 생각했던 나는 그렇질 못했다.

이날 밤 나는 승리를 거둔 듯했지만, 이 승리는 엄마의 의사에
반하는 승리였다. 이날 밤은 나에겐 새로운 시대가 시작되는 날로서,
길이길이 슬픈 기억과 함께 남게 되었다.

이렇듯, 밤에 잠이 깨어 콩브레 시절을 회상할
때면, 내 기억 속의 콩브레는 언제나 분간할 수
없는 어둠 속에서 환히 빛나는 그저 한 조각
벽면처럼 떠오를 따름이었다.

이를테면 나에게 있어 콩브레는 가느다란
계단으로 이어진 두 층의 기억만으로 남아 있고,
거기에는 저녁 일곱시라는 시간만이 있었다.

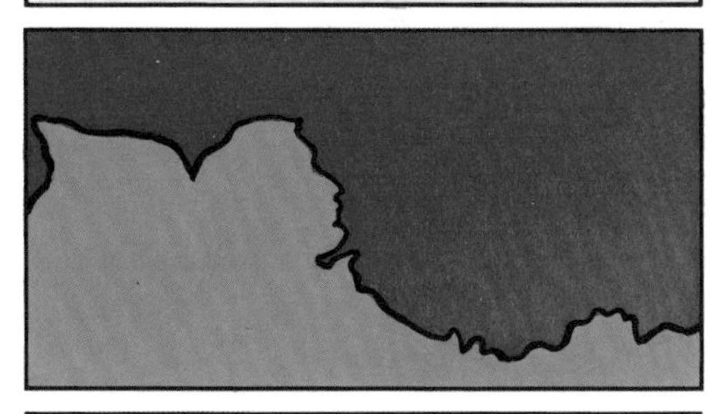

콩브레에 다른 일이나 다른 시간이 있었다는 것을
이제 더 이상 기대할 수 없게 되었다. 이 모든 것은
사실상 나에겐 죽은 것이나 매한가지였다.

영원히 죽어 버렸단 말인가? 아마도 그런 것 같았다.

지나가 버린 우리들의 과거를 되살리려는 노력은 헛수고이다.
우리가 아무리 의식적으로 노력을 해도 되살릴 수 없기 때문이다.
과거는 우리의 의식이 닿지 않는 아주 먼 곳, 우리가 전혀 의심해
볼 수도 없는 물질적 대상 안에 숨어 있다.

그리고 우리가 죽기 전에 이 대상을 만날 수 있을지 없을지는 순전히 우연에 달려 있다.

이처럼, 콩브레에 관한 한, 잠에 얽힌 기억 말고는 아무것도 남지 않게 된 지도 여러 해가 지난 어느 날,

저기, 45번지*에 내려 줘요.
네, 알겠습니다.

저런, 꽁꽁 얼어붙었구나.
펠리시, 여기 홍차 좀 내와요!

아니, 어머니, 제가 홍차 안 마신다는 거 잘 아시잖아요.
마시면 몸이 좀 녹을 거야. 이리 와 앉으렴.

웬 마들렌◈ 과자예요?
니콜라가
달려가서 사왔단다.

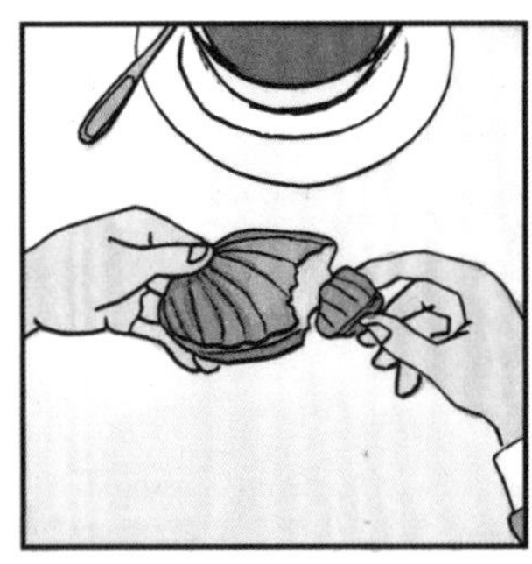

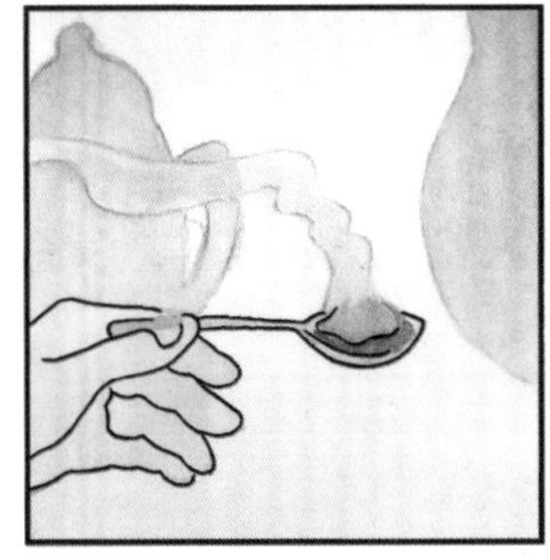

감미로운 행복감이 나를 엄습해 와,
어찌 된 영문인지 나를 고립시켜 버렸다.

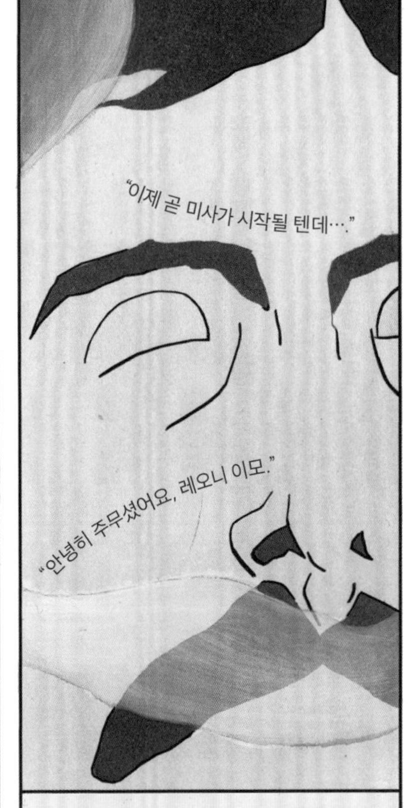
지금 내 안에는 과자 때문에
되살아난 이미지, 시각적 기억이,
이 맛의 뒤를 따라 내 자아에까지
이르고 있음이 틀림없다.
"이제 곧 미사가 시작될 텐데…."
"안녕히 주무셨어요, 레오니 이모."
머나먼 과거의 기억이 과연 내 의식의
표면에까지 이를 수 있을지….

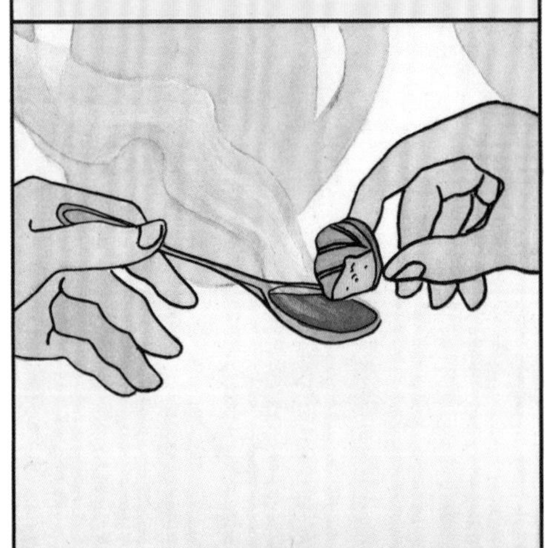
도대체 이 극도의 희열감은 어디서 온단 말인가?
나는 이 희열감이 홍차와 과자 때문에
생겨나긴 했지만, 단순한 감각의 차원을 뛰어넘는,
전혀 다른 성질의 것이란 느낌이 들었다.

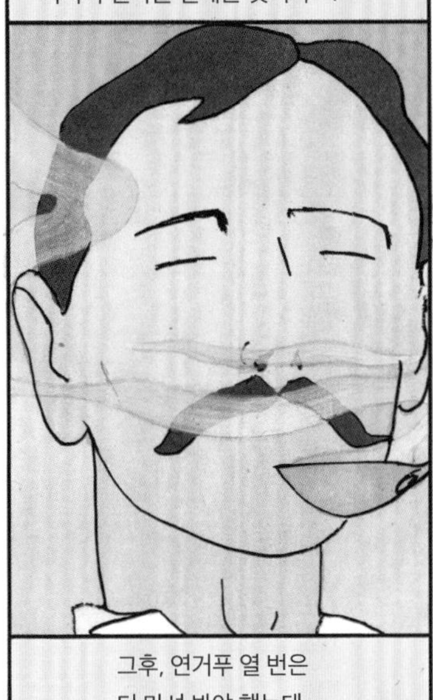
내가 도달하려는 본질은 과자가 아니라,
바로 내 안에 있었다. 홍차에 적신
과자가 뭔가를 일깨운 것이다….
그후, 연거푸 열 번은
더 마셔 봐야 했는데…

갑자기 내 눈앞에 기억이 되살아났다.*

"안녕히 주무셨어요, 레오니 이모."

이 맛, 이 맛은 바로 콩브레에서의 일요일 아침, 레오니 이모께서
홍차나 티욀차*에 적셔 주시곤 하던 마들렌 과자의 맛이었다.
안녕히 주무셨어요, 레오니 이모….
물이 담긴 사기 그릇에 형체 없는 종이 조각들을 넣자마자 종이가 퍼지고, 윤곽이 생기고, 색깔이 나타나고, 또 제각기 서로 다른 모양이 만들어져 꽃이 되고, 집이 되고, 우리가 잘 아는 사람 모습이 되는 일본 놀이에서처럼,
PATISSERIE
GRAINS-TOURTEAUX-ENGRAIS
QUINCAILLERIE
AU COURS DES HALLES
CAILLEAUX
BUVETTE

이모네 정원에 핀 꽃, 스완 씨네
넓은 뜰의 온갖 꽃들, 또 비본 강의
연꽃*은 물론, 순박한 마을 사람들,
작은 집들, 그리고 마을 성당, 나아가
콩브레 전체와 그 근방, 이 모든
것, 마을과 정원들이 모두 내 홍차
잔으로부터 고스란히 살아서 나왔다.

콩브레 마을은 살기에 좀 서글픈 곳으로, 생틸레르 거리도 그렇고, 또 이모 댁이 있는 생자크 거리도 그러했다.

엄마, 미사 가기 전에 올라가서 레오니 이모께 인사 드릴게요.
똑딱
똑딱

그때 우리가 머물고 있던 집은 본래 외가 쪽 종조모 댁으로서, 이 분은 레오니 이모의 어머니가 되시는 분이다. 레오니 이모는 옥타브 이모부를 여의신 후 콩브레를 떠나려 하지 않으시더니, 이윽고 당신 집을, 곧이어 당신 방을 떠나려 하지 않으셨고,

자, 들어가도 됩니다. 옥타브 마님◈께서 도련님 맞으실 준비가 되셨어요.

마침내는 침대를 떠나지 않으셨다. 이모는 더 이상 아래층으로 '내려오는' 법이 없고, 종일 침대에 누워서 막연한 슬픔 상태, 무기력증, 병…

자, 얘야, 마들렌 과자란다.

고정관념, 신앙심 따위에 묻혀 지내셨다.

자, 얘야, 내려가 보거라. 미사 갈 준비해야지. 또, 프랑수아즈가 집 안에 있거들랑, 할 일 없이 빈둥대지만 말고, 올라와서 내 수발 좀 들라고 전해 주려무나.

이모는 우리가 머물고 있는 동안 프랑수아즈를 독점할 수 없었다.

이모는 마치 페르시아 왕자들이 매일매일 일상록을 읽듯이, 침대에 누워 아침부터 저녁 때까지 종일 거리를 내다보시면서 그날그날 있었던 일, 하지만 태곳적부터 이어져 내려오는 콩브레의 연대기를 읽는 것으로 소일하셨다. 그러고선 프랑수아즈와 함께 주석을 다시는 것이었다.

프랑수아즈, 구피 부인이 오늘 미사에 꽤나 늦장이데? 성당에 갔을 때 벌써 성체를 거양한 다음이겠던데?◈
그래요? 정말 그렇겠는데요!

프랑수아즈, 좀 전에 앵베르 부인이 아스파라거스를 들고 가던데, 크기가 칼로 할멈 것보다 두 배는 되겠던데? 이번에 아스파라거스 요리할 때는 여러 가지 소스를 써 보구려. 앵베르 댁 하녀한테도 좀 물어 보고…

두 사람 모두 신부님 댁에서 얻어 가는 걸 거예요.

그래, 맞아, 프랑수아즈. 신부님 댁에서라! 아스파라거스 굵기가 꼭 팔뚝만하더라구. 아니, 자네 팔뚝 말고 내 팔뚝 말이야. 어째 올해는 내 팔이 점점 더 가늘어지는구먼.

프랑수아즈, 근데 누가 죽었나? 교회 종이 울리던데.◈ 아이쿠, 저런, 간밤에 죽었다는 루소 부인이로구먼! 아, 이제 주님께서 날 부르실 때도 됐는데… 요즘 정신이 통 없어. 쓸데없이 애꿎은 자네만 고생시키고.

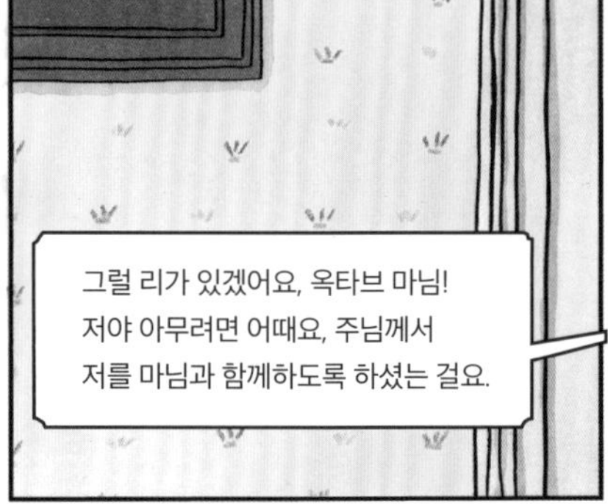

그럴 리가 있겠어요, 옥타브 마님! 저야 아무려면 어때요, 주님께서 저를 마님과 함께하도록 하셨는 걸요.

이따금씩,
이모의 일과는
아주 신비스럽고,
아주 심각해지기도
했는데…

딸랑
딸랑
딸랑
딸랑

옥타브 마님, 무슨 일이세요?
펩신® 드실 시간 아직 아닌데요!
어디 갑자기 불편하신 데라도
있으세요?

아닐세, 프랑수아즈. 그런데 말일세… 좀 전에 구피 부인이 지나가던데,
글쎄 내가 모르는 여자아이를 데리고 가는 게 아니겠어?
그 아이 퓌팽 씨네 딸일 거예요.
아, 그렇구먼. 그래서
내가 통 알아볼 수가
없었구먼!
그 집 큰딸이 아니고, 주이 기숙사에
가 있는 작은딸 말이에요, 옥타브 마님.
오늘 아침에 그 아일 본 것 같아요.
옳지, 그렇겠구먼. 부활절 휴가를
보내러 왔겠어. 그래, 맞아!
프랑수아즈, 괜히 종종걸음
치게 해서 미안하네.

하지만 이모에게 이 일은 결코 공연한 일이 아니었다. 왜냐면 콩브레에서 '전혀 모르는' 사람이 존재한다는 것은 신화의 신을 모른다고 하는 거나 매한가지로 불가능한 일이었기 때문이다. 콩브레에서는 사람은 물론 짐승까지도 다 아는 처지여서, 만일 '이모가 모르는' 개 한 마리가 눈앞에 지나간다 하더라도, 뉘 집 개인지를 생각해 보지 않을 수 없는 터였다.

글쎄요,
사즈라 부인네
개 같은데요….
아니, 그럴 리가
없어. 내가 설마
그 집 개도
분간 못 할까!

아, 맞다!
갈로팽 씨네
개일 거예요.
아무렴,
그렇겠지.

개가 아주 순해 보이던걸.

옥타브 마님, 이제 내려가
볼게요. 가서 화덕 불
켜고, 또 아스파라거스도
다듬어야 하거든요.

뭐라고, 프랑수아즈,
또 아스파라거스야!

아니, 자네, 올해 아스파라거스하고
무슨 원수가 졌나? 파리 손님들
아스파라거스에 진절머리내겠네!
그럴 리가 있겠어요, 마님? 그분들 아주
좋아하시던 걸요! 성당 다녀들 오시면
걸신이 든 것처럼 드실 텐데요.

마을 성당!

내가 콩브레 성당을 얼마나 좋아했던지!
아직도 얼마나 그리운지!

우리가 성당 안으로 들어서면서 자리에 좌정하기까지 내가 바라다본 그곳은
마치 요정들이 사는 계곡과 같았고, 여느 농부였더라면 넋이 나가 쳐다보았을…

성당의 바위, 나무, 늪에는 초자연의 힘이 막 지나간 듯한 흔적이 살아서 움직이고 있었다.

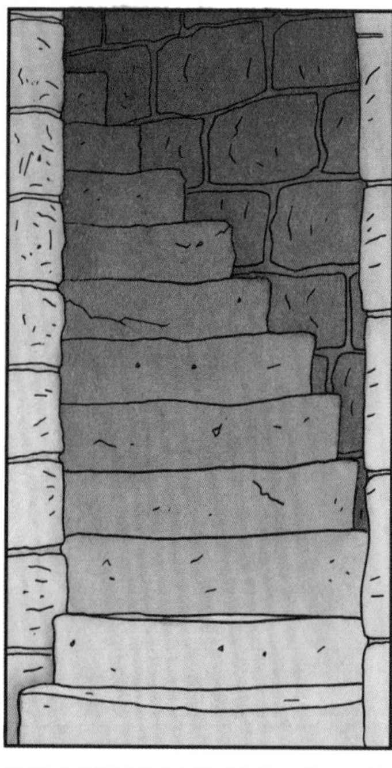

PIERRE
SIMON
OPTIMO MAXIMA BEATÆ EVLALIA

성당의 모든 것들은 나로 하여금 성당이 마을 전체와는 전혀 다른 무엇인 것처럼 여기게 만들었다. 성당은 이를테면 사차원으로 이루어져(네번째 차원은 시간이다), 수세기에 걸친 오랜 세월을 통과한 커다란 배와도 같았다. 이 배는 성당의 이 열에서 저 열까지, 제단에서 또 다른 제단까지, 단지 몇 미터에 불과한 거리가 아니라, 끊임없이 이어지는 여러 시대의 질곡을 굳건히 통과한 듯했다. 성당은 시간과 싸워 승자가 된 것이다.

뎅
뎅
뎅

뎅
뎅
뎅

생틸레르 종탑은 마을사람들의 모든 생각, 모든 시각, 마을이 바라다보이는
모든 관점들에 윤곽을 부여하고, 마무리하며, 또 그 중심이 되었다.

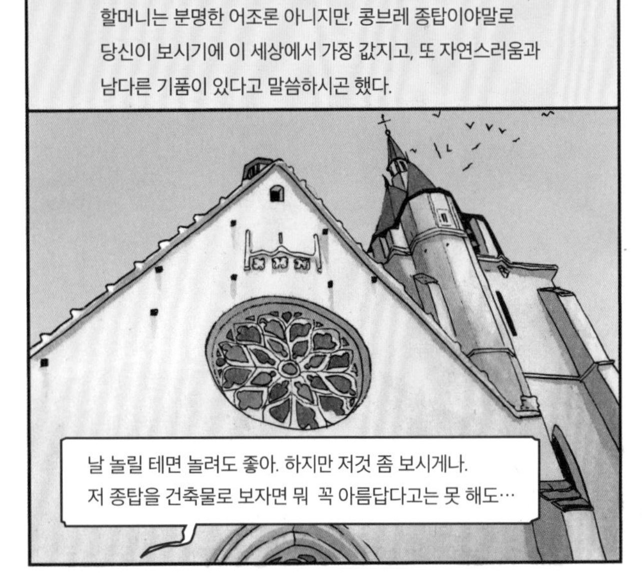
할머니는 분명한 어조론 아니지만, 콩브레 종탑이야말로
당신이 보시기에 이 세상에서 가장 값지고, 또 자연스러움과
남다른 기품이 있다고 말씀하시곤 했다.
날 놀릴 테면 놀려도 좋아. 하지만 저것 좀 보시게나.
저 종탑을 건축물로 보자면 뭐 꼭 아름답다고는 못 해도…

오래된 모양이 참 묘하게도 내 맘에 들거든.
종탑이 피아노를 칠 줄 안다면, 아마 절대로
'딱딱하게' 연주하지는 않을 거야.
그리고, 나는 오늘날까지…

어느 지방 대도시나 파리의 낯선 거리를 걷다가,
G.PROSPER
Vins du JURA
BAINS
de VAPEUR
BAINS
RUSSES
DOUCHES
FUMIGATIONS
CUIRS et PEAUX

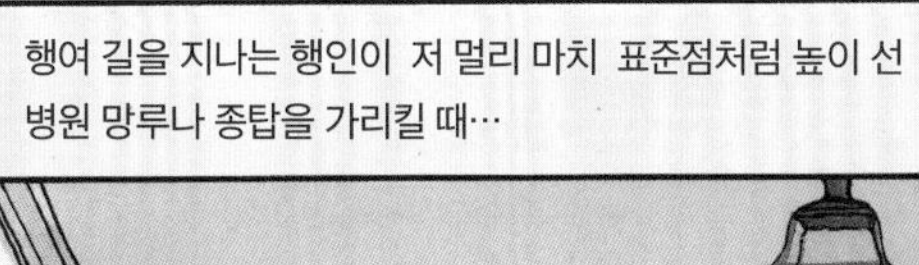
행여 길을 지나는 행인이 저 멀리 마치 표준점처럼 높이 선
병원 망루나 종탑을 가리킬 때…

내 기억이, 나도 모르게, 이제는 사라졌지만
그토록 소중했던 종탑을 찾아 나서면…

걸음을 멈춘 채, 추억에 잠겨, 내 안 깊은 곳에서 망각 속으로 사라졌다가는
다시 살아 일어서는 마을 전경을 떠올리며…

여전히 나는 길을 걷고 있다.
"저기 르그랑댕 씨가 오네."
내가 막 길을 돌아서려는데…

실상, 내 마음속에서는…
저기 르그랑댕 씨가 오네.

르그랑댕 씨는 직업이 기술자로, 일 때문에 주로 파리에서 지내는데, 콩브레의 자기 소유지에는 본격적인 바캉스 때가 아니면 단지 토요일 저녁에 내려와서 월요일 아침까지만 있다가 돌아가곤 했다.

안녕들 하세요!

르그랑댕 씨는 과학 분야에서 직업적으로 크게 성공한 사람으로, 자기 분야와는 상관없는 다른 방면, 이를테면 문학이나 예술에도 교양을 가지고 있는 부류의 사람이었다. 르그랑댕 씨는 자기 전문 분야에서는 사용할 수 없는 자질을 대화를 할 때면 한껏 발휘했다.

저는 내일 파리의 제 보금자리로
돌아가야 합니다.
하지만 파리엔 꼭 필요한 것이 없을
테죠. 여기 쪽빛 하늘 말입니다.

할머니는 르그랑댕 씨가 너무나 말을 잘하고, 꼭 무슨 책에 쓰인 것처럼 말한다고 오히려 못마땅해하셨다.

또 할머니는 르그랑댕 씨가 귀족사회, 사교계, 속물근성 따위의 문제에 대해 어째서 그렇게 열을 올려 공격하는지 의아해하셨다.

사도 바울이 용서할 수 없는
죄악이 있다고 했는데,
그 죄악은 틀림없이…

게다가 할머니는, 르그랑댕 씨가 자기 친누이를 발벡 근처 저지(低地) 노르망디의 귀족한테 시집까지 보냈으면서도, 그토록 내놓고 귀족을 싫어한다고 하는 것이 경우가 아니라고 생각하셨다.

혁명 당시, 귀족들을 모조리
단두대에 보냈어야 했습니다!

우리 신사 양반, 인생을 살면서 한 조각 푸른 하늘을
항상 머리에 이고 살도록 하게나.
옥타브 마님께서 방에서
기다리고 계세요.
알았어요, 프랑수아즈.

명심하게나. 자네가
가진 고귀한 영혼,
뛰어난 능력, 예술가적
자질을 결코 헛되이
버려 두면 안 된다네.

그래, 오늘 미사는 어땠나요? 구피 부인이 꽤 늦었지요?
글쎄요, 꼭 그렇다곤 할 수 없지요.
성당에서 어떤 화가가 그림을 그린다는 건 모르고 계셨지요?
아니, 화가라뇨? 자세히 좀 말해 봐요!
잘은 모르겠지만, 그 화가가 질베르 르 모베* 채색유리를 화폭에 옮기고 있었습니다.

빨리 윌랄리 올 때가 됐으면 좋겠구먼.
윌랄리라야 속시원하게 말해 줄 수 있을 텐데.

윌랄리는 다리를 저는 나이 든 처녀였는데, 활동적이고 가는귀가 먹었었다. 그녀는 일찍이 어릴 적부터 브르톤느리 부인 댁에

맡겨져 자랐는데, 부인이 죽은 후론 '세상에서 물러나' 성당 옆에 방을 얻어 살고 있었다. 그녀는 대개 성사에 참석하고, 또 성사 때가 아니면 짧은 기도를 하거나 테오도르*를 돕는 것으로 소일하곤 했다.

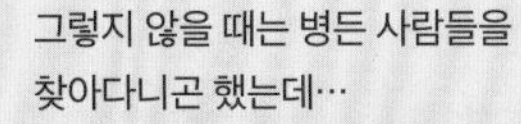
그렇지 않을 때는 병든 사람들을 찾아다니곤 했는데…

레오니 이모도 윌랄리가 방문하는 병자 중 하나였다. 그녀는 이모를 찾아와서, 미사와 저녁기도 때 있었던 일들을 전해 주곤 했다.

이모에게 윌랄리의 방문은 커다란 위안이었다. 왜냐하면 이모는 마을 신부를 제외하고는, 사람들의 내방을 조금씩 조금씩 완전히 끊어 버렸기 때문이다. 이모를 찾았던 방문객 중, 이모한테 너무 자기 자신에 빠지지 말라고 충고를 한다거나, 야외에 나가 햇볕도 쬐고 피가 뚝뚝 떨어지는 스테이크도 좀 먹어 보라고 한다거나…

고약한 비시 탄산수* 두 모금을 열네 시간이나 뱃속에 넣고 있으려니!

아니면, 이모의 말을 곧이곧대로 믿고는, 이모의 병이 정말 심각하다고 생각하는 사람들은 모두 쫓겨나는 수모를 당했다.

뭐, 건강이야 좀 안 좋을 수도 있죠. 한데, 마님은 앞으로도 지금마냥 그럭저럭 지내실 수 있을 거예요.

요컨대, 이모는 남들이 당신 사는 방식을 인정해 주고, 당신이 고통을 호소하는 것이 정당하다고 여기며, 또 당신 미래에 대한 불안을 누그러뜨려 줬으면 하고 바라셨다.

욀랄리는 그 점에서 아주 뛰어났다.

난 이제 틀렸어, 욀랄리.
마님 병에 대해서라면 저도 옥타브 마님만큼이나 잘 아는데, 마님께선 어제 사즈랭 부인 말마따나 백 세까지 사실 겁니다.
사즈랭이 아니고 사즈라지, 욀랄리.

매주 일요일마다 이모를 찾아오는 욀랄리는 이모에게 큰 기쁨이었고, 이모는 일요일만 되면 미리 잔뜩 기대를 하는 것이었다.

일요일이니까 욀랄리가 곧 올 테지.

하지만 욀랄리의 방문이 더뎌지면 더뎌질수록, 기대는 오히려 견디기 힘든 형극으로 바뀌기도 했는데…

벌써 열한신데, 욀랄리가 어쩐 일이지!

일요일이면 이모는 오로지 욀랄리 생각만 하시는 것이었다.

옥타브 마님, 부르셨어요?
프랑수아즈, 내가 몸이 좀… 근데 욀랄리는 아직 안 왔겠지?
VICHY

이런 날이면, 프랑수아즈는 우리가 점심식사를 마치자마자 서둘러 식탁을 치우고는, 쏜살같이 이모 방으로 달려가 이모 수발을 들어야 했다.

하지만 (특히 봄이 확연하게 찾아온 이후론) 정오를 알리는 종이 울린 지도 한참이 되었건만, 우리가 멀뚱하니 식탁에 둘러앉아 마냥 기다려야만 하는 때도 있었으니….

이젠, 더 이상은 도저히 못 참겠는걸. 벌써 두 시간이나 이렇게 식탁에 앉아 있으니! 날씨는 또 왜 이리 더운지….

우리 식탁에는 계절 음식이 오르거나, 아니면 그때그때 형편에 따라 마련한 음식이 오르곤 했다. 프랑수아즈는 식사 때마다 매번 내놓는 계란이나 갈비, 감자, 잼, 비스킷 말고도, 밭이나 과수원에서 소출된 것을 바탕으로, 해산물, 우연히 상점에서 구한 찬거리, 고마운 이웃이 준 재료 등에 프랑수아즈가 자기만의 재능을 보태서 만든 요리들을 내놓았다.
생선장수가 물이 정말 좋다고 어찌나 그러던지!
루생빌 시장에서 샀는데, 무척 실해 보이더라구요….
바깥바람 쐬시니까 무척 시장들 하시죠?
아티초크 고갱이*예요. 제가 한번도 안 해 드렸었죠?
철도 아닌데, 참 운이 좋으신 겁니다!
시금치를 좀 다르게 해 봤어요.
스완 씨께서 직접 가져다 주신 나무딸기랍니다….
까치밥나무 열매 좀 드셔 보세요. 보름 후면 구할 수도 없습니다.
도련님이 아주 좋아하시죠….
두 해만 지나면 마당 버찌나무에 열매가 안 달릴 것 같아요!
어제 미리 주문해 놨었죠.
보답으로 드리려고 만들었지요.
자, 마지막으로, 마님 부군 되시는 분을 위해서…
와! 초-콜-릿 무스!
맘껏 드세요.
자, 여기 무작정 있지 말고, 너무 덥거든 네 방에 올라가 보려무나. 하지만 밥 먹고 나서 바로 책 읽으면 안 좋으니까, 우선 나가서 바람 좀 쐬거라.

예전에 이따금씩, 나는 책 읽으러 내 방에 올라가기 전에, 마당 한편에 있는 작은 방에 들어가 보곤 했다.

아래층의 이 방은 할아버지의 형제분이신 아돌프 종조부께서 사령관으로 복무하시다가 전역한 후 쓰시던 방으로, 들어가면 언제나 은은하면서도 신선한 냄새가 풍기곤 했다. 이 냄새는 깊은 숲에서 나는 내음 같기도 하고, 아주 오래 전 앙시앵 레짐*의 향기 같기도 했다. 나는 마치 버려진 사냥터 움막에 들어갔을 때처럼, 이 방에서 풍기는 냄새에 한참이나 취해 있곤 했다.

하지만 아돌프 종조부께서 우리 가족들과 다투고 나서 콩브레에 발을 들여 놓지 않게 된 이래, 나는 더 이상 그 방에 들어가지 않게 되었다. 우리 가족들과 종조부께서 다투게 된 것은 바로 내 잘못 때문이었는데, 그 사연은 이렇다.

우리가 파리에 있을 때, 부모님은 내가 한 달에 한두 번씩 아돌프 종조부께서 점심식사를 마칠 시간에 대서 찾아뵈라고 시키셨다.

정말 오랜만이로구나. 날 인제 버려 둘 참인가 보지?
자, 어서 오거라. 귤을 먹을까 편도과잘◈ 먹을까?

커피는 서재에서 들겠네.
네, 사령관님.

종조부와 나는 그렇게
한참을 앉아 있었는데,
사령관님, 마부가
몇 시까지 차비를 마쳐야
하는지 여쭙니다.

…

두시 십오분.

두시 십오분이라 하셨죠?
네, 분부대로 하겠습니다.

대답은 언제나 한결같이
'두시 십오분'이었다.

그 무렵, 나는 연극을 직접
가서 본 적은 없지만, 연극을
사랑했었다.

SPECTACLES
CIRQUE D'HIVER
CENDRILLON
L'HOMME OBUS
BAL
COMÉDIE FR
~RACINE~
PHÈDRE

나는 친구들과 모이면 언제나
고트, 들로네, 페브르, 티롱,
모방, 코클랭 같은 연극배우들◈
얘기를 했는데…

이처럼 연극배우들에 많은
관심을 갖고 있던 탓에,
어쩌다 여배우인 듯한
여인네를 볼 때면 나는 완전히
흥분에 빠져들곤 했었다.

나는 당시 쟁쟁한 여배우들을 재능에
따라 순서를 매기는 습관이 있었는데,
내 기준으로는 사라 베르나르,
라 베르마, 바르테, 마들렌 브로앙,
잔 사마리 순이었다. 그런데, 아돌프
종조부께서는 꽤 많은 여배우들은 물론…

화류계 여자들도 많이 알고
계셨는데, 나는 이 두 부류의
여자들을 잘 구별하지 못했다.

그리고, 우리 가족들이 종조부를
정해진 날에만 방문해야 했던
까닭도 이날이 아닌 다른 날에는
종조부께서 사귀는 여자들이
집으로 찾아오기 때문이었다.
이 여인네들은 우리 집안
사람들과 마주치기를 꺼려했던
반면에, 오히려 종조부께서는
사실 결혼해 본 적도 없었을
젊은 과부들이나…

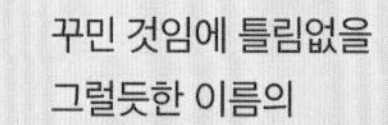
꾸민 것임에 틀림없을
그럴듯한 이름의

백작부인들과 아무런
거리낌없이 어울리고,

또, 이 여자들을 할머니한테
소개시킨다거나, 아니면,

여자들한테 집안 대대로 내려오는
보석을 주기까지 했기 때문에,

이미 몇 차례 할아버지와
다툰 적이 있으셨다.

어쩌다 대화 중에 여배우 이름이라도
입에 오르게 될 때면…

네 종조부 여자친구지.

그때의 내 짧은 생각으론,
제아무리 저명인사라 할지라도,
자기가 보낸 구애편지에
답장도 안 하는 여인네의
문전에서 이렇다 할 성과도
없이 수년을 보내야 할 그 힘든
과정을… 종조부라면 나 같은
어린아이에겐 면제시켜 주실 수
있으리라 기대하고 있었다. 다른
사람이라면 얼씬도 못 하겠지만,
종조부와는 내밀한 관계에 있는
여배우일 테니, 종조부 댁에서
나를 직접 소개시켜 주실 수
있을 것이기 때문이다.

그래서 나는 (과외 수업이 다른 날로 바뀌었다는 핑계를
대고는) 원래 종조부를 찾아뵙기로 되어 있는 날이 아닌
다른 날에 찾아뵈었는데…

이 양반이, 호호호….

흠… 지금 어르신께선
짬이 전혀 없으실 텐데요!

알아보고
오겠습니다만….

무슨 말씀, 어서 들어오라고
하세요. 사진에서 보니까,
아이가 당신 질녀를 많이
닮았데요. 잠시라도 좋으니,
아일 꼭 봤으면 좋겠어요.

형님 댁 손잡니다.
어쩜, 엄마를 꼭 빼 닮았네!

아니, 내 질녀를 사진으로 말고, 또 언제 봤다고 그런 소릴….
그냥 하는 소리가 아니에요. 작년에 당신이 무척 아팠을 때, 계단에서 마주친 일이 있거든요.

내가 보기엔, 얜 자기 아버지를 훨씬 많이 닮았어요. 얘 아버지하고, 또 돌아가신 우리 모친 모습도 있고.
저야 아이 아버지도 모르고, 당신 모친도 본 적이 없잖아요.

나는 실망감을 느끼지 않을 수 없었다. 왜냐하면 내가 본 여자에게는 흔히 여배우 사진에서 볼 수 있는 연극적 후광도 없었고, 배우라는 독특한 삶 때문에 틀림없이 배어 있을 신비한 표정도 전혀 찾아볼 수 없었기 때문이다. 그렇다면 이 여자가 혹시 화류계 여자는 아닌가 하는 의심도 해 봤지만, 아무리 세련된 화류계 여자라도 그렇지, 도대체 무슨 수로 말 두 필이 끄는 마차며 분홍 드레스, 또 진주 목걸이를 할 수 있을까 하는 생각이 들었다.*

아니면 혹시, 종조부께서 상대하는 이 여자가 그 방면에서도 최고급 여자는 아닌지…
이봐요, 전 대공께서 보내주시는 것만 핀다는 거 아시잖아요. 대공께도 당신이 그것 때문에 질투하고 있단 말을 한 적이 있어요.

아, 그러고 보니 아이 아버지를 당신 집에서 본 적이 있는 것 같네요. 당신 조카사위 말이에요. 어떻게 그걸 깜빡했을까? 아주 점잖고, 저한테 무척 친절했는데….

그 여자는 아버지에 관해 아무것도 아닌 사소한 점을 들어 말을 했는데, 그 표현이 어찌나 그윽하던지, 마치 세공사가 보석을 가다듬어 '세련 그 자체'를 만들어내는 듯했다.

한참 후에야 알게 된 사실이지만, 세련됨이야말로 유유자적하면서도 사람 심리를 끊임없이 탐구하는 이런 부류의 여자들이 남다르게 발휘하는 감동적 역할 중의 하나였다. 이 여인네들은 자기들이 가진 관대함, 재능, 감상적 아름다움의 꿈, 또 필요하다면 금까지도 쏟아붓길 마다 않는 소중하면서도 정교한 세공기술을 발휘하여, 남자들의 마모되고 상처받은 삶을 보석으로 바꿔 놓는 것이었다.

어이쿠, 저런, 이제 네가
가 봐야 할 시간이로구나.
이 일을 어쩐다?
부인 손에 입을
맞춰야 할 텐데!

해야 하나 말아야 하나,
도대체 모르겠는걸!

어쩜, 이렇게 의젓할 수가!
신사가 벌써 다 됐는걸!
여자 대하는 솜씨가 보통이 아니야…

종조부 닮아서 그런가 보지?
커서 훌륭한 신사가 되겠어요!

어린 신사께서 언제 한번
영국사람들이 말하듯이
'어 컵 오브 티' 하러 우리 집에
오면 안 될까요?
오는 날 아침에
나한테 전보를
치면 될 텐데요….

안 돼요, 그럴 순 없지요. 얘가 공부
때문에 대단히 바쁘답니다. 학교에선
상을 모조리 휩쓸지요. 누가 알아요?
나중에 커서 제2의 빅토르 위고*나
볼라벨◈ 같은 위대한 예술가가 될지!

제가 예술가를 얼마나 좋아한다구요.
여자를 이해해 주는 사람은 예술가뿐이거든요….
예술가나, 아니면 당신네들
같은 엘리트만 말이에요.

흠… 얘야, 이번 일은 부모님께
절대 비밀로 해야 한단다.
뭐, 별일은 아니지만 말이야.
아돌프 종조부님, 언젠가는
이 은혜에 꼭 보답하겠습니다.
너무 감격스러워서
뭐라고 말씀을 드려야 할지….

사실 내가 종조부 댁에서 겪었던 일은 너무도 강렬하여, 그로부터 두 시간이 지난 후, 방문 중에 있었던 일을 부모님께 하나도 빠뜨리지 않고 모두 말씀드렸다. 하지만 나는 이처럼 부모님께 고한다는 사실이 종조부께 심려를 끼치게 되리라고는 전혀 생각하질 못했다. 우선 나 자신이 그렇게 되길 원치 않았거늘, 어찌 내가 그런 생각을 할 수 있었겠는가?

하지만 불행하게도, 부모님께서는 종조부께서 취했던 행동에 대해서 내가 기대했던 것과는 전혀 다른 입장을 보이셨다.

아버지와 할아버지께서 종조부를 찾아가 언성 높여 몹시 다투셨다는 말을…

나는 간접적으로 전해 들었다.

그로부터 며칠 후, 거리에서 우연히 마차를 타고 가는 종조부님을 보았을 때… 나는 종조부께 나의 괴롭고도 고마운 마음, 또 죄송한 마음을 표하고자 하는 심정이 울컥 복받쳐 올랐다. 하지만 내가 그때 느낀 감정은 너무도 격렬하여, 내가 설사 종조부께 모자를 벗어 인사드린다 하더라도, 내 행동이 너무도 옹졸해 보일 거라는 생각이 들었다. 그래서 나는 순간 인사도 하지 않고, 고개를 돌려 짐짓 종조부를 못 본 척했다.

!

종조부는 그때 아마 틀림없이 내가 우리 부모님이 정한 방침을 그대로 따르고 있다고 생각하셨을 것이다. 또 종조부는 그 점에 있어서 우리 부모님을 용서하지 않으셨다. 그 일이 있은 지 수년 후 종조부께서는 돌아가셨는데, 돌아가시기 전까지 우리 가족들은 아무도 종조부를 다시 만나지 못했다.

이런 까닭으로, 나는 이제는 잠겨 버린 아돌프 종조부의 방에 더 이상 들어가 볼 수 없게 되었다.

저는 옥타브 마님 방에 가 봐야 해요. 대신 부엌데기더러 커피하고 더운 물을 갖다 드리도록 일러 놓겠습니다.

우리가 아스파라거스를 무척이나 많이 먹던 바로 그해, 부활절 휴가에 맞춰서 우리가 콩브레에 도착했을 때, 아스파라거스 '껍질 벗기는' 일을 도맡아 하던 부엌데기 처녀는 이미 임신한 지가 꽤 되어 배가 잔뜩 부르고, 또 몸을 제대로 가누지도 못하던 상태였다. 하지만 놀랍게도, 프랑수아즈는 거동이 불편한 부엌데기한테 온갖 심부름을 시키거나 갖가지 궂은 일을 시키곤 했다.

스완 씨의 말마따나, 부엌데기 처녀가 늘 걸치고 있던 풍성하게 주름 잡힌 겉옷은 조토*의 상징적 인물들*이 입고 있는 옷을 상기시키곤 했다.

'조토의 자비'상(像)은 요즘 좀 어떤가요?

게다가, 부엌데기 처녀는 조토가 아레나 성당 벽에 그린 힘세고 남자 같은 모습의 의인화된 처녀상들과 무척이나 흡사해 보였다.

그리고 또, 내가 지금에 와서 그때를 돌이켜보면, 당시의 부엌데기 처녀는 덕목과 악덕을 의인화한 파도바 성당의 알레고리 그림들과 외양뿐 아니라, 다른 점에 있어서도 매우 흡사하다는 사실을 새삼스레 깨닫게 된다.*

그 당시 임신 중이던 부엌데기 처녀를 가장 잘 나타내는 상징은 그야말로 잔뜩 부풀어올라 앞으로 튀어나온 그녀의 배임에 틀림없었지만, 그녀는 자기 배가 상징하는 바가 도대체 무슨 뜻인지도 모르고 또 전혀 내색도 하지 않으면서, 그저 마치 무슨 무거운 짐이라도 되는 듯 안고 다녔는데….

이와 마찬가지로, 아레나 성당에 '자비'라는 설명과 함께 그려져 있는 기운 센 여인의 형상은 실상 자비라는 덕목을 전혀 밖으로 드러내고 있지 않기 때문이다. 자비를 형상화하는 힘차고 저속해 보이기까지 하는 여인의 얼굴에서 자비의 기미라고는 도대체 찾아볼 수가 없었다.

나는 스완 씨가 내게 준 조토의 이 알레고리 복사 그림들에 대해 오랫동안 아무런 흥미도 느끼질 못했었다. 자비로워 보이지 않는 자비상, 그저 여느 의학서적의 도판을 연상시키는 선망상, 그리고 신앙심 깊지만 냉담한 콩브레의 몇몇 부르주아 요조숙녀들처럼 희끄무레하고 메스껍도록 반듯한 얼굴을 한 정의상 등….

KARITAS
자비는 하느님께 자기의 타오르는 마음을 바치는가 하면, 아니 차라리 '건넨다'란 표현이 더욱 적절한데, 이 형상은 마치 지하실 부엌에서 요리하던 여인네가 채광창을 통해 병따개를 건네 주는 것 같았고…

선망은 마치 혀에 생긴 종양 때문에 성문(聲門)이나 목젖이 짓눌린 듯한 형상을 하고 있었고…

JUSTI CIA
…그 중의 몇몇 부르주아 여인들은 정의가 아니라 오히려 정의롭지 못한 예비 민병대에 이미 등록을 마친 듯했었고…

…또 분노는…

INFIDELITAS
…불성실은…

…변덕은…

하지만 나는 아주 오랜 세월이 지나고 나서야 이 벽화들이 지니고 있는 특별한 아름다움을 비로소 이해할 수 있었는데, 이 아름다움은 가련한 부엌데기가 부풀어오른 자기 배의 무게 때문에 저절로 자꾸 그리로 시선이 이끌리듯이, 알레고리 그림에서도 상징은 실제로 있었든 꾸며졌든 간에, 있는 현실 그대로의 모습을 너무도 생생하게 나타내고 있다는 데에서 기인하고 있었다.

그리고 덕목을 상징하는 이 그림들이 (적어도 표면적으로는) 아마도 덕목 자체를 나타내 보이고 있지는 않을망정, 이 그림들은 미학적 관점을 따지지 않는 경우, 심리적 현실은 아닐지라도 적어도 이를테면 관상학적 현실을 반영하고 있었다.

이로부터 한참 후, 내가 진정 성스럽고 실제 살아서 움직이는 자비의 화신들을 만나 볼 기회가 있었을 때, 이들은 대개 쾌활하거나 긍정적이고, 무관심하고, 또 서둘러 수술을 치르는 외과의사의 민첩성을 가지고 있었다. 놀랍게도, 정말로 자비로운 사람의 얼굴은 자비의 기색을 나타내지도 않으며, 다른 사람의 고통을 보면서도 연민의 정을 드러내기는커녕 아무 거리낌없이 이를 직시하는 것이었다. 이들의 얼굴은 진정한 선의 모습이 그러하듯, 아무런 온화함의 기색도 없고, 숭고하면서도 반감을 일으키는 그런 얼굴이었다.

쾅

쾅

쾅
쾅

나는 찬란하게 빛나는 바깥의 햇빛을 퀴르가(街)로부터
들려오는 망치 소리를 통해서 느낄 수 있었다.
특히 더운 날이면 더욱 낭랑하게 울려 퍼지는 망치 소리는
주홍빛 행성을 멀리 하늘로 날려보내는 듯했다.

우리 때문에 좀 시끄러울 거라고
미리 양해는 구해 놨겠죠?
물론이죠, 카뮈 씨.
프랑수아즈가 괜찮다고 했어요.
옥타브 마님이 주무시는
시간이 아니라서요.
쾅

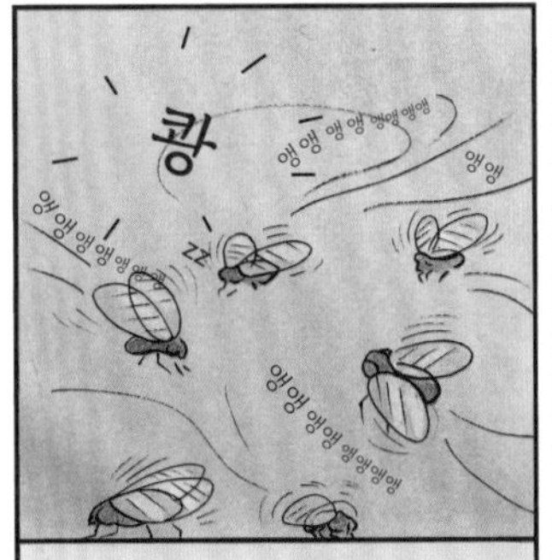
쾅

망치 소리 말고도, 내 앞에서 마치
실내악을 연주하는 듯한 파리의
앵앵거리는 소리 또한 그러했다.

쾅
쾅

반 어둠이 깔린 서늘한
내 방과 화창하게 빛나는
바깥 거리를 비교하자면, 이는
마치 그림자와 빛이 이루는
대비라고 할 수 있지만,
어떤 의미에서는 이 그림자도
빛만큼이나 밝게 빛난다고
할 수 있었다. 내 방의
반 그늘이야말로, 만일 내가
햇빛 가득한 야외를 거닐고
있었더라면 파편적으로만
느꼈을 여름의 광경을
남김없이 모조리 내 상상력
앞에 펼쳐 놓았기 때문이다.

이렇듯, 내 방의 반 그늘은
(책 속의 모험담이 가져다주는)
평온함과 아주 잘 부합했는데,
나는 이 평온감으로 인해 마치
흐르는 물속에 한가로이
팔을 담그고 있듯, 거칠고
쉼 없이 흐르는 삶의 격류를
견뎌낼 수 있었다.

아니, 이런, 아직도
책을 읽고 있어?
좀 내려가서 정원이나
한 바퀴 돌고 오려무나.

나는 읽던 책에서 도저히 손을
놓을 수 없었기 때문에, 정원에
쳐 놓은 천막에 가서 마저 읽을
요량이었다.

나는 천막 안에 들어앉아 몸을 숨겼다. 그때 나는 나의 머릿속 생각들이
마치 하나의 구유인 양 여겨져, 바깥에서 벌어지는 일들을 보게 되더라도
그 광경들을 구유의 깊은 곳에 들어앉아 바라보는 듯했다.

무엇보다도 내밀한 내 마음속 깊은 곳, 다시 말해 끊임없이 부유하면서도 그 밖의 다른 모든 것들을 지배하던 바로 그 힘은, 어떤 책을 읽건 간에, 그 책에 담겨 있는 철학적 내용의 풍요로움, 책에 간직된 아름다움, 또 책에 쓰인 모든 것을 내 것으로 만들고 싶은 욕망 따위에 대해 내가 품고 있던 믿음이었다. 왜냐하면 내가 설사 책을 콩브레에서 사서 읽는다 할지라도, 이 책들은 이미 학교 선생님이나 친구들이 훌륭한 책이라고 권한 책들이고, 따라서 당시에 이 책들은 벌써 어떤 진리나 아름다움의 비밀을 간직한 책이란 생각을 하지 않을 수 없었기 때문이다.

나는 책이 들려주는 모험이 마치 나 자신의 모험인 양, 책 속의 주인공들이 겪는 바를 고스란히 겪을 수 있었다. 이리하여 내가 책을 읽던 콩브레에서의 오후 나절은 실제로는 전 일생을 바치고도 모자랐을 수많은 극적 사건들로 가득 찬 시간이었다.

내가 책을 통해 겪었던 여러 행복과 불행 들을 만일 책이 아니라 실제로 겪었더라면, 그것이 제아무리 강렬하다 할지라도 책에서처럼 그렇게 짜릿하지는 못했을 것이다. 왜냐면 이 인생의 면면들은 너무나도

더디게 진행되어 제대로 분간해내기 힘들 것이기 때문이었다. 그리고 또, 책 속의 무대가 절반은 형태를 갖춘 채 내 앞에 펼쳐지는 때가 있었는데,… 나는 콩브레 정원의 열기 속에서, 연이어 두 해 여름이나 깊은 산 계곡으로 급류가 흐르는 장관을 맛볼 수 있었다….

뎅
뎅

그럴 때면 시간은 몹시도 빨리 지나, 방금 울렸던 종소리가 지금 또다시 울리고 있는 듯한 착각이 들 때도 있었다….

심지어, 시각을 알리는 종소리가 한 시간을 건너뛰어 두 번이나 더 울리는 것은 아닌가 싶은 때도 있었는데,

뎅
뎅
뎅
뎅

실상 그때 나는 종소리를 한 차례 듣지 못했던 것이다. 실제로 있었던 일이 나에게는 있지 않았던 셈이다.

마치 깊은 잠과도 같은 독서의 마력은 내 귀를 멀게 하여, 종소리를 못 듣게 한 것이다….

화창한 일요일 오후, 콩브레 정원 마로니에 그늘 아래에서, 나는 이처럼 자질구레한 일상사를 하나씩 떨쳐 버리고는, 대신 그 자리에 급류가 흐르는 책 속의 무대, 모험과 희망으로 충전된 상상의 세계를 채워 넣곤 했다.

지금 와요, 온다니까요!

지금 와요, 정말 온다니까요!

지금 와요!

지금 와요!

이 날은 부대가 작전을 하러 이동하던 중
콩브레를 지나는◈ 날인데, 그런 날이면 대개
생트일드가르드가(街)로 지나가곤 했다.

불쌍한 젊은이들, 전쟁터에서
또 얼마나 많이 죽어 나갈까.
보기만 해도 가슴이 미어지네.

불쌍하긴요, 프랑수아즈. 자기
목숨을 아끼지 않는 젊은이들이
얼마나 늠름해 보입니까?

자기 목숨을 아끼지 않는다구요? 아니, 목숨보다도
소중한 게 또 어디 있어요, 하느님께서 딱 한 번
주신 목숨인데! 오, 주여! 어쨌건 사실이긴 해요.
지난 70년전쟁* 때 보니까 군인들이 정말로
용감하게 싸우던걸요, 목숨도 아랑곳하지 않고
말이에요. 완전히 정신이 돈 사람들 같더라구요.
군인들이 죽기로 작정하고 싸우는 걸 보니,
사람이 아니고 정말 무슨 사자들 같더라니까요!

프랑수아즈에게는 사자라는 비유가 전혀
과장된 비유가 아니었다.

내 말 좀 들어 봐요, 프랑수아즈.
내 생각엔 그래도 전쟁보단 혁명이
훨씬 나은 것 같아요. 왜냐면 혁명은
가담하고 싶은 사람만 가담하거든요.

하긴 그렇네요. 그렇게 하는 편이
훨씬 솔직하겠네요.

하지만 전쟁은 한 번 터지고
나면 철도고 뭐고 남아나는 게
아무것도 없죠.

그땐 모두 꼼짝없이 당하는 수밖엔 없지요!

물론 정치하는 사람들만
빼고 말이죠….

프랑수아즈와 대화를 벌였던 남자는
그 경우 국가가 국민을 농락한다고
생각하지 않을 수 없었는데…

나는 다시 책에 빠져들었고…

BERGOTTE

그때 내가 읽던 책은 예전에 한 번도 읽어 본 적이 없는 베르고트*란 작가의 책이었는데, 이 책은 나보다 나이가 많은… 블로크란 친구가 알려 준 책이었다.

제발 부탁인데, 뮈세* 같은 수준 낮은 작가 작품은 그만 읽지 그래. 그 대신, 내가 존경해 마지않는 스승 르콩트 님께서 문학의 진수 중의 진수라고 말씀하시는 베르고트란 작가의 작품을 읽어 보도록 해 봐.

어떤 연유에서인지는 모르지만, 할아버지께서는 내가 사귄 새 친구나 또 우리 집에 데리고 오는 친구들은 모두 유태인일 거라고 생각하셨다.

내가 유태인한테 무슨 감정이 있는 건 아니야.
내 친구 스완도 유태인인걸…
다만, 친구를 고를 때는 정말 좋은 사람으로 골라야 하겠지.

이처럼, 내가 새로 사귄 친구를 집에 데리고 오면…

티, 라 람, 탈람, 탈램*

할아버지께서는 언제나 '오, 우리 조상들의 주시여'나 '유태 여인', 아니면 '이스라엘이여, 묶인 사슬을 끊어라'와 같은 유태인을 주제로 한 오페라 곡조를 흥얼거리셨는데, 나는 그때마다 데리고 온 친구가 그 의미를 알아차릴까봐 전전긍긍했었다.*

하지만 할아버지의 이상한 버릇 때문에 내 친구들이 기분 상해한 적은 없었다. 반면에, 내 친구 블로크는 실제로 그가 유태인이라서가 아니라 다른 이유 때문에 부모님들 마음에 들지 못했는데…

블로크는 가족 중에 제일 먼저 아버지에게 밉보였다.

아니, 블로크 군, 대체 무슨 일이지? 밖에 비라도 왔나? 참 이상도 하지, 기압계를 봤는데 비 올 날씨가 아니던데….

아버님, 비가 왔는지 오지 않았는지는 저로선 확실하게 말씀드릴 수 없습니다. 저는 한 번도 기상에 관심을 가져 본 적이 없어서, 제 감각기관이 그걸 기억하고 있을 리 만무하거든요.

블로크가 떠난 후…

아니, 얘야, 네 친군 어쩌면 그러냐! 세상에 원, 바깥 날씨가 어땠는지도 모르는 사람이 다 있더구나. 그게 자기 잘난 척하는 것 아니고 뭐겠어! 바보 녀석 같으니라고.

그 다음으론, 할머니의 기분을 상하게 했는데…

응, 그래, 몸이 좀 편칠 않구나.
저런, 우리 할머니 너무 불쌍해!

아니, 오늘 온 네 친구는 날 알지도 못하면서 어떻게 나한테 그럴 수가 있지? 거짓말쟁이거나 돌았거나, 둘 중 하나야.

결국 블로크는 우리 가족 모두의 비위를 거슬러 놓기에 이르렀다. 왜냐면 어느 날 그 친구가 점심 초대에 한 시간 반이나 늦게, 그것도 진흙을 잔뜩 뒤집어쓴 채로 와서는…

저는 원래 날씨가 어떻다거나 인위적인 시간 관념 따위에는 전혀 신경을 쓰지 않습니다. 또 저는 아편이나 말레이시아 단검을 허용하는 일이라면 쌍수를 들어 환영하겠지만, 시계나 우산처럼 뭐랄까 훨씬 더 위험하고 부르주아 냄새가 나는 거라면 글쎄요….

그나마 블로크가 이 정도에서 그쳤더라면 그래도 괜찮았을 텐데, 어느 날 콩브레에서

있었던 저녁식사에 초대되어 와서는 나한테 설교하길, 여자는 누구나 할 것 없이 오로지 사랑만을 추구하기 때문에, 사랑을 미끼로 던지면 넘어가지 않을 여자가 아무도 없다고 하면서…

소문을 들으니까, 네 종조모께서 젊었을 적에 굉장하셨다던데…
거의 화류계 생활을 하셨다지, 아마.

나는 블로크의 말을 부모님께 전하지 않을 수 없었는데, 그 후로 블로크는 다시는 우리 집에 발을 들여 놓을 수 없게 되었다.

하지만 블로크가 베르고트에 대해서 했던 말은 사실이었다.

내가 처음으로 베르고트의 소설을 읽었을 때, 그의 문체는 뭐라고 종잡을 순 없지만 하나의 신비한 선율처럼 사람을 황홀케 했는데, 나는 대체 무엇이 나를 그토록 사로잡고 있는지 알지 못했었다.

나는 한번 읽기 시작한 베르고트의 소설을 끝까지 읽지 않을 수 없었고, 그때 나는 그처럼 매료되는 까닭이 다만 그 책의 주제 때문이라고 생각했다.

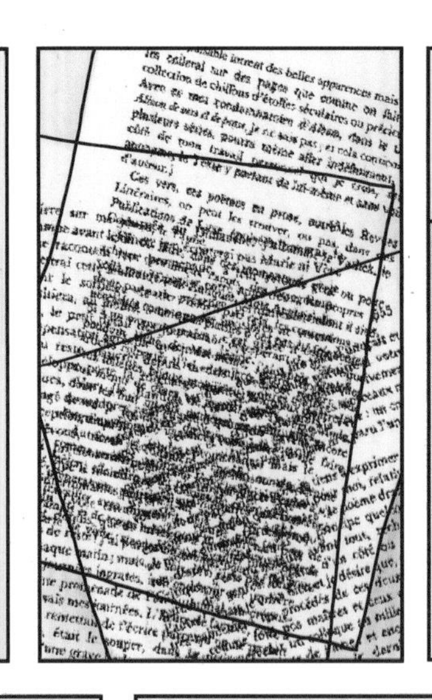

하지만 그 후로 나는 베르고트 소설 속에 담겨 있는 희귀하면서도 고풍스러운 표현에 눈이 갔는데, 작가는 하모니의 은밀한 흐름이나 내면의 전주곡(前奏曲)에 의해 문체가 고양되는 때면 이런 표현들을 즐겨 쓰곤 했다.

"삶의 헛된 꿈은…"

"아름다운 외양들의 그칠 줄 모르는 급류…"

"남을 이해하고 사랑하는 행위에 수반되는 비생산적이지만 너무도 감미로운 번민들…"

"숭고하고 매혹적인 성당 정면 벽에 영원토록 고귀성을 부여하는 감동적 조상(彫像)들…"

BERGOTTE

면면히 이어지는 운율, 고풍스런 표현들… 또, 아주 간단하고 흔한 표현일지라도 작가의 손길이 닿을 때 빛을 발하며 작가 특유의 취향을 드러내는 어구들… 그리고 또, 슬픈 대목에서의 갑작스러운 전환이나 거의 쉰 듯한 목소리의 억양들….

나는 이런 구절들을 모두 암기하게 되었다.

하지만 난 작가가 이야기를 다시 이끌어 가는 대목에선 실망감을 느끼곤 했다.
작가는 내가 이제까지 알지 못하던 무언가의 아름다움, 예컨대 소나무 숲, 우박, 파리의 노트르담 성당, 아니면 「아탈리」*나 「페드르」* 따위에 숨어 있는 아름다움을 말할 때마다, 이를 폭발적인 이미지를 써서 나타내곤 했다.

당시 나는 이 세상 모든 것들에 대해 작가 베르고트가 뭐라고 했을지와, 또 어떤 은유를 사용했을까가 무척 궁금했다.

나는 베르고트의 책을 읽으면서, 베르고트란 작가는 아마도 자식을 잃은 후 슬픔에서 영영 헤어나지 못하는, 나약하고 상심 속에 사는 노인일 거라고 상상해 보았다.

그래서 내가 베르고트의 문장을 마음속으로 외거나 노래할 때면, 책에서보다 훨씬 더 부드럽고 훨씬 더 천천히 되뇌곤 했는데, 그의 문장은 아무리 간단한 문장이라도 나에겐 정감어린 어조로 다가오곤 했다.

베르고트 책에 담긴 철학으로 말하자면… 나는 그 어느 때보다 어서 내가 중학교에 들어가, 철학반에 진학하고 싶은 강렬한 욕망에 사로잡혀 있었다.

그때 만일 나한테 아무리 그래 봐야 베르고트란 작가는 내가 당시 존경해 마지않던 다른 형이상학자들에는 수준이 미치지 못한다고 말하는 사람이 있었다면, 틀림없이 나는 평생을 바쳐 한 여인을 사랑하려는 사람에게, 잔인하게도 당신이 그 여인 말고도 후에 다른 여자 여러 명을 사랑하게 될 거라는 말을 했을 때 느낄 그런 절망감을 맛보았을 것이다.

어느 일요일…
지금 무슨 책을 읽고 있지? 좀 봐도 될까?
아니, 베르고트로구먼. 누가 베르고트를 읽어 보라고 권하던가?
제 친구 블로크가요.

아, 그래, 누군지 알겠어. 언젠가 여기서 한 번 본 적이 있지. 벨리니* 그림의 메흐메트 2세* 닮은 친구 말이지? 어쨌건 그 친구 꽤 안목이 있군. 베르고트는 정말 훌륭한 작가거든.

내가 개인적으로 베르고트를 잘 아는데, 어떤가, 네가 원하면 지금 읽는 책에다 작가 친필을 받아다 줄 수 있는데…
그럼, 아저씨는 베르고트가 어떤 작가를 제일 좋아하는지도 아시겠네요?
작가라… 글쎄, 그건 나도 모르겠는걸. 한데, 베르고트가 어떤 예술가보다 베르마를 높이 친다는 건 알지. 베르마 공연 가 본 적 없나?

부모님께서 연극은 못 보게 하시거든요.
저런, 아쉽구먼. 베르마가 「페드르」나 「르 시드」*에서 공연하는 걸 보면, 정말이지 어떤 예술이 고상하고 또 어떤 예술이 덜 고상한지를 '등급'을 매겨 판단한다는 것이 무척이나 공허해 보이던데…

스완 씨는 중요한 문제에 대해 말하면서 자기 의견을 밖으로 드러낼 수밖에 없는 표현을 사용할 때는, 그 표현에 언제나 특별하고도 비꼬는 듯한 억양을 주어 강조하는 습관이 있었다. 그래서 그는 자기가 그런 표현을 쓰긴 하지만, 자기한테 책임이 있지는 않다는 인상을 주곤 했다.

그 당시 나는, 자기 의견을 밝힐 때 심각한 어조로 말하길 극도로 꺼리는 스완 씨의 태도가 우아한 파리 사교계 방식으로, 지방사람들이 흔히 취하는 독단적 사고방식과는 대조적이라고 생각했다. 하지만 지금 나는 스완 씨의 태도에서 무언가 이상한 점이 있다는 것을 발견하게 된다. 이를테면 스완 씨는 자기 의견이 없는 사람처럼 처신했기 때문이다.

아, 네, 레옹 공주가 주최하는 무도회 말씀이지요? 그거 별거 아닙니다….

하지만 스완 씨는 말은 그렇게 하면서도, 실상 그런 종류의 사교활동에 거의 대부분의 시간을 바치고 있었다. 나는 그 점이 모순된다고 생각했다.

스완 씨는 어떤 문제에 대해서도 심각하게 말하는 법이 없고, 자기 의견을 어쩔 수 없이 밝혀야 하는 경우에는 특별한 억양을 주어 말하고, 또 자기 입으로 헛되다고 하면서도 그런 헛된 일에만 시간을 보냈다. 스완 씨가 정말로 심각하게 생각하는 일이 있기는 한 것이었을까?

네가 알고 싶은 거면 뭐든지 베르고트에게 직접 물어 봐 줄 수 있단다. 베르고트가 일 주일에 한 번씩은 우리 집에 와서 저녁을 함께 하거든. 내 딸아이와 굉장히 친하단다. 조만간 둘이서 함께 여행을 떠나, 옛 마을이며 유명한 성당, 성도 같이 구경할 참이지.

바로 이날, 내가 스완 씨의 딸 스완 양이 아주 고귀한 신분으로, 으레 무수한 특권으로 둘러싸여 지내는 존재임을 알게 되었을 때…

상대적으로 나는 스완 양에게 얼마나 거칠고 무지한 존재로 보일까를 생각하며, 한편으론 절망감이, 다른 한편으론 어떤 욕망 같은 것이 일었다.

우리가 누군가를 이제 막 사랑하려는 순간 내심 가장 바라는 바는, 우리가 그 사람을 사랑하게 됨으로써 이제까지 알지 못했던 그 사람의 삶에 참여했으면 하는 것이다. 이와 마찬가지로, 여자들이 흔히 군인이나 소방대원을 연모하는 까닭은, 자기들이 이들의 두꺼운 철갑에 입맞춘다 할지라도 사실상 자기들은 그 밑에 숨어 있는 다른 마음, 이를테면 모험으로 가득하고 부드러운 마음에 입맞춘다고 생각하기 때문이다.

내가 정원에서 책을 읽고 있는 동안…
마님, 글쎄 말이죠, 방금 구피 부인이 지나가는 걸 봤는데, 우산도 없이 샤토뎅*에서 맞췄다는 비단 드레스를 입고 가는 게 아니겠어요. 저녁기도 하러 가려면 아직도 갈 길이 먼데, 그러다가 비라도 만나 흠뻑 젖으면 어떡하나 걱정이 되던걸요?
음, 그래, 그렇겠구먼.

참, 구피 부인이 지난번 미사 때 성체를 거양하기 전에 갔었는지 어쨌는지 모르겠네. 다음 번에 욀랄리가 오면 잊지 말고 꼭 물어 봐야 할 텐데…

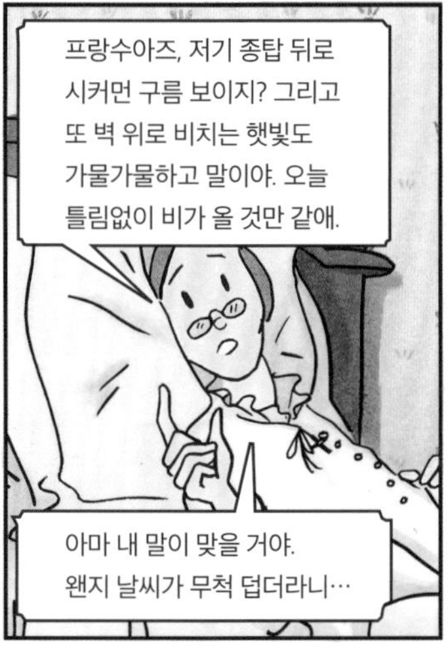
프랑수아즈, 저기 종탑 뒤로 시커먼 구름 보이지? 그리고 또 벽 위로 비치는 햇빛도 가물가물하고 말이야. 오늘 틀림없이 비가 올 것만 같애.
아마 내 말이 맞을 거야. 왠지 날씨가 무척 덥더라니…

차라리 비가 오려면 빨리 오는 게 낫겠어. 소낙비라도 와야지, 비시 탄산수가 영 내려가질 않는구먼.
네, 그 편이 차라리 낫겠네요.

아니, 벌써 세시가 됐나? 저녁기도 드릴 시간인데, 펩신을 깜빡했구먼!
어째 비시 탄산수가 영 속에서 안 내려간다 했더니만.

벌써 세 시간이나 지났다니 도저히 믿을 수가 없는데!

톡
톡톡
톡

어때, 프랑수아즈, 내 말이 맞았지?
덜컹

프랑수아즈, 대체 이런 날씨에 비 맞고 온 사람이 누군지 내려가서 좀 보고 오게나.

프랑수아즈가 다녀와서는,
아메데 마님께서 그래도 나가서 바깥 공기를 좀 쐬셔야겠다고 하십니다. 비가 억수같이 오는데도 말이지요.
그럴 테지. 내가 평소에 뭐라던가? 원래 좀 유별난 사람이라고 하지 않던가?

정말이지 아메데 마님은 참 별난 분이세요.

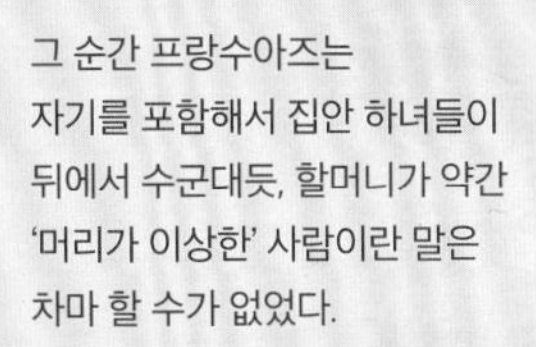
그 순간 프랑수아즈는 자기를 포함해서 집안 하녀들이 뒤에서 수군대듯, 할머니가 약간 '머리가 이상한' 사람이란 말은 차마 할 수가 없었다.

이젠 희망을 버려야겠지? 욀랄리가 안 올 거야. 밖에 비가 억수같이 오니 말이야.
하지만 옥타브 마님, 이제 네시 반밖에 안 됐는걸요?

욀랄리, 왔구먼.
안녕하세요, 옥타브 마님.
저는 나가보겠습니다, 마님.

한데, 공교롭게도 욀랄리가 오자마자 신부님도 찾아왔는데…
신부님께서 오셨습니다. 지금 마님께서 쉬시는 시간이 아니면 만나 뵐 수 있을는지 여쭤 보십니다.
신부님께서는 공연히 마님께 폐를 끼치는 게 아닐까 염려하십니다. 지금 아래층에 계시는데, 일단 응접실에 모셨습니다.

하지만 이모는 프랑수아즈가 생각하는 것과는 달리, 신부님이 방문하는 것을 그렇게 달가워하지 않으셨다. 왜냐면 신부님은 마을 유지들을 찾아갈 때마다 매번 성당이 어떻다는 둥, 똑같은 얘기만 장황하게 늘어놔서 신도들을 피곤하게 만들곤 했기 때문이다.

그런 마당에, 신부님이 욀랄리와 동시에 들이닥치자 이모는 기분이 몹시 상해 버렸다. 왜냐면 이모는 신부님 때문에 욀랄리와 함께 한껏 수다를 떨 수 없게도 됐지만, 어쨌든 동시에 방문객을 둘이나 맞고 싶지는 않았기 때문이다.

어쨌든 이모는 신부님을 맞지 않을 수 없었는데…

신부님, 제가 듣자니, 성당에 화구를 갖다 놓고 채색유리를 화폭에 옮기는 사람이 있다던데요….
성당에서 제일 흉측한 부분이죠.

저는 채색유리가 우리 성당에서 제일 흉측한 부분이라고는 생각지 않습니다. 왜냐하면 우리 성당에는 찬찬히 들여다볼 만한 가치가 있는 부분도 있고, 사실이지 너무 오래 되어 전혀 그렇질 못한 구석도 있으니 말입니다. 안타깝게도 생틸레르 성당은 저희 교구에서 유일하게 복원이 안 된 성당입니다.

성당 정문은 때로 찌들고 오래되긴 했지만 웅장한 것만은 사실입니다. 또, 에스더* 이야기를 수놓은 걸개그림 말인데요, 저는 뭐 개인적으로 그리 대수롭지 않게 생각하지만 전문가들은 그것을 상스* 성당에 있는 것 다음으로 친다더군요.
하지만, 채색유리에 대해선 말도 마십시오.

채색유리가 너무 어두컴컴해서 성당 안으로 빛이라곤 들지 않는데도 방치해 두고, 바닥이라곤 어느 곳 하나 평평한 데가 없는데도 그냥 내버려 두니, 도대체 우리 성당을 성당이라고 할 수 있겠습니까? 또, 제가 다른 곳으로 옮기려고 해도, 저희 성당이 콩브레 주교들 묘와 게르망트 가문의 묘가 있는 곳이란 이유로 허락을 해 주질 않습니다.

INRI
제 생각으론, 신부님께서 주교님께 간청해 보시면 성당 유리를 새로 바꿔 주실 것 같은데요….

전혀 그렇질 않습니다. 오히려 주교님께서는 한술 더 떠, 그 낡은 채색유리가 게르망트 가문의 조상인 준비에브 드 브라방의 직계 후손이자 게르망트의 영주였던 질베르 르 모베가 생틸레르로부터 직접 죄의 사함을 받는 장면이라고 하시면서, 대단한 가치가 있다고 생각하십니다.
하지만 채색유리에서, 어떤 분이 생틸레르인지 모르겠는걸요?

채색유리 한구석에 보면 노란 옷 입은 여자가 있는데, 생각나십니까? 바로 그 여자가 생틸레르입니다. 생틸리에, 생텔리에, 혹은 생틸리로도 불립니다. 이것들은 모두 라틴어 '산크투스 힐라리우스'에서 변형된 이름들이지요. 이렇게 라틴어 이름이 변형되는 경우가 적지 않습니다. 우리 착한 욀랄리, 당신 수호 성녀인 욀랄리가 죽어서 뭐라고 불리게 됐는지 알아요? 생(성자) 엘루아예요. 욀랄리, 당신도 이 다음에 죽으면, 사람들이 당신을 남자로 바꿔 놓을지도 몰라요….
신부님께선 농담도 잘 하신다니까!

어쨌든, 누가 뭐래도, 우리 성당에서 제일 멋지기는 종탑에 올라가서 바라다보는 경치죠. 정말 굉장하거든요. 하지만 아흔일곱 개나 되는 계단을 올라가서 종탑 꼭대기까지 가 보시란 말씀은 아닙니다. 게다가 종탑까지 올라가려면 몸을 잔뜩 구부리지 않으면 계단에 머리를 부딪치기 십상이죠. 하여튼 종탑에 오르려면 옷을 단단히 껴입어야 합니다. 바람이 보통 센 게 아니거든요!
어떻든 간에, 주일만 되면 종탑에 올라가서 경치를 보려고 아주 먼 데 사는 사람들도 떼를 지어 옵니다.

날씨가 맑을 때 종탑에서 보면 베르뇌유도 보입니다. 그리고 종탑에 올라가면 평소엔 도저히 할 수 없는 구경도 하지요. 이를테면 비본 강이 완전히 내려다보이는가 하면, 큰 숲에 가려서 보통 때는 보이지 않던 생아시즈레스콩브레가 전부 다 보입니다. 갈래갈래 나 있는 주이르비콩트의 운하들도 한눈에 다 들어오지요.
제가 주이르비콩트에 갈 때마다 느끼는 건데, 거기서는 운하 한 자락을 봤는가 하면, 다른 길에 접어드는 순간 바로 또 다른 운하가 나타나는 겁니다. 그럼, 처음에 봤던 운하가 어땠더라 하고 아무리 생각을 해 봐도 도대체 머리에 떠오르질 않는 겁니다. 머릿속으로 운하 전체를 아무리 꿰맞추려고 해 봐도 헛수고예요.
하지만 생틸레르 종탑에 올라가면 얘기가 전혀 달라집니다. 거기선 곳곳이 한눈에 다 들어오거든요. 단지, 주변 샛강이 물이 흐르는 물줄기처럼 보이는 것이 아니고, 땅에 패인 무슨 균열처럼 보인다는 차이가 있습니다. 그래서 마을들이 샛강에 에워싸여, 이리저리 구획이 지어져 보입니다. 마을들이 마치 브리오슈*, 그것도 미리 잘라 놓은 브리오슈처럼 보입니다.

이모는 신부님 때문에 어찌나 고단하던지, 신부님이 가자마자 윌랄리도 돌려보내지 않을 수 없었다.

여보게, 윌랄리, 이거 받게나. 그리고 기도할 때마다 내 생각도 조금은 해 주구려.

아니, 옥타브 마님, 왜 이러세요! 어째야 좋을지 모르겠네요! 제가 이럴려고 마님 찾아뵙는 거 아니잖아요!

윌랄리는 이모로부터 처음으로 돈을 받던 날처럼, 그 후로도 매번 이모가 돈을 줄 때면 어찌 할 바를 몰라 쩔쩔매곤 했다. 또 이모는 그런 윌랄리가 그리 싫지만은 않았는데, 왜냐면 윌랄리가 돈을 받으면서 평소 때보다 조금이라도 당황하는 기색이 덜 하면, 이렇게 혼자말을 하시곤 했기 때문이다.

오늘 윌랄리한테 무슨 일이 있었나? 돈을 다른 날하고 똑같이 줬는데 별로 좋아하는 것 같질 않으니…

프랑수아즈는 이모가 욀랄리한테 돈을 준다는 사실이 몹시 못마땅했다. 프랑수아즈의 입장에서 볼 때, 자기는 주인이 재산이 많은 사람이기 때문에 그런 주인을 섬기는 하녀도 당연히 주인이 가진 재산에 걸맞는 하녀 대접을 받아 마땅하다고 생각했다.

하지만, 프랑수아즈는 자기가 섬기는 주인이 다른 사람에게는 인색하길 바랐었다.

프랑수아즈는 자기 주인이 어쨌든 부유한 사람한테 돈을 쓸 때는 개의치 않았지만, 가난한 사람에게 돈을 쓸 때는 가만히 보고만 있지 않았다.

마님께선 욀랄리가 설사 그렇더라도,
전혀 신경 쓰실 필요가 없으십니다!

아마도 프랑수아즈는, 이모가 부유한 사람에게 값비싼 선물을 하더라도 그 사람들이 선물을 받으려고 이모한테 잘하는 것은 아니라고 생각했던 것 같다.

아첨꾼들을 조심하셔야 해요. 그런 사람들은 적당히 비위나 맞추면서 돈 뜯어갈 궁리만 하거든요. 하느님께서 언젠가는 그런 나쁜 사람들을 벌 주시겠지만 말입니다!

옥타브 마님, 저는 이제 나가 보겠습니다.
마님께서 좀 고단해 보이시네요.
VICHY

쿵
쿵
쿵
쿵

그런데 말이지, 욀랄리는 벌써 갔겠지? 그렇게 별렀건만, 욀랄리한테 구피 부인이 지난번 미사 때 성체를 거양하기 전에 도착했었는지 물어 본다는 것을 또 깜빡했지 뭔가. 어서 가서 다시 데려오게나!

하지만 뛰어나갔던
프랑수아즈가
잠시 후 혼자서
돌아왔는데…

이를 어쩐담, 제일 중요한 것을
안 물어 보고 깜빡했으니!

이렇듯, 레오니 이모는 이모 말마따나 자기의 '작은 세계'에 완전히 파묻혀 살고 있었다. 이모는 주위의 모든 사람들로부터 격리되어 있어서, 심지어 누가 이모네로부터 불과 몇 골목 떨어진 곳에서 상자에 못이라도 박아야 할 때면, 반드시 프랑수아즈에게 이모가 '휴식 중'인가를 미리 물어 봐야만 했다.

5월의 토요일, 우리 가족은 '성모의 달'◈ 축제에 참가하기 위해서 저녁을 먹은 후 집을 나서곤 했다.

오늘은 특히 점잖게 차려 입고 가야 돼. 뱅퇴유 씨도 오시거든. 뱅퇴유 씨는 젊은 사람들한테 무척 까다로운 분이세요. 잘못하다간 '세태에 영합하는 가련한 속악 취미'를 가졌단 말을 들어요.

내 기억 속에서, 산사나무◈를 내가 좋아하게 된 때는 바로 성모의 달인데, 그때 산사나무는 축제의 일부분을 이루고, 또, 산사나무는, 마치 신부의 뒤로 길게 끌리는 웨딩 드레스 마냥, 눈부신 흰빛으로 흐드러지게 핀 무수히 많은 작은 꽃망울들로 화려하게 단장함으로써, 축제의 비밀스러운 분위기를 한층 드높이고 있었다.

그때 나는 산사나무를 정면으로 바라다볼 용기는 없지만, 산사나무의 화려하기 그지없는 자태가 살아서 꿈틀거리는 것을 느꼈고, 또 그 자체로 자연의 모습이라는 것을 느낄 수 있었다. 자연은 산사나무의 잎 사이로 눈부시게 빛나는 백색 꽃망울을 풍성하게 수놓음으로써, 모든 사람들이 즐거워하면서도 신비스러운 경건함이 함께 감도는 축제 분위기에 일조를 하고 있었다.

성당에서, 뱅퇴유 씨가 자기 딸과 함께 우리 옆에 앉았다.

뱅퇴유 씨는 좋은 가문의 사람으로, 한때는 할머니의 자매들에게 피아노를 가르치기도 했던 음악가이다. 그는 자기 부인이 죽은 후 물려받은 유산 덕택에 콩브레 근처에 칩거하며 지냈는데, 집안 어른들께서는 그를 자주 집에 초대하곤 했다. 그러던 그가 어느 날부터인가 초대에 응하질 않았는데, 그 까닭은 체면을 몹시 차리는 그가 '세태에 영합하여, 해서는 안 되는 결혼을 한' 스완 씨를 우리 집에서 마주칠까봐서였다.

언젠가 엄마는 뱅퇴유 씨가 작곡한다는 사실을 알고는, 우리가 그의 집을 방문하게 되면 작곡한 곡을 들려 달라는 말을 인사치레로 그에게 건넨 적이 있었다. 그러나 뱅퇴유 씨는 속으로는 기뻤을 테지만 엄마의 제안을 매정하게 뿌리쳤다. 왜냐하면 그는 언제나 타인의 입장에서 생각하는 사람이라서, 자기가 상대하는 사람이 바라는 바를 너무도 잘 알고 있고, 또한 만일 자기가 욕망을 따르거나 드러내기라도 한다면 상대가 얼마나 피곤할 것이며, 그럴 때 자기가 얼마나 이기적인 사람으로 보이겠는가를 무엇보다 걱정했기 때문이다.

부모님께서 뱅퇴유 씨 집으로 찾아가던 날, 나도 따라나섰는데…

저는 밖에서 놀고
있어도 돼죠?
그래, 그렇게 하렴. 하지만
너무 멀리 가면 안 돼.

나는 몽주뱅의 뱅퇴유 씨네 집 앞의 우거진 언덕 덤불 속에 몸을 숨겼는데, 그곳은 그 집 응접실이 마주 보이는 자리였다.

나는 뱅퇴유 씨가 하인으로부터 우리 부모님께서 오셨다는 말을 듣자마자, 서둘러서 피아노 위에 악보를 펼쳐 놓는 것을 볼 수 있었다. 하지만 막상 우리 부모님께서 응접실로 들어서자…

뱅퇴유 씨는 조금 전 펼쳐 놓았던 악보를 보이지 않게 한 구석으로 치워 버렸다.

악보가 있네요,
어디 한번 들려 주세요.
아니, 누가 이걸 여기 놔뒀나,
여기 있을 자리가 아닌데!

뱅퇴유 씨는 갖은 정성을 자기 딸에게 바치고 있었다. 그의 딸은 외모가 마치 남자 같고 천성이 본래 얌전하질 못해서, 자기 딸 앞에서 어쩔 줄 몰라 하며 쩔쩔매는 뱅퇴유 씨를 보고 있는 사람들은 누구나 웃지 않을 수 없었다.

나는 성당을 떠나려는 순간, 산사나무에서 퍼져 나오는 쌉쌀하고 은은한 편도 향기와도 같은 냄새를 맡았다.

만나 뵙게 돼서
정말 영광이에요.
자, 얘야, 어서 망토를
걸쳐야지.

그러고는, 부녀는 몽주뱅 집으로 돌아가는 것이었다.

신부님과 욀랄리가 동시에 찾아왔던 바로 그 일요일, 이모가 방문객들을 보내고 나서 한숨 자고 일어났을 때 이모 기분이 어땠는지 궁금하지 않을 수 없던 가족들은 모두 우르르 이모 방으로 몰려들었다.

레오니, 그런데 말이지요, 이번에는 우리가 또 우르르 몰려왔지 뭐예요.
지금은 경우가 다르지.

가족들이 한자리에 모인 김에 말씀드릴 것이 있습니다. 글쎄 말이죠, 오늘 아침 르그랑댕을 만났는데, 아는 체도 안 하지 뭐예요. 그 사람 좀 이상하더군요.

그날 아침, 르그랑댕 씨가 우리에게도 안면은 있지만 누군지 모르는 어느 귀부인과 함께 성당 문을 나서며 우리와 마주쳤을 때, 아버지는 그에게 친근하고도 깍듯한 태도로 인사를 했다.

그 사람이 뭐 때문인지 우리한테 잔뜩 화가 나서 그런가 보다고도 생각해 봤지만, 사실 그런 것 같지도 않습니다. 왜냐면 미사가 끝나고 사람들이 북적대는데도, 르그랑댕은 태연자약하기만 하고 오히려 아주 기분이 좋아 보이더라고요.

가족들의 한결같은 결론은 아마도 아버지가 뭔가 착각을 했거나, 아니면 그때 르그랑댕 씨가 다른 생각으로 얼이 빠져 있었으리라는 것이었다.

그런데, 아버지는 르그랑댕 씨한테 품었던 의심을 다음날 저녁 때 말끔히 씻게 되었다. 우리가 멀리 산보를 나갔다가 돌아오던 길에…

아, 르그랑댕 씨가 오네!

어이, 책벌레 양반, 폴 데자르댕*의 이런 시 구절 알고 있는가? "숲은 어둡고, 하늘은 여전히 푸르다네." 하루 중 바로 지금 같은 시각에 딱 어울릴 만한 구절이지.

그래, 꼬마 신사 양반, 자네 하늘은 언제나 푸르렀으면 하고 빌어본다네. 행여 나중에 자네가 내 나이쯤 돼서 숲에 벌써 어둠이 깔리는 때가 찾아오면, 지금 나처럼 자네도 푸른 하늘을 바라다보며 위안 삼으려나?
자, 저 먼저 갑니다!

이 못된 것!

나는 군청색과 장밋빛이 감돌고, 꼭지 부분이 자주색과 하늘색으로 어우러진 채 밑으로 내려갈수록 색깔이 엷어지는 아스파라거스만 보면 황홀해지곤 했다. 여러 빛깔로 아롱진 자태가 너무도 신비로워서, 아스파라거스가 사실은 아스파라거스가 아니라…

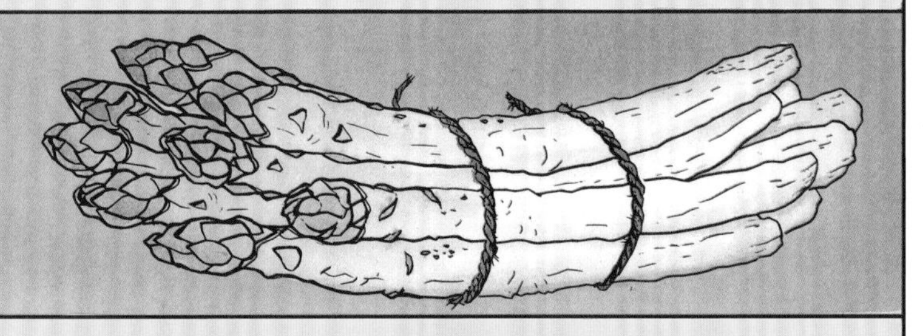

…어떤 감미로운 초자연적 존재가 장난 삼아 채소로 변한 것은 아닌가 하는 느낌을 나에게 주었다. 이를테면 이 존재는 단단한 각질의 채소로 화함으로써, 동틀 무렵 모습을 드러내는 색조들, 화려하기 그지없는 무지개색, 그리고 또 해질녘 하늘 가득 감도는 푸른 기운 모두를 합쳐서, 그때 내 스스로 나의 몸 안에서 생산해내던 그 소중한 엑기스를 미리 예감토록 해 주었다. 왜냐면 저녁식사 때 아스파라거스를 먹고 자는 날이면, 아스파라거스는 마치 셰익스피어 극의 요정들처럼, 시정(詩情) 어리고 방탕한 잔치를 한바탕 치르고 나서는 내 방의 요강을 향기로 가득한 요술 항아리로 바꿔 놓곤 했기 때문이다.

그날 따라 식사가 평소보다 늦어졌는데…

…!…

이 못된 것!

그 광경은 너무나 끔찍해서, 나는 당장에라도 프랑수아즈를 내쫓아 버려야 한다고 생각했다. 하지만 만일 프랑수아즈가 정말로 쫓겨난다면, 대체 누가 나한테 따끈한 고기단자며 향긋한 커피며 또… 맛있는 닭고기를 해 줄 수 있겠는가? …사실, 프랑수아즈에 대해 나 혼자만 그런 비굴한 생각을 했던 것 같지는 않다. 왜냐면 레오니 이모 또한 프랑수아즈가 다른 사람한테 얼마나 잔인할 수 있는지 너무도 잘 알고 있기 때문이었다.

이런 못된 것!

성당의 채색유리에 손을 마주 잡은 채 그려져 있는 왕과 왕비의 생애가 실제로는 피로 얼룩진 살육의 역사로 점철되어 있듯이, 겉으론 보이지 않는 프랑수아즈의 노고 또한 부엌 뒤켠의 비극을 감추고 있었던 것이다.

프랑수아즈는 생면부지의 사람들이 당한 불행을 신문에서 읽을 때는 눈물을 펑펑 쏟다가도,
그 불행이 자기가 아는 주변 사람의 일일 때에는 전혀 다른 태도를 취하곤 했다.

임신했던 부엌데기가 해산한 후 심한 복통으로 몹시 고생하던 어느 날 밤, 신음소리를 듣다 못한 엄마는 자고 있는 프랑수아즈를 깨워야만 했다.

별것도 아닌 일로
신경 쓰실 필요 없으십니다.
저 계집애가 엄살 피우는 겁니다.

왕진왔던 의사가 떠나기 전에 이르기를,

의학백과에 간지를 끼워
놨습니다. 재발하면,
책에 적힌 대로 응급조치를
하시면 됩니다.

프랑수아즈, 어서 서재에 가서
의학백과 좀 가져와요. 책 사이에
간지를 끼워 놨으니까 조심하구요.

하지만 책을 가지러 갔던 프랑수아즈는
한 시간이 지나도 돌아오질 않았는데…

흐흑, 엉, 엉…
이를 어쩐담, 이를 어째!

흐흑, 성모 마리아시여, 어쩌면 하느님께선 가엾은 여인네한테
이렇게 가혹한 병을 다 내리십니까? 너무나 불쌍합니다!

하지만 내가 프랑수아즈더러 책을 가지고 어서 빨리 '조토의 자비'에게 가보라고 했을 때, 눈물을 펑펑 쏟던 그녀는 부엌데기를 보자마자 갑자기 눈물을 뚝 그쳤는데… 의학백과에서 읽을 때는 그렇게나 슬피 울던 프랑수아즈가 똑같은 병으로 고생하는 부엌데기한테는 불쌍해 하기는커녕 오히려 불쾌한 표정을 짓거나 노골적으로 적대감을 나타냈다.

고것이 지금 자기 죄값을 치르는
거예요. 사내를 밝히더니만…
그 짓 좋아서 할 때는 언제고,
이제 와서 야단법석이람!

어떤 사낸지는 몰라도 참 지지리도 못났네요. '저런 것'하고 다 놀아나다니… 저희 어머니께서 이럴 때 저희 고향 말로 하시던 말씀이 있어요.

개한테 미치면, 개 똥구녕이 장미로 보이는 법….

수년이 지나서야 알게 된 사실이지만, 콩브레에서 지내던 여름 내내 거의 하루도 거르지 않고 아스파라거스를 먹던 바로 그해, 우리가 아스파라거스를 그렇게 많이 먹었던 까닭이 사실은 프랑수아즈가 일부러 부엌데기한테 아스파라거스를 다듬도록 해서 천식 발작을 일으키게 만들어, 제 발로 집에서 걸어나가도록 하려는 계산에서였다.

언젠가 나는 르그랑댕 씨한테 초대를 받아, 그 집 테라스에서 그와 함께 저녁을 먹은 적이 있었다.
초대하기 바로 전 날, 르그랑댕 씨는 우리 부모님께 나를 자기 집에 초대할 테니 허락해 달라는 말을 했다.
집안 어른들은 나를 르그랑댕 씨 집에 보내야 할 것인가 말 것인가를 놓고 의견이 분분했는데…

우리 집에 와서, 잠시 이 늙은이의 말벗이 되어 주게나…
우리 집에 올 때는 솔로몬 왕처럼 백합같이 흰 비단 옷을 입고,* 또 머리에는 다채롭게 빛나는 생각들을 담아서 오게나. 특히 한 가지 더 당부하고 싶은 말은, 절기가 절기인 만큼 마지막 얼음 위로 부는 상큼한 바람 한 줌 가져다주게나. 마치 오늘 아침부터 두 마리 나비가 문턱을 맴돌면서 예루살렘 장미*가 어서 피기만을 애타게 기다리듯, 이제 막 틈새로 불기 시작한 그 상큼한 바람 말일세.

할머니는 르그랑댕 씨의 제안이 경우에 어긋나지는 않는다고 생각하셨다.

주위에 감도는 정적이 참 감미롭지 않은가? 인생을 살다 보면, 플루트의 선율 같은 정적을 배경으로 달빛이 연주하는 음악 소리만 들리는 때가 있다네.

그런데, 아저씨, 저… 게르망트 가문의 귀부인 중에 아는 분이 계신가요?

르그랑댕 씨는 그 말을 듣자 갑자기 눈 주위가 검어지면서, 시선을 아래로 떨구었다. 그러곤 자기도 모르는 사이에 입가에 그려진 씁쓸한 기색을 서둘러 지우고는 웃음을 짓는 것이었다. 하지만 르그랑댕 씨의 눈빛은 마치 창에 무수히 찔린 순교자 마냥 고통으로 가득 차 있었다.

아니… 아는 사람이 없다네….

아니… 아는 사람도 없고, 또 알려고 하지도 않았었지. 난 철저한 자코뱅주의자거든.*
사실, 내가 이 세상에서 좋아하는 것이라곤 기껏해야 몇몇 성당, 두세 권의 책, 뭐 또 그 정도의 그림 말고는 없는 셈이지. 젊은 자네가 날 찾아 주니, 내 마음에까지 바람이 다시 일어 새삼스레 쳐다보게 된 저 달빛을 보태려면 보탤 수 있으려나?

하지만 르그랑댕 씨가 자기는 성당과 달빛, 젊음만 좋아한다고 했을 때, 나는 그 말이 진심이 아니라는 것을 알 수 있었다.

그는 속으론 성(城)에서 사는 귀족들을 선망하고 있었던 것이다. … 그는 한마디로 속물이었다.

나는 똑같은 질문을 다시 해 보았는데…

아저씨, 게르망트 가문에 혹시 아는 분 계세요?

그 순간 르그랑댕 씨는 마치 비수에라도 찔린 듯이, 넋을 잃은 표정을 지었다. 이를테면 속물근성의 화신(化身)과도 같은 태도를 취했는데…

젊은 사람이 정말 지독히도 잔인하구먼.
내가 게르망트 가문 사람들을 알 턱이 있나! 젊은 친구여, 제발 부탁이니 나의 아픈 상처를 건드리지 말게나.

콩브레 주변으로 산책을 나가려면 서로 다른 두 '방향' 중 하나를 선택해야 했었다. 이 두 산책로는 서로 방향이 완전히 다르기 때문에, 그날 어느 쪽으로 산책을 나갈 것인가에 따라서 실제로 집을 나설 때에도 어느 문으로 나가는가가 달라졌다. 두 산책로는 메제글리즈라비뇌즈, 다시 말해 스완 씨네 소유지를 거쳐야 하기 때문에 스완네 집 쪽이라고 부르는 방향과, 게르망트 쪽이라 부르는 두 방향이었다.*

메제글리즈 쪽이라?
내가 알기론, 이 세상에서
가장 아름다운 평야지.

게르망트 쪽은 또 어떻고?
전형적인 강가 풍경이지.

그런 까닭에, 만일 메제글리즈 쪽으로 가기 위해 '게르망트 쪽'을 거친다거나, 아니면 반대로 게르망트 쪽으로 가려고 메제글리즈 방향으로 나선다고 한다면, 이는 마치 서쪽으로 가기 위해 동쪽으로 나선다는 말만큼이나 터무니없는 말로 들렸음에 틀림없었다.

어느 날,

어제 스완이 그러던데, 자기 안사람하고 딸이 랭스*로 떠나기 때문에, 자기는 하루 동안 파리에 가 있겠다고 하더군. 그러니 오늘은 스완네 소유지를 따라 걸으면 어떨까 하는데… 스완네 모녀가 없을 테니 말이야. 그만큼 시간을 버는 셈이지.
네, 그러면 둘러 가는 수고를 덜겠네요.

저기 보이는 연못은 스완의 부모가 살아 있을 때 만든 거지…

내가 탕송빌*에 와 보기는 그때가 처음이지만, 스완 양(孃)이 떠나고 없는 그곳은 허전해 보였다.

나는 그때 기적이라도 일어나서, 스완 양이 자기 아버지와 함께 갑자기 우리 앞에 나타났으면 얼마나 좋을까 하는 생각이 들었다. 그러면 우리가 서로 피할 짬도 없어서, 인사를 나눌 수밖에 없을 테니 말이다.

저긴 스완 모친이 죽은 후로는 변한 것이 없구먼. 한데, 저기 저 나무들은 아무래도…

그때 나는 갑자기 풀밭 위로 스완 양의 존재가 느껴지는 것 같았다.

얘야, 이리 오렴.

내가 아버지와 할아버지를 따라잡으려고
밭으로 난 좁은 언덕길을 달음박질해서
올라갔을 때…

그곳에는 산사나무 향기가 그윽하게
풍기고 있었다.

!

얘야, 너 산사나무 좋아하지? 이리
와서 이것 좀 보려무나. 참 예쁜데?

가서 보니 분홍색 꽃의 산사나무였는데, 보통의 흰 산사나무보다 훨씬 고와 보였다. 산사나무가 그때 본 것처럼 '색깔이 있을' 경우 더 고급스럽다는 생각이 들었는데, 이는 마을 광장의 '상점'에서 파는 꽃이 같은 꽃이더라도 색깔이 있느냐 없느냐에 따라 값이 다르고, 심지어 카뮈네 상점에서도 비스킷이 분홍색일 때는 더 비싼 것과 같은 이치였다. 나 역시 비스킷에 분홍색 크림 치즈를 얹은 것을 더 좋아했는데, 내가 그걸 먹을 때 위에다 딸기를 또 으깨서 먹어도 부모님께서는 나무라지 않으셨다.

?!

분홍색 주근깨를 한 여자아이가…
고개를 들어 우리를 쳐다보고 있었다.

그 아이의 새까만 눈동자는 유난히도 반짝거렸다. 하지만 나는 그때 그 모습을 나중에 다시 떠올릴 때마다 그 여자아이의 눈동자가 밝은 하늘색이 아니었던가 하는 착각이 들었는데, 아마도 그 아이의 머리색이 금발이라서 그랬던 것 같다.

그 아이는 안 그런 척하면서도 사실은 끊임없이 시선을 내 쪽으로 보내고 있었다. 그 아이의 따가운 시선과 억누르는 듯한 웃음은… 지독한 경멸의 표시로밖에는 보이질 않았다.

그리고, 손으론 상스러운 제스처까지 만들어 보였는데…

질베르트, 어서 오렴.

거기서 뭐 하고 있니?

스완이 딱하기도 하지, 저 꼴을 봤으면 무슨 생각이 들겠어? 외간 남자하고 놀아나려고 자기 남편을 떠나보낸 게지. 저치는 샤를뤼스*란 작자야, 내가 알지. 가엾게도 딸자식까지 저런 짓거리에 끼어들게 내버려 두다니!

질베르트… 나는 대번에 그 아이를 사랑하게 되었다. 그때 나는 그 아이에게 모욕을 주고, 상처를 주고, 또 나를 기억하지 않을 수 없도록 행동할 여건이 아닌 것이 안타까울 따름이었다. 질베르트는 무척이나 예뻤다…. 게다가 가시장미 나무 아래로 이미 매혹적인 향기를 발산하기 시작한 질베르트란 이름은 그 아이의 몸이 닿는 곳이면 어디로나 번져 나가고, 감싸고, 아름답게 만들었다.

바로 그해, 우리가 콩브레를 떠나는 날 아침, 식구들이 기념 촬영을 하기 위해 나한테 파마머리를 하게 하고 조심스레 모자까지 씌워 놓았다. 하지만 엄마는 탕송빌에 인접한 어느 비탈길에서 이렇게나 공들여 차려 입은 내가 울음범벅이 된 채로 있는 것을 찾아냈는데, 그때 나는 가시 덮인 산사나무 가지를 끌어안고는 엉엉 울면서 작별을 고하고 있었다.

저런, 저기 있네!

아, 가엾은 산사나무들아. 너희들이 떠나라고 해서 내가 떠나는 게 아니야! 난 죽을 때까지 너희를 사랑할 거야….

나는 하염없이 흐르는 눈물을 닦으며 산사나무에게 고하길, 내가 나중에 커서 어른이 돼도 보통사람처럼 멋없는 삶을 무작정 따라서 살지는 않을 것이며, 내가 파리에 가 있더라도 봄이면 쓸데없이 여기저기를 기웃거리거나 헛소리를 들으러 나다니는 대신, 처음으로 꽃망울을 맺는 산사나무를 보러 시골로 가겠노라고 맹세했다.

메제글리즈 쪽을 거닐 때면 언제고 바람결을 느낄 수 있었다. 나는 스완 양이 자주 라옹*에 간다는 것을 알고 있었는데… 더운 날 오후, 지평선 저 너머에서 부는 바람이 큰 파도처럼 밀을 쓰러뜨리며 들판을 지나는 광경을 보고 있노라면, 우리 둘을 연결하는 그 들판이 우리 사이를 더욱더 가깝게 이어 주고 결합시켜 주는 듯했다. 스완 양 곁을 스치고 왔을 들판의 바람은 그녀가 나에게 속삭이는 메시지처럼 여겨져, 나는 내 곁을 지나는 바람을 포옹하지 않을 수 없었다.

뱅퇴유 씨는 메제글리즈 쪽의 몽주뱅에 살고 있었다. 그런데 우리가 그 근처를 지날 때면, 뱅퇴유 씨의 딸이 혼자서 이륜마차를 전속력으로 몰고 가는 모습을 종종 볼 수 있었다. 그런데 어느 해부터인가…

뱅퇴유 양은 이제 혼자 다니는 것이 아니라, 자기보다 나이도 많고 또 행실이 좋지 않다고 소문이 난 어떤 여자하고 늘 붙어 다니는 것이었다. 그로부터 얼마 후, 그 여자는 몽주뱅에 아주 눌러 살기에 이르렀다.

글쎄 말입니다, 친구라는 그 여자가 뱅퇴유 양과 음악을 함께 한다는군요. 신부님께선 의아하신 모양이지요? 글쎄요, 저는 어찌 된 영문인지 모르겠습니다. 어쨌든 어제 뱅퇴유 씨가 자기 입으로 그러더군요. 그 여자도 음악을 좋아한다는 데야 어쩌겠습니까…

저야, 뭐, 젊은 사람들이 자기네가 좋아서 음악을 한다는 데야 특별히 반대할 까닭이 없지요. 보아하니, 뱅퇴유 씨도 그런 것 같구요. 그 사람도 자기 딸 친구하고 음악을 같이 한다지요, 아마…

내 원, 참, 그 집 사람들은 음악 말고는 하는 게 없는 모양입니다. 아니, 그런데, 신부님께선 왜 웃으시죠? 그 사람들 모두 너무 음악에만 빠져 있는 것 같습니다. 어느 날이던가 뱅퇴유 씨를 공동묘지 부근에서 만난 적이 있지요. 그런데 그 사람 제대로 서 있지도 못하더군요.

그 무렵 뱅퇴유 씨는 알고 지내던 사람도 만나지 않고, 몇 달 사이에 갑자기 늙어 버리고, 또 늘 수심에 잠겨 몇 날 며칠을 종일 죽은 자기 부인의 묘에서 보내곤 했다. 뱅퇴유 씨를 보는 사람들은 그가 슬픔으로 죽어 가고 있다는 생각을 하지 않을 수 없었다.

하지만, 뱅퇴유 씨가 설사 자기 딸의 행실을 눈치챘다 하더라도, 그 때문에 자기 딸에게 바치는 애틋한 정이 줄어들 것 같지는 않았다.

어쨌든, 뱅퇴유 씨는 사람들이 자기 딸이나 자신에 대해 뭐라고들 할까에 생각이 미치면 깊은 절망감에 빠지지 않을 수 없었는데…

어느 날, 우리 식구가 스완 씨와 함께 콩브레 거리를 걷고 있을 때…

어! 안녕들 하세요?
!

사교계의 예법이 몸에 밴 스완 씨는 설사 상대방이 자기의 도덕적 가치관에 위해를 가할 정도로 심한 불쾌감을 불러일으키는 경우에도, 이를 내색하기는커녕 오히려 당당한 태도로써 아량을 베풀곤 했는데, 그는 그렇게 함으로써 상대방이 자기가 행한 선행에 내심 고마워하리라는 생각에 흡족해했다. 그런 생각으로, 스완 씨는 뱅퇴유 씨를 만나자, 이제까지 말 한마디 붙이지 않던 태도를 바꾸어 오랫동안 환담을 나누었다.

언제 한번 따님께서 저희 탕송빌에 와서 피아노 연주 좀 들려 줬으면 하는데요. 그러면 저희 딸 질베르트가 무척이나 좋아할 겁니다.

뱅퇴유 씨가 이 년 전에 그런 제안을 받았더라면 불같이 화를 냈을 테지만, 그때는 오히려 너무나 고마워서 어쩔 줄 몰라 했다. 오히려 그때 그는 스완 씨의 제안이 분에 넘친다고 여겨져 받아들이지 않는 것이 도리라고 생각했다.

스완 씨가 떠나자마자…

정말 좋은 분입니다! 정말 좋은 분이에요! 저렇게 훌륭하신 분께서 어떻게 그런 미친한 여자와 결혼을 했는지 모르겠습니다!

우리 부모님도 스완 씨가 경우와 관례에 맞지 않는 결혼을 했다는 점에선 뱅퇴유 씨의 말에 동의를 하면서도, 그렇다고 해서 스완 씨가 몽주뱅에 초대받지 못할 이유는 없지 않겠느냐는 의사를 은연중에 나타냈다.

뱅퇴유 씨는 결국 자기 딸을 스완 씨네 집에 보내지 않았다. 그리고 스완 씨는 그 점을 못내 아쉬워했다. 왜냐면 스완 씨는 매번 뱅퇴유 씨를 만났다가 헤어지고 나서야 비로소 얼마 전부터 그에게 물어 보려던 말이 생각나곤 했기 때문이다. 스완 씨는 뱅퇴유 씨에게 그의 집안 사람으로 뱅퇴유라는 이름으로 활동하는 작곡가가 있는지를 물어 보고자 했던 것이다.*

마침내 레오니 이모가 세상을 떠난 후, 우리는 이모의 상속 문제 때문에 다시 콩브레로 가야만 했다. 이모는 죽기 전부터 많은 사람들의 호기심을 자극했는데, 왜냐면 이모가 죽으면 그건 잘못된 섭생 탓이라고 주장하는 이들이 있는가 하면, 이와는 반대로 이모의 병은 육체의 병이 아니라 마음의 병이라고 주장하는 이들이 있었기 때문이다. 이들은 모두들 자기 생각이 맞다고 고집하며, 실제로 이모가 죽었을 때 누구 말이 옳았는지 확인해 보고 싶어하던 터였다.

프랑수아즈는 옥타브 마님 곁을 한시도 떠난 적이 없었습니다. 옷도 갈아입지 않고, 내내 마님 곁을 지키면서 아무도 가까이 오지 못하게 했습니다. 장례식 날 시신이 땅에 묻힐 때까지 잠시도 마님 곁을 떠나는 법이 없었습니다.

그해 가을, 부모님께서는 여러 가지 서류를 만들고 공증인이나 소작농들과 해결해야 할 일로 정신없이 바쁘셨기 때문에, 나 혼자서 여느 때처럼 메제글리즈 쪽으로 산보를 나가도 좋다고 허락하셨다.

아니, 도련님, 상중인데 그런 복장을 하시면 어떡합니까….

프랑수아즈, 내가 그 웃기는 레오니 이모를 좋아했던 까닭이 우리 이모라서 그랬다고 생각해요? 틀렸어요, 내가 이모를 좋아한 건 이모가 좋은 사람이라서였어요. 레오니 이모가 내 이모였건 웃기는 사람이었건 상관없어요. 이모가 죽었다고 해도 난 아무렇지도 않아요.
저런!
정신이 얼떨떨해서 도련님께 뭐라고 해야 좋을지 모르겠네요. 말주변이 워낙 없어 놔서…

하지만 이모께서는 도련님 친척분*이셨잖아요…. 돌아가신 친척분께는 존경심을 가지셔야죠….

저런 무식한 여편네와 다 상댈하다니, 나도 참 어지간히도 무던하지!

아마도 몽주뱅 주변을 산보하다가
갖게 된 인상인 듯하다.

그때 당시론 어렴풋한 인상에 불과했지만, 내가 아주 먼
훗날 사디즘을 이해하게 된 것은 바로 그 막연한 인상이
출발점을 이루고 있었다.*

날씨가 무척이나 덥던 어느 날,
몽주뱅의 늪지대까지 산보를 나갔던
나는 나무 그늘 아래 누워서 그만
잠이 들어 버렸다.

잠을 깨어 보니, 외출하고 방금 돌아온 듯한
뱅퇴유 양이 정면으로 보였는데…

!

그 방은 뱅퇴유 양이 거실로 쓰는 방으로, 예전에 그녀의 아버지
뱅퇴유 씨가 살아 있을 때 우리를 맞이하던 바로 그 방이었다.

나는 뱅퇴유 양에겐
보이지 않지만 그녀의
일거수일투족을 모두 볼 수
있는 위치에 있었는데, 만일
그 자리에서 꼼짝이라도
하면 소리가 나서 그만
들킬 것만 같았다. 이러지도
못하고 저러지도 못하던
나는 꼼짝없이 그 자리에서
뱅퇴유 양을 바라다보는
수밖에 없었다.

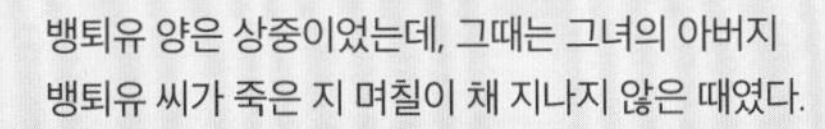

뱅퇴유 양은 상중이었는데, 그때는 그녀의 아버지
뱅퇴유 씨가 죽은 지 며칠이 채 지나지 않은 때였다.

창문 그냥 열어 놔, 나 더워.

그럼 어떡해? 누가 보면 어쩔려고!

내 말은, 우리가 책 읽는 걸 누가 볼 수도 있다는 말이야. 우리가 뭐 별 대수롭지 않은 일을 하고 있더라도, 어쨌든 누가 우릴 보고 있다고 생각하면 성가시잖아….

하긴, 네 말이 맞아. 뭐, 이런 촌구석에서, 게다가 이렇게 늦은 시간에 우리를 쳐다볼 사람이 있지 말란 법도 없겠지!
한데, 어쩌란 말이야? 볼 테면 보라지. 누가 보고 있으면 기분이 더 좋겠는걸!

오늘 저녁 우리 아가씨께서 참 요상한 생각을 하시는 거 같애!

어라!

아버지가 날 보고 계시네. 이 사진을 누가 여기 놔 뒀지? 여기 놓지 말라고 내가 골백번은 말했을 텐데.

내가 기억하기론, 그 말은 우리가 뱅퇴유 씨를 방문하던 날, 피아노 위에 펼쳐 놨던 악보를 보면서 그가 아버지한테 한 말이었다. 두 사람은 뱅퇴유 씨 사진을 필시 이제부터 자기네들이 행하려는 불순한 의식(儀式)의 빌미로 삼고 있음이 틀림없었는데, 왜냐면 뱅퇴유 양의 친구는 그 말을 듣고 나서 다음과 같이 대답했기 때문이다. 대답은 마치 준비된 의식의 한 부분 같았다.

그냥 놔 둬. 아무려면 어때. 이젠 죽어 버렸는데 우릴 어쩌겠니? 그 늙은 원숭이가 지금 창문이 열려 있다고 해서 널 보고 달려와 울음을 울겠니, 너한테 망토를 덮어 주겠니?
그래, 하긴 그래….

지금 내가 이 늙은 원숭이한테 어떻게 해 주고 싶은지 알아?

… … …
에이, 설마!

내가 '그 까짓' 얼굴에 침 못 뱉을 것 같애?

나는 그 다음은 엿들을 수 없었다.

뱅퇴유 씨가 살아 생전에 자기 딸 때문에 감내해야 했던 그 무수한 고통의 대가로, 그가 죽은 후 자기 딸로부터

어떠한 보답을 받게 되었는지 나는 그제서야 알 수 있었다.

하지만 가학적(加虐的) 성격의 사람이라 할지라도 뱅퇴유 양과 같은 부류의 사람은 실상 아주 감상적이고 본성이 착한 사람일 수밖에 없는데, 그 까닭은 그런 사람은 본성이 악한 사람과는 달리, 비록 육체적 쾌락을 좇는다 하더라도 그것을 내심 나쁜 것으로 생각하기 때문이다. 그런 부류의 사람들은 설사 잠시 불순한 쾌락에 빠져들 때에도 자기 자신이나 공모자에게 타고난 본성이 아닌 악한 사람의 탈을 쓰거나 쓰도록 하는데, 그들은 그렇게 해서 잠시나마 자기 자신을 속임으로써 조심스럽고 다정다감한 자기의 영혼으로부터 일탈하여 비인간적 쾌락에 탐닉할 수 있는 것이다.

메제글리즈 쪽이 비교적 쉬운 산책로인 데 반해 게르망트 쪽은 그렇질 못했다. 왜냐하면 게르망트 쪽은 길이 훨씬 멀고, 또 그래서 길을 나서기 전에 날씨가 어떤지를 미리 알고 떠나야 했기 때문이다.

내일도 오늘처럼 날씨가 좋으면
게르망트 쪽으로 산책을 나가 봅시다.

게르망트 쪽의 가장 큰 매력은 산책 도중 거의 내내 비본 강을 끼고 걸을 수 있다는 점이다.

비외 다리는 좁다란 나루터로 이어졌는데, 여름이면 개암나무 푸른 잎으로 덮이는 그곳엔 언제나 낚시꾼 하나가 터를 잡고 있었다.

아빠, 낚시하는
저 아저씨 이름이….
쉿, 가만!
고기야!

그 낚시꾼은 콩브레 전체를 통틀어 내가 모르는 유일한 사람이었다.

강 건너편 기슭은 다른 편 기슭보다 낮았는데, 넓은 들판으로 이어지면서 마을까지 다다랐다.

옛 콩브레 영주들이 살았던 성의 잔해가 풀섶에 반쯤 묻힌 채로 여기저기 흩어져 있었는데, 중세 때 콩브레의 영주들은 비본 강을 경계로 해서 게르망트 가문과 대치했었다.

나에게는 아이들이 새끼 물고기를 잡으려고 유리병을
비본 강에 담그는 광경이 그렇게 재미있을 수가 없었다.

나는 다음 번에 이곳엘 올 때는 낚싯대를
잊지 말고 가져와야겠다고 속으로 다짐했다.
엄마, 간식으로 가져온 빵 좀 떼 주세요.
물고기한테 던져 줄래요.

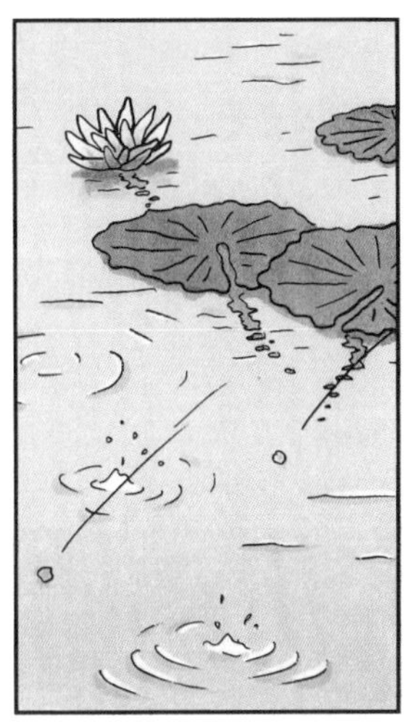

얼마 되지 않아 비본 강은 수초들로 흐름이 막혀 버렸다…. 그래서인지 물 위의 연꽃도 이쪽저쪽을 하염없이 떠돌았는데…

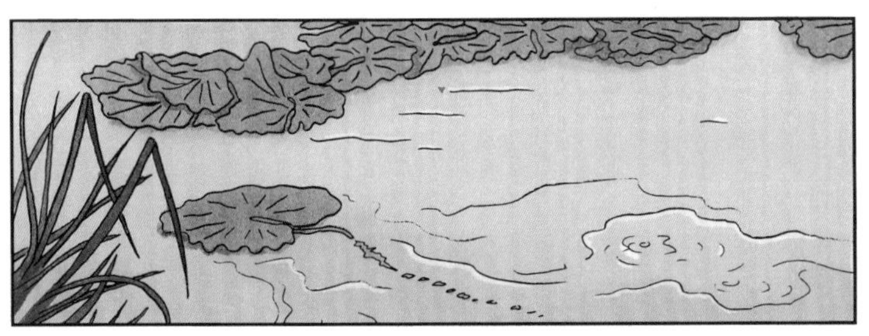

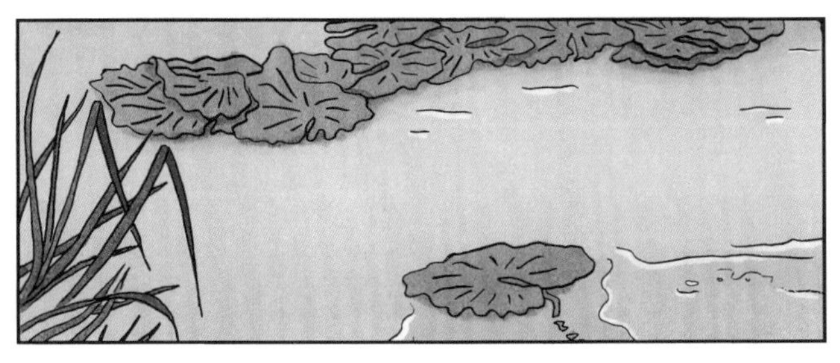

그 광경은 할아버지 말마따나 레오니 이모 같은 신경쇠약증 환자들을 떠올리게 했다.

뎅
뎅

이따금씩 우리는 숲으로 가려진 외진 곳에 있는 별장을 보기도 했고, 흔한 말로 '세상을 등지고' 그곳에 묻혀 사는 젊은 여인을 만나기도 했다.

그 여인은 일부러 자기가 사랑하던 남자 곁을 떠나와, 아무도 그녀를 알지 못하는 이곳에 와서 지내는 것 같았다.

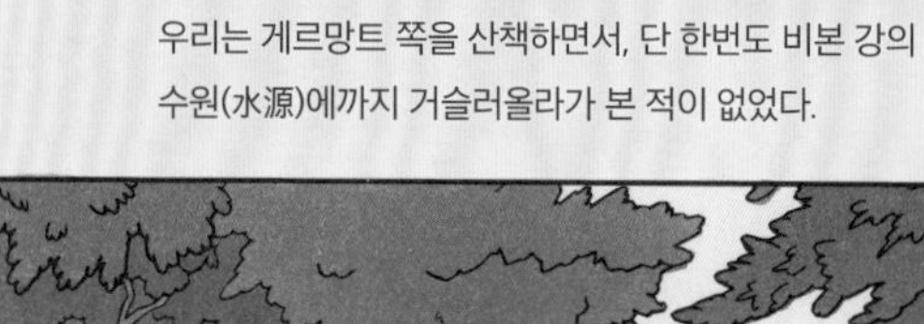
우리는 게르망트 쪽을 산책하면서, 단 한번도 비본 강의
수원(水源)에까지 거슬러올라가 본 적이 없었다.

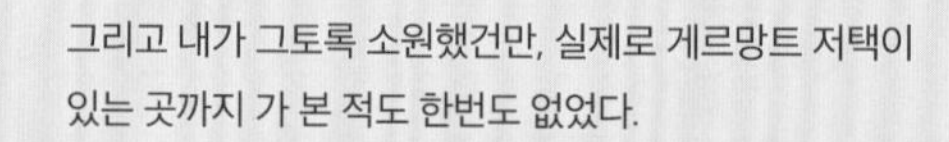
그리고 내가 그토록 소원했건만, 실제로 게르망트 저택이
있는 곳까지 가 본 적도 한번도 없었다.

그곳에는 영주들이며 게르망트 공작, 공작부인이 살고 있을 터였다. 그리고 그들은 실제로 존재하는 인물들로,
우리처럼 살아 움직이는 사람임에 틀림없었다. 하지만 나는 그들을 떠올릴 때마다, 내 방식대로 상상하길…

어떤 때는 마을 성당 걸개그림 〈에스더의 대관식〉에서와 같은 게르망트 백작부인의 모습으로 그려 보기도 하고…

어떤 때는 채색유리의 질베르 르 모베처럼 미묘한 뉘앙스에 둘러싸인 인물로 그려 보기도 하고…

또 어떤 때는 게르망트 가문의 조상으로 알려진 전설적인 준비에브 드 브라방처럼, 도대체 종잡을 수 없는 모습으로 그려 보기도 했다.

게르망트 저택의 드넓은 정원… 나는 나한테 홀딱 빠진 게르망트 부인이 나를 그곳으로 초대해서,
하루종일 내 곁에서 송어 낚시를 하는 장면을 상상해 보곤 했다.

때론 내 상상 속의 게르망트 부인은 내가 쓰고 있는 시의 주제가 어떤 것인지를 묻곤 했다. 내가 당시 품고 있던 꿈들에 비추어 볼 때,
나는 정녕 언젠가는 작가가 될 터이기에, 앞으로 어떤 글을 쓸 것인가에 대해 자문해 보지 않을 수 없었다.

하지만 나한테는 글쓰는 재주가 없거나…

아니면, 머리에 무슨 병이라도 있어서 글이 씌어지지 않는 것이라고 생각할 수밖에 없었다.

그래서 나는 내 친구 블로크가 그렇게나 용기를 북돋아 주었건만, 크게 실망한 나머지 영영 문학을 포기하기에 이르렀다.

어느 날, 엄마가 말하길,

얘야, 네가 늘 게르망트 부인 얘길 했었지? 그 귀부인께서 콩브레에 온다는구나. 몇 년 전에 페르스피에 박사님*이 부인을 치료해 준 적이 있었는데, 그 보답으로 부인이 몸소 박사님 따님 결혼식에 참석하러 온다는구나. 결혼식엘 가면 부인을 볼 수 있을 거야.

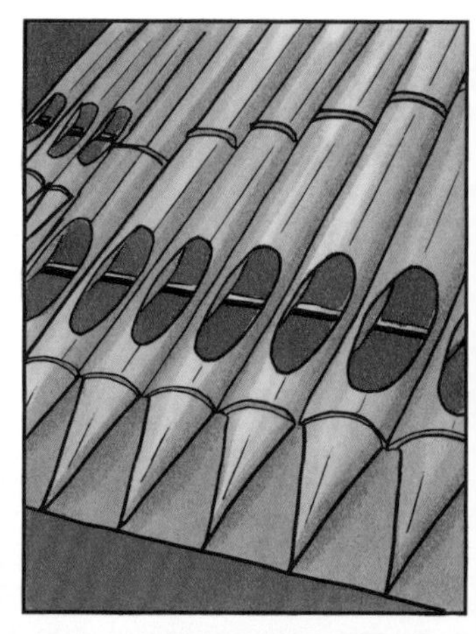

아니, 저 여자가 정말 게르망트 부인이란 말인가!

나는 커다란 실망감을 느꼈다. 그 실망감은 다름아니라 내가 언젠가 게르망트 부인을 실제로 볼 수 있게 되리라고는 미처 한번도 생각해 보지 못한 데서 비롯했다. 왜냐하면 나는 게르망트 부인을…

성당의 걸개그림이나…

채색유리에서처럼…

GVERMANT

우리와는 전혀 다른 시대, 전혀 다른 방식으로 살고 있는 존재라고 꿈꿔 왔기 때문이다.

나는 게르망트 부인의 얼굴색이
붉다거나, 사즈라 부인처럼 보라색
스카프를 두를 수도 있다는 따위의
생각은 한번도 해 본 적이 없었다.

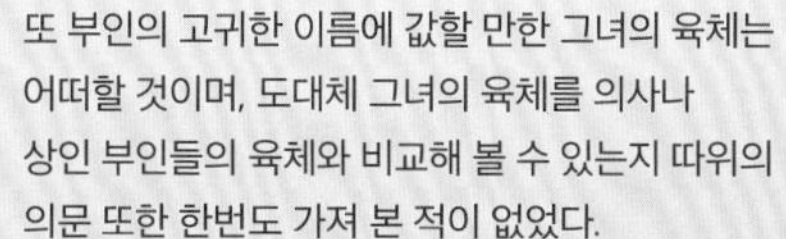
또 부인의 고귀한 이름에 값할 만한 그녀의 육체는
어떠할 것이며, 도대체 그녀의 육체를 의사나
상인 부인들의 육체와 비교해 볼 수 있는지 따위의
의문 또한 한번도 가져 본 적이 없었다.

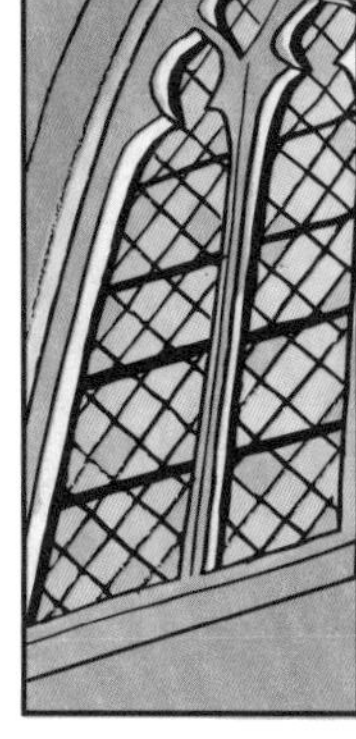

하지만 상상 속에서만 그려 보던 게르망트 부인을 실제로 보게 되자,
내 머리는 잠시 어리벙벙해졌다가 이내 제자리로 돌아왔는데…

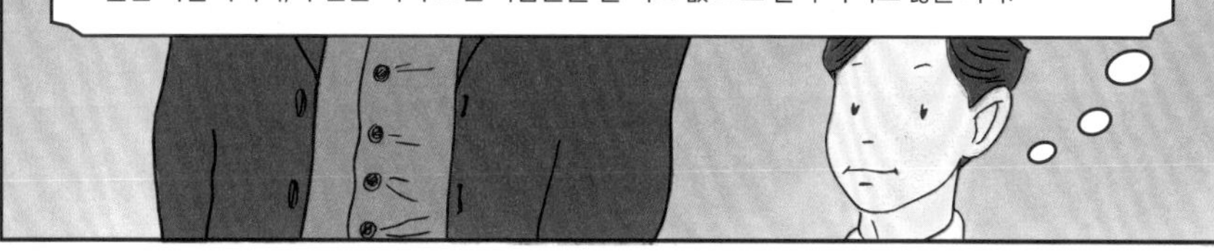
샤를마뉴 대제* 때부터 벌써 이름을 떨치던 게르망트 가문은 휘하의 모든 영주들을 마음대로 부렸던 가문이지. 게다가 게르망트 부인은 준비에브 드 브라방의 직계 후손이지. 그렇게 신분이 높은 사람이니까, 부인은 여기 모인 사람들을 알 리도 없고 또 알려 하지도 않을 거야.

지금도 내 눈앞에는 그때 모두들 행렬을 지어 제의실(祭儀室)로 갈 때, 게르망트 부인의 모습이 어떠했는가가 너무도 생생히 떠오른다.

저기 저 부인이 정말 게르망트 부인인가요?
네, 맞습니다.
게르망트 부인 인물이 사즈라 부인보다 나은데.
물론 뱅퇴유 양보다도 낫고 말이죠!
어쩌면 저렇게 예쁠까! 귀티가 철철 흐르네! 저 부인이 정말 준비에브 드 브라방의 후손이며, 고귀한 게르망트 가문의 부인이란 말이지!

부인의 미소 띤 얼굴이
줄기차게 자기를 쳐다보는
나의 시선과 마주쳤다.

!

그 순간, 나는 내가 부인 마음에
들었다는 느낌을 받았다.

나는 대번에 게르망트 부인을 사랑하게 되었다. 왜냐면, 예전에 스완 양이 그랬던 것처럼, 한 여인이 우리를 경멸의
눈초리로 쳐다봤다는 이유 하나만으로 그 여인을 사랑하지 않을 수 없듯이, 게르망트 부인이 바로 그때 그랬던 것처럼,
때로는 어떤 여인이 우리를 선의로써 대해 줄 때 그 여인을 사랑하게 되기 때문이다.

그날 이후, 게르망트 쪽을 거닐면서, 나에겐 글재주가 없고 또 그래서 유명한 작가가 되려는 꿈은
영원히 이룰 수 없으리란 생각에 이르면, 나는 그 어느 때보다도 크나큰 절망감에 휩싸이곤 했다.

그러나 산책 중에, 무심코 어느 집 지붕에 눈길이 가거나 바위 위로 가늘게
흔들리는 햇살을 보게 될 때, 혹은 은은한 향기가 나는 오솔길에 접어들 때,
나는 느닷없이 묘한 희열감에 사로잡히곤 했는데…

그것들은 나에게 마치 자기네 비밀을 캐 보라고
부추기는 듯이 보였다.

그때 나는 내가 왜 그래야 하는지 알지도 못하면서,
지붕의 선이며 바위의 질감을 애써 기억하려 했는데…

그것들은 그저 하나의 외양을 하고 있을 뿐,
어쩌면 그 밑에 감추고 있는 비밀을 나에게 완전히
열어 보일 때를 기다리고 있는 듯이 보였다.

한번은 내가 야외가 아닌 실내에서 몽상에 잠겨 있는 동안, 과거에 굳이 그 비밀을 캐려고 애쓰지도 않았고, 또 그때는 이미
사라져 버려 이 세상에 존재하지 않게 된 지도 이미 오래인 외부 현실의 여러 인상들이 두서없이 머리에 떠오르는 때가 있었다.

또 언젠가는 우리가 산책하고 돌아오던 길에 마차를 타고 가던 페르스피에
박사님이 우리를 발견하고는 마차를 세워 태워 준 적이 있었는데…

엄마, 앞에 타고 가도 돼요?
그래, 그러려무나.

그때도 나는 그와 비슷한 경험을 하였다. 나는 그런 야릇한 느낌이
어디서 오는 것인지 알아내고야 말겠다고 다짐을 했다.

다른 환자가 있어서 마차를
마르탱빌르섹에서 잠깐 세워야겠습니다.

나는 마차가 방향을 틀어 다른 길로 접어들면서 멀리 마르탱빌의 두 종탑이 시야에 들어오는 순간, 느닷없이 예의 그 기이한 희열감을 또다시 맛볼 수 있었다. 지는 해를 이고 있는 종탑은 마차가 요동을 치고, 또 길이 이쪽저쪽으로 굽이칠 때마다 다른 위치에 있는 것처럼 보였다. 게다가 마르탱빌의 종탑 말고도 비외비크의 종탑까지 내 시야에 들어오는 순간,

실상 비외비크 종탑이 마르탱빌 종탑과는 언덕과 계곡을 사이에 두고 멀리 떨어져 있고 또 높은 곳에 지어진 종탑임에도 불구하고, 두 마을의 종탑은 아주 가까이 서로 붙어 있는 듯이 보였다.

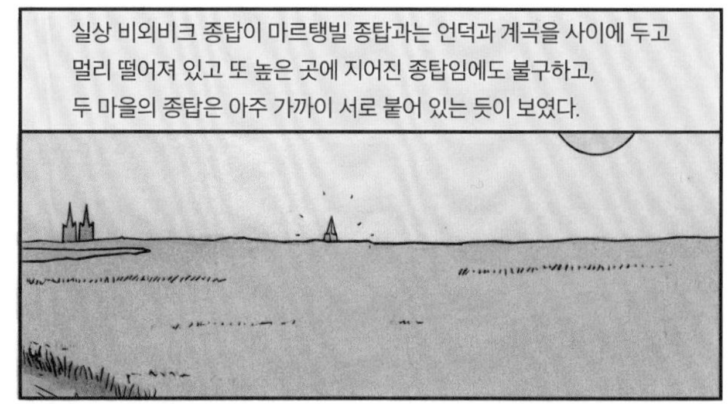

워! 워!

자, 마르탱빌에 다 왔습니다.

우리를 태운 마차는 마르탱빌 성당 앞에 멈춰 섰다. 우리는 마차에서 내려 페르스피에 박사가 돌아올 때까지 얘기를 나누며 기다려야만 했다.

드디어 마차가 다시 출발했을 때…

어떻습니까, 제 말대로 그렇게 오래 걸리진 않았지요!

마부는 도대체 말문을 열 기색이 아니었다.

대화 상대가 없는 나는 하는 수 없이 나 혼자만의 생각에 골똘해질 수밖에 없었다.

내 속에 깊이 빠져들어 조금 전 보았던 종탑의 인상을 하나도 놓치지 않으려고 애를 썼다.

박사님, 연필하고 종이 있으시면 좀 주시겠어요?

내 머리에는 이내 문장들이 자연스레 떠올랐다.

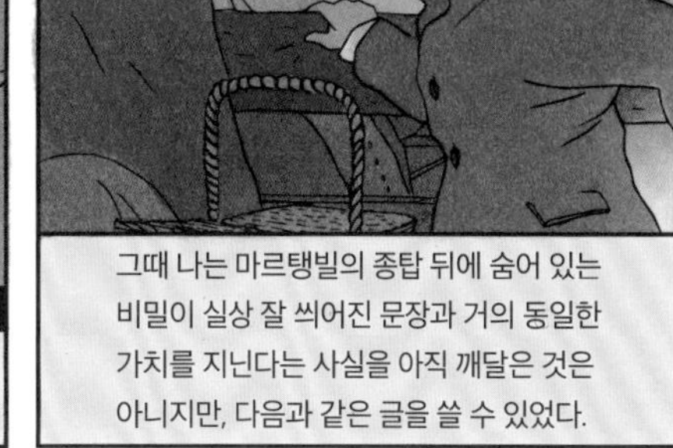

그때 나는 마르탱빌의 종탑 뒤에 숨어 있는 비밀이 실상 잘 씌어진 문장과 거의 동일한 가치를 지닌다는 사실을 아직 깨달은 것은 아니지만, 다음과 같은 글을 쓸 수 있었다.

마차가 요동치는 가운데…

나는 내 의식을 다독거리고, 나의 고양된 감정에 충실하고자
펜을 들어 다음과 같은 짤막한 글을 썼는데…

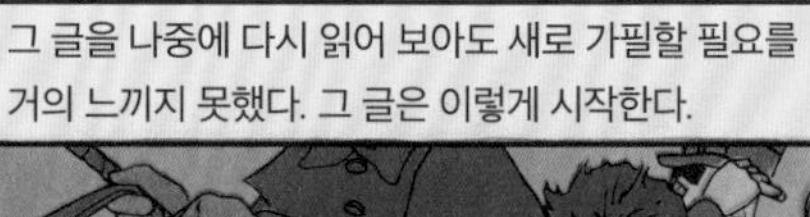
그 글을 나중에 다시 읽어 보아도 새로 가필할 필요를
거의 느끼지 못했다. 그 글은 이렇게 시작한다.

워! 워!
끝없이 펼쳐진 평야에 외로이 우뚝 선 채…

끝없이 펼쳐진 평야에 외로이 우뚝 선 채, 마르탱빌의 두 종탑은 하늘을 향해 오르고 있었다. 이내 종탑은 둘이 아니라 셋이 되어 나타났는데, 뒤늦게나마 비외비크의 종탑이 먼저의 두 종탑 앞으로 재빨리 모습을 드러냈기 때문이다.

잠시 후, 이제 마차가 속도를 내어 빠른 속도로 치달을 때도, 저 멀리 햇빛을 받아 빛나는 세 종탑은 부동의 자세로 드넓은 평야 위에 앉아 있는 세 마리의 새처럼 보였다.

그러고서 비외비크의 종탑은 점차로 멀어지더니 모습을 완전히 감췄지만, 마르탱빌의 두 종탑은 여전히 홀로 서서, 석양빛을 받으며 노닐며 웃음짓는 자태가 멀리서도 선명했다.

우리를 태운 마차가 마르탱빌의 종탑을 향해 한참을 달리고 나서도 그곳에 닿으려면 아직 적잖은 시간이 소요되리라고 여겨지는 순간, 막 방향을 튼 마차는 바로 종탑 발치에 우리를 내려 놓았다. 종탑은 마차 위로 어찌나 곧추 서 있던지, 하마터면 마차가 종탑의 정면 벽에 부딪칠 뻔했다.

다시 길을 떠난 마차가 마르탱빌을 떠난 지 얼마 되지 않았을 때, 마을이 잠시 우리 뒤를 따르더니 사라져 버렸지만, 멀리 지평선 위로 외롭게 우뚝 선 마르탱빌의 종탑과 비외비크의 종탑은 마치 달아나는 우리에게 작별인사라도 고하듯 석양에 물든 첨탑을 흔들고 있었다.

이따금씩 비외비크의 종탑은 모습을 감추기도 했지만, 여전히 마르탱빌의 두 종탑은 그대로 남아서 우리를 지켜보고 있었다. 하지만, 마차가 방향을 바꿔 다른 길로 접어들었을 때, 황금빛 기둥 같던 세 종탑은 빛 속으로 빨려들더니 마침내 사라져 버렸다.

그로부터 잠시 후, 벌써 어둠이 깔린 하늘 아래 우리를 태운 마차가 콩브레 근처에 접어들었을 때, 나는 아주 멀리, 낮게 깔린 지평선 위 하늘가에서 희미한 세 송이 꽃 모양의 종탑을 마지막으로 보았다.

그 광경은 어둠이 내린 고독 속에 버려진 채로 산다는 어느 전설의 세 아가씨를 연상시켰다. 이번에는 마차가 전속력으로 내달리자 세 종탑은 수줍은 기색을 하며, 제 갈 길을 가면서 하늘에 가느다란 실루엣을 긋는 것이었다. 종탑들은 서로를 부둥켜 안거나 미끄럼을 타더니만, 아직도 홍조를 띠고 있는 하늘에 검은 형체 하나를 남기고는 마침내 어둠 속으로 사라져 버렸다.

그날 이후 나는 이 글에 대해서 다시 생각해 보질 않았다. 하지만, 당시 내가 이 글을 다 쓰고 났을 때…

워! 워어!

나는 굉장한 행복감을 느꼈다. 나는 글을 다 쓰고 났을 때 종탑이나 그 종탑이 감추고 있는 비밀에서 완전히 벗어난 듯한 느낌이 들었고, 마치 방금 알을 낳은 어미닭처럼 너무나 기뻐서 함성을 고래고래 질렀다.

이렇듯, 나에게 메제글리즈 쪽과 게르망트 쪽은 우리가 복합적으로 영위할 수밖에 없는 삶의 다양한 국면들이 서로 얽혀 있는 공간, 여러 우여곡절과 자잘한 사건들로 풍요로운 공간, 요컨대 나의 지적 삶을 이루는 공간이었다.

울타리를 따라서 배어 나오는 산사나무의 향기, 오솔길 자갈 위를 거닐 때의 서걱거리는 소리, 강물 위 수초 주변에 생겼다가는 곧 터져 버리는 물거품…

이제는 길도 사라지고 그 길을 거닐던 사람들은 물론 그 사람들에 대한 기억조차 사라져 버린 후에도, 너무도 소중한 이런 인상들이 무수한 세월의 질곡을 가로질러 되살아나는 때가 있었다.

여름날 저녁, 평온하던 하늘이 갑자기 어두워지고 비바람이 몰아쳐서 사람들이 급히 몸을 피할 때, 나는 홀로 비를 맞으며 황홀경에 잠겨 메제글리즈 쪽을 생각해 보곤 했다.

떨어지는 빗소리를 가로질러, 눈에 보이지 않으면서도 은은하게 풍기는…
라일락 향기를 맡으며.

이렇듯, 내가 밤에 잠이 깨서 아침이 될 때까지 다시 잠을 이루지 못하는 때는, 콩브레에서 보냈던 어린 시절이나 예전에 지낸 슬픈 불면의 밤들을 기억하거나, 아니면 최근에 차 한 잔의 맛(콩브레에서는 '향기'라고 불렀는데)에 의해 되살아난 무수한 과거의 나날들을 돌이켜보면서 지내게 되었다.

잠이 깬 후 아침이 가까워지면, 내가 정말로 잠에서 깨어났는지 더 이상 의심을 품지 않아도 되었다.

전날 내가 어느 방에서 잠이 들었는지를 기억해내, 잠이 깬 후 어둠 속에서도 내 주위로 방의 윤곽을 다시 그릴 수 있었다.

내가 어둠 속에서 그려 본 처소의 기억이 과거에 지냈던 무수한 처소들의 소용돌이 속에서 바로 전날의 그 자리를 되찾아 겹쳐지고 나면, 그 밖의 다른 모든 처소들은 커튼 위로 비집고 들어오는 희미한 아침 햇살에 쫓기어 이내 모습을 감추는 것이다.

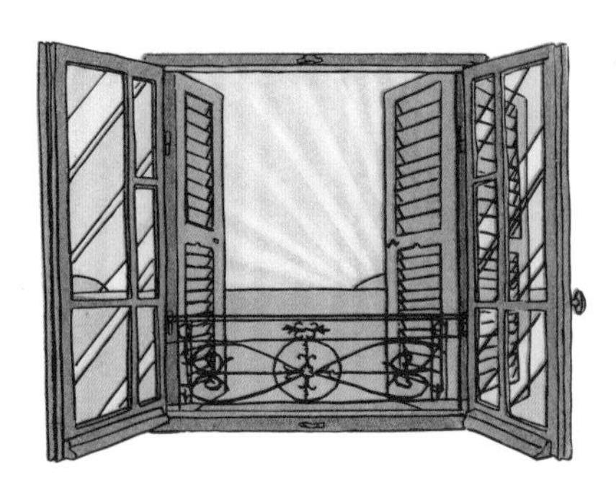

…나는 새벽녘까지 콩브레 시절을 떠올리거나… 이미 이 작은 시골 마을을 떠난 지 오랜 세월이 흘렀건만,
내가 태어나기 전에 스완이 했던 사랑에 관해 전해 들은 이야기를, 여러 기억들을 더듬어 가며 회고해 보곤 했다.

스완의 사랑

베르뒤랭 씨네 부부가 운영하는 '작은 동아리' 또는 '소모임' 내지 '작은 패거리'에 속하려면 한 가지 조건을 충족시켜야만 했다. 그건 다름 아니라, 그룹이 은연중에 내세우는 수칙 가운데 하나로, 그 해에 베르뒤랭 부인으로부터 후원을 받는 젊은 피아니스트가 부인 말마따나 '그토록 바그너*를 멋지게 연주할 수는 없다!'거나, 플랑테◈나 루빈시테인◈ '저리 가라 싶게' 연주한다는 평가에 따라야만 했고, 또 코타르 박사가 내린 진단이 포탱◈ 박사를 능가한다는 점을 수긍해야만 했다.

바그너를 저토록 멋지게
연주할 순 없을 거야!
이 부부는 회원들을 만찬에 초대할 일이 없었다. '식기 세트'를 아예 그 집에 놔두고 쓰기 때문이었다.

우린 저녁 프로그램이
특별히 없어요.
이 양반은 내켜야 연주를 하지요.

누구에게도 강요하지 않아요.

베르뒤랭 씨는 이렇게 말하곤 했다.
우린 모두가 친굽니다. 동지들 만세!

만일 '신참 회원'이, 자기네 살롱이 아닌 다른 살롱들이 지루하기가 이루 말할 수 없다는 점에 대해서 공감을 표시하지 않을 경우, 베르뒤랭 씨 부부는 가차없이 내쫓아 버렸다.

이 점에서 여자들은 남자들보다도 사교계에 대한 관심이 상대적으로 많아서, 베르뒤랭 씨 부부는 점차 여성 '신도들'을 하나씩 하나씩 내모는 바람에 급기야 여자는 거의 남아 있지 않게 되었다. 그 결과 코타르 박사의 젊은 부인을 제외하면, 그 해 베르뒤랭 씨네 살롱에는 베르뒤랭 부인이 오데트란 이름으로 부르면서 걸핏하면 '내 사랑'이라 치켜세우는, 화류계 여자나 다름없는 마담 드 크레시와 피아니스트의 숙모뿐이었다.

'발퀴레'에 나오는 말타기 대목입니다.*

안 돼! 그건 안 돼요!

내가 너무 좋아한다는 걸 잘 아실 텐데.
너무나 감동적이에요.

다들 내가 편두통으로 드러눕길 원하시나요?
저 피아니스트 양반이 그 곡을 연주할 때마다 매번 똑같은 상황이 벌어지잖아요.

무슨 일이 벌어질지 뻔해요!
내일 일어나고 싶어도 마냥 드러누워 있다가, 저녁이나 돼야 일어날 거예요. 아무도 없을 때!

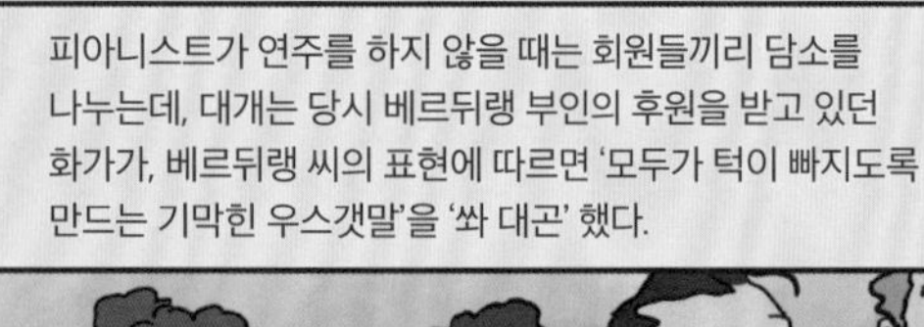

피아니스트가 연주를 하지 않을 때는 회원들끼리 담소를 나누는데, 대개는 당시 베르뒤랭 부인의 후원을 받고 있던 화가가, 베르뒤랭 씨의 표현에 따르면 '모두가 턱이 빠지도록 만드는 기막힌 우스갯말'을 '쏴 대곤' 했다.
아, 비슈 씨가 숨도 제대로 못 쉴 정도로 재미난 이야기를 시작할 참인가 본데….

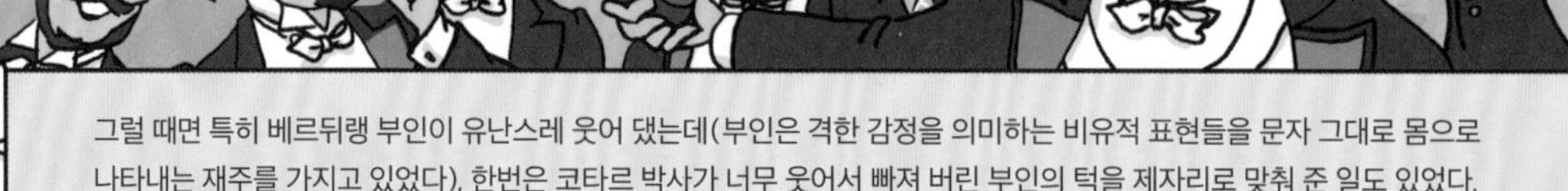

그럴 때면 특히 베르뒤랭 부인이 유난스레 웃어 댔는데(부인은 격한 감정을 의미하는 비유적 표현들을 문자 그대로 몸으로 나타내는 재주를 가지고 있었다), 한번은 코타르 박사가 너무 웃어서 빠져 버린 부인의 턱을 제자리로 맞춰 준 일도 있었다.

하지만 '동지들'이 베르뒤랭 부인의 생활에서 차지하는 비중이 점점 더 높아져 감에 따라, 지탄받아 마땅한 '지루한 것들'은 그 범위가 넓어져서 회원들이 베르뒤랭 부인의 손아귀를 벗어나게끔 만드는 모든 것을 포괄하게 되었다.

전 먼저 가겠습니다.
중환자가 있는데 상태가 어떤지 다시 가 봐야 하거든요.
누가 알아요?
차라리 오늘 저녁에 박사님이 가지 않는 편이 환자한테 더 나을는지. 박사님 없이도 오늘 밤에 잠을 푹 잘 잘 거예요. 내일 아침 일찍 가 보세요. 그럼, 다 나아 있을 테니.

베르뒤랭 부인은 12월에 들어서자마자 벌써 회원들이 크리스마스와 새해 첫 날에 '빠질까 봐' 전전긍긍했다.

아니, 당신네가 새해 첫 날에 함께 식사를 하지 않으면 그 노인네가 죽는답니까? 촌스럽기는!

베르뒤랭 부인은 부활절 성주간 직전에도 불안하긴 마찬가지였다.
박사님은 고매한 학자시고 강인한 성격의 소유자니까 여느 때처럼 당연히 성금요일에도 오실 거죠?

물론 성금요일엔… 오겠습니다. 그렇잖아도 부활절 바캉스를 오베르뉴에서 보내기로 해서 그 전에 인사드려야 할 것 같거든요.
아니, 오베르뉴라고요? 이, 벼룩한테 뜯기려고 일부러 그런 촌구석을 찾아간단 말예요? 내 참, 무슨 일이 없기만 바라야지!

적어도 박사님이 사전에 말씀하셨어야죠. 그러면 우리 모두 훨씬 더 편안하게 함께 떠날 수도 있었을 텐데.

마찬가지로, '신도' 중 한 사람이 친구 때문이거나 '여자 회원' 중의 누군가가 바람을 피우게 돼서 이따금씩 '결석하게' 되는 경우도 있었다.

좋아요! 그 친구란 사람을 데려 오세요.

그래서 실제로 애인이 오면, 그 사람이 베르뒤랭 부인한테 아무것도 감추지 않고 모두 털어놓을 준비가 되어 있는지, 마땅히 '소모임'에 가입할 자격이 있는지 시험을 했다.

만일 그럴 기미가 보이지 않으면, 그 사람을 끌어들인 신도를 따로 불러 알아듣게 얘기를 하거나, 아니면 일을 꾸며 그 신도와 친구나 애인 사이가 벌어지도록 이간질을 하기도 했다.

그 해에 화류계 여인이 베르뒤랭 씨에게 자기가 스완이란 이름을 가진 멋진 남자를 알게 되었다면서 살롱에 받아 줬으면 좋겠다는 의향을 밝혔다….

마담 드 크레시가 당신한테 청이 있다는구려. 당신한테 스완이란 남자 친구를 소개하고 싶다는데.
어떻게 생각하오?

그럼, 그럼, 우리 사랑스러운 그대가 하는 청을 어느 누가 거절할 수 있단 말예요?
당신은 잠자코 계시구려. 당신 의견을 묻는 게 아니잖아요. 댁 같은 사람을 두고 사랑스러운 사람이라고 하는 거예요.
하시고 싶은 대로 하세요. 전, 공연히 '피싱 포 컴플리먼츠*'나 하는 사람이 아니니까요.

좋아요! 당신 친구 분이 좋은 사람이라면 데려오도록 해요!

물론 베르뒤랭 씨네 '소집단'은 스완이 드나드는 사교계와는 아무런 상관도 없는 살롱이었다. 하지만 여자를 워낙 좋아하는 스완은 귀족 여인들을 거의 모두 섭렵했고, 또 그런 고귀한 신분의 여인들에게서 배울 것이 아무것도 없다는 생각이 든 어느 날인가부터 생제르맹◈ 사교계가 수여한 귀족 칭호에 버금가는 귀화 증명서에도 더 이상 애착을 갖지 않게 되었는데…

그럼에도 일종의 교환증서나 신용장과도 같은 이런 영예는, 스완이 시골 귀족이나 서기의 딸에게 마음이 가는 일이 생기는 경우, 아무런 연고도 없는 시골구석이나 파리 어딘가에서 급한 대로 행세하는 데 요긴하게 쓰이긴 했다.

왜냐하면 스완은, 이제는 그렇지 않지만, 당시만 하더라도 욕망이나 사랑을 통해서 허영심을 충족시키고,

마음이 끌리는 미지의 여인 앞에서 광채를 발하며 으스대고 싶어했기 때문이다.

특히 눈독들인 미지의 여인이 비천한 신분일 때는 더더욱 그랬다.

똑똑한 사람이 다른 똑똑한 사람에게 어리석게 보일까 봐 두려워하지 않는 것처럼, 품위있는 사람은 자기가 가진 품격이 이를테면 대영주가 아니라 무식쟁이한테 무시당할까 봐 두려워하는 법이다.

스완은, 죽을 때까지 사교계에 갇혀 지내면서 그 테두리 바깥에서 맛볼 수도 있을 쾌락을 스스로 마다하는 그런 유의 사람이 아니었다.

스완은 자기와 함께 시간을 보내는 여인들을 아름답다고 생각하는 대신에, 아름답다고 여기는 여인들과 시간을 함께 보내길 희망하는 사람이었다.

한편 스완이 좋아하는 타입은 천박한 아름다움을 가진 여인인 경우가 태반이었는데, 왜냐하면 대개 그가 의식하지도 못한 채 빠져드는 여인들의 육체는, 그가 선호하는 예술가들의 회화나 조각 작품에서 감탄해 마지않는 여인상과는 정반대였기 때문이다.

그는 깊이있고 우수에 잠긴 여인들의 표정을 볼 때마다 감각이 얼어붙는 듯한 느낌을 갖는 반면에, 건강하고 풍만하면서도 분홍빛 피부를 가진 여인들을 바라보고 있으면 몸이 뜨거워지는 것을 느꼈다.

스완이 자기한테 호의를 품고 있던 공작부인에게 전보를 보내, 부인이 소유한 시골 영지의 집사 딸이 마음에 든다며 접근할 수 있도록 당장 소개장을 써 달라는 점잖지 못한 부탁을 하는 바람에, 순식간에 체면을 구긴 일이 그간 얼마나 많았던가.

스완은 이런 일을 오히려 재미있어 했는데, 왜냐하면 그에겐 나름대로 섬세하게 포장하지 않는 것은 아니지만, 저속한 측면이 없지 않았기 때문이다

스완은 친하게 지내는 늙은 귀부인이나 장군, 아카데미 회원들처럼 화려한 명망가들한테만 냉소를 머금으며 뚜쟁이 노릇을 시킨 것은 아니었다.

그 일이 있고 나서 여러 해가 흐른 다음에야 비로소 알게 된 사실이지만, 내 성격이 여타의 모든 점에서 스완과 유사하기 때문에 관심을 갖게 된 이래, 스완이 할아버지(스완이 거창한 연애를 할 당시엔 내가 이제 막 세상에 태어나던 무렵이라 아직 할아버지는 아닌 셈이었다)께 편지를 보냈던 사연의 전말을 들어 알게 되었다.

누구 글씬지 알겠어.
저런! 스완이 나한테 뭔가를 부탁하려 하는구먼.
조심해야지!

할아버지, 할머니는 스완이 하는 아주 손쉬운 부탁도 절대 받은 적이 없는 듯 행동한다는 방침을 고수하셨는데, 예컨대 매주 일요일 저녁마다 우리 집에 와서 저녁을 함께 먹는 처녀를 소개해 달라는 청을 받고도 응하지 않았으며…

그후로도 스완이 그 일을 거론할 때마다, 사실은 주중에 그 처녀를 누구와 함께

초대하면 좋을까 하고 늘 궁리하면서도, 스완을 초대하면 기뻐할 텐데도 정작 그의 청은 모른 척하면서 적당한 사람이 아무도 없다는 듯 처신하셨다.

때론 할아버지, 할머니와 가까운 한 부부가 이런 말을 하기도 했다.

얼마나 기쁜지 모른다오!
그간 우리는 샤를 스완을 도대체 만날 기회가 없었잖소?
그런데 이젠 세상에 둘도 없는 절친한 사이가 되었다오.

할아버지는 일부러 산통을 깨려 하지 않으시면서, 할머니를 쳐다보며 이렇게 읊조리곤 하셨다.

♪♪♪ "도대체 비밀이 무엇이란 말인가? ♪♪♪ 영문을 모르겠다네.*"
혹은
"아, 덧없어라…*" ♪♪♪
혹은
♪♪ ♪♪ "이런 일에선 ♪ ♪ 발을 빼는 게 상책이라네.*"

몇 달이 지난 다음…
그래, 요즘도 스완 씨와 자주 만나시오?

내 앞에서 그 사람 이름도 꺼내지 마세요!
아니, 절친한 사이라 알고 있었는데….

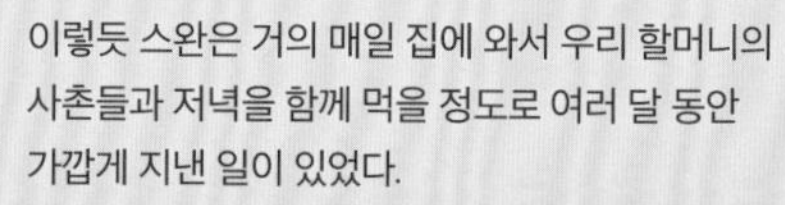
이렇듯 스완은 거의 매일 집에 와서 우리 할머니의 사촌들과 저녁을 함께 먹을 정도로 여러 달 동안 가깝게 지낸 일이 있었다.

?
?
그러다가 갑자기 아무런 말도 없이 발길을 끊어 버렸다.

그가 병이 난 줄로 생각했다.
스완 씨가 어떻게 지내는지 로잘리를 보내 알아봅시다.
로잘리!

로잘리?

?

"로잘리…"
!

편지에서 스완은, 자기가 파리를 떠나 영영 돌아오지 않을 것이라고 했다.

여자 요리사가 바로 스완의 애인이었는데, 관계를 끝내면서 오로지 요리사에게만 알렸을 뿐이었다.

이와는 달리, 스완이 일시적으로 사귀는 여인이 너무 비천한 신분이 아닐 경우엔, 자기가 통상적으로 드나들던 사교계에 여인이 발을 들이도록 해 놓고서 본인도 다시금 드나들기는 하되,

오로지 그 여인 주변으로만 맴돌거나 아니면 자기가 직접 데리고 다녔다.
오늘 저녁 스완을 볼 생각은 하지들 말게나.
오늘이 바로 스완이 사귀는 미국 여자가 오페라에 출연하는 날이거든.

그런 여인이라면 일 주일마다 정찬이 벌어지고 포커를 하기도 하는, 원래 스완이 드나들던 극히 폐쇄적인 살롱에 초대받도록 했었다.

그러면서 스완은 자기가 취락펴락하는 유명인사들이

자기가 좋아하는 여인 앞에서 자기한테 표시할 존경과 우정을 미리 떠올리면서,

뜨겁고 다채로운 불길을 가미함으로써 권태롭게만 여겨지던 사교생활이 다시금 매력을 발산하게 되었고, 새로운 연정을 더하게 된 이래 이 생활이 소중하고 아름답게 보였다.

한편, 스완은 매번 새로운 관계를 맺고 연애를 벌일 때마다 나름대로 상대 여인의 얼굴이나 몸매를 보고서 품었던 꿈을 실현하는 셈이었는데, 이에 반해 어느 날 극장에 갔다가 소개받은 오데트 드 크레시란 여자는 아름답지 않은 것은 아니지만 관심을 끄는 타입은 아니었다.

이 여자는 극장에서 소개를 받고 나서 얼마 지나지 않아, '잘 모르면서도 예쁜 것들을 좋아하는 자기'가 스완의 컬렉션에 관심이 많다는 뜻의 편지를 보내왔다….

"…제가 선생님 '홈'에 가서 직접 만나 뵙게 되면 선생님을 좀더 잘 알게 될 것 같아요…."

"…저는 그토록 멋진 남자 분이 어울리지 않게 그런 서글픈 동네에 살고 계셔서 놀라기는 했지만, 댁에서 편안하게 차를 마시며 책을 읽는 선생님 모습을 상상해 본답니다…."

그래서 스완은 여자를 집으로 초대했다.
벌써 가야 한다니 정말 서운하네요.
얼마나 좋았는지 몰라요!

예전에 스완은 자기가 사랑하는 여인의 마음을 정복하고 싶어하던 때가 있었다.
하지만 세월이 지나면서 여인의 마음을 얻게 되었다는 사실 자체만으로 사랑한다는 마음이 들게 되었다.

사람들은 당시 스완처럼 이미 어느 정도 환상을 떨쳐 버릴 나이에 접어들기 시작하면, 사랑한다는 기쁨을 위해 하는 사랑으로 만족하기 마련이다.

이때는 이미 여러 차례 사랑을 겪은 나이이다. 그래서 우리는 사랑의 징후를 알아차리면 또 다른 징후를 기억해내거나 만들어내기도 한다.

우리 내면엔 이미 사랑의 노래가 통째로 각인되어 있는 탓에, 굳이 여인이 다음 단계로 넘어가도록 하기 위해 첫 소절(여인의 미모)을 읊을 필요는 없다. 그래서 설사 여인이 중간 소절부터 시작한다 하더라도,

우리는 우리 안의 노래를 익히 알고 있는 탓에 상대방이 우리를 기다리고 있는 중간 단계로 바로 접어들 수 있다.

오데트 드 크레시는 또다시 스완을 보러 왔고, 그후론 방문이 잦아졌다.

스완은 오데트와 함께 대화를 나누면서
그녀의 대단한 미모가
자기가 좋아하는 타입이 아닌 것이 안타까웠다.

오데트의 몸매로 말할 것 같으면
대단히 멋졌음에도 불구하고,
윤곽선을 제대로 분간할 수 없었다.
(오데트가 파리에서 옷을 가장 잘 입는 여성 축에
들었음에도 불구하고, 당시 유행 탓에 그러했다.)

언제 한번 저희 집에
차 드시러 오지
않으시겠어요?
스완은 현재 연구 때문에 짬을 낼 수 없다고
둘러댔는데, 사실 델프트의 베르메르*에 관한
연구는 수년째 제쳐 놓은 상태였다.

물론 저 같은 사람은 당신처럼 학식이
많은 사람들을 보면 겁이 나긴 해요.

이를테면 대학자님들 앞에 있는 개구리 같다고나 할까요.
하지만 전 배우고 싶고, 알고 싶고,
학문에 발을 들여놓고 싶어요.
책을 뒤적이고 옛날 책들에
코를 박고 지내면 얼마나
재밌겠어요!

절 놀리실지 모르지만, 저를 못 만나게 하는 그 화가에 대해서 한번도 들어
본 적이 없어요. 아직 살아 있는 사람인가요? 파리에서 그 사람 그림을 볼
수 있나요? 그러면 당신이 뭘 좋아하는지 제가 알 수 있을 테고,
그렇게 어려운 공부 하시느라 분주한 넓은 이마 밑에 무슨 생각을 감추고
계신지 조금은 감을 잡을 수 있을 것 같은데요….

"거봐, 지금 저 머릿속에서 바로
그걸 생각하고 있잖아" 하면서요.
당신이 하시는 일을
제가 거들 수만 있다면
얼마나 행복할까요!

너그럽게 봐 주시오. 난 새로운
관계가 두려워요. 불행해질까 봐
무척 겁이 나거든요.

아니 정 주는 게 겁이 난단 말씀이세요? 정말 웃겨요.
저는 목숨이라도 바쳐서 바로 그 애정을 가져 보려고
무진 애를 쓰는데요.

당신은 틀림없이 어떤 여자 때문에 마음을 많이 다치신
거예요. 그래서 다른 여자들도 다 그 여자 같다고
생각하시는 거예요. 그 여자가 당신 마음을 이해하지
못한 거죠. 당신은 정말 특별한 분이에요.
제가 처음 당신을 봤을 때도 바로 그 점을
좋아했어요. 당신이 다른 사람들하고는
다르다는 걸 대번에 알 수 있었거든요.

하지만 나도 여자가 어떤 존재란 건 잘 알고 있다오.
한데, 당신 상당히 바쁜 것
같던데, 그렇지 않소?
아니요. 전 하는 일이
아무것도 없어요!

시간은 언제나 있어요. 당신을 위해 모두 바치고 싶어요.
밤이건 낮이건 언제라도
절 보고 싶으시면 전갈만 주세요.
그러면 바로 뛰어올게요.
그렇게 하실 거죠?

그리고 제가 매일 저녁마다 만나는 베르뒤랭 부인한테
당신을 소개해드리고 싶어요.
제발 부탁이에요!
조금만이라도 저를 위해서
거기에 가 주시면 좋겠어요!

할아버지는 예전부터 이미 이들 부부를 알고 계셨다. 하지만 할아버지는 언젠가부터 '젊은 베르뒤랭'과의 관계를 완전히 끊으셨다.

어느 날 할아버지는 스완으로부터 자기를
베르뒤랭 씨 부부와 연결시켜 줄 수
있겠느냐는 편지를 받으셨다.
조심! 또 조심! 전혀 놀랄 일이 못 되지.
결국 일이 이렇게 되는구먼.
한심한 인간들!

우선 난 그런 사람을 모르니 청을 들어 줄 수가 없고,
또 여기엔 분명
여자 문제가 숨어
있을 테니 더더욱
끼어들고 싶지 않아.
저런! 스완이 베르뒤랭 씨네와 어울리면 굉장하겠는걸.

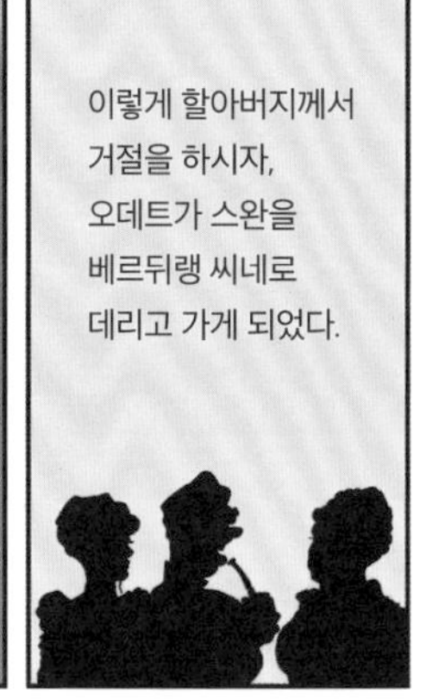
이렇게 할아버지께서
거절을 하시자,
오데트가 스완을
베르뒤랭 씨네로
데리고 가게 되었다.

스완이 처음 선을 보이기로 한 날은 베르뒤랭 씨 부부가 젊은 피아니스트와 그의 숙모, 코타르 박사 부부, 또 그 무렵 부부의 후원을 받고 있던 화가 이외에도 다른 몇몇 고정 멤버들과 함께 저녁을 먹기로 되어 있었다.

코타르 박사는 대화 상대자가 웃으려 하는지 아니면 심각한 상태인지

제대로 분간하지 못하는 탓에 정확히 어떤 어조를 취해야 할지를 잘 몰라 하는 사람이었다.

그래서 언제나 어중간하고 일시적인 미소를 머금고 있었고, 상대편이 한 말이 익살로 밝혀질 경우 순진하다는 인상을 면할 수 있도록 각별히 표정 관리를 했다.

만일 상대방이 한 말이 정반대 의미를 갖는 경우엔 얼굴에 미소를 더이상 노골적으로 짓지 않는 쪽을 택함으로써, 상대방이 볼 때는 마치 차마 내놓고 물어 보지는 못하지만 다음과 같은 질문을 하는 듯한 어중간한 인상을 심어 주곤 했었다.

그 말
진심인가요?

코타르 박사는 고향을 떠날 때 모친이 일러 준 가르침을 여전히 가슴에 품고 있었기 때문에, 자기가 모르는 관용표현이나 고유명사를 접하면 사전을 찾는 수고까지는 않더라도 잘 새겨 두는 버릇이 있었다.

코타르는 특히 관용표현에 대해 부지런히 정보를 수집했다.

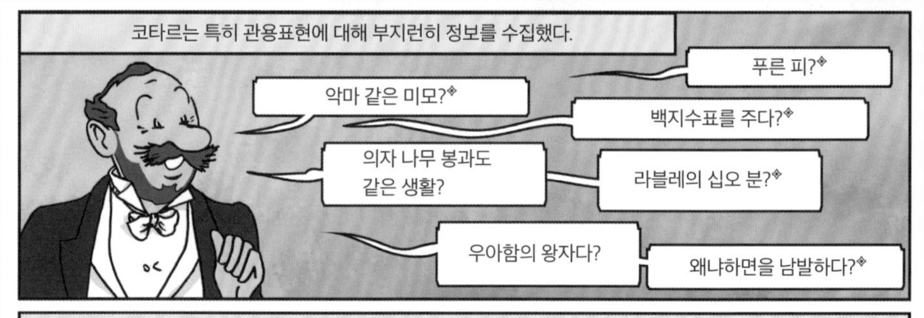
푸른 피?◈
악마 같은 미모?◈
백지수표를 주다?◈
의자 나무 봉과도 같은 생활?
라블레의 십오 분?◈
우아함의 왕자다?
왜냐하면을 남발하다?◈

코타르는 어떤 고유명사를 처음 들을 때 몰라서 물어 본다는 기색을 나타내지 않으면서 질문하는 듯한 어조로 그 말을 연거푸 반복했다.

코타르는 모든 점에서 비판의식이 완전히 결여돼 있는 사람이기 때문에, 무슨 말이든 곧이곧대로 받아들이곤 했다.

박사님께서 와 주셔서 정말 너무 고마워요. 박사님은 벌써 사라 베르나르 연극을 보신 줄 알고 있거든요.
그런데 우리 좌석이 무대와 너무 가까운 건 아닌지 걱정이네요.

사실 너무 가깝기는 합니다. 사라 베르나르가 조금씩 지겨워지기도 하고요. 하지만 부인께서는 제가 오면 좋겠다고 하셨지요.
!
부인 말씀이라면 무조건 따라야죠.
누구 말씀인데요.

부인 뜻에 따를 수 있어서 저는 정말 행복합니다.
부인 말씀이라면, 제가 뭘 마다하겠습니까!

사라 베르나르는 '황금 목소리'를 가졌지요? 안 그렇습니까?
신문에선 '벼락출세를 했다'고들 떠들어 대더군요. 재미있는 표현입니다. 안 그렇습니까?

여보, 아무래도 우리가 코타르 박사한테 겸손 떠는 게 공연한 짓 같아요.
사회경험이라곤 전혀 없는 학자라서 도대체 뭐가 뭔지를 모르고, 우리가 하는 말만 곧이곧대로 믿어요.
당신한테 미처 말하지 못했는데, 맞는 말이오.

그래서 베르뒤랭 씨는 다음 해 1월 1일에 코타르에게 별 거 아니란 말과 함께 삼천 프랑짜리 루비를 보내는 대신, 그렇게 아름다운 것은 쉽게 구할 수 없다고 하면서 삼백 프랑짜리 인조보석을 사 보냈다.

오늘 저녁 스완 씨란 분이 올 겁니다.

스완?
스완이라!
대체 누구지?

오데트가 말하던 그 친구란 사람 있잖아요.

아, 그래요?
네.
그렇군요.

화가는 화가대로 스완이란 인물이 새로 오게 돼서 기뻤다. 그는 사람들 사이를

가깝게 해주는 일을 좋아했기 때문이다.

남녀를 맺어 주어 결혼하게 만드는 게 제 취미인걸요.
벌써 여러 번 성공했어요.

심지어 여자끼리도 말입니다!

오데트가 베르뒤랭 씨 부부한테

스완이 '스마트'*한 사람이라는 말을 하는 바람에, 혹시 그를 '지루한 사람'이라 여기지 않을까 하는 염려를 불러일으켰다.

스완은 지루한 사람으로 보이지 않도록, 베르뒤랭 씨 부부처럼 자기보다 신분이 낮은 사람들이나 친구들을 대할 때는 본능적으로 공손한 태도를 취하고 호의를 베풀었다.

스완은 잠시 코타르 박사한테
냉랭한 태도를 취했다.

왜냐하면 순간 환락가 같은 곳에서
박사가 자기를 본 적이 있었나 하는
의심이 들었기 때문이다.

화가는 즉석에서 스완에게 오데트와 함께
자기 아틀리에에 한번 오라고 초대를 했다.
스완은 화가가 점잖은 사람이라 생각했다.

어쩜 사람들이 저보다 선생을 더 좋아하게
될는지도 모르겠네요. 코타르 박사님 초상화를
보시게 될 겁니다.

어이, 비슈 '씨'! 재미나게 생긴 박사님의
작은 눈에 특히 신경 써야 해요.
잘 아시다시피 제가 원하는 건 바로
박사님 미소니까요. 이를테면 미소를
그린 초상화라 할 수 있어요.

스완은 그 자리에 있는 모든 사람들을 소개해
달라고 했고, 심지어 베르뒤랭 씨 부부와 오랜
친구 사이인 사니에트와도 인사를 나누고
싶어했다. 이 인물은 수줍음이 많고 단순하면서
선량한 탓에, 뛰어난 문헌학자이자 엄청난
거부에 훌륭한 집안 출신임에도 어디를 가나
제대로 대접을 받질 못했다.

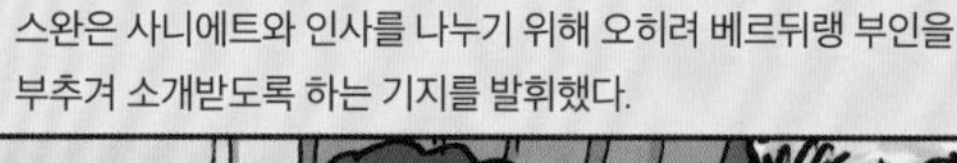
스완은 사니에트와 인사를 나누기 위해 오히려 베르뒤랭 부인을
부추겨 소개받도록 하는 기지를 발휘했다.

스완 씨,
제가 선생을 우리 친구 사니에트에게 소개할 수 있는
영광을 베풀어 주시겠습니까?

그런 다음 스완은 즉시 피아니스트의 숙모와 인사를
나눠야 한다고 요구해서 베르뒤랭 씨 부부를 완전히 감격시켰다.

스완은 베르뒤랭 씨를 돌아보며 말을 건네는 것이 피아니스트의 숙모를
조금은 비꼬는 것이라 생각했는데, 정작 베르뒤랭 씨가 발끈했다.

그렇게 모자란 사람은 아닙니다. 제가 장담하건대,
단 둘이서 대화할 때는 정말 상냥한 사람입니다.
그럼요, 그렇고말고요.
저 사람 조카가 피아노 연주하는 걸
못 들어 보셨지요? 정말 멋지지 않습니까, 박사님?

연주 좀 해 달라고 부탁해 볼까요?
그러면 정말 '행복'할…
프랑스에 행복을!

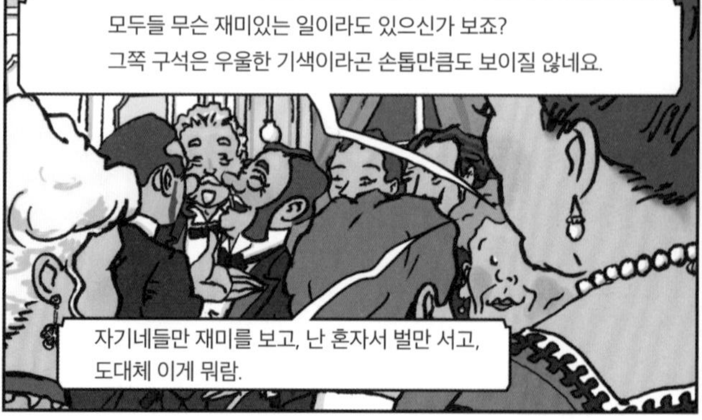
모두들 무슨 재미있는 일이라도 있으신가 보죠?
그쪽 구석은 우울한 기색이라곤 손톱만큼도 보이질 않네요.
자기네들만 재미를 보고, 난 혼자서 벌만 서고,
도대체 이게 뭐람.

베르뒤랭 부인은 스웨덴 출신
바이올리니스트가 선사한,
니스칠한 높다란 소나무 의자에
앉아 있었는데, 이 의자가 사다리
모양을 하고 있고 주변에 널려
있는 멋진 고가구들과 전혀
어울리지 않는데도 버리지 않고
간직하고 있었다.

사실상 베르뒤랭 부인은 회원들이 나중에 다시 찾아와서 알아보고 기뻐하도록
이들이 이따금씩 선사한 선물들을 하나도 버리지 않고 보관하고 있었다.

부인은 회원들한테 제발 부탁이니 선물을 하더라도 꽃이나 사탕처럼
소비하고 나면 자리를 차지하지 않는 것들로 해 달라고 신신당부를 하곤 했다.

이처럼 베르뒤랭 부인은 높은 곳에 앉아서 회원들이
나누는 대화에 열심히 끼어들기도 하고 '헛소리'를
들으며 재미있어 하기도 했는데,

너무 웃느라 턱이 빠져
버린 사건이 있었던 이후론
정말로 웃는 대신에 눈물이
날 정도로 우스운 상황임을
나타내는 정해진 제스처를
취함으로써, 힘들이지도
않고 위험도 감수하지
않아도 되게끔 대처했다.

별말이 아닌데도…

아!

이처럼 베르뒤랭 부인은 높은
의자에 올라앉은 채 회원들
때문에 정신을 못 차렸고,
화기애애한 분위기며 험구와
맞장구치는 소리에 취해서,
마치 횃대에 앉아 뜨거운
포도주에 담가 놨던 모이를
쪼는 새처럼 상냥함으로
울부짖고 있었다.

담배 좀 피워도 될까요?

연주 한 곡 부탁드려도 될까요?

이봐요, 스완 씨
지루하게 하지 마세요.
고문당하려고 여기 오신 게
아니잖아요. 스완 씨
고문하지 마세요, 제발!

어째서 스완 씨가 지루해 할 거라고 생각하지?
아마도 스완 씨는 우리가 발견해낸 올림바단조
소나타를 들어 본 적이 없을 텐데 말이오.
피아노곡으로 편곡해서 들려줄 테지.

아, 안 돼! 내 소나타는 안 돼요!
지난번처럼 듣다가 눈물이 나서 두통감기가
걸리고 안면신경통까지 앓으라고!
제발 됐어요. 또다시 곤욕을 치르고 싶지
않아요. 여러분들이야 괜찮으시겠지만,
난 일 주일 동안 꼼짝없이 침대에 누워
지내야 한단 말예요!

회원들은 피아니스트가 연주를 시작할라치면 똑같이 반복되는 이런 소동을 보면서, 매번 처음 있는 일인 양 재미있어 했다.

좋아요, 그럼 안단테만 듣기로 합시다!

안단테만이라니, 안 될 소리지!
나는 바로 그 안단테만 들으면 사족을 못 쓰게 되는걸요.
정말 대단하시구려, 주인양반! 그러니까 「제9교향곡」®에서 마지막 부분만 듣자는 말하고 「음유시인」® 서곡만 듣자는 말하고 뭐가 다르단 말예요?

코타르는, 많은 의사들이 자기네들이 속해 있는 사교계에 참석하는 문제가 걸렸을 때는 즉시 엄격한 금지사항을 거두는 습성이 있듯, 부인더러 피아니스트가 연주할 수 있도록 허락하라고 부추겼다.

이번에는 괜찮으실 겁니다. 두고 보세요.
만일 탈이라도 나시면 저희가 돌봐드리겠습니다.

정말이요?

여기가 제 고정석이에요, 부인.

그곳이 그리 편하지 않으실 텐데요. 이리로 오셔서 오데트 옆에 앉으세요. 괜찮죠, 오데트? 스완 씨하고 함께 앉는 게 낫겠죠?

멋진 보베산(産) 소파군요.

아! 저희 집 소파의 진가를 알아봐 주시니 기쁘네요. 의자마다 붙어 있는 청동 장식들이 제각기 테마를 갖고 있답니다. 삥 둘러보시면 아주 재밌을 거예요. 제가 장담하죠. 가장자리 장식을 좀 보세요. 〈곰과 포도〉®를 배경으로 붉은 바탕에 작은 포도밭을 재현한 장면이죠.* 손으로 그린 것처럼 보이지 않나요?

포도들이 먹음직스러워 보이지 않나요? 우리 바깥양반은 제가 자기보다 덜 먹는다고 과일을 별로 안 좋아한다고 하지요. 하지만 전 여기 있는 그 누구보다도 많이 먹는걸요. 대신 저는 입으로만 먹지 않고 눈으로도 먹거든요.

아니 댁들은 뭐가 그렇게 재미있어서 웃고들 계세요?

박사님께 물어 봐요. 그러면 저 포도가 속을 깨끗이 씻어내 준다는 말을 들을 수 있을 거예요.

스완 씨, 떠나시기 전에 반드시 저 의자들 팔걸이 청동 장식을 만져 보세요. 꼭 무슨 이끼처럼 부드럽죠? 아니요, 그게 아니라, 손바닥 전체로 느껴 보세요.

아!
부인께서 청동 장식을
어루만지기 시작했으니,
오늘 저녁 음악은 물 건너 가 버렸네.

입 다무세요,
못된 사람
같으니라고.

사실 남자들은 우리 여자들이
이보다도 못한 쾌락조차
갖지 못하게 하죠. 어쨌든 이보다
더 보드라운 살결은 있을 수 없어요!

우리 바깥양반이 나한테
질투라도 할 셈인가…
어디 한번 말해 보시구려.
설마 당신이 나한테 질투를 하지
않았다고는 말 못 할 테지요….

난 정말 아무 말도 하지 않았소.
박사님이 증인이요.
제가 무슨 말이라도 했습니까?

자, 이제 그만 만지시고, 이번엔 애무를 할 차례입니다.
물론 귀에다 말입니다.
좋아하시리라 생각해요.
자, 드디어 우리 선수가 연주할 채비를 갖췄군요.

연주를 듣는 동안, 스완은 거기 모인 그 누구보다도 피아니스트에게 애틋한 마음이 들었다.
사연인즉슨 이렇다.

지난 해 스완은 어느 저녁 만찬에 참석했다가 피아노와 바이올린이 어우러진 음악을 듣게 되었다.
처음엔 악기들이 만들어낸 물질적 소리만을 음미했을 따름이었다.
그러다가 한순간 매혹에 빠진 스완은 그저 스쳐 지나가면서 영혼의 지평을 넓혀 주는 소절인지 화음인지를 포착하려 애썼다.
어쩌면 스완에게는 전혀 생소한 음악이었기에 혼미한 인상을 받았는지도 모를 일이었다.
스완은 음악을 들으며 맛봤던 달콤한 감각이 끝났다는 느낌이 들자마자 즉시 머릿속에 간략하게나마 옮겨 적어 보긴 했지만, 음악이 계속 이어지면서 머릿속에 담아 둔 앞서의 인상을 일별하는 동안 느닷없이 동일한 인상이 재차 떠올라 이내 또다시 분간할 수 없게 되었다.

그러자 물결치는 선율 위로 잠시 동안 떠오르는 바로 그 악절을 뚜렷하게 분간할 수 있었다.
그 악절은 듣기 전까지만 해도 생각조차 하지 못했던 특별한 관능을 일깨워 주었고, 오로지
그 악절만이 그런 기쁨을 줄 수 있다는 느낌이 들어서, 마치 미지의 사랑을 만난 듯했다.
스완은 그 악절을 세번째로 접해 보고 싶은 마음이 간절했다. 그러자 악절은 또다시 모습을 드러냈다.
하지만 명확하지 않기는 마찬가지였고, 관능성도 조금은 덜 느껴졌다.
스완은 집에 돌아와서도 그 음악이 또 듣고 싶어졌다.
마치 길에서 지나가는 여인의 모습을 잠시 바라보고 나서 벌써 사랑에 빠져들긴 했지만 나중에 다시 만날 수 있을는지도 알 수 없고
이름조차 모르는 그 여인이 자기 감수성에 새로운 미의 이미지를 제공한다는 느낌이 드는 때와도 같았다.

스완은 삶에서 이상적인 목표를 잃어버린 지 오래였고,
앞으로도 지금과 별반 다르지 않게 살다 죽게 되리라 막연하게 생각하고 있었다.
그는 자기가 들었던 악곡이며, 음악가들을 청해서 들었던 몇몇 소나타들을 내면에서 기억을 더듬어 가며, 과연 스스로 포기했던 눈에 보이지 않는 그 현실의 존재감과 마주칠 수 있을지 가늠해 보았다.
그런 현실이 가능하다면 다시 한번 자기 삶을 바쳐 보고 싶었다.

하지만 그가 들었던 그 곡이 누가 작곡한 것인지 알 수 없고,
따라서 연주를 부탁할 수도 없는 탓에 결국 잊혀질 수밖에 없었다.

스완 주변으로 음악가 친구들이 적지 않았지만, 그리고 그 악곡이 가져다주는 특별하고 뭐라 형용하기 힘든 기쁨을 떠올려 보면 눈을 감고도 선율이 잡힐 듯했지만, 도저히 읊조릴 수 없어 허사로 그칠 수밖에 없었다. 결국 그는 더 이상

그 악절을 생각하지 않게 되었다.

한편 피아니스트가 베르뒤랭 씨네에서 연주를 시작한 지 몇 분이 지나지 않았을 때, 스완은 자기가 좋아하는 은밀하고, 속삭이고, 분열된 천상의 향긋한 멜로디가 불쑥 모습을 드러내는 것을 알아차릴 수 있었다.

마치 스완에겐, 길에서 우연히 마주쳤을 때 감탄해 마지않았지만, 또다시 만나지 못할 것 같아 애석하기 그지없던
바로 그 존재를 친구의 살롱에서 만난 듯했다.

PLEYEL

마침내 악곡이 끝나 가면서, 향기로운 가지를 무한히 뻗어 나가면서 방향을
잃지 않고 부지런히 앞으로 나아가는 동안, 스완의 얼굴에도 은은한 미소가 번졌다.

이번만큼은 스완은 누가 작곡한 곡인지 물어 볼 수 있었다.(뱅퇴유가 작곡한 「피아노와 바이올린을 위한 소나타」◈ 중 안단테란 답변을 얻었다.)

정말 굉장한 연주지요? 그렇지 않아요?
피아니스트가 곡을 제대로 해석할 줄
알기는 아는가 봐요.

저는 매번 이 곡을 들을 때마다
오케스트라 연주를 듣는 것 같은
느낌이 들어요. 어쩜 오케스트라보다
더 아름답단 생각도 들어요.
더 충만하고요.

자, 이분한테 오렌지 주스 한 잔 갖다드려요. 칭찬받을 만해요.
부인께선
절
너무
치켜 주십니다.

스완은 오데트한테 자기가 방금 그 곡을
얼마나 좋아하는지 모른다는 말을 했다.
저런! 뭔가 달콤한 얘기를
듣고 있는 중인가 보죠, 오데트?
네, 아주 달콤한 얘기죠.

베르뒤랭 부인은 스완이 좋아서 어쩔 줄 몰라 하는 한두 마디 말에 대해 이렇게 대꾸했다.

거 참, 재밌네요. 미처 생각지 못했어요.
하지만 저는 굳이 시시콜콜하게 작은
짐승에까지 관심을 쏟고…◈
?

…바늘 더미에
파묻혀 있고◈ 싶지는 않아요.

여긴 머리카락을 넷으로 쪼개느라◈
시간을 허비하는 장소가 아닙니다.
그런 곳이 아니에요.

제가 뱅퇴유란 이름을 가진
사람을 알긴 압니다.

그 사람인지도 모르죠!

그럴 리가요. 제가
아는 그 사람은…
친척일 수는 있겠죠.

화가는 뱅퇴유 씨가 중병에 걸렸는데,
포탱 박사도 못 고칠 것 같다는 말을 했다.

뭐라고요? 아직도 포탱한테
진료받는 사람들이 있어요?

아! 부인, 그분이 제 동료란
사실을 잊으신 건 아니겠죠?

박사님이야 그 사람보다 열 배는 훌륭하시죠.
적어도 사람을 죽이는 일은 없으시잖아요!

하지만 부인, 그분은 아카데미 회원입니다. 환자 입장에선,
죽더라도 이왕이면 최고의 과학자 손에 죽는 편이 낫다고 생각하지요….
훨씬 멋지지 않겠습니까….

뭐라고요? 훨씬 멋지다고요? 요즘은 아플 때도 멋을 얘기하나 보죠?
전 몰랐어요…. 정말 박사님은 재밌기도 하시지!

친구 분이 내 마음에 쏙 든다오. 사람이 꾸밈없고 매력있어요.
저런 친구들이라면 언제든지 데려와도 좋아요.

한데, 젊은
피아니스트의 숙모는
별로인 모양이던데.

아직 잘 몰라서 그럴 거예요.
오늘이 첫날인데, 초장부터
이곳 분위기를 꿸 순 없을 테니까요.

오데트, 내일 스완 씨더러 샤틀레◈에서
우리와 합류하라고 하세요. 스완 씨를
만나 함께 와도 좋고요.
아니에요. 아마
원치 않으실 거예요.

네? 그럼, 좋을 대로 해요. 스완 씨가
마지막 순간에 빠지지만 않으면 되니까!

베르뒤랭 부인에겐 뜻밖이었지만,
그후로 스완은 한번도 빠진 일이 없었다.

스완은 베르뒤랭 씨네 사람들이 어디를
가든, 심지어 가끔씩은 당시만 하더라도
사람들이 좀처럼 가지 않는 교외의
레스토랑은 물론이고, 베르뒤랭 부인이
좋아하는 극장에서도 자주 합류했다.

어느 날
부인의 집에서,
하긴, 초연일 저녁 행사나 만찬
때 기다리지 않고 바로 입장할 수
있으면 좋으련만…
강베타 씨의 장례식◈ 날만 해도
입장하질 못했잖아요!

스완은 자기의 눈부신 인맥에 대해선 결코 언급하지 않았고 단지 하찮은 관계만
드러냈는데, 이를테면 그가 생제르맹 사교계에서 몸에 밴 습관대로 얕잡아 봤던
공직사회가 바로 그런 부류에 속했다.
제가 한번 손을 써 보겠습니다. 그러면
기다리지 않고 「다니셰프 사람들」◈
앙코르 공연을 보실 수 있을 겁니다.
마침 내일 엘리제궁에서 파리 경찰서장과
오찬을 함께 하기로 되어 있거든요.
?
?
?
?
?

뭐라고요?
엘리제궁이요?

네, 그레비◈ 씨
댁에서요.

종종 그런 일이
있나 보죠?

네? 그레비 씨요?
아니, 그레비 씨를 아십니까?
그저 좀 아는 정돕니다.
그분 친구들을 알고 있거든요.
스완은 그 친구 중 하나가 웨일스 공이란 말은 차마 할 수 없었다.

어쨌든 그분은 사람들을 아무나 쉽게 초대하죠. 제가 장담하건대, 초대받아 가 봐야 아무런 재미도 없습니다.
오찬이라 해도 아주 간소하죠. 여덟 사람을 넘는 경우가 없으니까요.

아, 그렇습니까? 흠.

아! 저도 그곳 오찬이 재미없단 말씀을 의심치 않는답니다. 그런 곳에 가신다니, 참 어지간히 성품도 좋으시지.
그레비 씨는 귀머거리에다가 손으로 밥을 먹는다지요, 아마.

그러면 정말로 재미있을 턱이 없겠습니다그려.

하지만 공화국 대통령이란 존재가 코타르에게 발휘한 후광은 스완의 겸손을 부각시킨 반면에, 베르뒤랭 부인의 악의를 드러내는 결과를 초래했다.

그후 저녁때마다,

오늘 저녁 스완 씨가 옵니까? 그레비 씨와 개인적 친분이 있다는 스완 씨 말입니다.

스완 씨가 소위 말하는 젠틀맨이 아니겠습니까?

코타르는 심지어 스완에게 치과 박람회 입장권을 선사하기까지 했다.

이 표가 있으면 동행인들도 공짜로 입장할 수 있습니다. 하지만 개는 입장할 수 없답니다.

제가 공연한 말씀을 드리는 게 아닙니다. 이 사실을 모르고 왔다가 개한테 손가락을 물린 친구들이 있거든요.

베르뒤랭 씨는 스완 때문에 자기 부인이 불쾌해한다는 사실을 알아차렸다.

스완이 이제껏 한번도 드러낸 적은 없지만, 대단한 인맥을 가지고 있다는 것을 발견하게 되었기 때문이다.

스완은 외부에서 파티가 있는 경우가 아니라면, 이들과 베르뒤랭 씨 부부네에서 합류했다. 하지만 그는 언제나 저녁때만 왔고, 오데트가 아무리 붙잡아도 저녁식사를 함께 하는 경우는 거의 없었다.

정 그렇다면, 전 당신과 단둘이 저녁 먹을 수도 있어요.
그럼, 베르뒤랭 부인은?

아! 그건 걱정 마세요. 부인한텐 제가 옷이 준비가 덜 됐다거나, 제 마차가 늦게 왔다고 하면 될 거예요.

핑곗거리는 언제라도 만들면 돼요.

스완은 자기가 오데트를 만나는 일보다도 더 중요한 소일거리들이 있는 것처럼 시늉을 하면, 그녀가 자기한테 그렇게 쉽사리 싫증을 내지는 않으리란 계산을 속으로 하고 있었다.

그리고 실제로도 스완은, 싱싱하고 볼이 장미처럼 통통해서
자기 구미에 맞는 어린 여공이 오데트보다 훨씬 더 마음에
들어서 초저녁을 함께 보내고 싶어했고, 그러고 나서 오데트를
만나러 가면 된다고 생각했다.

바로 이런 까닭에, 오데트가 베르뒤랭
씨네에 함께 갈 수 있도록 집으로
찾아오겠다고 해도 스완은 한번도
승낙해 본 적이 없었다.

스완의 마부 레미가
집 부근 길모퉁이에서
기다리고 있는 여공의
모습을 알아보았다….

스완이 안으로 들어서자, 베르뒤랭 부인은
그에게 오데트의 옆자리에 앉으라고 권했고,
이어서 피아니스트는 두 연인을 위해 사랑의
국가라 할 수 있는 뱅퇴유의 소곡을 연주했다.

고개를 내밀기 시작한 소곡은 춤을 추고, 목가적이며, 삽입된 듯하고, 두런두런 이야기를 속삭이며, 다른 세상에서 온 것처럼 느껴졌다. 그런가 하면 선율은 단순하면서도 불멸의 주름을 지어 흘러가고, 시종일관 형용키 어려운 미소를 머금은 채, 여기저기 본연의 우아함을 흩뿌리고 있었다. 하지만 스완은 지금 돌이켜 생각해 보니, 거기엔 환멸도 담겨 있다고 여겨졌다. 소곡은 행복의 길을 펼쳐 보이면서도, 그러한 행복이 덧없음을 말해 주는 듯했다.

그러나 무슨 대수인가. 스완은 소곡 그 자체를 생각하기보다는

오히려 자기 사랑의 담보이자 정표로 여겼고,

베르뒤랭 씨 부부나 피아니스트조차 자기뿐 아니라
오데트를 위한 음악이라 생각하고 있었다.

그는 소곡이 자기네 두 사람들과는 무관하게 내재적이고 고정된
의미와 아름다움을 지니고 있다는 점을 애석하게 여기기까지 했다.

스완은 베르뒤랭 씨네에 도착하기 전에 어린 여공과 노닥거리느라, 피아니스트가 소곡을 연주하기
시작하자마자 벌써 오데트가 돌아가야 할 시각이 되어 버린 경우도 적잖았다.

스완은 오데트를 라 페루즈가(街)◈에
있는 집까지 바래다 주었다

그는 오데트를 좀더 일찍 만나는 즐거움을 희생할지언정,

그녀도 인정해 주는 자신의 권리, 즉 그녀와 함께 귀갓길에 오르는 권리는 놓치지 않고
행사하고 싶어했는데, 그럼으로써 자기와 그녀 사이에 그 누구도 끼어들지 못하고,

또 그녀와 헤어지고 나서도 여전히

자기한테 묶어 둘 수 있으리란 계산에서였다.

어느 날 저녁…

그럼, 내일 또.

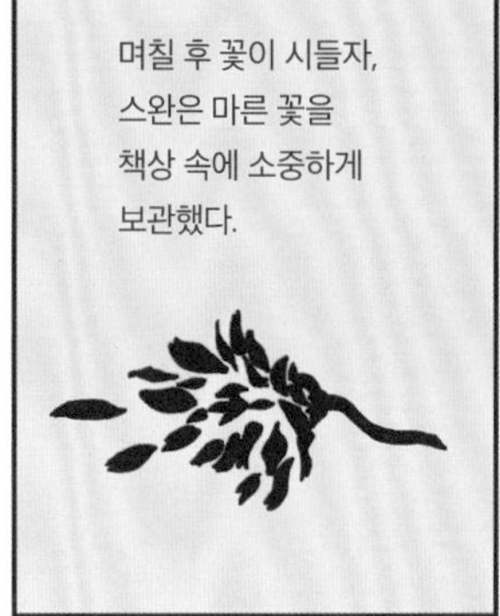
며칠 후 꽃이 시들자,
스완은 마른 꽃을
책상 속에 소중하게
보관했다.

그러나 스완은 좀처럼 오데트의 집에 발을 들이려 하지 않았다. 스완이 오데트네 집 안까지 들어간 적은 딱 두 번뿐으로, 어느 날 오후 이른바 '차를 마시는' 행사에 응했을 때였다.

마님께서 작은 거실로 차를 낸다고 하십니다.

日本

불편해 보여요. 잠깐만요. 제가 편하게 해드릴게요.

오데트는 곳곳에 널린 중국 골동품들이며,
난초, 특히나 카틀레야*가 '재미나다'고 했다….
이건 꼭 제 외투 안감에서 오려낸 것 같아요.

乾

어쩜!

오데트가 부리는
이같은 교태는 그녀의
깊은 신심과 대조를 이뤘다.
그녀는 과거 니스에 머물던
시절 죽을병에 걸렸다가
노르트담 드 라게*에 가서
기도를 드린 덕택에
살아날 수 있었고,
이를 기리기 위해
성당이 새겨진

황금 메달을 언제나
몸에 지니고 다녔다.
ND-DE-LAGHET PRIEZ POUR NOUS

레몬 아니면 우유?
우유.

구름이라!

음, 훌륭해….
전, 당신이 뭘 좋아하는지
잘 안답니다.

사실상 스완은 오데트가 만들어 주는 차가 무척이나 소중하게 여겨졌다. 사랑은 설사 기쁨을 가져다준다 하더라도, 그 기쁨 안에는 반드시 사랑에 대한 정당화와 지속의 보장을 담고 있어야 하는 법인지라, 스완이 저녁 일곱시에 오데트와 헤어져서 정장으로 갈아입기 위해 집으로 돌아갈 때면…

그럼, 참으로
멋진 일일 거야….

그토록 소중한 것을 맛볼 수 있도록 해주는 사람을
곁에 둘 수만 있다면, 참으로 멋진 일일 거야.
차 맛, 참 좋았어.

그럼, 참 멋진 일일 거야….

그로부터 한 시간 후, 스완은 오데트로부터 그녀의 집에
담배 케이스를 놔두고 갔다는 전갈을 받았다.
… 행여 당신 마음도
놔두고 가신 건
아닌지요.
그 마음만큼은
돌려드릴 수
없답니다.

오데트를 두번째로 찾아갔던 일이 좀더 중요하게 작용한 듯했다. 스완은 그간 오데트가 보고 싶어하던 판화를 들고 갔다.

오데트는 몸 상태가 조금 좋지 않았다.

스완은 오데트가 제트로의 딸인 제포라◈의 모습과
닮았다는 사실에 적잖이 놀랐다.

!

시스티나 성당 프레스코에 그려져 있는 바로 그 모습 말이다.

스완은 대가들의 그림에 등장하는 인물들과 실제생활에서 마주치는 인물들 사이에서 유사성을 발견하길 좋아하는
별난 취미를 가지고 있었다. 예를 들면, 로레단 총독◈의 흉상은 광대뼈가 튀어나온…

그의 마부 레미와 무척이나
닮았다고 생각하고,

기를란다요◈의 그림에서는 팔랑시 씨의
코를 발견하게 되며,

틴토레토◈의 초상화에서 보듯, 턱수염이 돋기
시작한 부위나 꺼진 코, 또 날카로운 시선은
그대로 불봉 박사의 모습이라 생각했다.

특히 당시 스완은, 흔히들
보티첼리라 부르는 산드로
디 마리아노가 그린
제포라의 형상과 오데트가
닮았다는 점이 무척이나
흐뭇했고, 또 이런 생각은
꽤나 오랫동안 지속되었다.

스완은 위대한 화가 산드로도 애착을 보였을 오데트의
진가를 미처 깨닫지 못했다는 점을 자책하기까지 했다.

그는 언제나 오데트와는
정반대 유형의
여인들에게 끌렸었지만,
오데트가 자기 취향에
어울리는 여인이 아니란
사실은 잊고 있었다.

그간 몇 달 동안 스완이 한 것이라곤
오로지 오데트를 만나는 일뿐이었다는
점을 후회하다가도,

오데트와 같은 걸작품에 상당 시간을
할애하는 일은 당연하다고 여기게 되었다.

그는 제포라의 모습을
예술가다운
겸양과 영성,
불편부당한 마음으로
지켜 보기도 하고,
때론 수집가다운 오만과
이기심, 관능으로
바라다보기도 했다.

그런가 하면 그는 제포라를 그린 복제화를 가까이 끌어당기고는, 마치 오데트를 안는 듯 품에 안아 보기도 했다.

스완은 '작은 동아리'라는 사회적 조직이 굴러가는 메커니즘에 힘입어, 마치 오데트에게 관심이 없는 듯 꾸밀 수도 있었고,
또 굳이 보고 싶어한다는 욕망을 내비치지 않아도 되었다. 그렇다고 해서 이같은 태도가 커다란 위험을 초래하지는 않았는데,

그도 그럴 것이 저녁이면 언제나
오데트를 집으로 바래다 줄 수 있었기 때문이다.

언젠가 한번은 스완이 베르뒤랭 씨네에
도착하는 시각을 늦출 심산으로,

어린 여공과 함께 숲에 가서
노닥거린 일이 있었는데,

그만 너무 늦게 도착하는 바람에, 오데트는
스완이 오지 않으리라 생각하곤 혼자서 가 버렸다.

스완은 마음의 고통을 느꼈다. 그간 자기가 누렸던 쾌락이 어떤 것이었는지 그때서야
비로소 처음 깨달았으며, 그 쾌락을 잃어버릴 수도 있다는 생각에 전율했다.

당신, 스완이 오데트가 없는 걸 알고 어떤 표정을 지었는지 봤소?
꼭 뭣에 꼬집힌 사람 같더구먼.
표정이 어땠다고요?
아니, 스완 씨가 왔었습니까?
네, 잠시 왔다 갔지요. 스완 씨가 꽤나 동요하고 불안한
기색이더군요. 왠지 아십니까? 오데트가 가 버렸거든요.

그러니까 오데트가
스완 씨와 '친밀한
사이'◈란 말씀이시죠?

'돌이킬 수 없는 사이'◈
말입니다.

아니요, 절대 그렇지 않아요.
우리끼리니깐 하는 얘긴데,
오데트가 잘못하고 있어요.
어리숙한 사람처럼 굴거든요.
실제로도 그렇지만.

흠, 당신이 두 사람
사이에 아무 일
없는지 어떻게 알아?
직접 가서 본 것도
아니잖소?

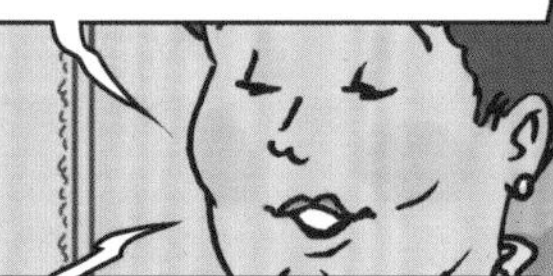

저는 알아요. 오데트가 저한테
시시콜콜 얘기하지 않는 게
없거든요!
지금 오데트에겐 아무도 없기
때문에, 제가 오데트더러 스완과
함께 자라고 했어요.

오데트 말이, 스완이 자기한테
수줍어한다고 그러더라고요.
그게 오히려 겁이 난다나.

오데트도 그 사람을
그런 식으로
생각하는 것 같진
않아요. 워낙 고상한
사람이라서…

그러니까 더더욱 그럴 필요가
있는데 말예요.

난 감히 당신과 의견이
조금 다르다오. 그 양반이
절반밖에는 마음에 들질
않거든. 어쩐지 거만해 보여.

내 생각엔, 스완이 오데트를 '정숙한 여자'라고 생각하진 않는
것 같던데. 어쨌든 모를 일이지, 그 사람은 오데트가 똑똑한
여자라고 생각하는 것 같으니 말이오.
지난번 저녁 때 스완이 뱅퇴유
소나타에 대해서 오데트한테
뭐라 했는지, 당신이 들었는지
모르겠소.
난 정말 오데트가 마음에 들어.
그렇긴 하지만, 그 사람이
오데트한테 미학 강의를
늘어놓는 걸 보면, 어지간히도
순진하지.◈

오데트 흉보지 마세요.
얼마나 고운 사람인데요.

오데트가 곱지 않다는 뜻이 아니오.
오데트를 나쁘게 얘기한 적도 없소.
다만 오데트가 정숙한 여자라거나,
똑똑한 여자는 아니란 말을 하는 것뿐이지.
그렇지 않소들? 오데트가 정숙한
여자라면, 오히려 매력이 떨어질 텐데,
안 그렇소?

스완 씨!

크레시 부인께서 귀가 전에 아마도 프레보 씨네 레스토랑◈에 들러 초콜릿을 드시러 갈는지도 모른다는 전갈을 선생님께 전해드리라 하셨습니다.

본누벨가(街)로 가세, 레미.
프레보 레스토랑으로!

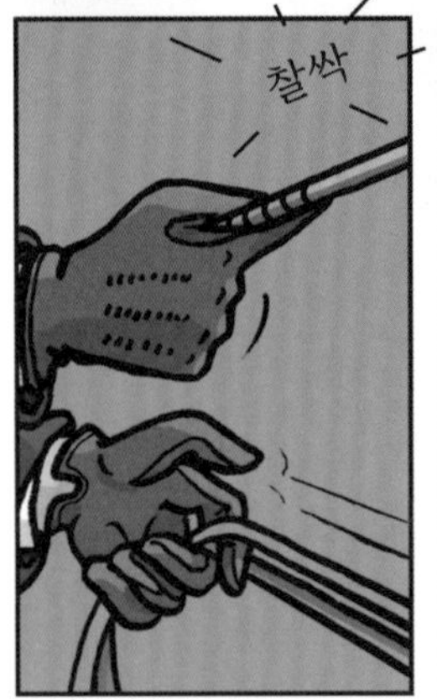
찰싹

스완은 느닷없이 뇌리에 온갖 잡생각이 떠올랐다.

이게 다 뭔가?
내일 만나면 될 것을,
대체 이게 무슨
소동이람?
바로 한 시간 전에
베르뒤랭 씨네로
가면서 했던 생각이
아니던가.

스완은 여전히 마차에 타고 있긴 했지만, 좀 전의 자신이 아니었고, 결코 혼자도 아니며, 또 다른 새로운 자아가 합쳐져서 끈덕지게 자리를 지키고 있다는 사실을 깨달았다.

스완은 그 새로운 존재를 떨치지 못한 채, 마치 그 존재가 스승인 것처럼, 아니면 앓고 있는 지병이라도 되는 듯, 함께 타개할 방책을 찾아 나설 수밖에 없었다.

그런가 하면 새로운 존재가 자아에 보태지게 된 이래 삶은 더욱 흥미로워졌다.

오데트는 프레보 씨네에 없었다.

스완은 근처 레스토랑들을 샅샅이 훑어볼 생각이었다.
Restaurant PREVOST Salon

그래서 시간을 아낄 셈으로,

그가 한 레스토랑에 가서 찾아보는 동안,

레미를 보내 다른 쪽 레스토랑들을
둘러보도록 했는데,

만약 자기가 오데트를 찾지 못한 경우,
레미에게 가 있으라고 한 장소에서 합류하기로 했다.

레미는 어디에서도 오데트를
찾을 수 없다고 했다.
이제
주인님께서도
귀가하시는 편이
좋을 듯합니다.

안 될 소리! 무슨 일이 있어도
부인을 찾아내야만 해. 무척 중요한 일이거든.
만일 날 만나지 못하면, 아주 곤란한
상황에 빠질 거야. 굉장히 기분 상해할 걸세.

전 어째서 부인께서 기분 상해하실지
까닭을 잘 모르겠어요. 도리어 부인께서
주인님을 기다리지 않고 가 버리셨잖아요.
프레보 씨네에 가 계신다고 해
놓고,그곳에도 안 계셨잖아요.

스완은 마치 저승의 망자들 사이에서 에우리디케◈를 찾아 헤매듯, 어두운
그림자들 사이에서 몸을 부딪쳐 가며 초조한 마음으로 거리를 누볐다.

사랑이 싹트는 여러 방식 중에서도, 이따금씩 우리에게 거센 동요의 물결이 밀려들 듯 강력한 힘을 발휘하는 경우는 또 없을 것이다. 그런 순간 운명의 주사위는 던져지며, 우리는 곁에 둘 수 있어 좋은 바로 그 사람을 사랑하기에 이른다. 그 사람이 주는 쾌락은 느닷없이 우리 내면에서 바로 똑같은 존재를 대상으로 하는 불안한 욕구로 대체되기에 이르는데, 실상 이같은 욕구는 도저히 채울 수도 없고 또 벗어 버릴 수도 없는 부조리한 욕구일 뿐만 아니라, 그 사람을 소유하고픈 엉뚱하면서도 고통스러운 욕구이기도 하다.

이제 스완은 더 이상 마음의 동요를 감추려 하지 않았다.

TORTONI

MAISON DORÉE
ENTRÉE
Maison Dorée

TORTONI

그는 오데트를 만나려면 어쩔 수 없이 치러야 할 고통임을 내비치며,
마부에게 오데트를 찾을 경우 보상을 하겠다고 했다.

CAFÉ ANGLAIS
GLAIS
CAFÉ ANGLAIS
CAFÉ ANGLAIS
CAFÉ ANGL

AFÉ ANGLAIS

오데트였다.

나중에 오데트는 그때 프레보 씨네 레스토랑에는 앉을 자리가 없어서, 스완이 앞서 들렀던 메종 도레*의 구석자리에서 저녁요기를 했다고 말했다.
그녀는 다시 자기 마차에 올랐다.

레미!
뒤따라 오게나!

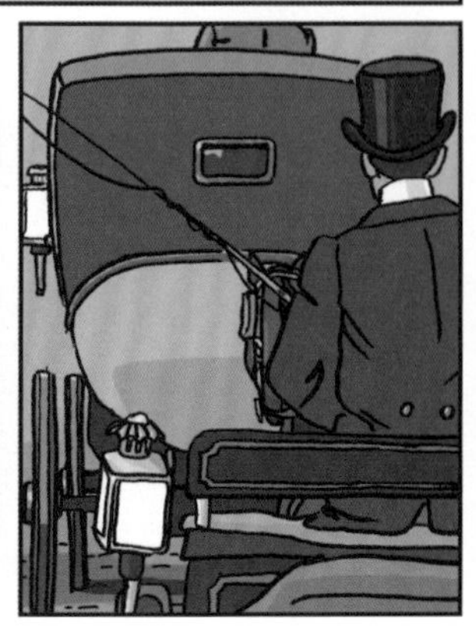

!
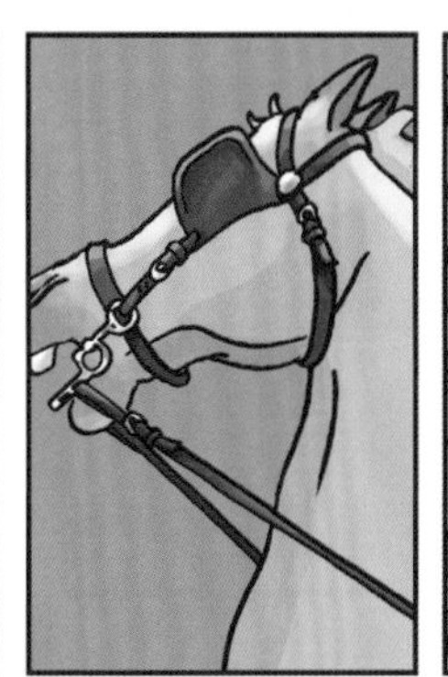

어이쿠!

앗!

별일 아니오.
걱정하지 말아요.

아무 말 말아요.
숨이 가쁠 테니, 내가 묻는 말에
그저 고갯짓으로만 대답하구려.

흔들리는 바람에 당신 코르셋에
꽂아 놓은 꽃이 비뚤어졌는데,
내가 바로 해줘도 괜찮겠소?
꽃이 떨어질 것만 같은데. 좀더 깊이
꽂아야 할 것 같아서.

그녀는 남자들이 자기한테 이토록
정중하게 대하는 것을 경험한 적이
없어서 당황해하며
아니, 괜찮아요.
상관없어요.

아니지, 말하지 말라니까요.
숨이 가빠질 텐데.
그저 고갯짓으로만 대답해요.
그래도 얼마든지 알아들을
테니 말이오.

정말 괜찮아요?
저런… 꽃가루가 드레스에 날렸구려.

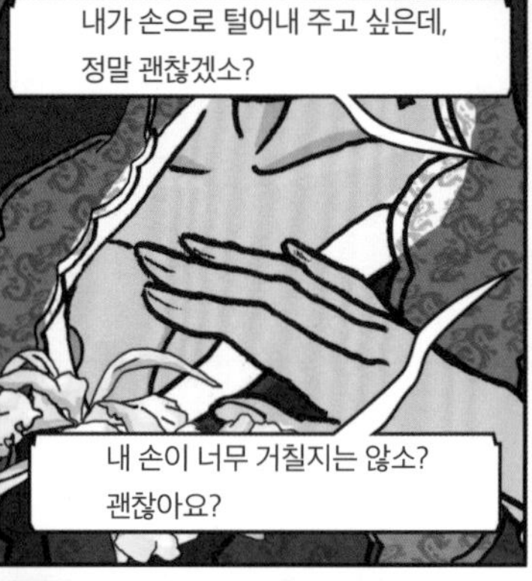
내가 손으로 털어내 주고 싶은데,
정말 괜찮겠소?
내 손이 너무 거칠지는 않소?
괜찮아요?

간지럽지 않아요? 벨벳이 구겨질까 봐
함부로 손을 댈 수도 없으니 말이오.

거봐요. 내가 바로 잡아주지 않았더라면,
꽃이 떨어졌을 게요.
이렇게, 좀더 깊이
드레스 안으로
밀어 넣어야 해요.

정말, 괜찮았던 거요?

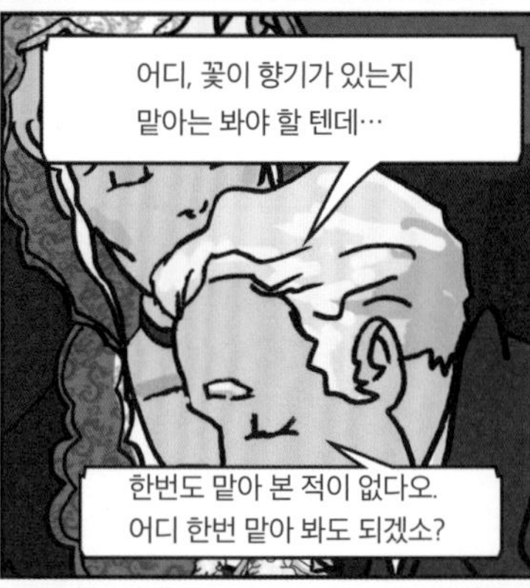
어디, 꽃이 향기가 있는지
맡아는 봐야 할 텐데…
한번도 맡아 본 적이 없다오.
어디 한번 맡아 봐도 되겠소?

오데트는 이럴 때 어떤 태도를 취해야 좋은지 잘 알면서도, 스완의 얼굴 쪽으로 어찌하지 못하는 힘에
이끌리기라도 하듯, 고개를 유지하려고 안간힘을 썼다.

오히려 스완이, 아래로
떨구려 하는 오데트의
얼굴을 어느 정도 거리를
두고서 잠시 일으켜 세웠다.
그렇게, 스완은 오랫동안
뇌리에 품어 오던 꿈을
짧은 순간이나마 보듬어
확인해 보고 싶었다.

더불어 이 순간 스완은 이제껏 가져 보지 못했을 뿐만 아니라 포옹조차 하지 않았던 오데트의 얼굴에,
마치 여행객이 떠나는 날 이제 영원히 더는 보지 못할 풍광을 가져가기라도 할 듯한 바로 그 눈길을
던져 보고 싶었는지도 모를 일이었다.

하지만 스완은 워낙 수줍어하는지라, 그날 밤 오데트와 잠자리를 함께 하고 난 연후에도 언제나 똑같은 방식으로 조심스레 대했다.

행여 오데트가 코르셋에 카틀레야를 꽂고 있는 날이면,
저런
오늘 저녁엔 꽃을 고쳐 줄 필요가 없겠구먼.
지난번처럼 비뚤어져 있지 않으니 말이오.
그렇긴 하지만, 꽃이 아주 똑바른 것 같진 않은걸.
이 꽃도 향기가 없는지 맡아 봐도 되겠는지?

오데트가 꽃을 꽂고 있지 않은 날에는
저런, 오늘 밤엔 카틀레야가 없구려.
이를 어쩐담, 고쳐 줄 것이
없으니 말이오.

그러고 나서 한참 후, 이제는 더 이상 카틀레야를 바로잡아 줄 필요가 없게 된 지도 오래 되었건만, '카틀레야를 고쳐 주다'란 메타포는 생각 없이 그저 쓰는 말이 돼서, 두 사람이 상대의 육체를 갖는 행위(하지만 실상 갖는 것은 아무것도 없다)를 가리킬 때마다 입에 올리게 됨으로써, 두 사람의 언어에 여전히 살아남은 채 이제는 잊혀진 그날을 기리게 되었다.

이제 스완이 매일 저녁 오데트를
집에 바래다 줄 때마다
누가 좀 보면 어때요?
무슨 상관이람!

스완이 사교계에 출입하는 일이 점점 더 줄어드는 가운데, 그가 베르뒤랭 씨네에 가지 않는 날 저녁엔(그곳이 아니더라도 오데트를 만날 수 있게 된 이래), 오데트는 시간이야 어찌 되었든 스완더러 귀가하기 전에 자기 집에 들르라고 했다.

스완은 오데트의 하인들이 모두 잠자리에 들고 난 후 늦은 시간에 도착할 때는 작은 정원으로 난 대문 벨을 누르는 대신, 똑같이 생긴 이웃집 창문들엔 모두 불이 꺼진 반면에 유일하게 불을 밝히고 있는 오데트의 침실 창문이 면한 거리의 일층으로 다가가곤 했다. 그러면,

똑
똑 똑

오데트가
반색하고,

대문 안쪽에 서서
기다리곤 했다.

비록 오데트의 피아노 솜씨가 형편없긴 해도
차라리 날 위해 뱅퇴유의
소나타를 연주해 보구려.
LES ROSES
VALSE
Pauvres Fous!
D. TAGLIAFICO
스완은 오데트더러 연주해 보라고 청했다.

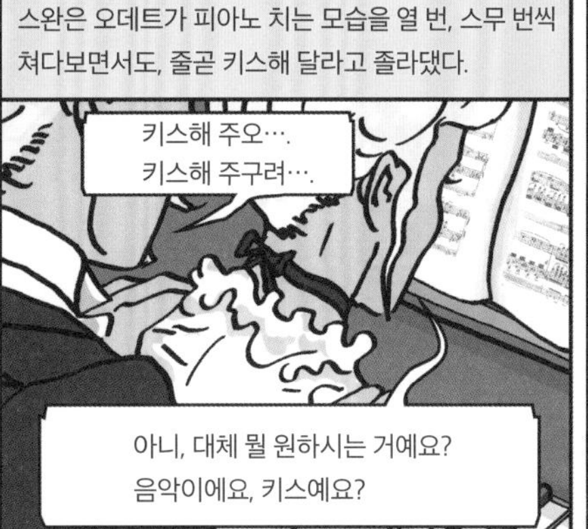

스완은 오데트가 피아노 치는 모습을 열 번, 스무 번씩
쳐다보면서도, 줄곧 키스해 달라고 졸라댔다.
키스해 주오….
키스해 주구려….
아니, 대체 뭘 원하시는 거예요?
음악이에요, 키스예요?

키스는 매번 또 다른
키스로 이어졌다.
우리가 처음 사랑을 할 때
나누는, 바로 그 자연스러운
키스 말이다!

스완은 저녁때만 오데트의 집으로 찾아갔기 때문에, 그녀가 낮 동안에는 무엇을 하며 보내는지 알 수 없었다. 그녀의
과거에 대해서도 모르기는 마찬가지였다.

스완은 사람을 처음 사귈 때 그 사람이 어떻게 사는지 궁금해서
더욱 알고 싶어하게 만드는 기초적인 정보조차 모르고 있었다.

그는 다만 몇 년 전 오데트임에 틀림없는 어떤 여자에 관해서 들은 바를 이따금씩 떠올리며 미소 지을 뿐이었다.

바로 남자한테 빌붙어 사는 어느 화류계 여자 이야기였는데, 스완은 이런 부류의 여성들을 오랫동안 소설가들이 그리듯 완전히 변태적인 모습으로 상상하고 있었다. 이에 반해 오데트는 다정다감하고, 순진하며, 이상을 좇는 여자가 아니던가….

게다가 진실이 아닌 말은 할 줄도 모르고…
드물긴 하지만, 오데트가 오후에 집으로 찾아오는 경우도 있었다.
크레시 부인께서 작은 거실에 와 계십니다.

스완에겐, 그 밖의 시간엔 대체 어떻게 지내는지 도저히 알 길 없는 오데트의 하루 일과가, 중성적이고 색채 없는 배경 위로, 마치 담갈색 종이 위에 온갖 방향으로 이곳저곳 빼곡하게 들어차 있고 세 가지 색으로 그려진, 미소짓는 무수한 얼굴들로 가득한 바토의 습작들*처럼 떠올랐다.

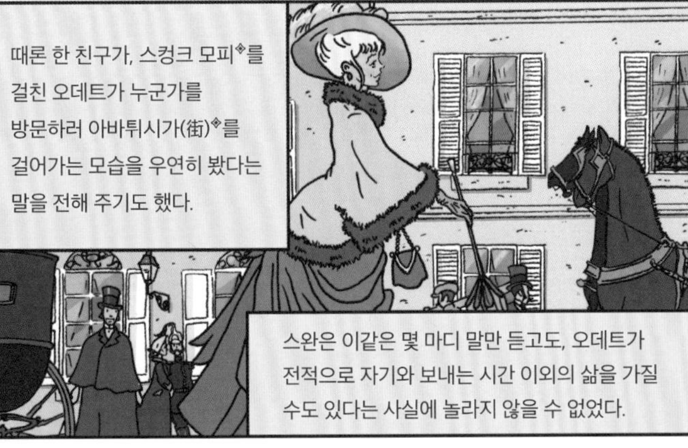

때론 한 친구가, 스컹크 모피◈를 걸친 오데트가 누군가를 방문하러 아바튀시가(街)◈를 걸어가는 모습을 우연히 봤다는 말을 전해 주기도 했다.
스완은 이같은 몇 마디 말만 듣고도, 오데트가 전적으로 자기와 보내는 시간 이외의 삶을 가질 수도 있다는 사실에 놀라지 않을 수 없었다.

스완은 문학이나 음악 면에서 오데트의 저속한 취미를 고쳐 줄 생각을 하지 않았다. 게다가 오데트가 똑똑하지 않다는 사실 또한 이내 깨달을 수 있었다.
베르메르란 화가 말예요, 그가 여자 때문에 고통받아 본 일이 있나요? 혹시 어떤 여자가 영감을 준 건 아닐까요?

물론 저는, 시가 진실을 말하고, 또 시인들 속내도 자기네가 말하는 것과 같다면야 시만큼 이 세상에서 아름다운 건 없다고 생각하긴 해요. 근데 시인이란 사람들도 뭐 그렇고 그렇던걸요.
제가 좀 알아요. 시인을 사랑했던 친구가 있거든요. 그 사람은 시에서 사랑이며 하늘, 별 얘기만 해요. 그런데 어땠는 줄 알아요?
그치가 내 친구 돈을 삼십만 프랑도 더 해먹었다니까요.

행여 스완이 오데트에게 예술적 미란 어떤 것인가에 관해 설명하기라도 하면, 그녀는 이내 귀를 막고 듣지 않았다.

반면에 오데트는 스완이 돈에 연연해하지 않고, 누구한테나 친절하며, 섬세하다는 점에 놀라워했다.

게다가 그녀는 스완이 사교계에서 누리는 지위가 존경스럽기까지 했다. 그러나 스완이 자기를 사교계에 발을 들이도록 하는 것을 원치 않았다. 그녀는 행여 스완이 자기 이야기라도 꺼낼라치면, 자기도 모르는 사이에 정체가 드러나게 될까 봐 두려웠는지도 모를 일이었다.

스완은 신문에서 만찬에 참석한 면면들의 이름만 접하고도, 마치 한 문장만 읽어 봐도 작가의 문학적 자질을 분간해내는 학식있는 사람처럼, 이내 그 모임의 성격을 간파해내곤 했다. 반면에 오데트는 이쪽 방면에 전혀 개념을 갖지 못한 부류에 속해 있었다.

오데트가 누군가에 대해 이런 말을 하면,

이 사람은 멋진 곳에만 가는 사람이에요.
그게 무슨 뜻이지?

무슨 뜻이긴, 멋진 장소지 뭐긴 뭐예요! 아니, 당신 같은 나이의 사람한테 어떤 데가 멋진 덴지 가르쳐 줘야 한단 말예요? 좋아요. 예컨대 일요일 아침이라면, 앵페라트리스로(路)◈에 가는 사람이라거나,
다섯시면 호수◈를 거닐고, 목요일엔 에덴극장◈엘 가고…

또 금요일엔 경마장◈이나 무도회장엘 가고…
무슨 무도회장?
파리에서 여는 무도회장이요. 물론 멋진 무도회장을 말하는 거예요.

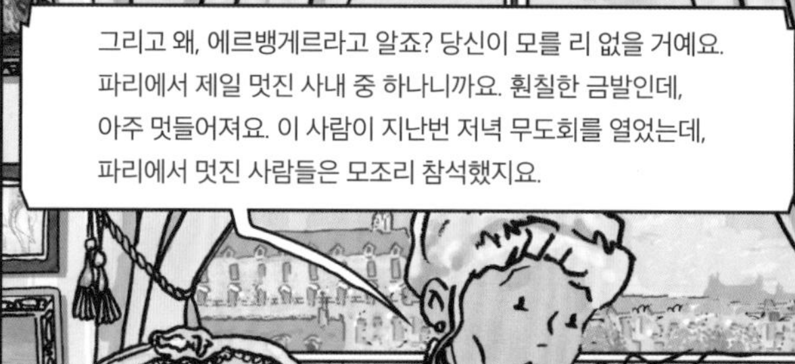

그리고 왜, 에르뱅게르라고 알죠? 당신이 모를 리 없을 거예요. 파리에서 제일 멋진 사내 중 하나니까요. 훤칠한 금발인데, 아주 멋들어져요. 이 사람이 지난번 저녁 무도회를 열었는데, 파리에서 멋진 사람들은 모조리 참석했지요.
나도 가 보고 싶었는데!

스완은 오데트가 무엇이 멋지다고 생각하는지에 대한 개념을 전혀 고쳐 주려 하지 않았는데, 왜냐하면 자기가 출입하는 사교계 또한 거짓되고 어리석으며 하찮기는 매한가지라 생각했기 때문이다.

오데트는 어째서 스완이 케 도를레앙◈ 같은 동네의 저택에서 사는지 도저히 이해할 수 없었는데, 차마 입 밖에 내놓고 말하진 못했지만, 스완이 살 만한 동네라고 여기지 않았다.

또, 오데트는 자기가 골동품을 좋아한다고도 했다.

저는 하루 종일 옛것을 '뒤적이고' '골동품'을 찾아보길 얼마나 좋아하는지 몰라요.
'시대'가 있는 것들 말예요.

한번은 오데트가 자기를 초대한 친구 얘기를 스완에게 한 적이 있었다.

그 친구네에는 '시대있는' 것들로 꽉 찼던걸요.
어느 시대?

오데트는 잠시 생각했다.

'중세'요.

그녀는 목제품을 가리켜 말하고자 했다.

스완은 오데트의 친구가 가짜 골동품 취미를 가졌다고 비판했다.

아니, 그럼 제 친구가 당신처럼 망가진 가구며 닳아빠진 양탄자나 갖다 놓고 살라는 얘긴가요?

이렇게 말할 때의 오데트는 부르주아를 존중하고자 하는 마음가짐이 화류계 여자의 천박한 예술취미를 압도하고 있었다.

스완이 시력이 나빠져 외알 안경을 쓴 모습을 보고는,

어쩜, 정말 멋져라! 당신 안경 쓰니까 정말 젠틀맨처럼 보여요.
귀족 작위만 있으면 되겠네!

스완은 마치 브르타뉴 촌색시한테 마음을 빼앗기듯, 오데트의 그런 모습이 사랑스러웠다. 그는 오데트도 촌색시처럼 모자를 뒤집어쓰고, 귀신을 믿는다는 말까지 했으면 좀더 어울릴 텐데 하는 생각을 했다.

스완은, 오데트를 에워싸고 있는 환경이면서, 그녀를 접할 수 있는 거의 유일한 생활방식이라 할 수 있는 베르뒤랭 씨네 사람들을 좋아했고, 또 그들의 살롱이 실제로 괜찮은 곳이라 생각하려 애를 썼다.

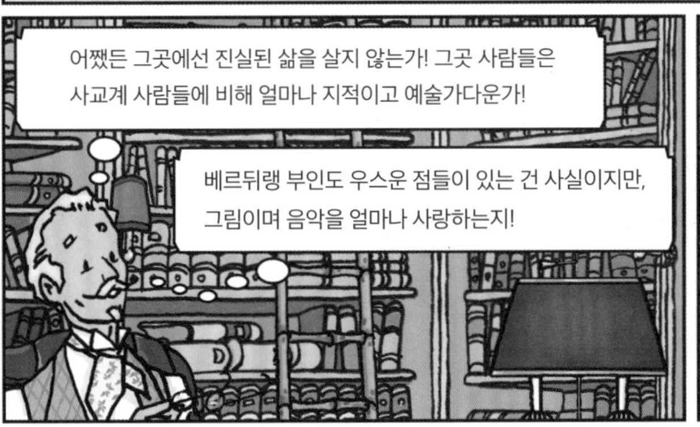
어쨌든 그곳에선 진실된 삶을 살지 않는가! 그곳 사람들은 사교계 사람들에 비해 얼마나 지적이고 예술가다운가!
베르뒤랭 부인도 우스운 점들이 있는 건 사실이지만, 그림이며 음악을 얼마나 사랑하는지!

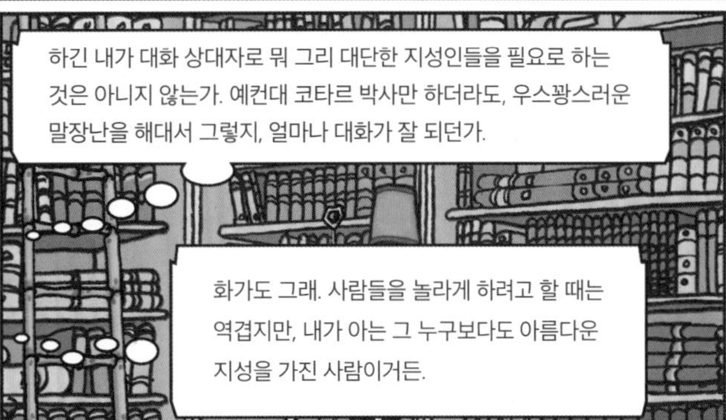
하긴 내가 대화 상대자로 뭐 그리 대단한 지성인들을 필요로 하는 것은 아니지 않는가. 예컨대 코타르 박사만 하더라도, 우스꽝스러운 말장난을 해대서 그렇지, 얼마나 대화가 잘 되던가.
화가도 그래. 사람들을 놀라게 하려고 할 때는 역겹지만, 내가 아는 그 누구보다도 아름다운 지성을 가진 사람이거든.

베르뒤랭 부인은 가끔씩, 스완이 유일하게 행복감을 느낄 수 있는 계기를 마련해 주곤 했다.

오데트, 스완 씨를 모셔야 하지 않겠어요?

스완은 베르뒤랭 부인이 고결한 영혼의 소유자란 말을 하기까지 했다.

난 베르뒤랭 씨네가 백 배는 더 낫네.
그곳 사람들은 얼마나 고귀한지 몰라. 고귀함이야말로 이 지상에서 유일하면서도 중요한 가치가 아닐까 하네.

스완은 고귀한 영혼을 가진 다른 존재들도 알고 있다고 말할 참이었다. 하지만 이내 말을 거두었는데, 왜냐면 이들은 오데트를 모르기 때문이었다.

이렇듯 베르뒤랭 씨네 살롱 회원들 중에 스완만큼 다른 회원들을 사랑하거나 또는 그렇게 믿고 있는 사람은 아무도 없었다.

하지만 베르뒤랭 씨는 스완이 마음에 들지 않는다고 말했다. 이 말은 자기 생각을 나타낼 뿐만 아니라, 자기 부인의 생각을 반영한 말이기도 했다.

베르뒤랭 씨 부부는 스완이 설사 지루한 사람들을 만난다 할지라도, 다른 신도들 앞에서 모범을 보이기 위해서라도 그런 사람들을 싫어한다고 했더라면 용서했을 것이다. 그러나 부부는 스완의 입에서 이같은 말을 도저히 끄집어낼 수 없다는 사실을 깨달았다.

반면에 오데트가 부부에게 살롱에 가입시켜 달라고 요청했던 '신참 회원'인 포르슈빌 백작의 태도는 얼마나 대조적이던가!

백작은 바로 사니에트의 매제가 되는 사이였는데, 이 사실에 모두들 놀랐다.

포르슈빌은 질이 낮은 속물이었던 데 반해, 스완은 그렇지 않았다. 포르슈빌은 스완과는 달리, 베르뒤랭 씨네 살롱이 그 어떤 사교모임보다도 우월하다고는 생각하지 않았다.

하물며 그는, 베르뒤랭 부인이 자기가 아는 사람들에 대해 너무도 왜곡된 방식으로 비난을 퍼부을 때 스완이 맞장구를 치지 못하게 하는 그런 마음 씀씀이는 가지고 있지 못했다.

이런 까닭에 포르슈빌이 베르뒤랭 씨네에 초대받아 처음으로 저녁 만찬에 참석하면서부터 그 나름의 자질이 발휘되면서, 동시에 스완을 실추시키는 계기가 되었다.

이날 저녁엔 고정 멤버들 이외에도, 베르뒤랭 씨 부부와 온천장에서 만나 알게 된 소르본◈ 대학 교수인 브리쇼가 참석했다.

그는 베르뒤랭 씨네 살롱에서 철학이나 역사 얘기를 하면서 현실 속에서 가장 비근한 예를 찾아 언급하는 체했다.

흰(블랑슈) 드레스가 아주 독창적입니다.

블랑슈 드 카스티유*처럼 말씀이죠?

저분과 같은 학자님을 어떻게 생각하세요?
저분하고 있으면 채 이 분도 진지하게 얘기를 할 수 없다니까요.

박사님은 환자들한테도 그런 식으로 말씀하시나요?

그럼 매일 매일이 유쾌할 수밖에 없을 테죠. 저도 입원이나 한번 해 볼까요.

말씀드리기가 좀 뭣하지만, 좀 전에 박사님께서 그 못된 블랑슈 드 카스티유에 대해 언급하신 걸로 아는데요.
그렇지 않습니까, 부인?

으흑, 흑, 흑

저런, 부인, 식탁에 앉아 계신 점잖은 귀부인들을 놀라게 하려는 의도는 없습니다만, 수브 로사*… 뭐라 형용키 힘든, 아 위대함이여, 우리의 아테네 공화국이 바로 이 무지몽매한 카페 왕조의 여인에게서 강권을 휘두르는 최초의 경찰서장의 선구를 보게 된다고나 할까요.
그렇다니까요, 주인어른. 그렇고말고요.

미심쩍은 점이 없진 않지만, 생드니 연대기에 따르자면 전혀 의심의 여지가 없는 일이지요.
모든 사람들이 나름대로 왕비한테 호되게 당했었지요.

저분은 누구시죠?
굉장한데요?

아니, 그 유명한 브리쇼 교수님을 모르세요?
유럽 전역에 명성이 자자한 분이신데.

아! 바로 그 브리쇼 교수님, 여부가 있겠습니까.

저런 멋진 분과 저녁을 함께 한다면 언제나 흥미롭지요.
정말이지, 이곳은 굉장한 분들만 오시는군요.
전혀 심심할 짬이 없겠습니다.

게다가 저희 집에서 중요한 건 모두가 서로 간에 신뢰감을 갖는다는 점이죠. 오늘 저녁 이 정도는 아무것도 아니에요. 어떤 땐 브리쇼 교수님이 우리 집에서 너무나 멋진 말만 쏟아내셔서, 글쎄 제가 그 앞에서 무릎을 다 꿇었다니까요.

그런데 저분이 다른 곳엘 가시면, 전혀 사람이 달라져요. 재미도 전혀 없고, 말도 억지로 시켜야 할 지경이거든요. 따분해하시기까지 한다니깐요.
거, 재밌군요!

스완은 브리쇼의 농담이 현학적일 뿐만 아니라, 저속하고 구역질이 날 지경이었다.

아마도 스완은 이날 저녁 오데트가 무슨 까닭으로 데려왔는지 모를 포르슈빌한테 베르뒤랭 부인이 자상하게 구는 모습을 보면서, 너그러운 마음을 잃어버렸는지도 모른다.

잘 아시겠지만, 블랑슈 드 카스티유의 모친은 결혼하기 전 수년 동안 헨리 플랜태저넷*과 함께 살았었죠.

그렇지 않습니까, 스완 씨?

제가 블랑슈 드 카스티유에 도통 관심이 없다는 점을 용서해 주십시오….

?

차라리 저는 비슈 씨께 동료 화가 중 한 사람에 관해 물어 보고 싶군요.
최근에 죽은 화가인데, 지금 전시회를 하고 있습니다.

비슈 씨, 전시회를 가 보셨다니 여쭙고 싶은데, 그 사람 말년 작품에는 이전 작품에서처럼 이미 사람들을 놀라게 했던 그 재주 말고, 뭐 특기할 만한 점들은 없던가요?
물론 그와 같은 관점에서 보자면 훌륭할 테지만, 제가 보기엔 흔히 말하듯 아주 '드높은' 예술의 경지에 이른 것 같아 보이진 않았거든요.
제도화할 정도로 '드높은'…
글쎄, 저분하고 있으면 도통 진지해질 수 없다고 이미 말씀드렸잖아요.
화가는 스완과 단둘이 있었더라면 흥미로운 이야기를 들려 주었을 테지만, 그는 사람들을 놀라게 할 작정으로 입을 열었다.
글쎄, 그림들이 뭘로 만들어졌는지 보려고 가까이 가 보지 않았겠습니까. 코를 갖다 댔지요.
근데 말입니다, 우엑! 풀로 만들었는지, 루비로 만들었는지 도통 모르겠던걸요.
비누로 만들었나,
아니면, 청동?
태양으로? 똥으로?
…더하기 일은 십이!*
뭘로 그렸는지 도대체 알 수가 없더란 말입니다. 〈순찰〉*이나 〈여섭정들〉*이나 매한가지로 어떻게 그렸는지 깜깜하던걸요. 그런데도 렘브란트나 할스*보다 더 세던걸요.
오오오!
제가 장담하는데, 뭐든지 다 들었더라고요.
아무튼 냄새가 좋던데요. 머릿속이 다 휑해지더군요. 숨이 막힐 지경이고, 전신이 가려워지고, 대체 무슨 도깨비 수작인지, 내 원 참.
악마 같고, 속임수 같고, 기적 같다고나 할까요.
그래서 어쩐지 수상쩍던걸요.
아주 정직하기도 하고요!
저 사람이 저럴 때마다, 얼마나 재밌는지 모르겠어!
아뇨, 농담이 아닙니다. 제가 무슨 험구나 늘어놓고, 잘난 척이나 한다는 표정들이신데, 한번 가서들 보세요. 보시고 나서 저보다 덜 흥분하신다면, 제가 입장료 물어드리겠습니다!

군대식으로 말하자면, 저토록 타구(唾具)를 붙잡고*
재미난 말을 쏟아내는 광경을 보기도 참으로 오랜만이로군요.
말이 났으니 말인데, 제가 군에 있을 때 저 양반하고
비슷한 말재주를 가진 친구가 한 사람 있었지요.
마침 스완도 같이 복무를 했으니,
그 사람을 잘 알 겁니다.

스완 씨를 자주 만나세요?
아닙니다.

그렇지 않소, 스완?
그대를 전혀 만나지 못하잖소.

그럼, 스완 씨를 만나려면 어떻게 해야 하냐고요?
저 짐승은 언제나 라 트레모이유 씨네 살롱이나
롬 공주네 살롱, 뭐 그런 데만 코를 내민다오!
스완이 벌써 일 년 남짓 베르뒤랭 씨네에 들락거리게 된 이래, 그런 살롱들엔
전혀 발을 들이지 않았다는 점에서 볼 때 올바른 지적이 아니었다.

베르뒤랭 씨는 이런 거창한 이름들이
자기 부인에게 미칠 악영향을 짐작하고도
남음이 있는 터라, 베르뒤랭 부인 쪽으로
근심 어린 눈초리를 몰래 던지곤 했다.

아니, 그런 델 가도 역겹지
않은 모양이죠?
여편네는 언제나 취해 있고, 남편이란
작자는 너무 무식해서 '코리도르(복도)'를
'콜리도르'라고 발음한다던데.

그런 저질들은 절대 내 살롱엔
발을 들이지 못하게 할 거예요.
놀라운 건 아직 그런 치들이 더불어 이야기할
상대를 끌어 모을 수 있다는 점이에요!

그래도 공작부인 아닙니까. 아직도 그런
것에 현혹되는 사람들이 적지 않거든요.

딱하기도 하지.

베르뒤랭 씨는 자기 부인 눈치를 계속
살피며, 그녀가 마치 이단자를 처단하지
못한 대심문관처럼 진노하고 있다는
사실을 깨달을 수 있었다.
어디 한번 솔직하게 털어놔 보구려.
그런 치들한텐 발설하진 않을 테니.

제가 공작부인이 겁이 나서 그런 건 아닙니다. 하지만
모두들 기꺼운 마음으로 공작부인네 살롱에 갑니다.
공작부인이 '깊이있는'
사람이라고까지는 하지
않겠습니다. 하지만
부인은 지적이고,
바깥양반도 학식이 정말
대단한 사람입니다.
매력적인 부부지요.

좋을 대로
생각하세요.
하지만 적어도,
우리 앞에선 그런
말씀 삼가세요.

베르뒤랭 부인도 예전엔 한 몸매 했겠어요. 하지만 지금은 나잇살이 붙기 시작했네요. 반면에 크레시 부인은 아주 똑똑해 보이고, 썩 괜찮군요. 매력있어요. 이런, 제길! 눈매까지 미국여자 같아 보이잖아!*

크레시 부인에 대해서 말하고 있었습니다. 여자 몸매로 보자면…

저도 침대에서 천둥보다는, 차라리 저런 몸매를 끌어안아 보고 싶구려.

저는 오말 공작과 잠시 담소를 나누러 가 봐야겠습니다.*

제발 그 파이프 좀 내려놔요. 꼭 그렇게 파이프를 입에 물고 킥킥대야겠어요?

바깥양반께선 정말 대단하십니다. 그토록 재치있는 분은 뵌 적이 없습니다.

감사합니다. 저 같은 노병이 어찌 마다하겠습니까.

포르슈빌 씨는 오데트가 맘에 드는 모양이야.
그러잖아도 오데트 말이, 우리가 그 사람을 점심식사에 초대했으면 하던데요.

우리가 거들어 드리리다. 이 사실을 스완이 알면 절대 안 됩니다.
그 양반이 알면, 찬물 끼얹을 테니 말예요.

스완 씨를 위해 소나타 한 소절을 들려드리겠습니다.

모두들 아주 늦게까지 머물다 떠났다.

브리쇼 교수님께서 대단하셨죠?
그렇지 않아요, 스완 씨?
브리쇼 교수님을 뵌 것이 처음이시죠?
정말 멋진 분이지 않던가요?

아니, 별로였나요?

그럴 리가요, 부인.
아주 멋졌습니다

제가 보기에 그 사람은 너무 확신에 차 있고, 약간은 가볍다는 느낌이 들더군요. 때론 주저하기도 하고, 좀더 부드러웠으면 좋았겠다 싶더군요. 하지만 아는 것도 많고, 참 대단한 사람이더군요.

베르뒤랭 부인이 오늘 저녁처럼 활력이 넘쳐 보이는 때도 드물 겁니다.

대체 베르뒤랭 부인의 정체가 뭐지? 뚜쟁이?◈
가야지, 오데트?

나도 들어갈까?
그러세요.

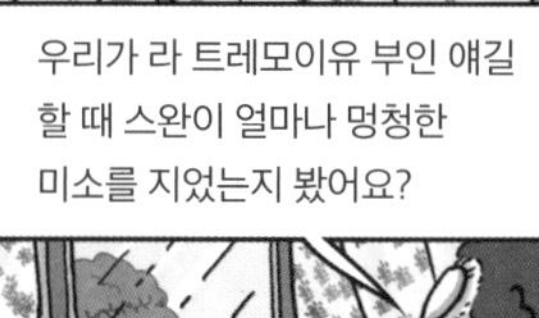
우리가 라 트레모이유 부인 얘길 할 때 스완이 얼마나 멍청한 미소를 지었는지 봤어요?

베르뒤랭 부인은 스완이나 포르슈빌이 이 귀부인의 이름을 언급하면서 여러 차례 이름 앞에 붙는 소사(小辭)*를 생략한다는 사실을 눈치 챘다.

건방지게도, 스완이 그냥 '공작부인' 어쩌구 합디다.

당신한테 털어놓는데, 그는 정말 고약하기 이를 데 없는 인간이에요.

솔직하지도 않을뿐더러, '아'인지 '어'인지도 분명히 하지 않는 교활한 인간이더군. 포르슈빌과 얼마나 다르던지! 너무나 당연하지만, 오데트도 포르슈빌이 더 좋은 모양이야. 보긴 잘 봤지.
스완 제까지 게 우리 앞에선 사교계 인사입네 하고, 공작부인들을 갖고 노는 척하지만, 어쨌든 포르슈빌은 귀족 작위가 있잖아. 누가 뭐래도, 백작은 백작이니깐.

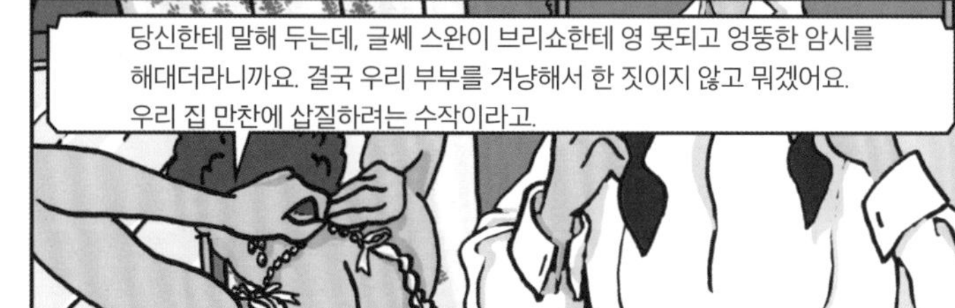
당신한테 말해 두는데, 글쎄 스완이 브리쇼한테 영 못되고 엉뚱한 암시를 해대더라니까요. 결국 우리 부부를 겨냥해서 한 짓이지 않고 뭐겠어요. 우리 집 만찬에 삽질하려는 수작이라고.
보는 데선 착한 척하면서, 뒷구멍으로 호박씨 까는 작자야.

내가 당신한테 벌써 말하지 않았소. 자기가 가지지 못한 걸 가진 사람을 시샘이나 하는 좀스러운 인간이라고.

하지만 실제론 베르뒤랭 씨네 고정 멤버들 중에 스완만큼 적의를 덜 품고 있는 사람도 드물었다. 다만 다른 사람들은 악의에 찬 말을 하더라도, 적당히 감정을 뒤섞고 듣기 좋게 꾸며서 말하는 조심스러운 태도를 취했다.

스완은 베르뒤랭 씨네 살롱에서 자기가 눈 밖에 났다는 사실을 눈치 채지 못한 채, 사랑에 눈이 멀어 사람들의 우스꽝스러운 태도를 그저 좋게만 바라보았다.

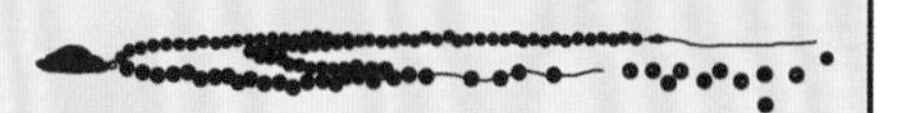

저녁 무렵, 스완은 베르뒤랭 씨네 살롱이나, 아니면 두 사람 모두 좋아하는 숲이나 특히 생클루에 있는 야외 레스토랑에서 오데트를 다시 만날 때까지 마냥 집에서 기다리는 대신에,

CHALET DES ILES G.FRONTIN

예전에 고정적으로 출입하곤 했던 멋진 저택들에 가서 저녁을 먹기도 했다.

오데트가 베르뒤랭 씨 부부한테 포르슈빌을 소개한 이후론 더욱 심해졌지만, 스완은 얼마 전부터 고통스럽고 쓸쓸한 마음이 들 때마다 시골에 가서 쉬고 싶다는 생각을 하곤 했다. 그러나 오데트가 파리에 있는 한, 감히 하루라도 떠나고 싶은 용기는 도저히 나질 않았다.

스완의 눈앞에는 콩브레에 있는, 그가 소유한 저택의 정원이 계속해서 어른거렸다.

화창한 날이었다.

한번은 스완이 꽤 늦게까지 저녁 만찬이 이어진 롬 공주네 살롱에 갔다가, 저녁식사를 마치자마자 부리나케 자리를 뜬 일이 있었다.

스완은 커피가 나오기도 전에, 불로뉴 숲의 섬에서 베르뒤랭 씨네 멤버들과 합류하기 위해 서둘렀던 것이다.

스완이 서른 살을 더 먹고 방광에 병이라도 있다면 용서가 될까, 아니 무슨 도깨비에 홀린 것처럼 내빼긴 내뺀담.

어쨌든 스완이 사교계를 우습게 여기는 건 사실이에요.

CHALET DES ILES G.FRONTIN

스완은 콩브레에 가서 누리지 못하는 봄기운을 적어도 백조의 섬이나 생클루에서 만끽하리라 속으로 다짐했다.

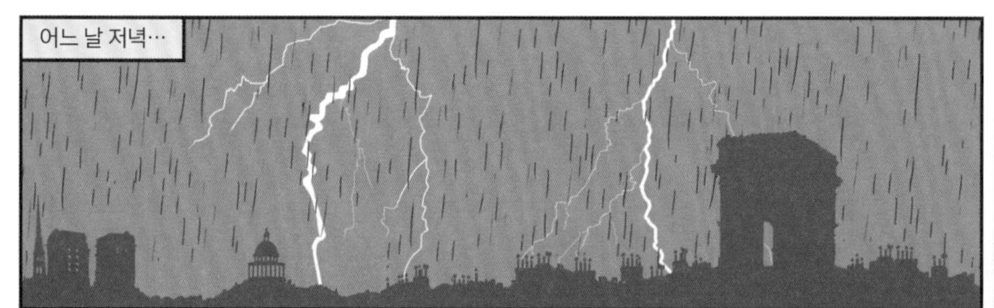
어느 날 저녁…

그래, 늦었구려. 정말 미안하오. 하지만 도저히 어떻게 해 볼 도리가 없었다오.

그래요, 열한시도 넘었네요.
게다가 비바람까지 몰아치는 통에, 머리가 몹시 지끈거려요.

미리 얘기하는데, 당신 삼십 분 이상 못 있어요. 일 분이라도 넘으면 내쫓을 거예요.

잠시 후
아, 고단해요. 자야겠어요.
오늘 밤엔 카틀레야 안 되오? 난 카틀레야를 기대했는데….

무슨 소릴, 안 돼요. 오늘 밤엔 안 된다니까요. 제가 아픈 게 안 보여요?
그러고 나면 더 좋아질 수도 있잖소. 내, 강요는 하지 않겠소만.

제발 봐 줘요. 떠나기 전에 불 좀 꺼 줘요

!

갑자기 스완의 뇌리에는
오데트가 그날 밤 누군가를
기다리고 있던 중이란 생각이
퍼뜩 들었다. 어쩌면 그녀는
고단하다는 핑계를 둘러댄
것이며, 그가 떠나고 나면
다시 불을 켜고서 밤을 함께
보낼 남자를 들일는지도
몰랐다.

스완이 오데트 곁을 떠난 지 벌써 한 시간 반이 흐른 때였다.

오직 그 창문에서만 실내를 환히 밝히는 빛이 새어 나오고 있었다.
여느 때 밤이라면, 그 불빛은 반색하며 "그녀가 그대를 기다리고 있다네"라고 속삭였을 것이다.
하지만 지금 그 불빛은 "그녀가, 기다리던 사내와 함께 있다네"라고 말하며 그를 옥죄었다.

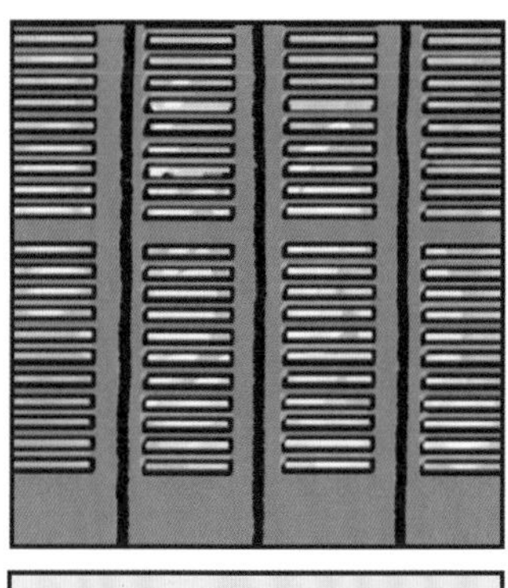
스완은 그 사내가 누군지 알고 싶었다.

그는 아무것도 볼 수 없었다.

밤의 정적 속에서 소곤대는 대화 소리만 들릴 따름이었다.

물론 그는 그 불빛이 고통스러웠고, 자기가 떠난 후에
찾아온 사내의 존재며, 오데트의 위선이며, 또 지금
그녀가 사내와 함께 행복을 맛보고 있음을 입증하는
그 소리가 고통스러웠다.

그는 오기를 잘했다는 생각이 들었다. 집을 나설 수밖에
없게 만들었던 그 고통이 막연한 인상을 떨침으로써
위력이 줄어들었기 때문이다.

여차하면 안으로 밀고 들어갈 수도 있고, 아니면 자기가 야심한 시각에
찾아올 때마다 그랬던 것처럼 덧창을 두드릴 수도 있을 터였다.

그러면 적어도 오데트는 자신이 이미 알아차렸고, 불빛을 봤으며, 이야기 소리를 들었다는 사실을 눈치 채게 될 테고, 조금 전까지는 그녀가 다른 사내와 함께 자신을 감쪽같이 속이고 있다고 비웃는 모습이 떠올랐지만,

이제 속은 것은 오히려 그들로, 요컨대 멀리 떠나 버렸다고 여겼던 스완에게, 덧창을 두드리기로 작정한 그에게 이미 농락당하는 셈이었다.

어쩌면 스완이 바로 그 순간 기분좋게 느끼는 감정은 지적 쾌감일는지도 몰랐다.

지금 그의 질투심이 불러일으키는 능력은 또 다른 성질의 것으로, 바로 진실에 대한 열정이었다.

스완은 어떤 사람의 시시콜콜한 일상사에 대해 누군가 이야기라도 할라치면 언제나 일고의 가치도 없는 것으로 대했고, 그런 얘기를 들어 주는 자기 자신을 더할 나위 없이 저급하게 여겼다.

하지만 사랑에 빠져 있는 기이한 이 시기 동안 스완의 내면에서 이는 호기심은, 그가 예전에 '역사'에 쏟았던 바로 그 호기심을 방불케 했다. 또 스완이 이제까지 부끄럽게 생각했을 것들,

예컨대 창문을 통해 엿본다거나, 무관한 사람들에게 교묘하게 말을 시켜 알고 싶은 것을 캐낸다거나, 하인들을 매수한다거나, 문 뒤에서 엿듣는 따위의 행동들이,

진실을 찾아 나서기 위한

지적이고 적합한 과학적 탐사 방법인 양 비쳐졌다.

스완은 자기가 의심을 품었다는 것을 오데트가 알게 될 걸 생각하자 부끄러웠다. 그녀는, 질투에 사로잡힌 사람들이나 상대를 서로 엿보는 연인들이 끔찍하게 여겨진다는 말을 자주 했다.

앞으로 오데트가 이 일로 그를 두고두고 원망할 수도 있지만, 지금으로선, 설사 속이고 있을지언정 그녀가 그를 사랑하고 있는지도 모를 일이었다.

하지만 진실을 알고 싶은 욕망은 더욱 강해졌고, 고귀해 보이기까지 했다. 스완은, 모든 전말이 빛으로 줄무늬 쳐진 바로 저 창문 뒤에 숨어 있다는 사실을 알고 있었다. 이를테면 학자가 빛나는 황금색 표지의 귀중한 수사본을 뒤적이며 그 풍요로운 예술적 가치에 전혀 무심할 수만은 없는 것이나 다를 바 없었다.

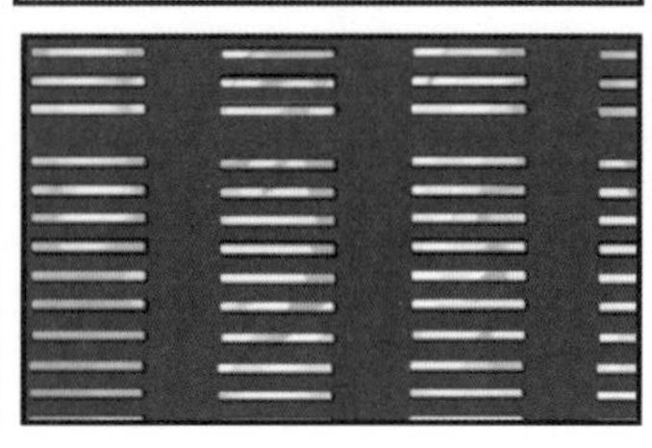

그가 두 사람에게 느끼는 우월감은 자기가 알고 있다는 사실이라기보다,

똑
똑

그런 사실을 두 사람에게 보여줄 수 있다는 데 있었다.

아무런 반응도 없었다.

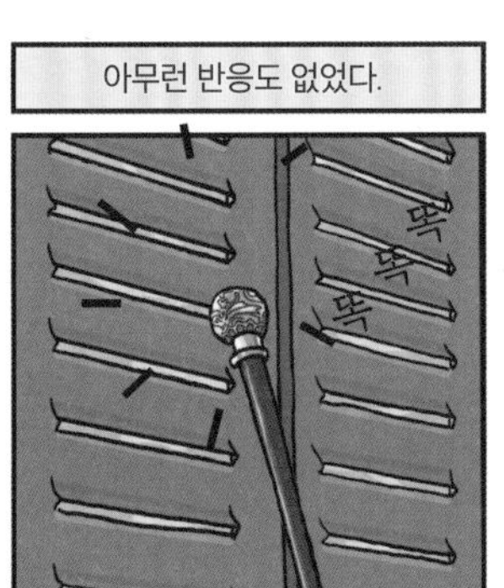

똑
똑
똑

누구시오?
남자 목소리가 들렸다. 스완은 누구의 목소리인지 짐작할 수 없었다.

이제는 더 이상 물러설 수도 없는 입장이었다.

그냥 계시구려.
그저 지나는 길이라오.
불이 켜져 있어, 어디 몸이라도 불편한 건 아닌지 걱정이 돼서.

?

스완은, 늦은 시각에 오데트의 집에 올 때마다 모두 똑같이 생긴 창문들 중에 유일하게 불이 켜져 있는 창문을 보고 오데트의 창문임을 알아보던 습관이 든 탓에, 착각하고 이웃집 창문을 두드린 것이었다.

그는 사과하고 그곳을 떠나 집으로 돌아와서는, 호기심이 해결되었음에도 불구하고 자기의 사랑이 온전하고, 또 오데트에게 그토록 오랫동안 무관심을 가장해 왔건만

자기가 그녀를 너무나 사랑한다는 증거를 남기지 않게 돼서 다행으로 생각했다. 연인 사이에 너무 많은 사랑은, 받는 이를 영원토록 충분히 사랑하지 않게 만들어 버리기 때문이다.

그는 이 일을 그녀에게 말하지 않았고, 스스로도 더 이상 생각하지 않았다.

스완은 오데트와 헤어지고 나면
행복했고 평온함을 느꼈다.

그는, 누군가를 비웃을 때나 그를 그윽하게 바라볼 때
짓던 오데트의 미소를 떠올리곤 했다.

하지만 이내 그의 질투심은
그의 사랑의 그림자인 양,

그녀가 짓는 새로운 미소는 이제 거꾸로 스완을 비웃으며,
다른 사내를 향한 사랑으로 충만해 있었다.

이런 까닭에 스완은 자기가 오데트 곁에서 맛보았던 모든 쾌락과 그녀에게서 새롭게 발견해낸 우아함 따위가 후회스럽기만 했는데, 왜냐하면 이것들은 잠시 후면 새로운 고문 기구들이 되어 그를 더욱 가혹하게 옥죄어 올 것이기 때문이었다.

이러한 마음의 고통은 스완이 며칠 전 처음으로 오데트의 눈에서 일별해낸 스쳐 지나가는 시선을 기억해내면서 더욱더 비참해졌다. 베르뒤랭네에서 저녁식사가 끝나고 나서의 일이었다.

포르슈빌은 자신과 동서간인 사니에트가 베르뒤랭네에서
찬밥 신세임을 눈치 채고서 그를 희생양 삼아 뭇 사람들 앞에서
으스대고 싶은 마음이 들었을 수도 있고, 아니면 사니에트가
부주의하게 흘린 말 때문에 화가 났었는지도 모르지만,

어쨌든 포르슈빌은 사니에트에게 몹시
거칠게 대하고, 욕을 해대고, 상대가
공포에 사로잡혀 고통스러워하고
애원하는데도 아랑곳하지 않고 어찌나
세차게 몰아세우던지,

가엾은 사니에트는 베르뒤랭 부인을
쳐다보며 자기가 그곳에 있어야 하는지
물었지만 아무런 대답도 듣지 못하자,
말을 더듬으며 울먹이면서 자리를
뜰 수밖에 없었다.

오데트는 이 광경을 냉정하게
지켜보기만 했다.

비열한 포르슈빌에게 화답이라도 하듯, 그녀의 동공은 찬사가 담긴 모멸적인 미소를 번뜩였다.

그녀는 포르슈빌이 보여준
몹쓸 행동에 동조의 눈길을 던졌다.
바로 이게 한 방 제대로
먹인다는 말이 아닐까.

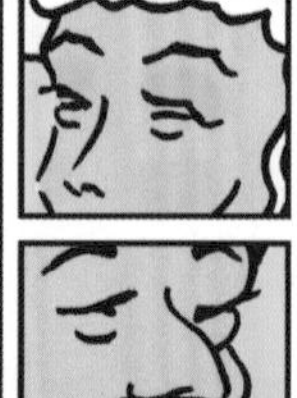

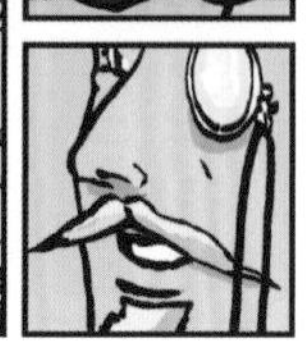

나한테 점잖게 굴었어야지. 그러면
쫓겨날 일까지는 없었을 텐데. 호되게
야단맞는 데 나이가 무슨 상관이람.

어느 날, 오후에 외출한 스완은 오데트를 만나러 집으로 가고 싶었다. 그는 이제까지 이런 시각에 오데트를 방문해 본 일은 한번도 없지만, 이즈음이면 그녀가 언제나 집에 있다는 것을 알고 있었기 때문에, 잠시 만나 보고 싶었다.

…네, 크레시 부인이 댁에 계실 겁니다.

딩
동

스완은 무슨 소리를 들은 것 같은데, 발자국 소리가 아닌가 했다. 하지만 문이 열리진 않았다.

똑
똑
똑

그는 자기가 아무래도 발자국 소리를 들었다고 착각한 게 아닐까 생각했다.

한 시간 후, 스완은 오데트를 다시 찾았다. 이번에는 그녀가 있었다.

…그럴 리가요, 당신이 벨을 눌렀을 때 집에 있긴 했지만, 자고 있었어요.

벨소리에 잠이 깼고, 당신일 거라고 생각했지요.
그래서 달려 나왔지만, 당신은 벌써 떠나고 없었어요.

당신이 유리창을 두드리는 소리를 똑똑히 들었건만….

?

스완은, 궁지에 몰린 거짓말쟁이가 자기가 꾸며대는 말이 사실처럼 보이게 하는 데 보탬이 된다고 자위하면서 할 수 없이 거짓말에 끼워 넣은 실제 사실의 한 조각을, 이내 간파해낼 수 있었다.

그녀는, 진실이란 것이 자기가 임의로 떼어낸 그 실제 사실과 인접한 디테일들이 어울릴 때라야 아귀가 맞아떨어진다는 사실을 깨닫지 못했다.

日本
오데트는, 벨이 울리고, 그러고 나서 창문을 두드리는 소리를 들었다고 하고, 또 그게 나라는 걸 알고 만나려 했다고 분명 말했지.
한데 이런 말들이 그녀가 문을 열어 주지 않은 사실과는 도무지 부합하질 않아.

하지만 스완은 이런 모순을 오데트에게 지적하지는 않았는데, 왜냐하면 만일 그렇게 한다면, 그녀는 혼자서 골똘해 하다가 진실과는 별 상관없는 또 다른 거짓말을 만들어낼 것만 같았기 때문이다.

스완이 돌아가려고 오데트에게
작별 인사를 했을 때…
!
안 돼요 샤를, 조금
더 있다 가요!

오후엔 한번도 온 적이 없었는데, 하필 딱
한번 왔을 때 제가 당신을 만날 수 없어서
얼마나 속이 상한지 몰라요.

그는, 자기가 찾아왔는데 못 만났다고
해서 그녀가 그토록 슬퍼할 정도로
자기를 사랑하는 것은 아니란 사실은
알고 있었지만,

그녀가 착한 여자고, 때론 그녀가 그의 심기를 거스르고
나서 슬퍼한 일이 자주 있었고, 함께 시간을 보내는
즐거움을 그에게서 빼앗아 버렸으므로, 그녀가 슬퍼하는
것은 당연하다는 생각이 들었다.

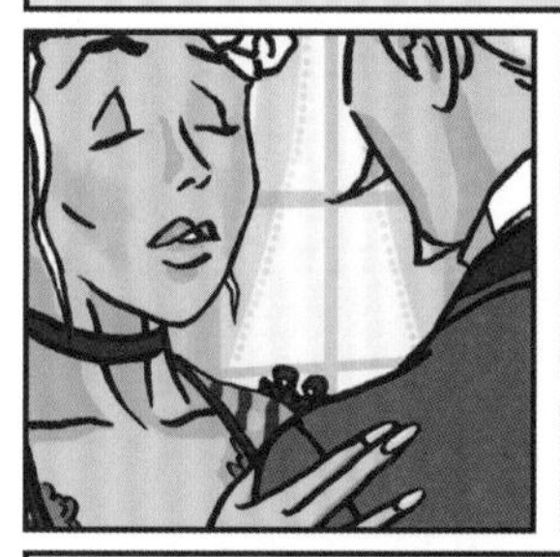

그녀가 이렇게 슬퍼하는
모습을 언젠가 한번 본 것
같은데, 언제였더라?

하지만 대단치도 않은 일에 그녀가 계속해서 그토록 속상하다는
표정을 짓는 것이 놀라웠다.

그러다가 그는 퍼뜩 생각이 났다.

저녁 모임이 있던 날, 오데트가 몸이 불편해서
참석할 수 없다고 베르뒤랭 부인한테 거짓말을
하던 바로 그때였다.

이렇듯 오데트는 거짓말을 할 때는
겁에 질려, 거의 울상이 되곤 했다.

도대체 오데트는 마음에 꺼리는
무슨 거짓말을 하고 있단 말인가?

그는 오데트의 반응이 단지 그날 오후에
있었던 일뿐만 아니라, 좀더 최근에 있었던
뭔가를 감추려 든다는 생각이 들었다….

딩
동

?

대문이 다시 닫히는 소리가 들렸고,
그리고…

어라!

스완은, 자기가 평소 찾아오지 않는
시간에 오는 바람에

오데트가 들키고 싶어하지 않는
여러 가지 일로 본의 아니게 그녀를
귀찮게 했다는 생각이 들자, 거의
비탄에 가까운 실망의 감정을
느꼈다.

하지만 그는 오데트를
사랑하기 때문에,

가엽기도 하지!

그가 떠나려 하자,
가는 길에 이 편지들 좀 부쳐 주시겠어요?

!

POSTES

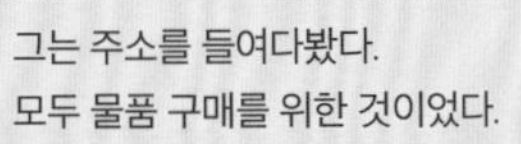
그는 주소를 들여다봤다.
모두 물품 구매를 위한 것이었다.

POSTES
포르슈빌에게 보내는 거 말고는.

내가 이 속을 읽어 볼 수만 있다면, 오데트가 이 작자를 어떻게 부르고, 어떤 식으로 말하는지, 그리고 두 사람 사이가 어떤지 알 수 있을 텐데.
내가 이 편지를 읽어 보지 않는다면, 어쩌면 오히려 오데트한테 해가 될 수도 있어.

그래야만 내가 오데트를 공연히 의심하는 데서 벗어날 수 있을 테니 말이야.
POSTES

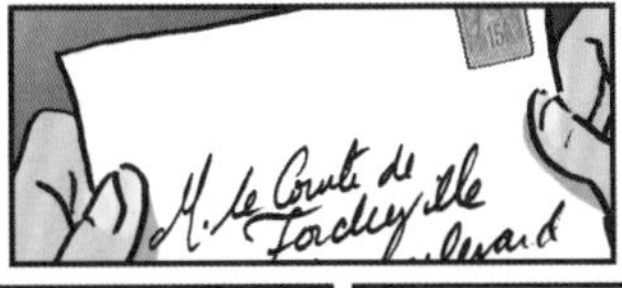

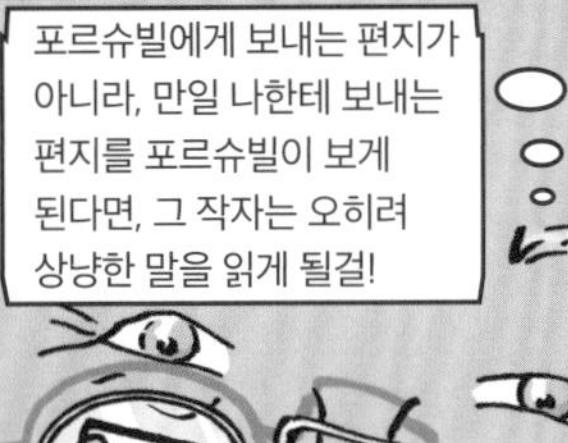
편지의 마지막 구절이 비쳐 보였다. 아주 냉랭한 편지 말미 서식이었다.
포르슈빌에게 보내는 편지가 아니라, 만일 나한테 보내는 편지를 포르슈빌이 보게 된다면, 그 작자는 오히려 상냥한 말을 읽게 될걸!

스완은 무슨 소린지 잘 분간이 되지 않았다.

"제가 그러길 잘했어요."

…대체 뭘 잘했다는 걸까?

스완은 도대체 영문을 몰라 하다가, 처음엔 해독하지 못했던 단어가 갑자기 보이면서 전체 문장의 의미를 알아냈다. "제가 문을 열길 잘했어요. 저희 삼촌이셨어요…."

!
"문을 열다니!"
내가 벨을 눌렀을 때 바로 거기 포르슈빌이 있었고, 내가 들었던 소리도 그였고, 그녀가 그를 내보냈던 거야!

그는 편지 전부를 다 읽어낸 것이다….

…편지의 말미에서, 오데트는 자기가 그토록 격식 없이 처신한 데 대해 용서를 구한다고 했다. 두 사람 사이가 각별함을 보여주는 대목은 찾아볼 수 없었다.

어쨌든 오데트는 편지까지 써 가면서 찾아왔던 사람이 자기 삼촌이라고 말하고 있으니, 포르슈빌은 자기보다 더 속은 셈이었다.

요컨대 오데트가 중요하게 생각하는 사람은 바로 스완 자신이고, 또 그래서 포르슈빌을 내보냈던 것이다.

하지만 오데트와 포르슈빌 사이에 정말로 아무 일도 없다면, 어째서 오데트는 바로 문을 열어 주지 않았단 말인가?

스완은 이쯤에서 한편으론 애석하고 혼란스러운 감정이 들면서도, 오데트가 주저 없이 편지를 맡길 정도로 자기를 절대적으로 신임하고 있고, 또 투명한 유리 너머로

설마 자기가 알게 되리라곤 기대하지 못했던 사건의 비밀, 즉 오데트의 생활의 한 조각이 미지의 상태를 뚫고 나오는 가녀린 한 줄기 빛인 양 비쳐지는 것에 행복감을 느끼기도 했다.

그리고, 마치 독립적이고 이기적인 생명력을 가졌고, 또 설사 스스로에게 해가 된다 하더라도 양분이 되는 것이면 무엇이든 닥치는 대로 집어삼키는 탐욕적인 그의 질투심도 기뻐 날뛰었다.

이제 스완의 질투심은 일종의 자양분을 가지게 된 셈으로, 그는 매일 오데트가 오후 다섯시경에 누구를 만나는지 불안에 떨어야 했다.

스완이 처음부터 오데트의 삶 전체를 질투했던 건 아니고,

다만, 어쩌면 잘못 해석하는 것일 수도 있지만, 그녀가 자기를 속였다고 느껴지는 순간들에만 질투가 났다.

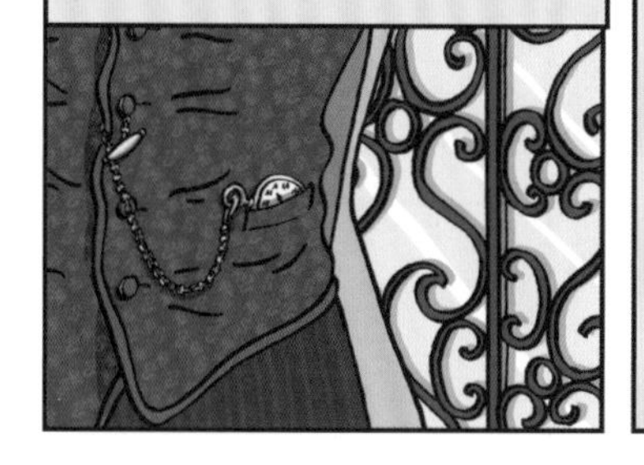

그의 질투심은, 마치 문어가 처음에 촉수 하나를 뻗고, 그러고 나서 두번째 촉수를 뻗고, 그리고 또 세번째 촉수를 뻗듯,

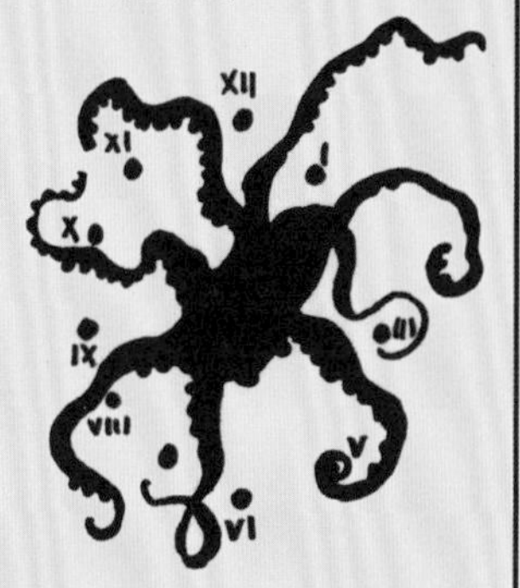

그렇게 처음엔 저녁 다섯시에만 달라붙었다가, 그 다음엔 다른 시각에, 그러고 나서 또 다른 시각에 달라붙게 되었다.

그는 오데트를 포르슈빌과 떼어놓을 심산으로, 그녀를 며칠 동안 남프랑스로 데려갔다.

하지만 스완은 그곳에서도 호텔에서 마주치는
모든 남자들이 그녀에게 군침을 흘리고,
그녀 또한 그 남자들을 탐하는 것처럼 보였다.

과거에 스완은 여행하면서 새로운 사람들을 만나고 많은 사람들에 둘러싸이기를 원했지만,
이제 그는 황폐해지고, 사람들 때문에 상처라도 입은 듯 피해 다녔다.

모두가 오데트의 연인이 될지도 모르는 판에,
도대체 어떻게 그가 인간 혐오자가 되어서는
안 된다고 말할 수 있단 말인가?

이처럼 그는 질투심으로 인해 성격이 바뀌고, 다른 사람들이 보기에,
그의 성격을 드러내는 외면적인 표식조차 완전히 달라 보였다.

스완이 오데트가 포르슈빌에게 보낸 편지를 읽어 본 지 한 달이 지난 어느 날, 그는 베르뒤랭 부부가 숲에서 마련한 저녁 모임에 가게 되었다.
CHALET DES ILES G.FRONTIN

…내일 샤투◈로 야유회 가는 거 잊지 마요….
?
한데 스완은 초대받지 못했다.

불을 완전히 꺼 놓을 겁니다. 어둡게 해 놓고 「월광 소나타」◈를 들으면 느낌이 좀더 살아날 테니까요!

오데트는 갑자기 절망한 사람과도 같은 표정을 지었다. 스완은 돌아가는 길에 대체 무슨 일인지 오데트에게 설명해 달라거나,

그녀가 내일 샤투에 가지 않든지, 아니면 자기도 그곳에 초대받도록 해야 한다는 다짐을 받아내고, 그녀의 품에 안겨 이 고통을 잠재울 수 있기를 바랐다.

그럼, 잘 가세요.
곧 다시 봬요. 안 그래요?

오데트, 우리가 데려다 줄게요.
여기, 포르슈빌 백작 옆에 자리가 있어요.

네, 부인.
!

뭐라고? 내가 당신을 데려다 주려고 했는데!
하지만 베르뒤랭 부인께서….

이봐요, 혼자서도 얼마든지 돌아가실 수 있잖아요.
우리가 벌써 함께 할 자리를 숱하게 만들어 줬잖아요.

하지만 크레시 부인한테 중요한 할 말이 있어요.

그러시구나! 편지하시구려….

잘 가세요.

주인님, 어디 불편하신가요?
무슨 일이 있으셨나요?

혼자 돌아가게나, 레미.
나는 걸어감세.

스완이 우릴 어떻게 대하는지 똑똑히 보셨죠?
우리가 오데트를 데려간다니까 잡아먹을 듯이 쳐다보더구먼.

차라리 우리가 색싯집을 운영한다고 해 보라지!
도대체 오데트는 무슨 생각으로 그런 작자하고 사귀나 몰라. 오데트가 자기 소유인 줄 착각하시는 모양인데.

내일 오데트한테 내 생각을 털어놓을 작정이에요.
내 말을 알아듣겠죠.

어림도 없지, 못된 인간!

그는 혼잣말로, 큰소리로, 그것도 그가 이제껏 작은 동아리의 매력이나 베르뒤랭 부부의 관대함에 대해 장광설을 토해낼 때와 똑같이 약간 과장된 목소리로 말했다.

우선, 샤투에 간다는 생각만 해도 그래! 가게 문을 걸어 잠그고 소풍 떠나는 삯바느질 여공들처럼!

이제 와서 말이지만, 부르주아 티 좀 작작 내시라지, 어째 실제 현실에서 사는 사람들이 아니라, 라비슈* 연극*에서 튀어나온 사람들 같다니까!

코타르 부부도 참석하고, 어쩌면 브리쇼도 낄는지 몰랐다.

소시민들이 짐짝처럼 옹기종기 모여서 무슨 괴상한 짓거리들이야! 내일 '샤투'란 데에 모두들 모이지 못하면 큰일이라도 생기는 줄 아는 모양이지!

화가가 '짝지어 주길' 좋아하니, 어쩌면 포르슈빌을 오데트와 함께 자기 아틀리에에 구경하러 오라고 초대할는지도 모를 일이었다. 스완은 오데트가 이 모임에 참석하기 위해 지나칠 정도로 요란하게 치장한 모습을 떠올렸다.

물론 그럴 테지.

저속하고, 게다가 불쌍한 그 여자는 어리석기 짝이 없으니 말이야!!!

하지만 이제 오데트는 자기를 두고 웃어댈 것만 같았다.

뭐가 그리 좋다고 히히덕거려!

조금이라도 양식이 있는 사람이라면 그런 역한 냄새를 맡지 않으려고 바로 고개를 돌릴 텐데.

그런 저질스러운 얘기들이 웅성대고 웅얼거리는 그런 돼지우리로부터 수천 미터는 높은 곳에 있는 내가, 베르뒤랭 부인이 해대는 농담 따위로 똥물을 뒤집어쓸 까닭이야 없지.

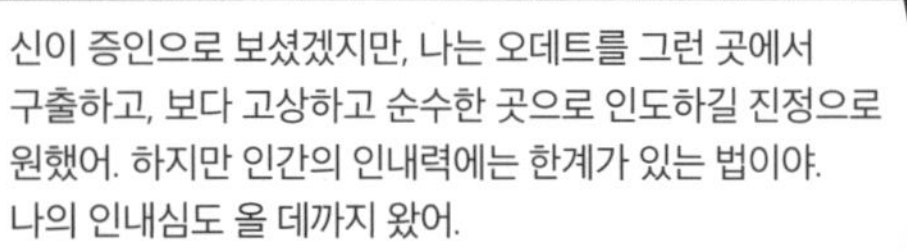

신이 증인으로 보셨겠지만, 나는 오데트를 그런 곳에서 구출하고, 보다 고상하고 순수한 곳으로 인도하길 진정으로 원했어. 하지만 인간의 인내력에는 한계가 있는 법이야. 나의 인내심도 올 데까지 왔어.

스완은, 오데트를 이런 야단법석으로부터 구출해내야겠다는 생각을 불과 몇 분밖에 하지 않았다는 사실에는 생각이 미치지 않았는데….

그는 피아니스트가 이제 막 「월광」을 연주할 참이고, 또 베르뒤랭 부인이 그 음악을 들으면서 빠지게 될 신경쇠약 증세를 겁내 하는 표정을 머릿속에 그렸다.

멍청한 위선자!
제깐 게 '예술'을 사랑한다고!
CAFÉ

…당신 곁에 포르슈빌 백작님이 앉으실 수 있도록 자리 좀 만들어 주세요….
불을 모조리 꺼 버린다지, 아마! 더러운 뚜쟁이 같으니라고!

좌중의 입을 다물게 하고, 더불어 꿈꾸게 하고, 서로 쳐다보게 하고, 서로 손을 붙잡게 만들 그 음악까지 스완은 '뚜쟁이'란 말로 싸잡아 저주했다. 그는 플라톤*이나 보쉬에*, 또 예전의 프랑스 교육이 예술에 대해 혹독하게 비판했던 태도가 올바른 것이었다고 생각했다.

요컨대 스완이 베르뒤랭네 살롱에서 보냈던, 또 그가 '진정한 삶'이라고 칭송했던 바로 그 삶이 최악의 삶이라 여겨지고, 그곳의 작은 동아리 또한 최악의 환경으로 비쳐졌다.

…정말이지, 사회의 가장 밑바닥이자 단테가 말한 지옥의 최하계◈가 아니면 도대체 뭐야. 장엄한 단테의 작품은 바로 베르뒤랭네 살롱을 단죄하려고 씌어진 것임에 틀림없어!

사실 사교계 사람들이 그런 저질들을 상대하려 하지 않는 게 얼마나 현명한 처사야!
포부르 생제르맹 사교계가 '놀리 메 탄게레'◈를 내세우는 데는 다 그럴 만한 이유가 있는 게지!

베르뒤랭? 이름도 괴상망측해라! 아! 정말이지 구색도 골고루 갖췄어, 완전히 저질들로만! 그런 더러운 인간쓰레기들과 함께 나락에 빠지지 않게 된 것을 신께 감사드려야 할 거야.

그런데 스완의 목소리는 그 자신보다 더욱 현명해서, 그가 베르뒤랭네 살롱을 향해 저주를 퍼부어댈 때는 인위적인 어조만을 취했을 따름이었다. 사실상 그의 생각으로 말할 것 같으면, 그가 이런 험구를 쏟아낼 때조차, 본인은 의식하지 못했겠지만, 전혀 다른 일을 궁리하고 있었던 듯했다.

왜냐하면 일단 집에 도착하자마자,

철컥

내일 샤투에서 있을 저녁 모임에 내가 초대받을 수 있는 방도를 찾은 것 같아.

하지만 그 방도는 그리 훌륭하지 못했는데, 왜냐하면 결국 그는 초대받지 못했기 때문이다.

위급한 환자 때문에 지방에 붙잡혀 있어야 했던 코타르 박사는 며칠 동안 베르뒤랭 부부를 만나지도 못하고, 샤투에도 가지 못했다.

다음날 저녁 식탁에서,

오늘 저녁엔 스완 씨를 볼 수 없나요?
그러니까 스완 씨로 말할 것 같으면, 바로 그 고명하신…

오히려 그러지 않길 바라지요! 세상에나.
그런 꽉 막히고, 우둔하고, 제멋대로인 인간은.

아!
아!
아!
아!
아!

이후로 베르뒤랭네 살롱에서 스완에 대한 언급은 자취를 감췄다.

이제 스완과 오데트를 결합시켜 줬던 베르뒤랭네 살롱은 두 사람이 만나는 데 오히려 장애가 되었다.

오데트는 사랑이 처음 싹트던 때와는 달리, 더 이상 이렇게 말하지 않았다.
어쨌든 우린 내일 만나잖아요. 베르뒤랭네 저녁모임에서요.

달라졌다.
내일 저녁에는 만날 수 없어요. 베르뒤랭네에서 저녁모임이 있거든요.

또는, 베르뒤랭 부부가 오데트를 데리고 「클레오파트라의 하룻밤」*을 관람하러 오페라 코미크 극장에 가기로 되어 있으면,

스완은, 오데트의 눈에서 자기한테 제발 가지 말아 달라고 하면 어쩌나 하는, 공포가 서린 표정을 읽을 수 있었다.

오데트가 그런 똥 같은 음악을 쪼아 먹으러 가고 싶다고 해서, 내가 지금 화난 게 아니야.
가슴이 아파서 그런 거야. 물론 그녀 때문에.
그녀가 나하고 근 반 년 이상이나 매일 마주보며 지내 왔으면서도, 어떻게 그까짓 빅토르 마세* 따위를 스스로 내팽개칠 정도가 못 됐는지, 그게 가슴 아픈 거지!

내, 솔직히 말하리다. 내가 당신한테 가지 말라고는 하지만, 사실 내 속마음은, 또 행여 내가 이기적인 사람이었다면, 당신이 내 부탁을 거절했으면 하는 거라오. 사실 난 할 일이 산더미처럼 쌓였거든.
하지만, 당신 생각을 해야 하거든.

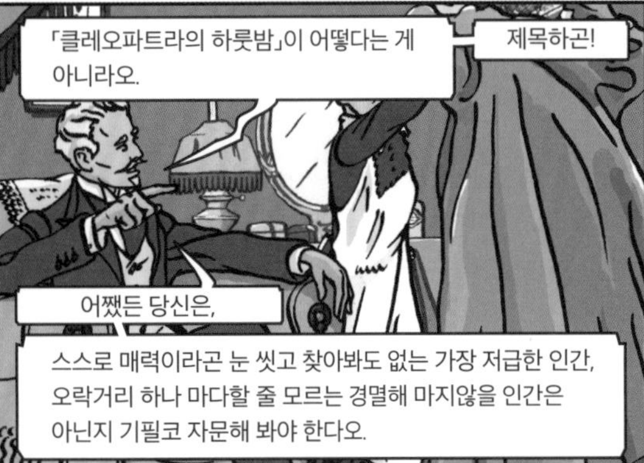

「클레오파트라의 하룻밤」이 어떻다는 게 아니라오.
제목하곤!
어쨌든 당신은,
스스로 매력이라곤 눈 씻고 찾아봐도 없는 가장 저급한 인간, 오락거리 하나 마다할 줄 모르는 경멸해 마지않을 인간은 아닌지 기필코 자문해 봐야 한다오.

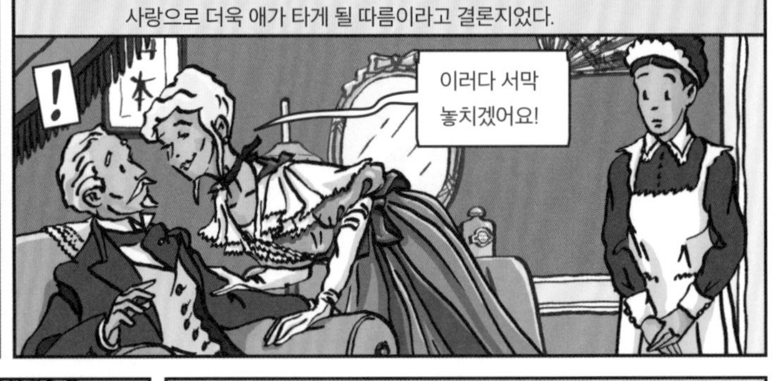

그녀는 숱한 남성을 겪으며 체득한 사실이지만, 일단 상대가 자기를 사랑하게 된 이후부터는 굳이 복종할 필요가 없고, 나중에 가면 사랑으로 더욱 애가 타게 될 따름이라고 결론지었다.
!
이러다 서막 놓치겠어요!

육체적으로 오데트는 나쁜 시기를 거치고 있었다. 몸이 불어나고 있었기 때문이다.

스완은, 이를테면 오데트가 예전보다 덜 예뻐 보이는 탓에 그녀가 더욱 소중하게 생각됐다.

하지만, 유충이 탈바꿈하기는 했지만, 언제나 살아서 움직이는 똑같은 오데트이고, 언제나 도망치고, 붙잡을 수 없고, 교활한 그녀 특유의 의지가 느껴지는 것만으로도, 그가 그녀를 포획하기 위해 끊임없이 안간힘을 써야만 했다.

베르뒤랭 부부가 오데트를 생제르맹*이며 샤투, 묄랑*에 데리고 다니는 중에, 마침 때가 화창한 계절이면, 현지에서 하루를 보내고 다음날 돌아가자는 제안을 자주 하곤 했었다. 오데트는 베르뒤랭 부부에게 자기는 전보를 보낼 사람이 아무도 없다고 대답했다. 왜냐하면 그녀는 앞서 스완에게, 모든 사람들이 보는 앞에서 자기가 그에게 전보를 보낸다면 입장이 곤란해질 것이란 말을 이미 단호하게 했기 때문이다.

AUBERGE

때로 그녀는 며칠씩 돌아오지 않는 때도 있었는데, 베르뒤랭 부부는 그녀를 데리고 드뢰의 무덤*을 보러 가거나, 화가의 제안에 따라 콩피에뉴*에 가서 그곳 숲에서 일몰을 구경하거나, 심지어 피에르퐁에까지 가서 성◈을 구경하기도 했다.

오데트가 십 년이나 건축 공부를 한 나와 함께 그 멋진 명소들을 구경하지 않고,
거지발싸개 같은 것들하고 어울려, 걸레 같은 루이 필리프*니 비올레르뒤크*니를 얼이 빠져 차례로 돌아볼 생각이라니!

하지만 그녀가 드뢰나 피에르퐁으로 떠날 때, 그는 최고의 연애소설이라 할 수 있는 기차 시간표 책자를 탐독하면서, 오후며 저녁, 심지어 아침에도 그녀와 합류할 수 있는 방도를 찾아보았다.

방도라?

아니, 차라리 허락이라고 해야 맞다. 하지만 모든 이들이 볼 수 있게 인쇄된 기차 시간표에 아침 여덟시에 떠나는 기차가 오전 열시에 피에르퐁에 도착한다고 적어 놨다는 것은, 피에르퐁에 간다는 게 적법한 행위라는 말이니, 굳이 오데트로부터 허락을 받아야 할 이유는 없는 것이다. 한데 스완은 바로 그곳에 가고 싶었고, 또 설사 자기가 오데트를 몰랐더라도, 그곳에 갔을 것이다.

그는 비올레르뒤크가 이룩한 복원 작업을 가서 보고 싶다는 생각을 오래전부터 품어 왔다.

그는 그 근방에 성을 가지고 있는 포레스텔 후작을 대동하고 나타나 볼까 하는 생각도 한순간 해 보았다.

하지만 그럴 수 없었다. 오데트가 자기를 보러 온 것이라고 생각할 것이 뻔했기 때문이다.

함께 떠날 날이 되어 포레스텔 후작이 그를 찾아왔을 때,

아닐세! 오늘 나는 피에르퐁엘 갈 수 없다네! 하필 오늘 오데트가 거기에 간다는구먼.

그는 여러 날 동안 콩피에뉴 숲의 지도가 마치 '애정의 지도'◈인 양 쳐다보았다.

마침내 오데트가 돌아올 날이 되었을 때, 그는 기차 시간표를 다시 꺼내 보면서 그녀가 어떤 기차를 타고 올지 확인해 보았다. 그는 밤새 기다렸지만 허사였는데, 그도 그럴 것이 베르뒤랭 부부가 귀환을 서두르는 바람에 오데트는 정오부터 파리에 와 있었기 때문이다.

그녀는 기별할 생각조차 없었다.

그녀는 스완은 생각조차 하지 않았다.

오데트가 스완의 존재조차 잊고 있는 순간들은 오히려 그녀의 교태보다도 그녀에게 더욱 유용했고, 스완이 그녀에게 더욱 애착을 보이게 하는 데 크게 작용했다.

이렇듯 스완은 자기가 오데트를 베르뒤랭네에서 만나지 못하고 온 파리를 찾아 헤매던 그날 저녁에 이미 그의 사랑을 충분히 싹트게 할 정도로 강력했던 바로 그 고통스러운 심적 동요 속에서 나날을 보내고 있었다.

스완은 며칠 연이어서 오데트를 보지 못하고 지냈다. 하지만 부재하는 여인에 대한 생각은

그녀 없이 지내야 하는 슬픔 때문에

스완의 시시콜콜한 일상사에까지 깊이 파고들었다.

또 어떤 때는 단지 낭만적이라는 이유만으로 가게 된 레스토랑*에서 식사를 하기도 했다.

LAPÉROUSE
QUAI DES GRANDS AUGUSTINS

그 식당 이름이 바로 오데트가 사는 길 이름과 같았기 때문이었다.

이따금씩 오데트는 짧은 여행을 하고 나서도, 파리에 돌아오고 며칠이 지난 다음에야 비로소 그에게 돌아왔다는 기별을 하기도 했다.
…아침 기차를 타고 방금 도착했어요.
이 말은 거짓말이었다. 적어도 오데트에게는.

하지만 이 말은 스완의 머릿속에서 아무런 장애가 되지 않는 까닭에 완전한 진실로 받아들여졌다. 오데트가 하는 말은, 우선 그 말이 거짓말은 아닌가 하는 의심이 전제될 때라야만 거짓말처럼 보였다. 그가 오데트의 말을 거짓말이라고 믿기 위해서는 사전에 거짓말일 수 있다고 믿는 태도가 필요조건이었던 셈이다. 또한 이런 태도는 그 자체로 충분조건이기도 했다. 그럴 때면 오데트가 하는 그 어떤 말도 그에겐 거짓말처럼 들렸다.

오데트가 어떤 이름을 입에 올리면, 그 이름이 그녀가 숨겨 놓은 정부의 이름은 아닌가 하는 의심이 이내 들었다. 한번은 그가 어느 미지의 인물의 주소와 일상 활동에 대해 알아봐 달라고 흥신소와 접촉한 적도 있었는데, 알고 보니 이미 죽은 지 이십 년이나 지난 오데트의 삼촌이었다.

그가 초대를 받고 간 파티장에 오데트가 와 있을 때가 있었다. 한편 그는 이런 파티에 참석했다가 한두 차례 특별한 기쁨을 느끼기도 했는데, 이를테면 마음을 진정시켜 주는 잔잔한 기쁨이라고 부를 법한 기쁨이었다.

오 분만 기다려 주실 수 있어요? 저도 갈 거예요.
우리 함께 돌아가요. 저를 집까지 바래다 주셔야죠.

한번은 포르슈빌이 함께 돌아갈 수 있느냐고 요청한 적이 있었다….

저도 들어가
함께해도 될까요?

아! 그건 이분께 달렸어요. 이분께 여쭤 보세요. 제가 미리 말씀드리는데, 이분은 저와 함께 조용히 담소하길 좋아하시거든요. 아! 그쪽도 저만큼이나 이분을 잘 알고 계시면 좋을 텐데! 그렇죠, '마이 러브'? 당신을 속속들이 아는 사람은 저 혼자뿐이죠?

스완은 포르슈빌의 면전에서 오데트로부터 핀잔을 들으면서 우쭐해지기도 했는데,

내일 하면 된다는 핑계로, 아직도 베르메르에 대한 연구가 그 상태죠? 게으름뱅이 같으니라고! 내가 일하게끔 만들겠어요!

이런 말은 오데트가 두 사람만의 삶을 오붓하게 즐기고 있다는 사실을 말해 주는 것이기 때문이었다.

아! 요행히 자기가 오데트와 한집에 살고, 그녀의 집이 바로 자기 집이었으면! 그렇게만 된다면, 그토록 서글퍼 보이기만 하는 시시콜콜한 자신의 일상이

바로 오데트의 삶과 함께 엮임으로써 너무나도 친밀한 것들이 되어, 넘쳐나는 감미로움과 신비한 밀도를 가질 수 있게 될 텐데.

그러면서도 애석한 점이 있다면, 그것은 그의 사랑에 그리 좋은 방향으로 작용하지는 못할 화평이자 평온함일 것이라는 생각이 들기도 했다. 스완이 그녀에게서 소나타를 들을 때와 같은 신비로운 동요의 감정을 더 이상 느끼지 못함으로써,

그녀가 그에게 항시 부재하고 그를 애태우는 상상의 존재가 더 이상 아니게 됨으로써, 둘 사이에 다정다감한 관계가 들어서게 된다면, 물론 그에게 오데트의 생활이 그 자체로 그리 중요하지 않게 여겨질 터였다.

스완은 자기 자신의 고통을, 마치 탐구를 위해 자기 몸에 접종을 시도할 때와도 같은 분별력을 가지고 지켜보면서, 자기가 일단 이 병에서 낫게 되면 오데트의 생활에 무관심해지리란 생각이 들었다. 하지만 그는 사경을 헤매는 듯한 고통의 와중에서도, 그런 치유가 사실상 죽음이나 별반 다를 바 없는, 바로 지금의 자기 자신의 죽음이나 매한가지로 끔찍한 것으로 느껴졌다.

스완은 이런 평온한 저녁을 보내고 나서 의심이 수그러들었다. 그는 오데트를 축복하고, 바로 그 다음 날 아침 가장 값비싼 보석을 그녀에게 배달시켰다.

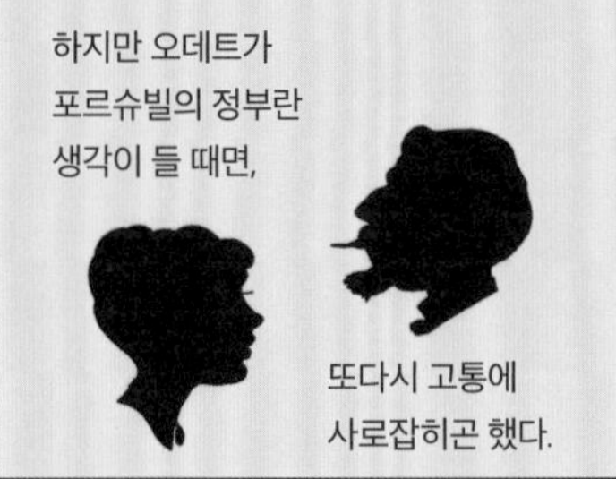

하지만 오데트가 포르슈빌의 정부란 생각이 들 때면,
또다시 고통에 사로잡히곤 했다.

그러면 스완은 그녀가 저주스러웠다.
나도 참 멍청하기도 하지. 내 돈으로 다른 연놈들이 놀아나게 하다니.
오데트가 바이로이트◈ 음악제* 시즌에 가고 싶다고 했을 때, 내가 뭣 때문에 그녀에게 우리 둘을 위해 그 근방에 있는 바이에른 왕의 멋진 성 하나를 빌리자는 얘기는 했는지!
제발 가지 않겠다고 하면 좋겠는걸, 제길!
보름 동안이나 바그너 음악이 뭔지 개뿔도 모르는 그녀와 함께 들을 생각을 하니, 참 흥분되는구먼!

그는, 그녀가 바이로이트 근방에 있는, 그가 말한 성을 빌릴 수 있도록 돈을 줄 수 있느냐는 부탁을 하면서, 또 그녀가 포르슈빌과 베르뒤랭 부부를 그곳에 초대하기로 약속했기 때문에 그와는 함께할 수 없다고 고하는 편지를 받아 보는 상상을 해 보기도 했다. 아! 제발, 그녀가 그런 뻔뻔한 부탁을 한번 해 보라지! 그러면, 복수심에 불타는 거절의 편지를 쓰면서 얼마나 통쾌하겠는가!

한데, 그 다음 날 실제로 그런 일이 벌어졌다.
"…당신이 저에게 돈을 부쳐 주시면, 그간 베르뒤랭 부부의 신세를 톡톡히 졌기 때문에 이번에는 제가 초대할 수 있을 거예요…."
스완에 대해서는 전혀 언급이 없었는데, 베르뒤랭 부부가 참석하는 탓에 그는 자동적으로 배제된다는 뜻이었다.
스완은 그런 끔찍한 답장을 보낼 수 있게 되어 기뻤다.

애석한 일이야! 오데트는 지금 수중에 있거나 아니면 쉽게 구한 돈으로,
그렇게 본인이 가고 싶다고 하면, 바이로이트에 숙소를 구할 수는 있을 텐데 말이지.
정작 그녀는 바흐와 클라피송◈을 제대로 구별도 못하면서 말이야.

어쨌든 거기 가서 그냥저냥 지낼 테지.
적어도, 그런 가증스러운 여행의 경비를 내가 댈 수는 없는 노릇 아닌가!
아, 그녀가 가지 못하게 막을 수만 있다면! 역까지 태워다 줄 마부가 그녀를 납치해서 데려와 며칠 동안 감금해 둘 수만 있다면! 스완에게 불과 이틀 전부터 나쁜 여자로 비쳐지기 시작한 바로 그녀를!

하지만 오데트의 그런 모습은 그리 오래 가지 못했다.

…아! 당신이 저만큼 저분을 잘 아신다면 좋을 텐데….
내가 어떻게 그런 끔찍한 편지를 쓸 수 있었단 말인가?

두 사람이 나를 빼놓고 가서 실컷 즐긴다면, 정작 상황을 그렇게 몰아가는 사람은 바로 나 자신이 아닌가.
하지만, 만일 내가 동의한다면,
터무니없는 요구만은 아니니,
그녀는 내가 보내 주고 재워 주는 셈이라 생각할 테고,
당연히 나한테 고마워할 것이 아닌가.

한편 오데트는 스완이 며칠만 있으면 예전처럼 다정하고 사근사근해져서 화해를 청하기 위해 자기를 보러 올 것이란 확신이 드는 탓에, 여느 때처럼 그의 마음에 들건 말건 아랑곳하지 않고, 심지어 약을 올리기까지 하는 버릇을 버리지 못하고, 자기 편할 대로, 그가 그토록 원하는 바를 들어주지 않았다.

아마도 그녀는 불화 중에 스완이 자기한테 돈을 보내지 않을 것이며, 못되게 굴겠다고 편지에 썼을 때, 그가 그녀에 대해 얼마나 진실했는지 모르는 듯했다.

또 스완은 자기가 그녀 없이도 얼마든지 잘 지낼 수 있고, 언제라도 파국이 초래될 수 있다는 것을 보여주기 위해, 며칠 동안 그녀의 집으로 찾아가지 말자고 여러 차례 다짐해 보기도 했다.

그러면서 그는 불안에 떠는 오데트의 모습을 상상했다.

그러다가도 뭔가 석연치 않은 구석이 있거나 몸이라도 불편해지면

(이럴 때면 그는 법칙에서 벗어나는 예외적인 경우로 간주해서, 흔쾌하게 마음의 평온을 도모하는 편이 오히려 현명한 처사라 여기고, 다음번에 재차 실행에 옮길 때까지 마음먹은 바를 포기했는데)

모질게 다졌던 각오를 일시적으로 중단시켰다.

또는, 대수롭지도 않은 이유들, 예컨대 오데트가 자기 마차를 어떤 색깔로 다시 칠하기로 했는지, 혹은 그녀가 주식시장에서 일반주를 사고 싶은지 특별주를 사고 싶은지 물어본다는 것을 깜빡 잊고 있다가 갑자기 생각이라도 날 때면

그녀를 안 보고도 얼마든지 잘 지낼 수 있다는 걸 보여줄 수 있어서 정말 통쾌해.
하지만, 칠이라도 새로 해야 하고, 그녀가 산 주식에 배당금이 따르지 않는다면,
나중에 가서 낭패가 아닌가!

왜냐하면 그녀는 스완이 직면했던 위기가 얼마나 다양한 국면을 거쳐 왔는지 알 턱이 없었고, 자기 생각만으로 그 메커니즘을 이해하려 하지도 않고 언제나 결말이야 뻔한 것 아니냐는 식이었기 때문이다.

스완은 자기가 원하기만 하면 언제든 실행에 옮길 수 있다고 확신하는 이상, 결별 선언을 연기한들 어떠랴 하는 생각이 들었다.

그러나 오데트는 스완이 자기에게 돈을 부쳐 주지 않겠다고 한 것이 시늉에 불과할 뿐이라 믿었던 것처럼, 자기가 마차를 무슨 색으로 칠하고 또 어떤 주식을 살지 물어보기 위해 찾아온 것도 한낱 핑계일 뿐이라고 생각했다.

사실상 스완의 사랑은, 일반의 혹은 질환에 따라서는 가장 모험적인 외과의조차 지금 상태에서 환자의 질환을 치료하거나 질병의 근원을 아예 도려내는 일이 과연 합당하고 또 가능한 일인지 자문해 볼 그런 시기에 도달해 있었다.

스완은 이런 사랑이 얼마나 넓은 범위에 걸쳐 있는지 직접적으로 의식하지 못했다.

그는 자신의 사랑이 얼마나 넓게 퍼져 있는지 측정하려 들 때마다, 움츠러들면서 거의 제로 상태에 도달한다는 느낌이 종종 들곤 했다.

예컨대, 스완이 아직 오데트를 사랑하기 전 시절에 그녀의 풍부한 표정이며 건강해 보이지 않는 안색이 그에게 불러일으켰던 약간의 호감 내지 차라리 불쾌감이라 할 수 있었던 인상이 종종 떠올랐다.

정말이지, 나도 많이 변했어. 말이야 바른 말이지, 어제 저녁엔 잠자리가 전혀 즐겁지 않았어.

이상도 하지, 그녀가 오히려 추해 보이니 말이야.

분명 스완은 진심으로 그렇게 생각한 것이며, 그의 사랑은 육체적 욕망의 범위를 훨씬 넘어서는 것이었다.

이런 사랑에서는 오데트라는 존재 자체도 그리 큰 자리를 차지하지 못했다.

바로 이 여자가….
?
?

스완은 실제의 얼굴, 또는 판지 위의 인물을 바라보면서, 그의 내면에 자리한 고통스럽고 지속적인 동요와 일치시켜 보는 데 곤혹스러움을 느꼈다.

마치 누군가가 우리 앞에 우리가 앓고 있는 질병을 갑자기 바깥으로 끄집어내 보여주지만, 설마하니 우리가 앓고 있는 병이 그렇게 생겼을까 하는 그런 심정이었다.

'그녀'라.
그는 도대체 그녀란 존재가 무엇인지 자문해 보았다.

왜냐하면 그것은 그저 막연한 병이라기보다, 사랑과 닮고 죽음과 흡사한 것으로, 우리가 좀더 깊이 알아보고 싶어할 때, 행여 그 참모습이 달아날까 봐 끊임없이 인성(人性)의 신비라 부르는 바로 그것이었기 때문이다.

스완이 앓고 있는 이 사랑의 병은 너무도 커져 버렸고, 그가 가진 모든 습관이며 그의 모든 행동, 생각, 건강, 수면, 삶, 심지어 자기가 죽고 난 후 바라는 바에 이르기까지 너무도 깊숙이 개입돼 있고, 그 자신과 완전히 한 몸을 이루고 있어서, 그에게서 그 병을 끄집어내려면 거의 그 자신을 송두리째 파괴하지 않고서는 불가능한 지경에 이르렀다.

외과 용어를 사용해서 말하자면, 그의 사랑은 더 이상 수술할 수 없는 상태였다.

바로 이런 사랑의 영향으로 스완은 모든 이해관계가 너무도 하찮게 여겨지는 까닭에, 자기가 또다시 사교계에 발을 들였을 때, 여유로운 계층의 소일거리가 그려지는 소설이나 그림을 접할 때와 같은 무심한 즐거움을 느꼈다. 그가 기쁨을 새롭게 느낄 수 있었던 이유는 잠시 동안이나마 그의 사랑이나 고뇌와는 거의 무관한, 자기 자신의 극히 작은 부분으로 옮겨 올 수 있었기 때문이다. 이를테면, 우리 왕고모께서 '아들 스완'이라 부르는 인성, 즉 개인적 성격이 보다 강한 샤를 스완과는 구별되는 바로 그 인성이 그런 환경에서 보다 잘 적응했던 것이다.

어느 날 스완은 파름 공주의 생일을 축하하기 위해 과일을 보내고 싶었지만, 어떻게 해야 좋을지 몰라서 자기 어머니의 사촌 누이 되는 분께 부탁을 드린 일이 있었다.
"…과일을 한곳에서 모두 구입한 것이 아니라…"
CRAPOTE · DETAIL · FRUITS
"…포도는 크라포트◈네가 전문이라…"
"…그곳에서 샀고…"
FRUITS · JAURET Père & Fils
"…또 딸기는 조레◈네 가게에서 샀고…"
"…또 배는 제일 좋아 보이기에…"
FONDÉE EN 18
CHEVET
"…슈베◈네 가게에서 샀고…"
"…내가 직접 일일이 살피고 골랐다오…."

그는 특히 친척 아주머니께서 "내가 직접 일일이 살피고 골랐다"는 말에 마음의 고통이 누그러들면서, 그의 의식이 좀처럼 머물지 않던 곳(비록 그가 속해 있고, 자기가 필요할 때면 언제든 '좋은 상점들의 리스트'며 좋은 물건 구하는 방법이 유전적으로 준비돼 있는, 부유하고 훌륭한 부르주아 집안의 상속인이긴 하지만)으로 옮아갔다.

분명 그는 너무 오랫동안 자기 자신이 '아들 스완'이란 사실을 잊고 있었던 탓에, 잠시 그 자리로 돌아갈 때면, 그 순간이 아닐 때 언제나 느끼고 또 이미 식상해 버린 기쁨들보다 훨씬 짜릿한 기쁨을 그는 느끼지 않을 수 없었다.

…그리고 지체 높은 사람에게서 받는 편지도, 자기 선친의 옛 벗들의 결혼식에 증인을 서거나 참석할 때만큼 커다란 기쁨을 주지는 못했다.

스완은 사교계 인사들과 이미 오래전부터 친분을 맺어 왔던 터라, 그들이 집안사람인 양 느껴졌다. 그래서 스완은 만일 자기가 집에서 쓰러지는 일이라도 벌어지게 되면, 자기 하인이 부리나케 샤르트르 공작, 뢰스 공, 뤽상부르 공작, 샤를뤼스 남작을 부르기 위해 달려갈 것이란 생각을 하면서, 이를테면 늙은 프랑수아즈가 자기가 죽게 되면 짜깁기한 것이 아니라 자기가 쓰려고 미리 준비해 놨고, 이름까지 수놓은 고운 수의에 덮일 생각을 하며 느낄 법한, 그런 만족감을 느꼈다.

그가 사교계 사람들에게 자주 방문하지 못해 미안하다는 말을 해야 하는 까닭은,
그가 오데트에게 끝도 없이 잘못을 빌기 위해 그녀를 쫓아다녀야만 했기 때문이었다.
이번 달엔 내가 너무 인색하게 굴었어.
여러 번 만났는데도 말이지…
…사천 프랑이면 충분할까 모르겠네.

그는 매번 핑곗거리나 선물, 혹은 그녀가 알고 싶어하는 정보를 찾아내야만 했다….

마침 스완은 둘러댈 핑계가 없었던 탓에, 샤를뤼스 씨에게 어서 그녀의 집으로 달려가 그녀를 만나 자연스럽게 얘기하는 척하다가, 마침 자기가 스완한테 할 말이 생각났는데, 전갈을 넣어 스완을 그녀의 집으로 곧바로 오도록 해줄 수 있느냐고 말해 달라고 부탁했다.

하지만 대개 스완은 공연히 기다리기만 했는데, 저녁이 되어 샤를뤼스 씨는 그 방법이 먹히지 않았다고 했다.

이제 그녀는 파리에 있든 집에 있든 스완을 보지 않았다.

그녀가 자기를 사랑할 때만 하더라도, 말하기를,
전 언제나 시간이 있어요…

그리고,
…다른 사람들이 뭐라 하든 무슨 상관이에요?

하지만 지금은 자기가 그녀를 만나고 싶다고 할 때마다, 오데트는 그럴 형편이 못 되고, 바쁘다는 핑계를 둘러댔다. 행여 스완이 그녀에게 자선 파티나 베르니사주,* 초연에 같이 갈 수 있겠느냐고 물으면, 그녀는,

도대체,
우리 관계를 광고하고 다닐 참이에요?
저를 무슨 화류계 여자처럼 취급하는군요!

그래서 스완은, 그녀가 우리 작은할아버지와 친하다는 사실을 알고 있는 터라, 어느 날 자기를 위해 영향력을 행사해 달라는 부탁을 하러 작은할아버지를 찾아갔다.
오데트는 여자 중에 최고의 여자고, 사랑스러운 여자고, 천사와도 같은 여자잖습니까.
하지만 파리란 데가 어떤 곳인지도 잘 아실 테고요.

모든 사람들이 오데트를 잘 알고 있는 어르신이나 저처럼 바라보란 법은 없으니까요.
저를 얄궂은 시선으로 바라보는 사람들이 있는 모양입니다.
그래서 오데트는 저를 밖에서, 극장 같은 데서는 만날 수가 없다더군요.

어르신은 오데트가 무척이나 따르는 분이시니,
저를 위해 한 말씀 해주시면 어떨는지요?
제가 바깥에서 그녀와 알은 체를 해도, 그녀에게 그리 해로울 게 없다는 말씀을 말입니다.

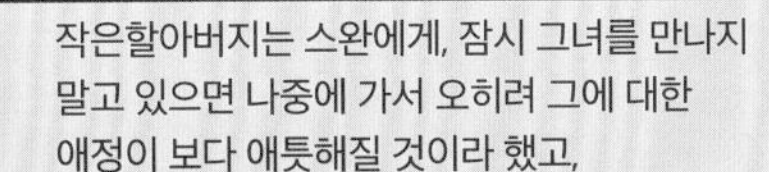
작은할아버지는 스완에게, 잠시 그녀를 만나지 말고 있으면 나중에 가서 오히려 그에 대한 애정이 보다 애틋해질 것이라 했고,

또 오데트에게는 어디든 스완이 가고 싶어하는 데를 함께 따라가라고 조언했다.

그로부터 며칠이 지났을 때, 오데트는 스완에게, 우리 작은할아버지가 여느 남자와 다를 것이 하나도 없다면서 실망감을 토로했다.

작은할아버지가 완력으로 자길 겁탈하려 했다는 거였다.

오데트는 당장 찾아가 따지겠다는 스완을 만류했고, 나중에 그는 우리 작은할아버지를 만났을 때 악수를 거부했다. 하지만 스완은 작은할아버지와 사이가 틀어진 것을 못내 아쉬워했는데, 왜냐하면 이따금씩 다시 만나 함께 허심탄회하게 대화를 나누며, 오데트가 예전에 니스에서 지내던 시절에 관한 소문의 진상을 밝혀 보고 싶었기 때문이다. 우리 작은할아버지께선 겨울을 곧잘 니스에서 보내시곤 했다. 스완은 아마도 작은할아버지가 오데트를 알게 된 것이 그곳에서였으리라고 짐작했다.

그는, 오데트의 가벼운 행실이 꽤 널리 알려져 있었고, 바덴이나 니스에서도

HOTEL DES ANGLAIS

노는 여자로 이름이 나 있다는 것을, 처음으로 받아들이지 않을 수 없었다.

스완은 말없이 오데트를 물끄러미 바라다보곤 했다.
무척 슬퍼 보여요!

도대체 니스에서 모든 사람들이 오데트 드 크레시가 누군지 알고 있었다는 게 무슨 뜻이란 말인가. 설사 그런 소문이 거짓이 아니라 하더라도, 제삼자의 시각에서 만들어진 것은 아닌가.

스완은 그녀의 코빼기조차 보기 힘들었다!

그녀는 저녁마다 두 사람이 만나는 일에 대해서도, 마지막 순간에 가서야 그러마 하고 수락하기 일쑤였는데, 그도 그럴 것이 그녀는 언제고 스완을 만날 수 있다고 여기는 탓에, 우선 다른 누군가가 찾아오겠다고 하는 것은 아닌지 알고 싶어했기 때문이다.

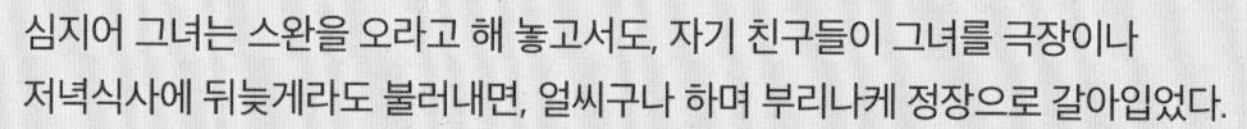
심지어 그녀는 스완을 오라고 해 놓고서도, 자기 친구들이 그녀를 극장이나 저녁식사에 뒤늦게라도 불러내면, 얼씨구나 하며 부리나케 정장으로 갈아입었다.

스완은 너무나 슬픈 표정을 하고 있었다.
?

아니, 마지막까지 있게 해줬는데 고마워하지는 않고. 나는 당신한테 좋은 일 한다고 했는데, 그게 뭐예요?
이러시면 다음엔 국물도 없어요!

때때로 스완은 오데트의 성을 돌울 각오를 하고, 그녀가 어디에 가는지 알아내야겠다고 마음먹기도 했다.

그렇지만 스완이 몇몇 사실을 알아냈다고 해서 크게 나아질 것은 없었다. 안다는 것만으로 사태를 멈출 수는 없었다. 우리는 우리가 알고 있는 사실들을 손아귀에 틀어쥔다기보다 머릿속에서만 좌지우지하는 탓에, 자칫 그것들에 대해 어떤 위력이라도 행사하는 듯한 착각을 하곤 한다.

스완은 샤를뤼스 씨가 오데트의 곁을 지키고 있을 때마다 마음이 놓였다.

스완은 샤를뤼스 남작과 오데트 사이에는 아무 일도 있을 수 없고, 그가 기꺼이 오데트와 함께 바깥출입을 해주는 까닭은 자기에 대한 우정 때문이며,

또 오데트가 어떻게 지내는지 자기한테 어렵지 않게 얘기해 줄 수 있다는 것을 알고 있었다.

다음 날,
아니 뭐라고요, 메메,* 난 무슨 소린지 도통 모르겠구려… 그러니까, 오데트 집에서 나와 그레뱅 박물관*에 간 게 아니란 말입니까?
그러니까, 우선은 다른 곳엘 간 게로군요. 아니에요? 아! 거참, 흥미롭군요!

그쪽 얘기가 얼마나 재미있는지 , 메메. 아니, 무슨 생각으로 샤 누아르*에 갈 생각을 다 했소? 오데트가 가자고 했겠지요… 네? 저런! 그쪽에서요?
재미있군요.
어쨌든 나쁜 생각이라 할 수 없어요. 오데트가 거기서 아는 사람들을 꽤나 만났겠네요?
예? 아니라고요? 상대한 사람이 아무도 없었다고요? 그럴 수가!

아니, 덩그러니 두 사람뿐이었다고요?
장면이 눈앞에 선합니다.
정말 애쓰셨어요, 메메.
정말 고맙습니다.

스완은 설사 오데트가 어디에 갔는지 모르더라도, 그녀는 없지만 그녀의 집에 머무르며 그녀가 돌아올 때까지 기다리고 있으면 고통이 잠재워질 것만 같았다. 하지만 그녀는 허락해 주지 않았다. 그는 하는 수 없이 혼자서 집으로 돌아올 수밖에 없었다.

그는 돌아오면서 다른 여러 가지 계획을 떠올려 보았다.

그러느라 오데트 생각을 잊을 수 있었다.

INVITATION
REMBRANDT

하지만 그가 침대에 들자마자, 이제는 습관이 되어 의식조차 못 하는 통제력의 고삐를 놔 버리자 얼음장 같은 전율이 내면에서 그를 뒤흔들었고, 오열하기 시작했다. 그는 자기가 무엇 때문에 그러는지 알고 싶지도 않았다.

참 꼴좋군. 내가 신경증 환자가 돼 가네!

그러면서 그는 완전히 맥이 빠진 채, 내일 또다시 오데트가 무엇을 하며 지냈는지 알아봐야 하고, 그녀를 만나려면 또 어떤 식으로 바람을 잡아야 하는지 궁리해야 한다는 생각을 했다.

하지만 그는 이러한 고통의 정체를 알지 못했다. 스완을 대하는 오데트의 태도가 매일매일 조금씩 냉랭해져 갔을 따름이기 때문이다.

이러한 변화는 그에게 깊고도 은밀한 상처를 안겨 주었고, 그래서 그는 자기 생각이 그녀에게로 너무 가까이 접근할라치면 몹시도 고통스러운 까닭에 소스라쳐 놀라며 딴 쪽으로 돌리곤 했다.

막연한 사념만이 뇌리를 떠돌았다.

오데트가 지금보다 나를 더 사랑했던 때가 있었지.

하지만 그때가 언제인지 떠올리지는 못했다.

그가 애써 외면하는 책상이 있고, 또 그래서 그곳을 드나들 때마다 피하려고 급히 방향을 틀곤 했는데, 왜냐하면 그 책상 서랍에는…

자기가 오데트를 처음 집에 바래다주던 저녁에

그녀가 그에게 준 마른 국화꽃이며,

편지들을 감춰 두고 있었기 때문이고,

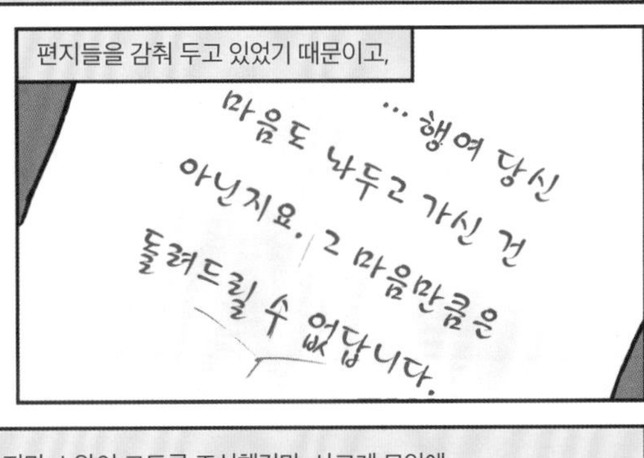
… 행여 당신
마음도 나두고 가신 건
아닌지요. 그 마음만큼은
돌려드릴 수 없답니다.

그의 내면에는 마치 그 부근을 지나려면 먼 길을 삥 둘러 가야만 할 것처럼, 주의력이 미치지 않도록 조심하는 영역이 있었기 때문이다.

그곳은 바로 그가 행복한 나날을 보냈던 추억이 간직돼 있는 곳이었다.

하지만 스완이 그토록 조심했건만, 사교계 모임에

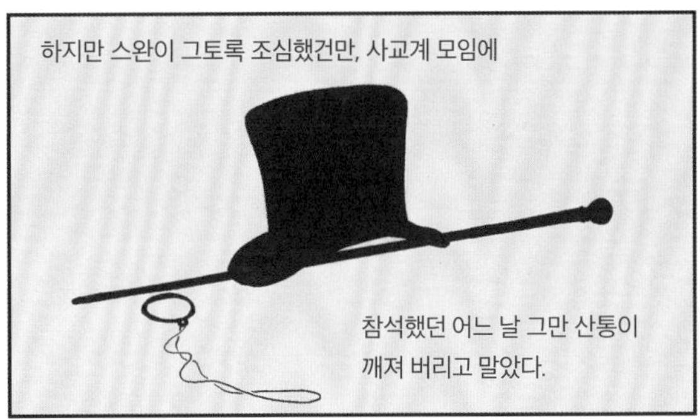

참석했던 어느 날 그만 산통이 깨져 버리고 말았다.

바로 생퇴베르트 후작부인네에서 있었던 그 해의 마지막 야회 때로, 후작부인이 시즌이 끝나고 나면 자선 음악회를 개최하기로 되어 있는 음악가들을 초빙하여 연주를 들려주는 자리였다.

샤를뤼스 남작이십니다.

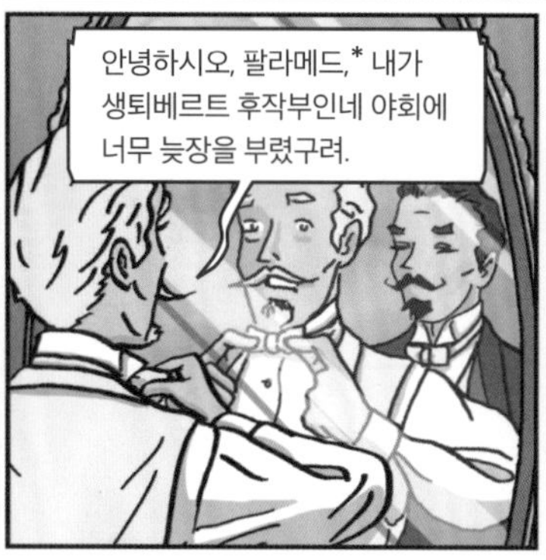
안녕하시오, 팔라메드,* 내가 생퇴베르트 후작부인네 야회에 너무 늦장을 부렸구려.

사실 거기서 오는 길이오.
내가 함께 가 주면 당신이 덜 심심하고,
조금은 덜 서글프지 않을까 해서 와 봤다오.

하긴, 메메…

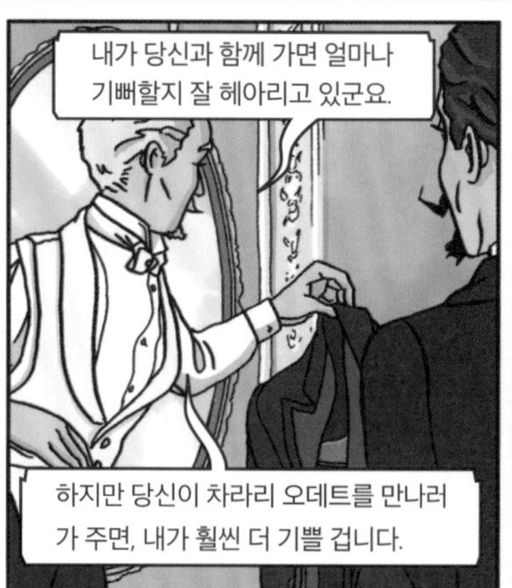
내가 당신과 함께 가면 얼마나 기뻐할지 잘 헤아리고 있군요.
하지만 당신이 차라리 오데트를 만나러 가 주면, 내가 훨씬 더 기쁠 겁니다.

잘 알다시피, 당신이 오데트한테 꽤나 영향력이 있으니 말이요. 당신이 오데트를 잘 구슬려서 내일 만날 수 있게 해주면 정말 좋겠소. 얘기가 잘만 풀리면, 내일 우리 셋이서 함께 즐겁게 지낼 수도 있지 않을까 싶기도 하구려.
참, 오데트가 이번 여름에 어떻게 할 건지 물어봐 주면 좋겠소만.
어쨌든 오늘 저녁엔 오데트를 못 볼 것 같소이다. 하지만 혹여 그녀가 괜찮다고 하면…
…나한테 전갈만 보내 주시구려. 자정까지는 생퇴베르트 후작부인네에 가 있을 거고, 그 이후론 집에 있을 테니.

아무튼 날 위해 이토록 애써 줘서 고맙기 한량없소이다.
내가 당신을 얼마나 좋아하는지 잘 아실 게요.

남작은 우선 스완을 생퇴베르트 후작부인네 저택 문 앞까지 데려다주고 나서, 그가 바라는 대로 오데트를 찾아가겠다고 약속해 줬기 때문에, 저택에 도착한 그는 샤를뤼스 씨가 라 페루즈가(街)에서 그날 저녁을 보낼 생각을 하면서 마음을 놓았다.

…하지만 그는 오데트와 무관한 모든 것들, 특히 사교계 생활에 관한 모든 것에 우수 어린 무관심을 나타냈다.

그는 처음으로, 예상치 못한 손님이 뒤늦게 도착하는 바람에, 벤치나 함 위에 나뒹굴며 자고 있던 잘 차려
입은 체격 큰 하인들이 여기저기 흩어져서 무질서한 무리를 형성하고 있는 광경을 목격할 수 있었다.

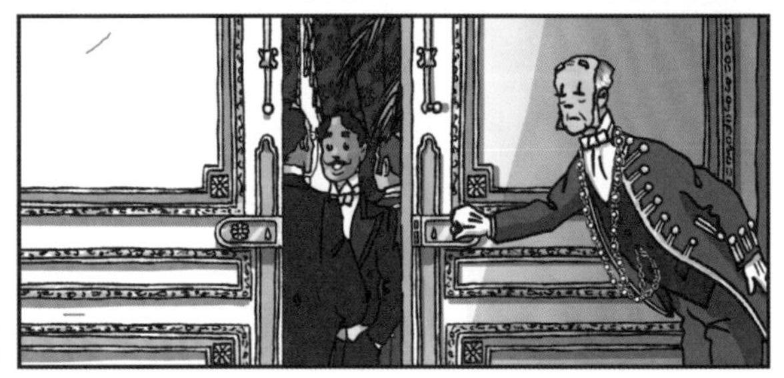

스완은 하인들 다음으로 손님들의 행렬이 펼쳐지는 광경을 바라보는 즉시, 추한 남성들이란 생각이 다시금 들었다. 눈앞에 펼쳐지는 추한 얼굴들이 새롭게만 보였다. 심지어 거개의 남성들이 착용하고 있는 외알박이 안경에 이르기까지 특이한 개별성을 나타내지 않는 것이 없는 듯 보였다.

장군의 외알박이 안경은, 이마 한가운데를 마치 외눈 거인 키클로페스*의 눈처럼 후벼 파놓은 듯, 영광스러워 보이긴 하지만 내보이기엔 점잖지 못한 괴기스러운 상처처럼 보였다.

그런가 하면 브레오테 후작의 외알박이 안경에는 마치 자연사 시간에 사용하는 현미경 관찰 샘플처럼, 무척이나 조그마하면서도 상냥한 눈이 바싹 달라붙어 있었다.

소설가이기도 한 한 남자는,

어디 보-올까나.

사람들의 심리를 살피며 가차없는 분석을 하기 위한 유일한 도구인 외알박이 안경을 이제 막 한쪽 눈에 걸쳤다.

어라! 스완 씨 아니요? 못 본 지 꽤나 오래되었습니다그려.
안색 좋으십니다!

포레스텔 후작의 외알박이 안경은 그의 얼굴에 고통스러운 경련이 일게 하면서도 애틋한 우수를 감돌게 해서, 뭇 여성들로 하여금 사랑의 아픔을 충분히 간직하고 있음직한 남성으로 여기게 했다.

생캉데 씨의 외알박이 안경은 토성만큼이나 거대한 환(環)에 둘러싸여 있어서, 얼굴의 각 부분들을 관장하는 중력의 중심인 양 보였다.

그런가 하면, 그의 뒤편으로, 둥그런 눈에 잉어처럼 생긴 커다란 얼굴의 팔랑시 씨가 천천히 축제장을 휘젓고 있었는데, 마치 수족관의 유리 파편 하나를 지니고 다니는 듯했다.

스완은 생퇴베르트 부인의 권유에 따라 「오르페우스」를 들으려고 사람들 사이를 헤집다가,

하필 나란히 앉아 있는 나이 지긋한 두 여인네가 시선을 막고 있는 구석에 자리를 잡게 되었는데, 한 여인은 캉브르메르 후작부인이고, 다른 한 여인은 프랑크토 자작부인이었다.

스완은 두 부인네가 플루트 연주에 이어 막간연주(리스트의 「새들과 대화하는 프란체스코 성자」)를 듣는 모습을 조롱이 섞인 우수에 가득 차 쳐다보았다.

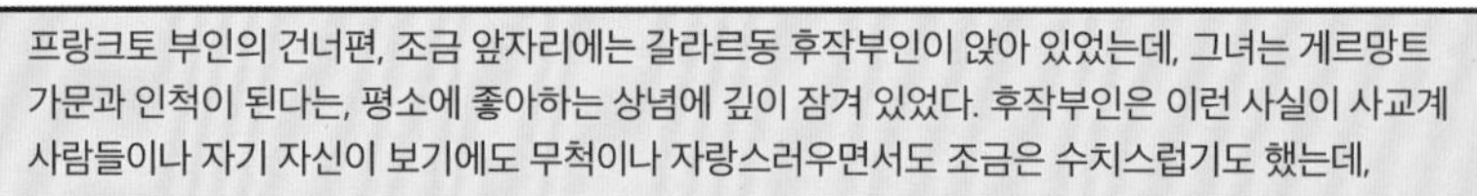
프랑크토 부인의 건너편, 조금 앞자리에는 갈라르동 후작부인이 앉아 있었는데, 그녀는 게르망트 가문과 인척이 된다는, 평소에 좋아하는 상념에 깊이 잠겨 있었다. 후작부인은 이런 사실이 사교계 사람들이나 자기 자신이 보기에도 무척이나 자랑스러우면서도 조금은 수치스럽기도 했는데,

까닭인즉 게르망트 가문의 최상층 인사들이, 어쩌면 그녀가 진저리 나는 사람이라서, 혹은 상대적으로 낮은 출신이라서, 또는 특별한 이유 없이 그녀를 경원시했기 때문이다.

그녀는 지금 이 순간, 나이 어린 자기 사촌인 롬 공주*가 결혼한 지 벌써 육 년이 되었건만, 자기를 한번도 초대하거나 방문한 적도 없다는 뼈아픈 사실을 떠올리고 있었다.

그녀는 롬 공주네 야회에서 자기를 볼 수 없다고 의아해하는 사람들과 마주칠 때마다, 그것은 자기가 행여 롬 공주네에 갔다가 마틸드 공주*를 만날 수도 있기 때문(정통성을 극도로 고수하는 집안 전통*으로 볼 때 절대로 용납될 수 없는 일이란 핑계를 대면서)이란 말을 하도 여러 차례 반복했던 탓에, 스스로도 바로 이 때문에 어린 자기 사촌동생네에 가지 않는다고 믿게 되었다.

게다가,
내가 스무 살이나 많은 손위인데,
먼저 달려들 수는 없는 노릇이지.

누군가가 갈라르동 부인이 나누는 대화 중에서 매 어휘의 사용 빈도에 따른 분석을 통해 암호화된 언어의 비밀을 밝히고자 했다면, 그 어떤 어휘도 다음과 같은 말보다 빈번하게 입에 오르내리지는 않는다는 사실을 밝혀냈을 것이다.

"내 사촌 게르망트네에서"
"게르망트 숙모네에서"
"엘제아르 드 게르망트의 건강"
"내 사촌 게르망트네 관람석"

한데, 생퇴베르트 부인의 집에 모습을 드러내리라고는 예상치 못했던 바로 그 롬 공주가 방금 도착했다.

그녀는, 마치 관계자들이 그가 거기 있다는 걸 눈치 채지 못하도록 연극을 보기 위해 사람들 사이에 섞여 줄을 서는 왕처럼, 어깨를 잔뜩 움츠린 채 살롱 안으로 들어왔다.

그런 다음 그녀는 가장 수수해 보이는 곳에(그러면 생퇴베르트 부인이 자기를 알아보는 즉시 불러낼 터였다) 선 채로 자리를 잡았는데, 바로 곁에는 그녀가 모르는 캉브르메르 부인이 앉아 있었다.

피아니스트는 리스트 연주를 끝내고 쇼팽의 전주곡을 치기 시작했다. 캉브르메르 부인은 뒤를 힐끗 쳐다보았다. 부인은 자기 며느리가 쇼팽을 경멸한다는 사실을 알고 있었다.

그녀는 좀 떨어진 자리에서 같은 또래 사람들에 섞여 연주를 듣고 있는 바그너 숭배자인 며느리의 감시로부터 멀리 있는 참에, 감미로운 생각에 마음껏 빠져들었다.

롬 공주도 감회가 새롭기는 마찬가지였다.

항상 멋지-인 곡이야.

?

자네 남편은 잘
지내겠지?

이 세상 그 누구보다
잘 지내는걸요!

오리안,* 자네가 내일 저녁에 모차르트 클라리넷
오중주를 들으러 잠시 우리 집에 와 줬으면 하고
무척이나 고대하고 있네.
자네 고견을 듣고 싶거든.

뭐, 그럴 필요까지야, 그 오중주 잘
알고 있어요. 바로 말하죠 뭐, 제가
좋아하는 곡인걸요!

아다시피, 남편이 건강이 좀 안 좋아.
간이 영…
그 양반이 자넬 보면
무척이나 기뻐하실 텐데.

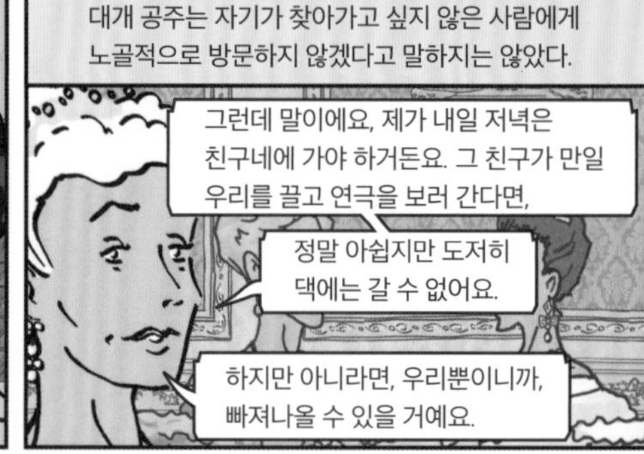
대개 공주는 자기가 찾아가고 싶지 않은 사람에게
노골적으로 방문하지 않겠다고 말하지는 않았다.
그런데 말이에요, 제가 내일 저녁은
친구네에 가야 하거든요. 그 친구가 만일
우리를 끌고 연극을 보러 간다면,
정말 아쉽지만 도저히
댁에는 갈 수 없어요.
하지만 아니라면, 우리뿐이니까,
빠져나올 수 있을 거예요.

그런데 참, 자네 벗인
스완 씨 봤는가?
그럴리가, 사랑스런 우리 샤를이
여기 와 있다고요? 어서 빨리 날
찾아내야 할 텐데.

생퇴베르트 할멈네에 다 오다니, 정말
재미있구먼. 아! 물론 영특한 사람이란 건
알고 있었지만. 아니, 어쩌면 그럴 수가
있지. 주교의 누이이자 또 다른 주교의
시누이가 되는 사람의 집에 유태인이라니!
좀 창피한 말이긴 하지만,
그리 놀랍지 않은걸요.

물론 그가 개종했다고는 하더구먼. 아니, 벌써 부모 대,
조부모 대부터 그랬다지, 아마. 사람들 말이, 개종한
사람이 본래 자기 종교에 더욱 지독스럽다고 하던데,
속임수를 쓰는 거라면서. 어떻게 생각하나?
전 그 문제에 대해선
깜깜해요.

오리안, 내 말에 화내지 말게나.
사람들 말이, 스완 씨를 도저히
자기 집에 초대하기 곤란한
사람이라고 하던데, 사실인가?
그러니까…

그러니까…
언니는 그 말이 사실이란 걸 그
누구보다도 잘 알고 있잖아요.
언니가 스완을 오십 번이나
초대했지만, 그 사람은 한번도
온 적이 없었으니까요.

아니 어떻게, 공주님,
여기 계셨습니까?

그럼요,
얌전히 구석에 앉아서
멋진 음악을 듣고
있었는걸요.
아니 그럼, 와 계신지 꽤 되셨나 보죠?

그럼요, 온 지는 벌써 꽤 됐지만, 무척이나
빨리 지나가던걸요. 또, 이제야 부인을 뵙게
되었으니 시간이 길었다고도 할 수 있죠.

공주님…
아, 장군님.

음악이 절정에 다다랐다.

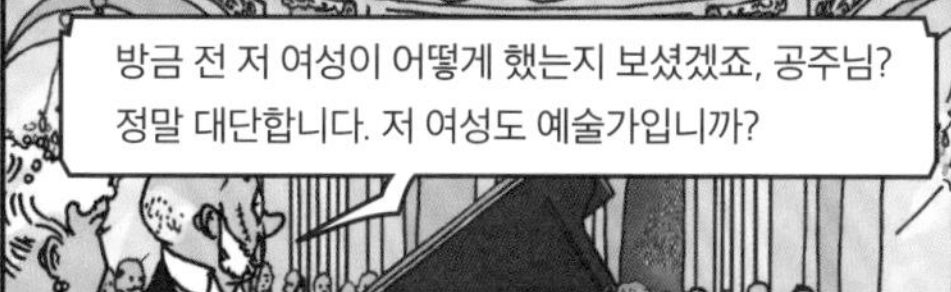
방금 전 저 여성이 어떻게 했는지 보셨겠죠, 공주님? 정말 대단합니다. 저 여성도 예술가입니까?

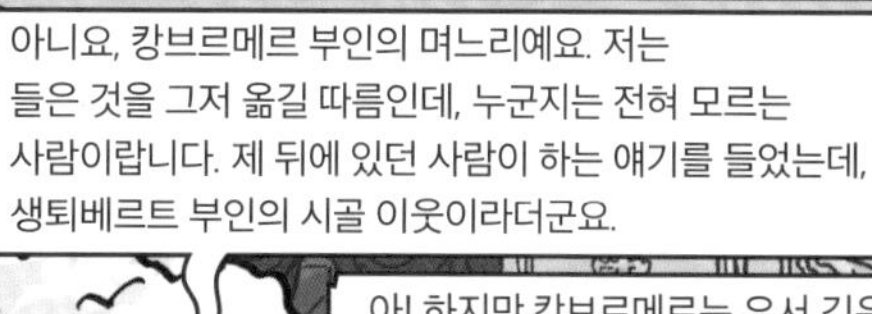
아니요, 캉브르메르 부인의 며느리예요. 저는 들은 것을 그저 옮길 따름인데, 누군지는 전혀 모르는 사람이랍니다. 제 뒤에 있던 사람이 하는 얘기를 들었는데, 생퇴베르트 부인의 시골 이웃이라더군요.

아! 하지만 캉브르메르는 유서 깊은 정통 가문이긴 하죠.
유서 깊은 가문이라는 데 토 달 생각은 전혀 없어요. 하지만, 어쨌든 '듣기 좋은' 이름은 아니네요.

그래요? 저는 깨물어 주고 싶을 만큼 귀엽던데.
장군님이 저 여성을 그토록 마음에 들어 하시는데 모르는 사람이라서 정말 유감이네요. 소개시켜드렸으면 좋았을걸.

자, 이제 어쩔 수 없이 작별 인사를 드려야겠어요.
바쟁*과 합류하기로 했거든요. 제가 여기 있는 동안, 바쟁은 장군님도 잘 아실 만한 그 사람 친구들을 보러 갔어요. 다리 이름이기도 한, 이에나* 집안 사람들 말이에요.

이에나는 애초에 승전지 이름이었지요, 공주님.
물론 제정시대 귀족들은 다르긴 하죠. 하지만, 나름대로 아주 멋진 사람들이에요. 요컨대, 영웅적으로 싸웠던 사람들이죠.

저도 영웅들에겐 무한한 존경심을 품고 있답니다.
하지만 제가 바쟁을 따라 이에나 공주네에 가지 않는 건 전혀 그런 이유가 아녜요. 단지 그 사람들을 모르기 때문이죠.

아는 사람들을 만나는데도 진저리가 나는데, 모르는 사람들까지 만나야 한다면,
설사 '영웅적인 사람들'이라 해도
전 완전히 뒤집어질 거예요.

전 열네번째 손님*으로라도, 베르킨게토릭스* 같은 인물을 초대할 생각은 없답니다. 대연회 때라면 또 모를까.
한데 요즘에는 그럴 일이 없어서…
아! 공주님은 영락없는 게르망트 분이십니다. 공주님께선 게르망트 사람들의 정신으로 충만해 있으시네요!

게르망트 '사람들'의 정신이란 말들을 합니다만, 저는 뭐 때문에 그러는지 모르겠어요. 장군님께서는 '게르망트 사람들의 정신을 가진 친구들'을 여럿 두신 걸로 알고 있는데요.
저런, 스완이 바로 젊은 캉브르메르 부인과 인사를 나누고 있는 것 같네요. 저기, 그가 생퇴베르트 할멈 옆에 있어요. 안 보이시는군요! 스완더러 부인을 소개해 달라고 하면 되겠네요.

하지만, 서둘러야 할 것 같아요, 떠날 참인가 봐요!
가엾은 나의 스완!
아! 드디어 이리 오네요. 전 스완이 저를 만나고 싶어하지 않을 거라고 생각할 참이었어요!
많이 상했네요, 안 그렇습니까?

스완은 롬 공주를 무척 사랑했다. 그는 공주를 보면
콩브레의 자기 집에서 멀지 않은 게르망트 영지가 생각났다.
고혹적인 공주님이 와 계시네요! 저길 보세요, 공주님께서 게르망트에서 일부러 먼 걸음을 하셨군요! 어찌나 서두르셨던지, 마치 어여쁜 맵새처럼, 그저 머리에 얹을 요량으로 새들을 위한 작은 자두며 산사나무 열매만 따셨나 봅니다.
아주 어여쁘십니다, 공주님.

아! 보잘것없는 제 산사나무 열매가 당신 마음에 든다니 정말 기뻐요.
그런데 무슨 까닭으로 저 캉브르메르*네 며느리한테 인사하시는 거죠? 혹시 당신도 저 여자와 시골 이웃이라도 되나 보죠?
아니요, 캉브르메르 집안이 아니라, 저 젊은 여인의 부모네와 그렇긴 합니다만. 콩브레에 자주 오는 르그랑댕의 여동생이거든요.

어쨌든, 캉브르메르란 이름은 정말 놀라워요. 이름이 적당할 때 끝나긴 하지만, 고약하게 끝나니까요!
시작이 더 낫다고 할 수도 없겠지요.
이중으로 축약된 셈이네요!…

화가 단단히 난 사람이 점잖은 체면에 시작해 놓은 단어를 끝맺음할 용기는 차마 나지 않았던 거죠.*

어때요, 우리가 함께 말장난하니까 너무 재미나는걸요, 샤를.
당신을 볼 수 없어서 정말 지루했어요. 정말이지 사는 게 끔찍해요.

아, 네! 맞아요, 정말이지 삶은 끔찍한 거죠. 우리 두 사람은 반드시 만나야 합니다, 벗이여. 제가 당신에게 너무도 고마운 것은, 당신이 즐겁지 않다고 하셔서랍니다.

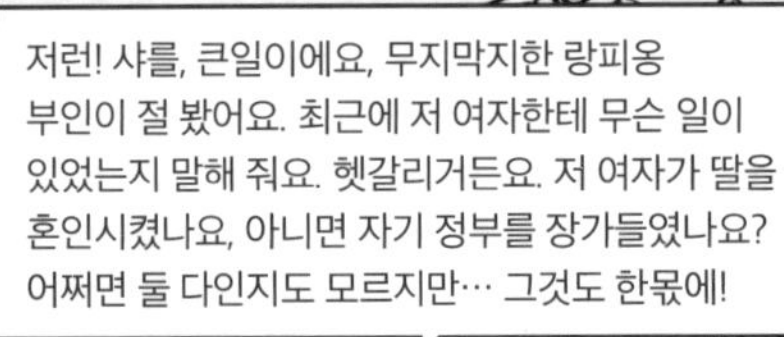
저런! 샤를, 큰일이에요, 무지막지한 랑피옹 부인이 절 봤어요. 최근에 저 여자한테 무슨 일이 있었는지 말해 줘요. 헷갈리거든요. 저 여자가 딸을 혼인시켰나요, 아니면 자기 정부를 장가들였나요? 어쩌면 둘 다인지도 모르지만… 그것도 한몫에!

아, 그래 맞아! 생각났어요, 저 여자가 자기 왕자님한테 차였어요….
저하고 대화하는 척하세요. 베레니스*가 자기 저녁 만찬에 저를 초대하지 못하도록 말이에요.
어쨌든, 전 지금 가 봐야 해요.

그런데, 샤를. 용케 당신을 만났으니 드리는 말씀인데, 당신을 제가 좀 납치해 가면 안 될까요? 함께 파름 공주네에 가고 싶은데. 그러면 공주께서도 무척 반가워하실 텐데요.
메메에게서도 당신 소식을 들을 수 없어서 얼마나 답답했다고요….
요즘 도통 뵐 수가 없으니 말이에요!

스완은 거절했다. 그는 샤를뤼스 남작에게 자기가 생퇴베르트 부인네에서 나오는 즉시 자기 집으로 돌아갈 것이라고 말해 놨기 때문에, 공연히 파름 공주네에 따라갔다가 목이 빠져라 기다리던 전갈을 놓치기라도 하면 어쩌나 하는 걱정이 앞섰기 때문이다. 어쩌면 자기 집에 도착하여 수위한테 전갈을 전해 받을는지도 몰랐다.

스완이 막 자리를 뜨려던 참에 프로베르빌 장군이 그에게 젊은 캉브르메르 부인을 소개시켜 달라고 조르는 바람에,
그는 하는 수 없이 함께 부인을 찾으러 다시 살롱 안으로 들어왔다.

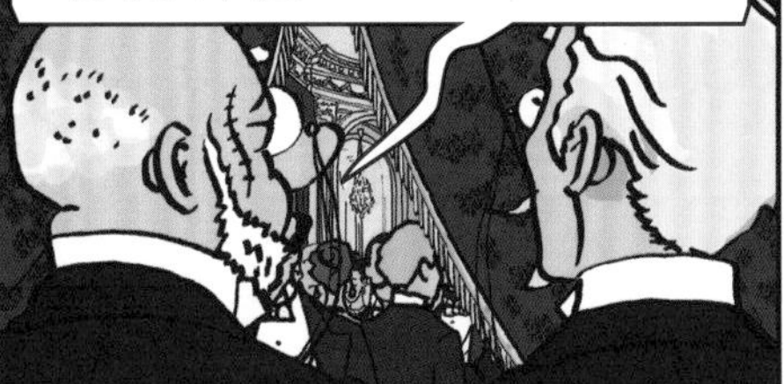

이보시오 스완, 나는 야만인들에게 도륙당하느니,
차라리 저 여인의 남편이 되는 편이 더 나을 것 같소.
어떻게 생각하시오?

아! 그런 식으로 비참하게 삶을 멋지게
마감했던 이들이 있었죠….
장군님도 잘 아시겠지만…
뒤몽 뒤르빌이 잔해를 거뒀던
라 페루즈란 해양탐험가도
그런 경우죠….*
라 페루즈는 멋진 사람이었고,
또 그래서 제 마음을 많이 끈답니다.

스완은 마치 오데트
얘기를 하는 듯하여
기뻤다.

아! 맞아요,
라 페루즈가 그랬지요.
널리 알려진 인물이죠.
그 사람 이름을 딴 길도 있습니다.

장군님께서 혹시 라 페루즈가에
아는 사람이라도 있으신지요?

전 샹리보 부인을 알고 있을 뿐입니다.
용감히 싸웠던 쇼스피에르의 누이죠.
지난번에 부인이 야회에서 멋진 희극을 보여준 적이 있습니다.
조만간 장안을 떠들썩하게 할 겁니다. 두고 보세요!

아! 그 부인께서 라 페루즈가에 사시는군요.
그렇군요, 멋진 길이에요, 아주 적막한 곳이지요.

아니에요, 가 본 지가 오래된 모양입니다그려.
지금은 전혀 한적하지 않습니다. 동네 전체에 집들이
들어서서 꽤나 요란법석입니다.

결국 스완이 마지못해 프로베르빌 장군을
젊은 캉브르메르 부인에게 인사시켜 주었다.

그녀의 시부모는 새로 들인 며느리가 천사라고 공언하고
다녔다. 이들은 며느리네 친정의 어마어마한 부보다는,
그녀의 품성을 높이 샀기에 자기 아들과 짝을 지어 주게
되었다는 점을 강조하고 싶어했다.

연주가 다시 시작되었고, 스완은 이미 시작된 음악이 끝나기 전까지는 빠져나갈 수 없으리란 생각이 들었다. 그는 어리석고
우스꽝스러운 사람들 속에 갇혀 있어야 한다는 생각에 몹시도 괴로웠다. 게다가 그는 오데트의 코빼기도 보이지 않는 곳에
발이 묶여 있어야 한다는 사실이 더더욱 견디기 힘들었다.

그런데 갑자기 오데트가 살롱에 와 있는 듯한 느낌이 들었다.

스완이 미처 알아차릴 새도 없이,
뱅퇴유의 소나타네, 어서 귀를 틀어막아!

오데트가 그에게 연정을 품었던 시절의 모든 기억들이 되살아났다.

그는 지난날을 돌이켰다.
Maison Dorée

스완은 자기가 오데트를 백방으로 찾아 헤매던 밤 뜻밖에도 배회하는 그림자들 사이에서 그녀와 마주쳤을 때 가스등이 하나둘씩 꺼져 가던 광경을 떠올렸는데, 바로 그날 밤이 거의 초자연적인 양 여겨졌고, 일단 문이 닫혀 버린 이상 다시는 되돌아갈 수 없는 신비로운 세상처럼 비쳐졌다.

스완은, 꼼짝도 않은 채 행복했던 그 시절을 돌이켜보는 이가 미처 누군 줄도 모르고 측은하게 바라보다가, 이내 촉촉이 젖은 눈을 남에게 보이기 싫어 고개를 떨구지 않을 수 없었다. 그 가련한 사람은 바로 자기 자신이었다.

그때서야 비로소 스완은 자기 자신만큼이나 격심한 고통을 겪었을, 숭고하고 정체를 알 수 없는 형제인 뱅퇴유에게 연민과 애정을 품게 되었다. 그의 삶은 어땠을까? 그는 도대체 어떤 마음의 고통을 겪었기에 이와 같은 신기와 무한한 창작력을

발휘할 수 있었단 말인가.

이제 소나타가 스완에게 고통의 허영을 말해 주는 단계에 이르렀을 때, 그는 조금 전까지만 하더라도 자신의 사랑을 무가치한 일탈로 보는 듯한 무심한 사람들의 얼굴을 지켜보며 못 견디게 만들었던 바로 그 지혜를 너그러이 받아들이게 되었다.

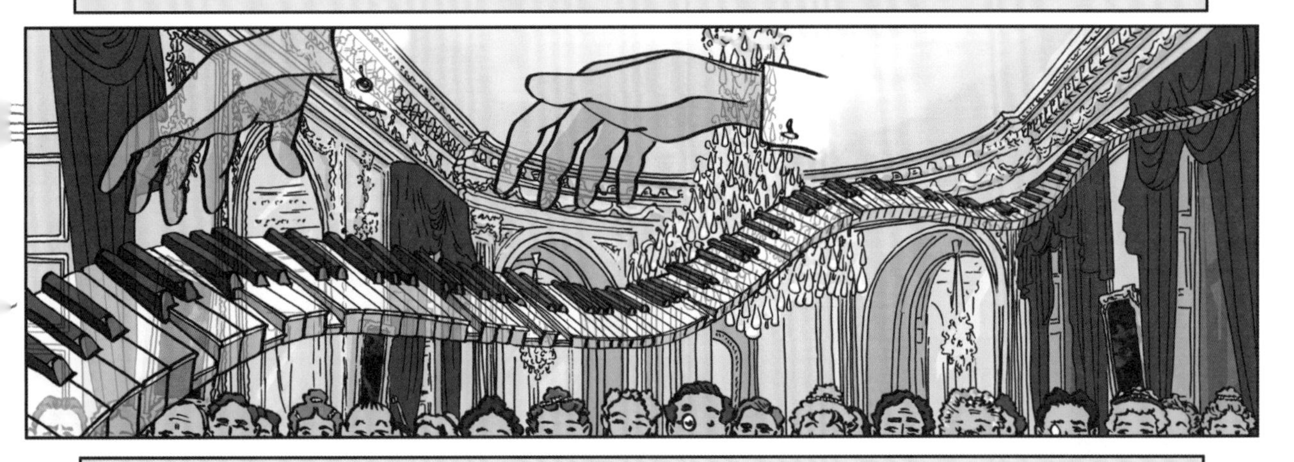

스완은 소나타의 모티프들을 전혀 다른 세상에 속하는, 전혀 다른 차원의 온전한 사념, 이를테면 어둠에 가려진 사념이라 여겼다.

이렇듯 소나타의 소악곡이 실제로 존재한다는
그의 믿음은 잘못된 것이 아니었다.

이런 점에서 보면, 소악곡은 인간적이긴 하지만

초자연적인 영역에 속하는 것이었다.

피아노와 바이올린이 주고받는 대화는 그 얼마나 아름다운가!

스완은 꼼짝도 할 수 없었고, 그 누구도 입을 열 엄두를 내지 않았다.

이 자리에 부재하는 오직 한 사람, 어쩌면 이 세상 사람이 아닌지도 모를 그 존재(스완은 뱅퇴유가 아직 생존해 있다는 사실을 알지 못했다)의 도저히 형용할 수 없는 언어만이, 지금 초혼(招魂)이 행해지고 있는 이 연단을 초자연적인 의례가 펼쳐지는 지극히 고귀한 제단으로 만들어낼 터였다. 그래서 스완은, 순진하기로 소문난 몽트리앵데르 백작부인이 소나타가 끝나기도 전에 감상을 토로하기 위해 말을 건넸을 때 다짜고짜 부아가 치밀었다가, 그녀가 하는 말에서 그녀가 알지 못하는 깊은 의미를 알아차리기라도 한 듯 미소를 짓지 않을 수 없었다.

놀라워요! 이토록 강렬한 감정을
느끼기는 처음이에요….

물론 회전탁자* 발명 이후로 말이에요!

이날의 야회 이후로, 스완은 예전의 오데트가 결코 소생하지 못할 것이란 사실을 깨달았다.

물론 스완은 자기가 오데트로부터 멀리 떨어져 지냈더라면, 결국 그녀에게 무관심해져 있을 테고, 또 그녀가 파리를 영영 떠난다 해도 그리 섭섭하지는 않았을 거라 확신하고 있었다.

그는 자기가 여느 사람들처럼 가난하고 소박하고 헐벗고, 온갖 귀찮은 일을 떠맡아야 한다거나, 아니면 부모나 배우자에게 묶여 있는 처지라면, 오데트와 헤어질 수밖에 없을 거라는 생각이 들었다.

사람들은 자기가 얼마나 행복한지 모른단 말이야. 우리는 생각보다 그리 불행하지는 않은 법이지.

하지만 그는 이런 식의 삶이 벌써 몇 년째 계속되고 있고, 자기가 기대할 수 있는 것이라곤 기껏 이런 삶이 앞으로도 끝없이 이어질 테고, 그리 흔쾌한 기분을 안겨 주지도 않는 만남을 위해 매일 초조하게 기다리느라, 연구, 쾌락, 친구들, 요컨대 인생 전부를 희생해야만 한다는 생각이 들면서, 혹시 자기가 잘못 생각하는 것은 아닌지, 오데트와의 관계를 유지해 주고 파국을 면하게 해주는 요인들이 오히려 자기 운명을 가로막는 것은 아닌지 하는 의심이 들었다.

사람들은 자기가 얼마나 불행한지도 모른단 말이야. 우리는 생각보다 그리 행복하지 못해.

이따금씩 오데트가 불의의 사고를 당해 고통받지 않고 죽어 버렸으면 좋겠다는 생각을 하기도 했다.

스완은 벨리니가 그린 메흐메트 2세의 초상화를 좋아하기도 하지만, 바로 그 메흐메트 2세가 무척이나 가슴에 와 닿았는데, 사연인즉, 그는 애첩 하나를 미친 듯이 사랑한다는 생각이 들어서, 자신의 정신적 자유를 되찾기 위해 그 애첩을 단도로 찔러 죽였기 때문이다.

어느 날 오데트가 말했다.
포르슈빌이 성신강림 대축일 휴가 때 멋진 여행을 한대요.
이집트엘 간다네요.

스완은 즉시 이 말의 뜻을 알아차렸다.

성신강림 대축일 휴가 때 저는 포르슈빌과 함께 이집트에 갈 거예요.

실제로 며칠 후,
당신이 포르슈빌과 함께 간다고 한 그 여행 말인데…
그래요, 우린 19일에 떠날 거예요. 피라미드 사진엽서 보낼게요.
스완은 그녀가 과연 포르슈빌의 정부인지 알고 싶었다.

어느 날 스완은 익명의 편지를 받았는데, 그 편지에는 오데트가 무수히 많은 남성의 정부였고 (몇 명은 실명이 거론되었는데, 그 중에는 포르슈빌과 브레오테 씨, 그리고 화가도 끼어 있었다), 여러 여성과도 연정 관계를 맺은 바 있으며, 매춘굴에 드나들기까지 했다는 내용이 있었다.

사실 편지는 그리 염려할 것이 못 되었는데, 왜냐하면 오데트에 대한 험구들은 예외 없이 모두 터무니없었기 때문이다.

스완은 대개의 사람들처럼 정신이 나태하고 독창성이 부족했다. 그는 자기가 모르고 있는 삶의 부분을 자기가 알고 있는 삶의 부분과 다를 바 없다고 막연하게 생각할 따름이었다.

그녀는 국화꽃을 보듬고, 차를 즐겼다…. 그는 오데트의 삶을 다른 눈으로 바라볼 필요를 느끼지 못했다.

그런데, 오데트가 창녀촌을 들락거리고, 다른 여성들과 쾌락을 즐기며, 더러운 인간들이나 하는 음란한 짓거리나 하고 다닌다는 말은 얼마나 넋 나간 헛소리란 말인가!

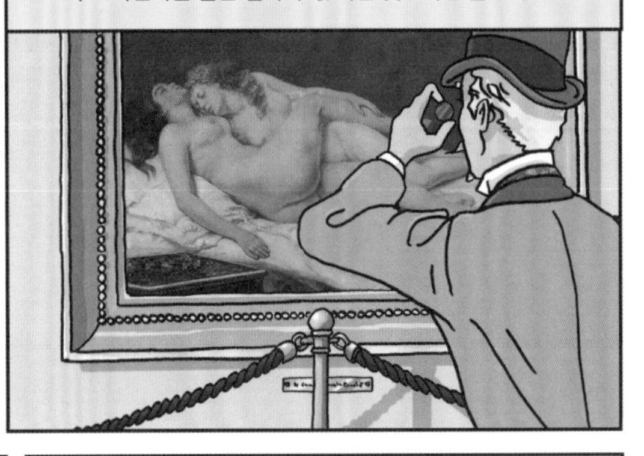

다만 이따금씩,

세상이 얼마나 고약한지 모른다오. 당신의 행동거지를 고자질하는 사람들이 있다오!

어느 날, 그가 신문을 펼쳤을 때…

PHÈDRE
THÉATRE DE LA GAITÉ
Les Filles de marbre
THÉODORE BARRIÈRE

'대리석'[◈]이란 단어가 순간 눈에 들어오면서, 예전에 오데트가 베르뒤랭 부인과 함께 산업전시관[◈]에 구경 갔을 때 부인이 그녀에게 했다는

이야기가 문득 떠올랐는데…

…조심해요, 내가 당신 몸을 녹여 주리다. 당신은 대리석이 아니니까….

오데트는 부인의 이 말이 농담일 뿐이라고 했다.

그런데 익명의 편지는 바로 그 여성 동성애를 고발하고 있지 않은가.

스완은 오데트가 이 년 전에 자기한테 했던 말을 처음으로 떠올렸다.

아! 베르뒤랭 부인한테는 지금 저뿐이에요. 제가 그렇게 좋은가 봐요. 저한테 포옹을 하고 그래요. 물건도 같이 사러 가자고 하고,
저한테 말을 놓으래요.

그는 오데트의 집에 갔다.

그는 입을 다문 채, 사랑이 죽어 가는 모습을 지켜보았다.

그는 갑자기 결심을 굳혔다.
이봐요 오데트, 나도 내가 끔찍하게 군다는 걸 알아요. 하지만 당신한테 뭘 좀 물어야겠소.
내가 당신과 베르뒤랭 부인에 대해서 어떤 생각을 가지고 있는지 잘 알게요.
부인이나 다른 여자와 무슨 일이 있었던 게 정말인지 털어놔 보구려.

벌써 당신한테 얘기했잖아요.

물론 알지. 하지만 정말 사실이요? 제발 부탁이니, "나는 그 어떤 여자하고도 그런 짓을 하지 않았어요"라고 말해 주구려.

나는 그 어떤 여자하고도 그런 짓을 하지 않았어요.
당신의 노트르담 드 라게 메달을 두고 맹세할 수 있겠소?
스완은 오데트가 그 메달을 두고 거짓맹세하지 않는다는 사실을 알고 있었다.

아니! 정말 어이가 없네요. 말 다 하셨어요? 대체 오늘 왜 이러시는 거예요? 제가 당신을 증오하고 저주했으면 하고 작심했나 보죠? 전 당신과 예전처럼 좋게 지내려고 마음먹었는데, 제게 고맙다는 표시가 고작 이건가요?

오데트, 내가 당신을 미워한다고 생각하면 큰 착각이라오. 사실 난 내가 말하는 것보다 훨씬 더 많이 알고 있지. 내가 당신한테 증오심을 갖는다면, 그건 당신이 한 행동 때문이 아니라오. 난 당신을 사랑하기 때문에 모든 걸 용서할 수 있소.

하지만 거짓을 말한다면, 그래서 내가 알고 있는 사실을 부인하는 어처구니없는 일이 벌어진다면, 바로 그걸 증오하게 될 거요.

당신이 마음만 먹으면 일 초면 끝나는 일 아니오? 그러면 당신은 영원히 해방되는 셈이고. 메달에 두고 맹세컨대, 과거에 그런 일을 한 적이 있다는 말이 사실이오, 거짓이오?

전 정말 몰라요. 어쩌면 아주 옛날에 그게 뭔지도 모르면서, 두세 번 그랬던 적이 있었을 수도 있겠죠.

!

'두세 번'이란 말은 단어일 뿐이지만, 기이하게도 그의 심장을 갈기갈기 찢어 놓았다. 그는 자기가 도저히 소유할 수 없는 다른 존재를 욕망하기 시작하면서 어떤 광기에 사로잡혀 있었는지 깨달을 수 있었다.

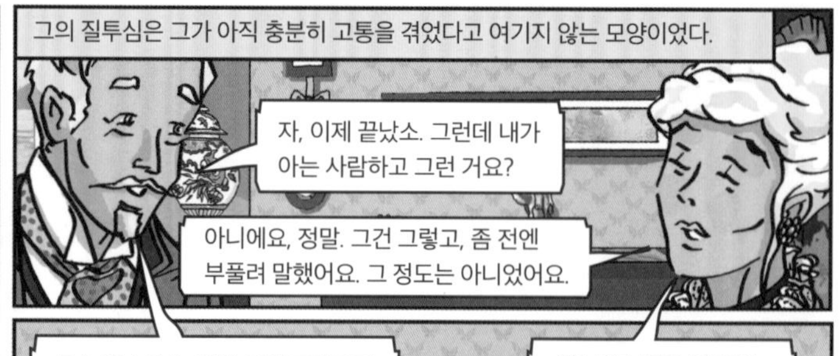
그의 질투심은 그가 아직 충분히 고통을 겪었다고 여기지 않는 모양이었다.
자, 이제 끝났소. 그런데 내가 아는 사람하고 그런 거요?
아니에요, 정말. 그건 그렇고, 좀 전엔 부풀려 말했어요. 그 정도는 아니었어요.

무슨 대수겠소. 말해 주어 고맙구려. 이제 끝났소. 다만 한 가지, '언제 적 일인지'만 말해 준다면.

아! 샤를, 정말 절 죽일 셈이에요? 너무 오래전 일이라 기억도 안 나요.

어떤 날 저녁이었는지만 말해 주면 안 되겠소? 그때 내가 뭐하고 있었는지 알 수 있을 테니 말이오.

정말 모르겠어요. 당신이 저녁 무렵 우리하고 섬에서 합류했던 불로뉴 숲이 아니었나 싶어요. 당신이 롬 공주와 함께 저녁식사를 하러 갔던 날 말이에요.
옆 테이블에 제가 아주 오래 전 알았던 여자가 앉아 있었어요. 그 여자가 저한테 말을 붙여 왔어요. "저기 있는 바위 뒤로 가서 호수에 비치는 기막힌 달빛을 함께 구경해요"라고요.
CHALET DES ILES G.FRONTIN
전 하품을 하면서 이렇게 대꾸했어요. "아니요, 난 피곤해요. 여기가 좋아요"라고요. 그 여자는 그렇게 멋진 달빛은 보질 못했다고 했어요.
저는, "무슨 농담의 말씀!"이라고 했죠. 그 여자가 그 다음에 무슨 수작을 할 건지 알고 있었거든요.

정말 불쌍한 사람이네요. 저를 고문하고, 저야 어서 풀려나려고 그러는 거지만, 거짓말이나 하게 윽박지르면서 좋아라 하니 말이에요.

가엾기도 하지. 날 용서하오. 당신을 힘들게 했구려. 자, 이젠 끝났소. 더 이상 그 일은 생각 안 할 거요.

스완에게 두번째 타격은 첫번째 타격보다도 더욱 가혹했다. 그는 설마 그런 일이 최근에, 아직도 기억이 생생한 날의 저녁에 있었다고는 전혀 짐작조차 하지 못했었다.

우리네 인생은 정말이지 놀라울 따름이야. 내가 그토록 믿었던 여인이, 설마하니 물어봤던 것뿐인데, 털어놓은 이야기란 것이 기절초풍할 지경이라니.

그는 오데트가 원망스럽지 않았다. 그녀는 절반밖에 잘못이 없었다.

들리는 소문에 의하면, 니스에서 오데트의 모친이 그녀가 아직 아이나 다름없던 시절에 부유한 영국인에게 팔아넘겼다고 하지 않던가?

알프레드 드 비니*의 『어느 시인의 일기』의 구절이야말로 얼마나 고통스러운 진실을 담고 있었던가.

"한 여인에게 사랑을 느낄 때는, 의당 이렇게 자문해 봐야 한다. 그 여인의 주변인물들은 누구인가. 그녀는 어떻게 살아왔는가."

하지만 그가 모르고 있었고, 또 이제는 알게 될까 봐 두렵기만 한 사실들을 접하게 된 것은 주로 오데트가 자기도 모르게 자발적으로 털어놓기 때문이었다. 사실상 악에 물든 오데트의 실제 삶과 비교적 순수한 생활태도를 가졌다고 그가 간주하는 오데트 사이의 간격을, 정작 그녀 자신은 의식하지 못했다.

어느 날 스완은 혹시 그녀가 갈보집에 드나든 적은 없었는지 조심스레 물어보았다. 물론 스완은 그럴 리 없다고 확신하고 있었다. 그는 익명의 투서에 적혀 있는 내용일 뿐, 어쨌든 성가시기만 한 그런 의심을 오데트 자신이 어서 떨쳐 주었으면 하고 바라면서 물었다.

절대 없어요! 그런 것 때문에 내가 호되게 당하고 싶지는 않아요. 글쎄, 어제만 해도 어떤 포주가 나를 만나려고 두 시간이나 기다렸다니까요. 돈은 달라는 대로 주겠다지 뭐예요. 제가 그 여자를 어떤 식으로 대했는지 당신도 봤어야 했는데.

목청이 떠나가라 소리쳤어요. "내가 원치 않는다는 걸 이젠 알았죠! 왜냐고 묻지 말아요, 그냥 싫어요. 나는 내가 원하는 걸 할 수 있는 자유가 있지 않겠어요! 내가 돈이 필요하다면야 또 모르지만…"

아! 당신이 근처에 숨어서 봤어야 했는데. 그러면 당신도 기뻐했을 거예요.

알겠어요? 당신의 오데트도 좋은 데가 있는 사람이에요.

그러나 그녀의 고백은 실상 스완에게는 이전까지의 의심에 종지부를 찍기는커녕, 또 다른 의심을 품게 만드는 단초가 되곤 했다.

한번은, 그녀에게 겁을 주려고,
…메종 도레라고 하니까 하는 말인데,
그때 뻔한 거짓말이란 걸 알았소만.

그래요,
그때 메종 도레에 안 갔어요.
당신이 날 찾으러 프레보네에 갔던
날, 당신한텐 거기서 오는 길이라고
했지만, 실은 거기 안 갔어요.
포르슈빌네에서
오는 길이었어요.

어쨌든 프레보네에 갔었던 것만은 사실이에요. 거짓말이
아니에요. 거기서 포르슈빌을 만났는데, 자기 집에 함께
가서 판화를 보자고 했어요.

그런데 그 집에 갔더니, 누가 찾아왔어요.
메종 도레에서 오는
길이라고 한 건, 혹시 당신이
언짢아할까 봐 걱정됐기
때문이에요.
이젠, 알겠죠? 오히려 저한테 고마워해야 해요.
설령 내가 잘못한 일이 있다 해도, 어쨌든
사실대로 말한 거예요.

그녀가 자기를 사랑하던 바로 그 시절에, 그녀는 벌써 거짓말을 했던 것이다!

그녀가 메종 도레에서 나오는 길이라고 말했던 순간(두 사람이 처음 '카틀레야를 한' 날이었다)이 아니더라도, 그녀가 스완이 전혀 의심조차 하지 못했을 거짓말을 꾸며대는 때가 얼마나 많았겠는가.

베르뒤랭 부인한테는 그저 제 드레스 준비가 덜
됐다거나, 삯 마차가 늦게 도착했다고 하면 돼요.
언제나 둘러댈 핑곗거리는 있게 마련이에요.

마찬가지로, 그녀가 늦을 수밖에 없었고 약속 시간을 변경해야만 했던 까닭을 이런 식으로 둘러댔으며, 다른 사람과 함께 있었던 사실에 대해 얼마나 많이 숨겨 왔고, 드러내고 싶지 않은 바로 그 사람에게는 그 변명거리를 또 얼마나 둘러댔겠는가.

스완한테 내 드레스 준비가 덜 됐다거나,
삯 마차가 늦게 도착했다고 하면 돼요.
언제나 둘러댈 핑곗거리는 있게 마련이에요.

스완은 자기가 기억하는 가장 감미로운 순간들과 그녀가 들려준 간단명료한 말들의 밑바닥에, 자기에게 가장 소중했던 모든 것을 끔찍한 것으로 만들어 버리는 불길하면서도 음험한 거짓말들이 꿈틀대고 있다는 느낌을 떨칠 수 없었다.

어떤 날 밤에는 오데트가 스완에게 뜬금없이 너무나도 친절하게 굴면서, 몇 년 동안 이런 좋은 기회는 다시 찾아오지 않을 테니 마음껏 즐기라고 명령하듯 단호하게 말하기도 했다.

자, 어서 집으로 가서 '카틀레야 해요'!

하지만 그녀가 그를 원한다는 말이 너무도 갑작스럽고 뜻밖이고 맹렬하고, 그녀가 퍼붓는 애무 또한 보란 듯이 하는 석연치 않은 데가 있어서, 스완은 그녀가 거짓말할 때나 못되게 굴 때처럼 한없이 슬프기만 했다.

그러던 어느 날 밤, 스완이 그녀가 하도 다그치는 바람에 서둘러 그녀와 함께 집 안으로 들어서자마자…

소리가…
인기척이 느껴지는걸!
?

있긴 누가 있어요? 어서 와요, 샤를!

당신하고는 아무 일도 못 하겠어요!
어쩐지 스완은 오데트가 질투심을 불러일으키거나 욕정에 불을 지필 심산으로 누군가를 숨겨 놓은 것은 아닌가 하는 의심을 떨칠 수 없었다.

스완은 오데트에 대해 뭔가를 알아낼 수 있을까 하여, 자기 신분을 밝히지 않으면서 이따금씩 갈보집을 들락거렸다.
맘에 쏙 들어 하실 만한 어린 계집이 하나 있어요.
그는 의아해하는 가련한 어린 여성과 서글프게 한 시간 동안 이야기만 나누다가 자리를 떴다.

어느 날, 아주 젊은 여자가 그에게 말했다.
전 진정한 친구가 되어 줄 사람을 만나고 싶어요. 그럼, 절대 딴 남자하곤 나가지 않을 거예요.
여자는 자기를 사랑해 주는 사람이 있으면 감동받고, 또 절대 속이지 않게 되는 걸까?
사람 나름이죠!

스완은 몸 파는 여자들에게 롬 공주가 흡족해 할 만한 말을 아끼지 않았다.
고맙구먼. 그런데 네 푸른 눈빛이 허리띠 색깔과 꼭 닮았네.
손님 커프스도 푸른색인걸요.
이런 데서 참으로 멋진 대화를 나누고 있지 않은가, 그렇지 않아? 내 말이 너무 지루한 건 아닌가? 할 일이 있는 건 아냐?
아니요, 전 시간이 많아요.

손님 때문에 지루했다면, 제가 벌써 얘기했을 거예요.
그런데, 전 손님께서 하시는 말씀을 재미있게 듣고 있는걸요.
고마울 따름이군.

스완은 일어나 작별 인사를 했다. 관심이 가지 않았다. 오데트를 모르기 때문이었다.

화가가 앓고 있던 차에, 코타르 박사는 그에게 바다 여행을 권했다. 그 참에 신도 여러 명이 화가와 함께 떠나겠다고 말했다. 베르뒤랭 부부도 자기네만 파리에 외톨이로 남아 있을 수는 없어서 요트를 한 척 세냈고, 그리하여 오데트도 여러 차례 선상 여행을 하게 되었다.

오데트가 여행을 떠날 때마다 얼마 지나지 않아 스완은 자기가 오데트와 멀어진다는 느낌이 들었지만, 오데트가 돌아왔다는 소식을 접하면 가서 만나지 않을 수 없었다.

한번은 베르뒤랭네 사람들이 한 달 예정으로 여행을 떠났다가, 알제리에서 튀니스로, 이탈리아로, 그리스와 콘스탄티노플로, 소아시아 등지로 줄곧 옮겨 다녔다. 이들이 여행을 떠난 지 일 년 가까이 되었다. 스완은 완전히 평정심을 되찾고, 행복하기까지 했다.

이들이 여행에서 돌아온 지 얼마 되지 않았을 때…
PANTHEON
BASTILLE

코타르 부인!

저희가 베르뒤랭 부인과 여행하는 동안, 선생님께서 꽤나 귀가 간지러우셨겠어요.

선생님 얘기만 했으니까요.

스완은 깜짝 놀랐다. 그는 베르뒤랭네 사람들 면전에서 자기 이름이 언급되리라고는 상상도 하지 못했다.

크레시 부인이 저희하고 함께 있었으니, 보나마나 뻔하지 않겠어요. 오데트는 어딜 가나 선생님 얘기뿐이니까요.
설마 선생님 흉을 봤다고는 생각지 않으시겠죠?
오해는 안 하시겠죠?
그녀가 선생님을 얼마나 아끼는데요!

그녀가 아주 멋진 말도 했답니다. 베르뒤랭 씨가 오데트에게, "아니, 여기서 팔백 리나 떨어진 곳에서 그 사람이 뭘 하고 있는지 어떻게 알 수 있단 말이오?" 하고 물었어요.

그랬더니 오데트가, "벗의 눈으로는 모든 것을 볼 수 있는 법이랍니다"라고 대답했거든요.

제가 선생님 듣기 좋으라고 공연히 드리는 말씀이 아니에요.
선생님은 정말 좀처럼 만나기 힘든 진정한 벗을 갖고 계세요.
선생님께서 이 사실을 모르고 계시다면,
유일하게 모르시는 거예요.

저런! 마차가 멈추네요.
선생님하고 어찌나 이야기가 재미있던지, 하마터면
보나파르트가를 지나칠 뻔했네요… 제 머리핀이
똑바른지 봐 주시겠어요?

스완은 부인이 너무나 고마웠다.

자기 남편보다 훨씬 유능한 치료사라 할 수 있는 코타르 부인은
스완이 오데트에게 품은 병적인 감정들과 겨루게 할 셈으로,

PANTHEON BASTILLE

감사의 정이며 우정 같은 정상적인 감정들을 한데 접목시켜 버렸다.

예전에 스완은 자기가 오데트를 더 이상
사랑하지 않게 될 날이 올지도 모른다는
끔찍한 생각이 들었을 때, 속으로 경계를
늦추지 말아야겠고, 또 혹여 사랑이 자기를
떠나려 하면 결사적으로 달라붙어 놓치지
않으리라 다짐한 바 있다.

하지만 이제는 사랑하고 싶은 욕망이
약해지면서, 동시에 그의 사랑 또한
위약해져 버렸다.

왜냐하면 사랑은 결코 바뀔 수가 없기
때문이다. 다시 말해, 이미 지나가 버린
자기이면서 동시에 또 다른 자기일 수는
없는 법이다.

스완은 우연히 포르슈빌이 오데트의 연인 중 한 사람이었다는
증거를 손에 넣었을 때조차

아무런 고통도 느끼지 못하고, 벌써 사랑이 멀리 떠나 버렸다는
사실을 깨닫고는, 다만 사랑이 영원히 자기 곁을 떠날 때 미처
알아보지 못했음을 애석해할 뿐이었다.

스완은 자기한테 사랑과 질투심을 안겨
줬던 오데트에게, 바로 그 오데트가 아직
사라져 버리기 전에 머릿속에서나마
영원한 작별을 고하고 싶었다.

하지만 천만의 말씀이었다. 왜냐하면 그는
몇 주 후, 바로 그 오데트의 얼굴을 또 한
차례 마주칠 수밖에 없었기 때문이다….

바로 그가 잠을 자면서, 석양을
배경으로 한 꿈을 꾸던 중에 그랬다.

꿈속에서, 그는 베르뒤랭 부인과 코타르 박사, 그리고
누구인지 알 수 없는 터키 모자를 쓴 젊은이와 오데트, 화가,
나폴레옹 3세, 또 우리 할아버지와 함께 걷고 있었다.

어서 닦아요, 샤를.
뺨이 다 젖었어요.

그는 그렇게 할 수 없었고,
잠옷차림이라 난감할
따름이었다.

그는 주위가 어두워 사람들이
자기를 보지 못했으면 했다.

그런데…

그가 오데트를 보려고 고개를 돌렸을 때, 그녀의
뺨은 창백하고, 작은 붉은 반점들이 돋아 있었고,
피로해 보이고, 눈가가 거무스름했다.

그녀는 애정이 가득 담긴 눈으로 그를 쳐다보았고,
그는 그녀가 너무도 사랑스러워 즉시 다른 데로
데려가고 싶었다.

갑자기,
저는 가 봐야 해요.

저는 가 봐야 해요, 안녕,

안녕, 저는
가야 해요.

그녀는 모두에게 작별 인사를 했는데,
스완을 따로 부르지도 않고, 그를 그날
저녁이나 다른 날에 보게 될 것에
대해서도 아무 말이 없었다.

그의 심장은 미친 듯이 쿵쾅거렸고, 오데트에게 증오심이
느껴지면서, 조금 전까지만 해도 그렇게 사랑스럽던
그녀의 눈을 파내고 싶었다.

그는 계속해서 올라갔고, 발자국을 뗄 때마다 반대쪽
경사면을 내려가는 오데트와는 멀어져 갈 뿐이었다.

일 초가 지났지만 몇 시간이
지난 듯 느껴지는 사이에
오데트가 떠나 버렸다.

당신도 봤죠? 나폴레옹
3세가 오데트를 따라
한순간에 자취를 감췄어요.

틀림없이 두 사람이 짠 겁니다. 두 사람이 해변 기슭에서 만나기로 해 놓고,
이목 때문에 두 사람이 동시에 작별 인사를 못 한 겁니다.

나폴레옹 3세의 정부예요.

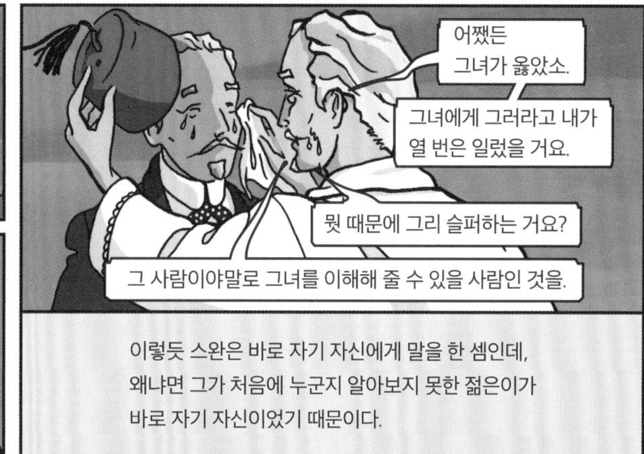
어쨌든 그녀가 옳았소.
그녀에게 그러라고 내가 열 번은 일렀을 거요.
뭣 때문에 그리 슬퍼하는 거요?
그 사람이야말로 그녀를 이해해 줄 수 있을 사람인 것을.
이렇듯 스완은 바로 자기 자신에게 말을 한 셈인데, 왜냐면 그가 처음에 누군지 알아보지 못한 젊은이가 바로 자기 자신이었기 때문이다.

나폴레옹 3세는 포르슈빌이었다. 사고의 희미한 연상작용 때문에 그런 이름을 갖게 된 것이다.

갑자기 어두운 밤이 엄습했다.

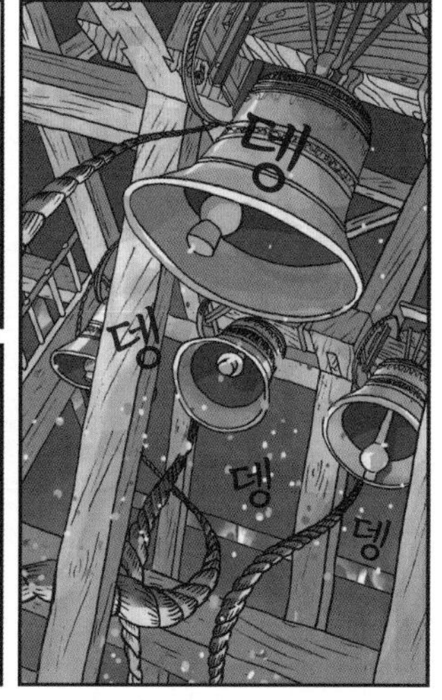
뎅
뎅
뎅
뎅

사실상 꿈속의 인물은 외모로나 여러 면에서 포르슈빌을 연상시켰다.

뎅
뎅

뎅
뎅

뎅
뎅

스완은 갑자기 심장의 박동이 빨라지면서 고통이 느껴지고 까닭을 알 수 없는 구토증이 일었다.

오데트가 밤에 남자하고 어디로 내뺐는지 샤를뤼스한테 가서 물어보시오.
예전에 함께 지낸 남자라오. 그녀가 속내를 다 털어놓는 사이지요.

그 두 연놈이 불을 놨소이다.

…불…
불…
이발사…
주인님…

주인님,
여덟십니다.
이발사가 와 있습니다.
한 시간 후에 다시 오라고 했습니다.

조금 전에 울렸던 종소리가 꿈의 심연 속에서 경종 소리로 바뀌면서 화재 장면을 연출해낸 것이다.

그는 꿈을 돌이켜 보았다….

창백하고, 뺨이 너무나 여위고, 피로한 기색이 역력하고, 눈가가 거무스름한 오데트의 모습뿐 아니라, 그녀를 처음 만난 이래 다시 마주칠 수 없었던 모든 것을 떠올렸다. 그러면서 나쁜 기분이 가실 때 흔히 그러듯, 또 정신 상태가 한껏 고양돼 있지 않은 만큼 노골적이지는 않지만 간헐적으로 불평을 내뱉었다.

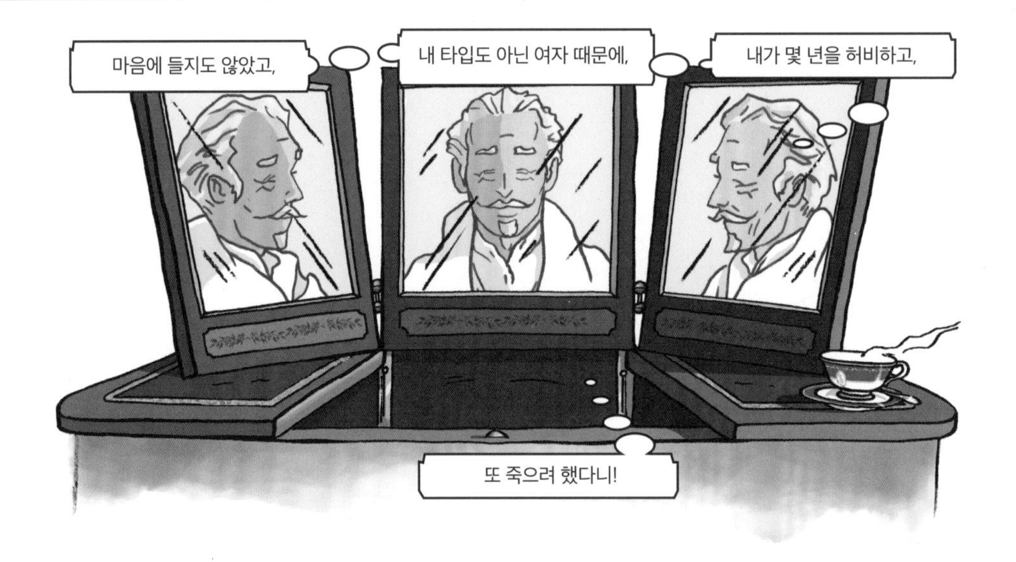
마음에 들지도 않았고,
내 타입도 아닌 여자 때문에,
내가 몇 년을 허비하고,
또 죽으려 했다니!

고장의 이름: 이름

불면의 밤에 내가 가장 빈번하게 떠올리곤 하던 여러 방들 중에서, 콩브레의 방들과 가장 닮지 않은 것은 바로 발벡 해변에 있는 그랑토텔*의 방이다.

하지만 실제의 발벡은, 태풍이 세차게 몰아치는 날이면 내가 그려 보곤 하던 것과는 꽤 달랐다….

나는 바다 위로 태풍이 몰아치는 광경이 너무도 보고 싶었다. 나에게 가장 멋진 광경이란, 감각을 만족시켜 주기 위해 인위적으로 조작된 것이 아니라야 했다.

어서 서둘러 집에 돌아가요.

너무 담벼락에 바짝 붙어서 걷지 마세요. 바람에 기와가 날려 머리에 떨어질지도 몰라요.
AFFICHER
OI DU

성모 마리아시여.
또 얼마나 많은 재난과 난파 소식이 신문에 날까!
오, 주여….

나는 위대한 천재성과, 자연이 인간의 개입을 허용하지 않은 채 있는 그대로의 모습을 나타낼 때 발휘하는 힘과 우아함이 어떤 것인지 무척이나 알고 싶었다.

돌아가신 어머니의 아름다운 목소리를 축음기의 음성으로만 들을 때 슬픈 마음을 달랠 수 없는 것과 마찬가지로,

기계장치를 이용하여 만들어낸 태풍은 만국박람회의 조명 분수*처럼 나에게 아무런 흥미도 불러일으킬 것 같지 않았다.

또한 태풍이 완벽하게 사실처럼 보이려면 비바람이 몰아치는 연안도 자연 그대로여야 하는데, 지방자치단체가 건설한 지 얼마 안 된 제방이라면 곤란할 수밖에 없었다.

나는 르그랑댕 씨가 발벡이 해변과 아주 가깝다고 말했을 때, 그 이름을 잊지 않고 머리에 새겼었다….
수의(壽衣)와도 같은 안개와 파도 거품으로 뒤덮여 있어서 선박들이 무수히 난파를 당하는 것으로 유명한 죽음의 해안이지요.
그곳은 피니스테르* 이상이지요. 발치 아래에 있는 곳으로, 프랑스의 영토이자 유럽의 영토, 나아가 고대 영토의 진정한 땅끝임을 느낄 수 있습니다.

어느 날 나는 콩브레에서 스완 씨에게 발벡 해안 이야기를 꺼냈었다.

내가 발벡을 좀 안다고 할 수 있지! 발벡 성당은 12세기부터 13세기 사이에 절반은 로마네스크 양식으로 지어졌는데, 아마도 노르만 고딕 양식의 표본이라고 할 수 있을 테지.

아주 특이하지! 거의 페르시아풍이라고나 할까?

고딕 양식은 내가 이제까지 도시환경과 떼어내서 생각했던 때보다 훨씬 더 생생하게 느껴졌고, 또 이 양식이 구체적으로 어떤 과정을 거쳐 자연 상태의 바위 위에 멋진 종탑(鐘塔)을 잉태하고 꽃피우게 되었는지 그려 볼 수 있었다.

나는 발벡의 유명한 동상들의 복제품 전시를 보러 가기도 했다.

어찌나 기쁘던지, 나는 이 동상들이 소금기가 느껴지는 영원할 것만 같은 안개를 배경으로 자태를 드러내는 장면을 상상하면서 숨이 멎을 뻔했다.

이렇듯 나는 비바람이 몰아치는 따듯한 2월의 저녁이면 고딕 건축물과 바다 위로 휘몰아치는 태풍을 보고 싶은 욕망이 내 안에서 한데 뒤섞이는 것을 느끼곤 했다.

나는 당장 다음날 한시 이십이분에 떠나는 멋지고도
너그러운 기차를 타고 떠나고 싶었다.

이 기차는 바이외, 쿠탕스, 비트레,
케스탕베르, 퐁토르송, 발벡, 라니옹,
랑발, 브노데, 퐁타벤, 캥페를레
등지를 정차하는데,
Pont-Aven 퐁타벤
Benodet 브노데
Quimperlé 캥페를레
기막힌 이름의 역들을 너무나 많이 거치는 탓에,
나는 어느 한 곳도 도저히 소홀할 수 없을 것 같았다.

나는 당장 옷을 챙겨 입고 그날 오후에라도 떠나, 이른 새벽 성난 바다 위로 해가 떠오르는 시각에 발벡에
도착해서는 파도 거품이 하늘 높이 치솟는 페르시아풍의 성당에 안기고 싶었다.

하지만 부활절 방학이 가까워 오자, 부모님께서
내가 한 번쯤은 이탈리아 북부에서 지낼 수 있도록
해 주겠다고 하시는 바람에,

태풍에의 꿈은 일순간에 밀려나고, 대신 그 자리에 정반대의 풍경, 벌써 백합과
아네모네로 뒤덮인 피에솔레 들판◈이며, 안젤리코* 작품의 황금 바탕◈처럼 피렌체를
눈부시게 만드는, 영롱하기 그지없는 봄의 꿈이 들어차게 되었다.

두 종류의 이미지들이 번갈아 가며 찾아듦으로써 나의 내면에서는 욕망의 얼굴이 바뀌었고,
나의 감수성조차 완전히 모습을 달리했다.

그 후 나의 내면에서는 날씨만 바뀌어도 굳이 계절을 기다릴 필요도 없이 이런 변조가 이루어지기도 했다.

하지만 머지않아 대서양에의 꿈이나 이탈리아에 대한 꿈은 더 이상 계절이나 기후의 제약에만 얽매이지는 않게 되었다.

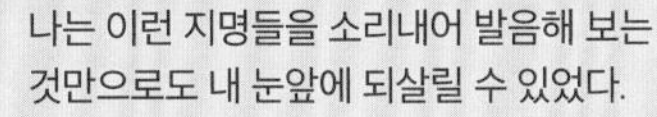

나는 이런 지명들을 소리내어 발음해 보는
것만으로도 내 눈앞에 되살릴 수 있었다.

발벡
베네치아
피렌체

비록 봄철이라도, 책에서 발벡이란 지명을 만나면 태풍과 노르만 고딕 양식을
보러 가고 싶은 욕망이 일었다.

비바람이 몰아치는 날에도 피렌체나 베네치아란 지명을 만나면
햇빛과 백합, 두칼레 궁전, 산타 마리아 델 피오레 성당을 보고
싶은 욕망이 일었다.

이런 이름들은 내가 그간 품었던 이미지를 영원히 삼켜 버리긴
했지만, 어디까지나 그 모습만 바꿀 따름이었다.

Parmentier
Parmacelle,
Parme
Parmesan,
Parmi,
Parme

지상의 몇몇 곳들은 그 이름에 힘입어 보다 특별하고 생생한 모습을
띠게 됨으로써, 이 도시들에 대한 나의 상념은 한층 깊어졌다.

이 도시들은 이름을 가졌고, 그것도 사람의 이름처럼 그들만의 이름으로
지칭되는 셈이니, 그 얼마나 매력적인 개성을 간직하고 있는가!

embrandt
LONDRES
Vienne
WATTEAU
ROME
PRAG
FLORENCE
TURNER
Bruxelles
VENISE

Rome Rue
말은 우리에게 사물에 관한, 어느 정도
명확하고 통상적인 이미지를 제시해 준다.

마치 대응하는 실제 사물과 똑같기라도 하듯.
un établi
작업대
e E

un oiseau
새
o O

une fourmilière
개미집
f F

하지만 그 이름 자체에서 기원하는 사람의 이름, 그리고 고장의 이름은 발음에 따라 화사하거나 우울한 느낌 등을 주며
혼란스러운 이미지를 자아내는데, 이를테면 기술적인 제약 때문이거나 디자이너가 마음 내키는 대로 푸른색이나 붉은색
한 가지만으로 제작한 포스터처럼, 단일 색채만을 보여 주는 셈이다.

Réouverture du Cabaret du Chat Noir
le 3 Octobre
et de l'Illustre Théâtre du Chat Noir
le 6 Octobre
Rue Victor-Massé
Paris
Avec
Rodolphe Salis

Theatre du
Chatelet
L'AIGLON

Théâtre et Café-Concert
et Jardin d'Été
MILLE ET UNE NUITS
Spectacles de Tous Genres
Propriétaire EMM. JEANNIDES

Inauguration de
L'EXPOSITION DE 1900

내가『파름의 수도원』*을 읽고 나서 가장 가 보고 싶은 도시 중 하나가 된 '파름'이란 도시의 이름은 탄탄하고, 반질거리고, 보랏빛이고, 감미롭게 느껴져서, 언젠가 내가 그곳에 가서 어느 집이라도 방문한다면,

그 거처 또한 반질거리고, 탄탄하고, 보랏빛이고, 감미로울 뿐 아니라, '파름'이란 묵직한 음절과 같이 아무런 공기의 흐름도 용납하지 않으며

내가 가득 채워 넣은 스탕달풍의 감미로움이며, 보랏빛 반영 따위에 근거해서 상상하는 탓에, 그 어떤 이탈리아의 처소들과는 다를 수밖에 없을 터였다.

또 나는 피렌체를 떠올릴 때마다 그곳이 꽃부리를 닮은 도시인 양 여겨졌는데, 그도 그럴 것이 이 도시가 '백합의 도시'◈로 불리고 그곳 성당도 산타 마리아 델 피오레*로 불리기 때문이었다.

'발벡'으로 말할 것 같으면, 바로 그 고장에서 나는 흙을 원료로 해서 빚은 오래된 노르망디의 도기(陶器)와

이제는 사라지고 없는 풍습이 있고, 우화시에 나올 법한 근엄한 중세의 트집쟁이를 닮은 여관집 주인조차 이제는 통용되지 않는 과거의 발음을 구사할 것만 같은 분위기가 풍기는 이름 가운데 하나였다.

내가 좀 더 건강해지고 부모님께서 허락만 해 주신다면, 설령 내가 발벡에 가서 일정 기간 동안 머물지는 못한다 할지라도, 수도 없이 머릿속에서 그려 봤던

바로 그 한시 이십이분 기차를 한 번쯤은 타고 가, 그토록 아름다운 도시들마다 내려서 구경해 보고 싶었다.

하지만, 어떻게 고른단 말인가. 불그스름한 고급 레이스를 둘렀고 그 뾰족한 끝이 마지막 음절의 연륜 깊은 황금빛으로 번뜩이는 '바이외',◈ 악상 테귀(´)가 고색창연한 유리창에 검은색 목재로 마름모꼴 문양을 새긴 '비트레',◈ 백색 기조 위에 달걀 껍데기의 노릿한 기운에서부터 진주빛 회색에 이르는 색조를 나타내는 감미로운 '랑발'◈….

Vitré - cour intérieure du Château -
BAYEUX - Vue Gé
LAMBALLE - Notre Dame et la Basse ville -

기름지고 노르스름한 마지막 이중모음 때문에
버터의 탑을 왕관처럼 쓰고 있는 '쿠탕스',◈

파리 한 마리가 뒤를 따르는 합승마차 소리에 휩싸인 '라니옹',◈

우스꽝스럽고 순진하기만 한 이름인 '케스탕베르'◈와 '퐁토르송',◈

닻줄이 풀린 채 강물에 휩쓸려 해초 사이를 헤매는 듯한 이름인 '브노데',◈

얄따란 머리쓰개의 백색과 분홍색 깃이 너풀대는 '퐁타벤',◈

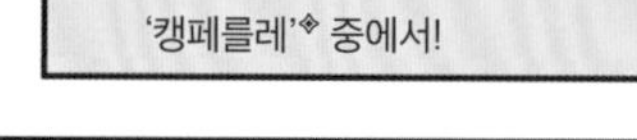

중세 이래로 보다 단단하게 매인
'캥페를레'◈ 중에서!

이런 이미지들은 거짓된 것이었다. 이 이미지들은 어쩔 수 없이 매우 단순화된 것일 수밖에 없었다. 내가 머릿속에서
그리던 것을 이 이름들 안에 가둬 버린 셈이기 때문이다. 하지만 이 이름들은 공간이 그리 넉넉지 못했다.

나는 이 이름들에 기껏해야 해당 도시를 대표하는 두세 가지
주요 '관심거리'만을 주입할 수 있었을 뿐이다….

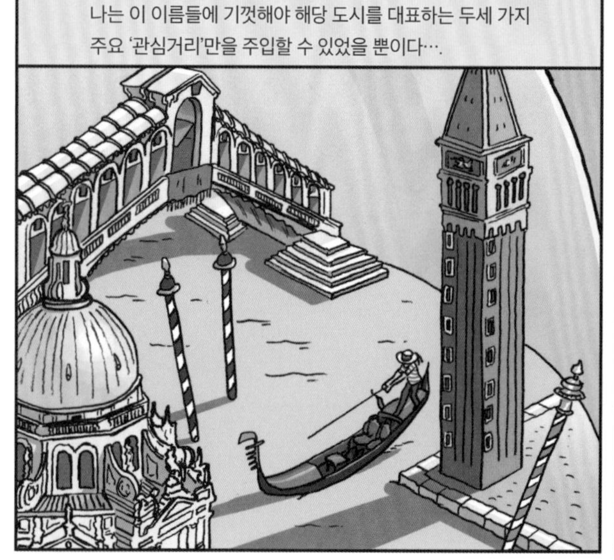

어느 해인가 아버지께서 우리 식구의 부활절 바캉스를 피렌체나 베네치아에서 보내기로 결정하셨을 때, 나는 피렌체란 이름 안에 도시들이 평상적으로 갖추게 마련인 제반 요소들을 도저히 집어넣을 수 없어서,

마치 본질적으로 조토의 천재성에 의해 수정된, 봄의 훈향(薰香)을 내뿜는 초자연적인 도시인 양 그릴 수밖에 없었다.

동일 인물이 서로 다른 두 시기에 행하는 동작을 한꺼번에 포착한 조토의 그림들과는 달리, 정해진 공간보다 더 긴 시간을 한 이름 안에 넣을 수는 없는 법인지라, 피렌체란 이름은 두 영역으로 갈라질 수밖에 없었다.
나는 한쪽 영역에서는 닫집 아래 서서 프레스코를 바라보고 있었고,
또 다른 영역에서는 황수선화와 수선화, 아네모네로 풍성하게 장식된 폰테 베키오*를 황급히 건너고 있었다.

단순히 현실주의적인 관점에서도, 우리가 갈망하는 고장은 매 순간 실제로 사는 삶보다도 우리의 진실한 삶 속에서 더욱 큰 자리를 차지하게 마련이다.

나는 아버지가 연신 기압계를 쳐다보며 아직 추위가 물러가지 않아 안타까워하면서, 어떤 기차를 타는 편이 가장 좋을지 살피기 시작하는 모습을 보며 기쁨을 억누를 수 없었다.

그래, 베네치아라!
우리가 오후 여섯시 삼십분 침대열차를 타면….

나는 그 다음 날이면 대리석과 황금의 도시에서 잠을 깰 수 있다는 사실을 깨달았다. 이 도시뿐 아니라 백합의 도시는 상상의 그림이기도 하지만 엄연히 실재하는 도시였다.

그러니까, 우리 식구는 4월 20일에서 29일까지 베네치아에 머물다가, 부활절 아침에 피렌체에 도착할 수 있을 거야.
나는 환희의 마지막 절정을 향해 오르고 있었다.

마침내 나는 그 절정에 올랐는데,
대운하가 아직 쌀쌀할 거야.
그러니, 네 겨울 외투며 두툼한 상의를 짐 속에 챙기는 게 좋을 것 같구나.
!
이 말을 듣는 순간, 나는 희열을 느꼈다. 나를 에워싸고 있는, 눈에 보이지도 않고 실체도 없는 껍데기와도 같은 방 안의 공기를 벗어 버리고,

딱 그만큼을 베네치아의 공기로 바꾸어 버렸다. 바로 나의 상상력이 베네치아란 이름 안에 가둬 놓은, 꿈속에서나 만날 수 있을 법한 아련하고 특별한 바다 공기로 말이다.
나는 내 안에서 기적과도 같은 해체 과정이 벌어지는 것을 느낄 수 있었다.

하지만 이 과정은 이내 목에 심한 통증이 느껴질 때 찾아드는 막연한 구토증을 동반했다.
어른들이 나를 침대에 눕히긴 했지만 열이 떨어질 기미를 보이지 않자,

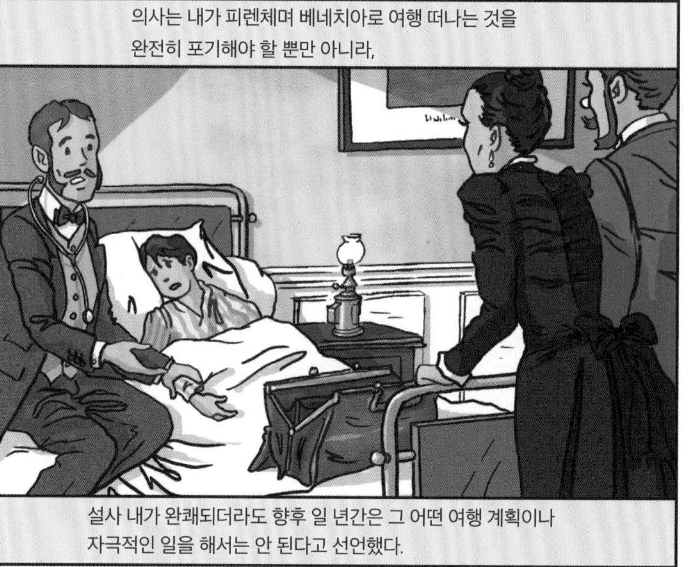
의사는 내가 피렌체며 베네치아로 여행 떠나는 것을 완전히 포기해야 할 뿐만 아니라,
설사 내가 완쾌되더라도 향후 일 년간은 그 어떤 여행 계획이나 자극적인 일을 해서는 안 된다고 선언했다.

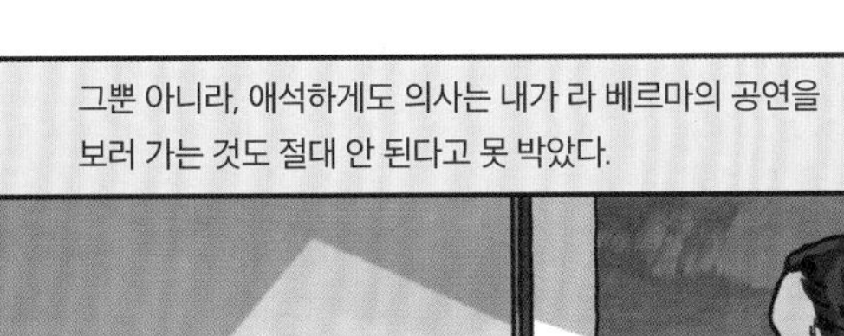
그뿐 아니라, 애석하게도 의사는 내가 라 베르마의 공연을
보러 가는 것도 절대 안 된다고 못 박았다.

어른들은 기껏 나를 매일 샹젤리제에나 가서 놀게 할 따름이었는데,
그것도 내가 과로하지 않는지 살필 사람을 대동토록 했다.

그 사람은 바로 레오니 이모가
돌아가시고 나서 우리 집으로 옮겨
일을 하게 된 프랑수아즈였다.
SPECTACLES
CIRQUE D'HIVER
CENDRILLON
L'HOMME OBUS
BAL
COMÉDIE FRANÇAISE
RACINE
PHÈDRE
SARAH BERNHARDT
LUCIEN GUITRY
CLUNY
DU TSAR
TANNHAUSER

나는 샹젤리제에 갈 생각을 하면 견딜 수가 없었다.
이 공원은 내가 꿈꾸는 것과는 아무런 상관도 없었기 때문이다.

어느 날, 우리가 샹젤리제 공원에 갈 때마다 놀곤 하던 장소에 내가 싫증을 내자, 프랑수아즈는 모르는 사람들이 있는 다른 곳으로 나를 데리고 갔다.

나 집에 가, 안녕, 질베르트.
우리가 저녁 먹고 나서 너희 집 가는 거 잊으면 안 돼.

질베르트란 이름이 내 곁을 스쳐 지나갔다. 단순히 부재하는 사람을 지칭하는 것과 같이 당사자를 가리킬 뿐 아니라 그 사람을 불러 세우는 부름인 만큼, 이름이 지목하는 사람의 존재감을 더욱 강하게 부각시켰다.
이 이름은 뿜어지면서 곡선을 그리고 겨냥하는 대상에 가까워질수록 위력이 증가하듯, 이를테면 살아서 꿈틀대듯 내 곁을 스쳐 지나갔다.

자, 이제 집에 가요!

지금 바로 가요.

자, 외투 단추 꿰차고, 어서 가요.*

나는 프랑수아즈가 쓰는 말이 저속할 뿐 아니라, 애석하게도 모자에 푸른 깃털도 달고 있지 않다는 사실을 처음으로 깨달아 화가 났다.

질베르트가 다시 샹젤리제에 올 것인가? 그 다음 날, 질베르트는 오지 않았다. 하지만 그 후로는 그녀를 볼 수 있었다.

한번은 질베르트가 사람잡기 놀이에서 수가 모자라 나에게 같은 편이 되어 줄 수 있느냐고 물은 적이 있는데,

우리 편에 올 수 있니?

그 후부터 나는 그녀가 공원에 올 때마다 함께 놀게 되었다. 하지만 질베르트가 매일 공원에 오는 것은 아니었다.

강습이나 교리문답, 또는 간식 초대 때문에 올 수 없는 때도 있었기 때문이다. 그럴 때면, 이미 콩브레의 비탈에서, 그리고 샹젤리제의 잔디밭에서도 그랬던 것처럼, 질베르트란 이름은 나의 삶과는 분리되고 그녀만의 삶을 압축한 채 내 곁을 고통스럽게 스쳐 지나갔다.

질베르트가 공부 때문에 올 수 없다고 말하면서,
정말 짜증나. 나, 내일 못 와. 너희들끼리 놀아.

슬픈 표정으로 이렇게 말하는 것을 들으면, 조금은 위안이 됐다.

반면 질베르트가 어느 집 낮 모임에 가기로 되어 있었는데,

내일 올 거지?
못 올걸! 엄마가 친구 집에 가서 놀게 허락해 줬으면 좋겠어.

적어도 이런 날은 질베르트를 만날 수 없으리란 사실을 미리 알 수 있었다.

때론 예고도 없이, 그녀의 어머니가 물건 사러 갈 때 그녀를 데려가는 경우도 있었다.

아! 응, 엄마하고 같이 외출했었어.

말이 너무도 자연스러워, 누군가에게는 더할 나위 없이 불행을 안겨 줄 수도 있다는 사실을 짐작조차 못 하는 듯했다.

또 어떤 때는 날씨가 나빠서, 비 내리는 날을 몹시 싫어하는
질베르트의 가정교사가 그녀를 샹젤리제에 데리고 오지 않을 때도 있었다.

그래서 하늘이 수상해 보이기라도 하면, 나는
아침부터 끊임없이 하늘을 살피며 날씨에 관한
징조란 징조는 모조리 훑어봤다.

부인이 외출하려고 하는군. 그러니까, 바깥출입을
할 수 있는 날씨란 얘기지. 질베르트도 저 부인처럼
외출하지 말란 법은 없지 않을까?

그러다가도 하늘이 흐려지면,
아직 날씨가 좋아질 수도 있어,
한줄기 햇빛만 비치면 될 테지.
하지만 비가 올 가능성이 더 높겠는걸.
비가 내린다면 샹젤리제 공원에
가 봐야 무슨 소용인가?

이렇듯 나는 초조한 나머지 아침식사를 할 때부터 날씨가
어떨지 알 수 없는 구름 낀 하늘에서 눈을 떼지 못했다.
창문 앞 발코니는 잿빛이었다.

일순간

일순간의 담쟁이덩굴이여, 덧없는 덩굴식물이여! 이 덩굴이 우리 집 발코니에 모습을 드러낸 날부터, 이미 샹젤리제에 가 있을지도 모를 질베르트의 존재가 드리우는 그림자만큼이나 나에게는 가장 소중한 것으로 여겨졌다.
자, 이제 사람잡기 놀이 하자. 넌 우리 편이야!

덩굴은 그날그날에 따라 누릴 수도 거부당할 수도 있는 즉각적인 행복의 약속인 만큼, 최고의 행복이자 사랑의 행복인 셈이었다.

질베르트가 공원에 오리라 기대하기엔 하늘이 너무 궂은 날에도 그랬다….
어쩜, 날씨가 좋아지고 있네, 샹젤리제에 나가 봐도 괜찮을 것 같은데.

이런 날이면 우리는 아무도 만날 수 없거나, 기껏 혼자 와 있는 여자아이도 떠날 채비를 하면서 질베르트는 오지 않을 거라고 했다.

잔디밭 부근에는 오직 나이 지긋한 부인 한 사람만이 앉아 있었는데, 그녀는 날씨야 어떻든 간에 매일 출근하다시피 했다.

질베르트는 매일 이 부인에게 가서 인사를 했다. 그러면 부인은 질베르트에게, '사랑하는 모친'의 안부를 묻곤 했다. 그런데 만일 내가 이 부인과 아는 사이였더라면, 내가 질베르트로부터 전혀 다른 사람으로 대접받을 수 있으리란 생각이 들었다. 부인은 손자들이 조금 떨어진 곳에서 놀고 있는 동안, 언제나 『데바』*를 읽었다.

부인이 귀족적인 자태로 말하길…

내가 즐겨 읽는 『데바』.

나의 벗인 순경 나리.

오랜 친구 사이인 의자 임대인과 나.

프랑수아즈가 마냥 서 있기엔 너무 춥다고 하여, 우리는 얼어붙은 센 강을
보러 콩코르드 다리까지 가 보았다.

우리는 다시 샹젤리제로 돌아왔다.

갑자기 대기에 균열이 생겼다. 나는 방금 신비의 표식인 양
마드무아젤*의 푸른
깃털을 알아봤다.

브라바!* 브라바! 아주 근사해. 내가 예전 사람, 그러니까 앙시앵 레짐 시대를 살았던 사람이 아니라 너희들과 같은 세대라면, '기막혀, 짱이야'라고 했을 거야.

이날은 내 사랑이 진일보하는 계기가 되었는데, 왜냐하면 나뿐 아니라 그녀 또한 사랑의 아픔을 느껴야만 할 것 같았기 때문이다.

곧이어
그녀의 친구들이
하나둘씩 도착했다.

하루가 슬픔으로 시작했건만, 마땅히 기쁨으로 끝을 맺어야 하기라도 하듯,

아니야, 네가 질베르트 편이 되고 싶어 하는 거 알아.
게다가 질베르트도 어서 오라고 부르고 있잖아.

하루는 할머니가 저녁식사 때가 됐는데도 집에 오시질 않았는데, 그때 나는 행여 할머니가 마차에 치이시기라도 했다면 한동안 질베르트를 보러 갈 수 없으리란 생각이 들었다.
누군가를 사랑할 때는 다른 사람은 안중에도 없는 법이다.

질베르트와 함께 있지 못할 때마다 그녀를 보고
싶은 욕구가 일었는데, 왜냐하면 질베르트가 어떻게
생겼는지 쉼 없이 그려 보아도 도저히 어떻게
생겼는지 감이 잡히지 않을 뿐 아니라, 내가 품고 있는
사랑이 도대체 무엇을 근거로 해서 이루어진 것인지
종잡을 수 없었기 때문이다.

게다가 질베르트는 나를 사랑한다는 말을 한 적이 없었다.
오히려 질베르트는 나보다 더 좋아하는 친구들이 있다고 말하곤 했다.
나 또한 그녀에게 느끼는 감정을 아직 털어놓은 적이 없었다.

Gilberte
Gilberte Swann
Gilberte Swann
Gilber

가장 시급한 건 질베르트와 내가 만나서, 이를테면 아직 시작하지 않았다고도
할 수 있는 사랑에 대한 고백을 서로에게 털어놓는 일이었다.

당시 나로 하여금 질베르트가 보고 싶어 안달 나게
만들었던 이러저러한 이유들은, 중년 남자였더라면
그렇게까지 절실하지는 않았을 것이다.

나중에 우리가 나이 들어 쾌락을 다스릴 줄
아는 경지에 이르게 되면, 당시 내가 질베르트를
그리워하던 것처럼, 사랑하는 여인을 생각할 때 굳이
그 여인의 이미지가 현실에 부합하지 않아도,

그리고 그녀가 나를 진정으로 사랑하는지에 대한
확신이 없어도, 우리는 충분히 즐거움을 누릴 수
있게 된다.

하지만 내가 실제로 샹젤리제에 당도해서, 그 전날만 하더라도 나와 함께 놀았던 질베르트와 마주하고 있으면, 막상 그 아이와 내가 꿈꾸는 여자아이가 서로 다른 두 존재인 양 느껴졌다.

내가 기억하는 질베르트가 실제 질베르트의 이미지에 정말로 부합하는지 한참 따지고 있는데,

그녀가 나에게 공을 던져서 서둘러 받아야 했다.
마치 그녀는 내가 함께 놀기 위해 찾아온 동무이지, 합일을 이루려 하는 영혼의 자매*가 아니란 듯 보였고

그런 까닭에, 나는 우리의 사랑을 결정적으로 진일보시킬 수 있는 말을 꺼낼 수 없었다.
언제나 다음 날 오후로 미루기만 하면서…

하지만 기회가 없지는 않았다. 어느 날…

나는 일 수(sou)짜리 구슬을 두 개 샀다.

나는 반짝이는 마노(瑪瑙) 구슬들을 넋이 빠져라 쳐다보았다.

어떤 구슬이 제일 예뻐?

나는 어느 구슬이 더 예쁘다고 말할 용기가 나지 않았다. 차라리 질베르트가 그 구슬들을 모두 사서 해방시켜 주었으면 좋을 것 같았다. 어쨌든 나는 질베르트의 눈동자와 같은 빛깔의 구슬 하나를 골랐다.

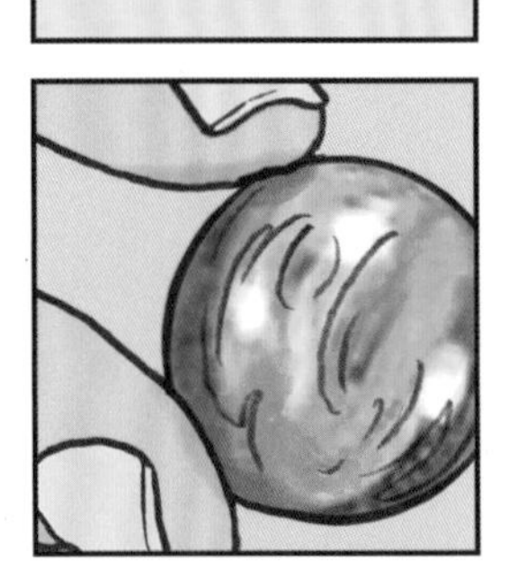

자, 받아. 네 거야. 너한테 주는 거야. 기념으로 가져.

또 한번은 내가 여전히 라 베르마의 고전극 공연에 대한 열망이 식지 않았던 탓에, 혹시 베르고트가 라신*에 대해 언급한 소책자를 가지고 있느냐고 물어본 적이 있었다.

시중에서는 더 이상 구할 수 없거든.

내가 찾아봐 줄 수 있을 것 같아. 대신 정확한 제목을 알아야 해.

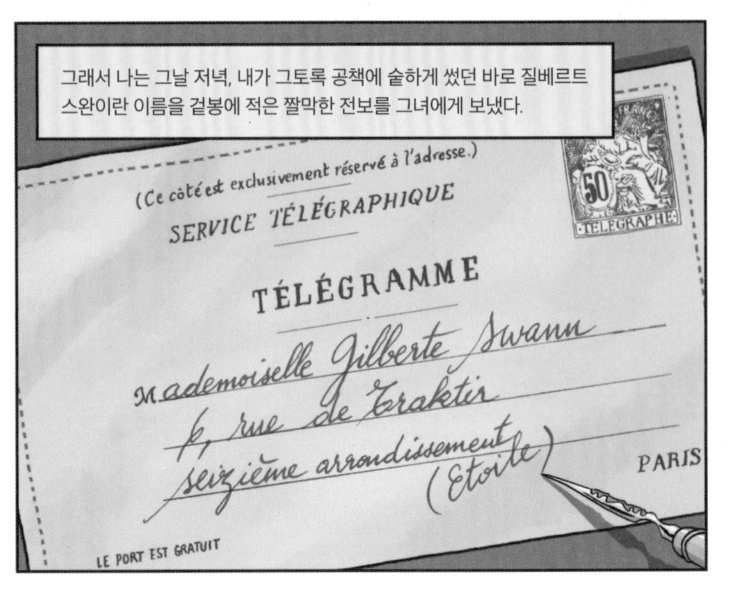

그래서 나는 그날 저녁, 내가 그토록 공책에 숱하게 썼던 바로 질베르트 스완이란 이름을 겉봉에 적은 짤막한 전보를 그녀에게 보냈다.
(Ce côté est exclusivement réservé à l'adresse.)
SERVICE TÉLÉGRAPHIQUE
TÉLÉGRAMME
Mademoiselle Gilberte Swann
6, rue de Trakter
seizième arrondissement
(Etoile)
PARIS
50
TÉLÉGRAPHE
LE PORT EST GRATUIT

그 다음 날
자, 네가 구하고 싶어 하던 책이야.

전보에 적힌 주소를 보면서, 그 전날만 해도 아무것도 아니었고, 그저 내가 글씨를 적어 넣은 작은 청색 종이일 따름이었지만,

그 집 하인이 그녀의 방에까지 가져다 준 이후로는 더할 나위 없이 값진 물건으로 보였다. 하지만 나는 나의 꿈과 최초로 결합하고 기쁨을 안겨 준, 현실화의 증거인 공허하고 쓸쓸한 내 글씨를 좀처럼 알아보지 못했다.

exclusivement réservé à l'adresse.)
SERVICE TÉLÉGRAPHIQUE
TÉLÉGRAMME
Mademoiselle Gilberte Swann
rue de Traktir
seizième arrondissement
Étoile

RACINE
Bergotte
TÉLÉGRAMME

어떤 날엔가는 질베르트가 이런 말도 했다.
나를 질베르트라고 불러도 좋아. 이제부턴 나도 너를 세례명으로 부를게.*

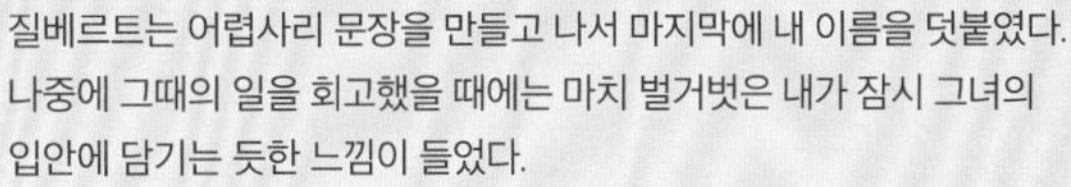
질베르트는 어렵사리 문장을 만들고 나서 마지막에 내 이름을 덧붙였다. 나중에 그때의 일을 회고했을 때에는 마치 벌거벗은 내가 잠시 그녀의 입안에 담기는 듯한 느낌이 들었다.

나는, 피아노 위로 우뚝 선 먼지 기둥이 시야에 들어오고, 창문 너머로 거리의 풍금 연주 소리가 들리자, 질베르트가 틀림없이 샹젤리제에 올 것이란 확신이 들었다.

학교에서 한시 수업을 듣는 동안, 프랑수아즈가 방과 후 나를 데리러
올 때까지 교실을 넘나드는 햇빛이 그렇게 갑갑하고 따분해 보일 수 없었다.

애석하게도 나는 샹젤리제에서 질베르트를 볼 수 없었다.
그녀는 아직 도착하지 않았다.
날씨 참 좋네!
나는 질베르트가 가정교사를 앞세우고 어서 모습을
드러내길 목이 빠져라 기다렸다.

나는 프랑수아즈를 앞세워 질베르트를 마중하러 갔다.

하지만 질베르트는 보이지 않았다.
되돌아가요. 질베르트가
안 올 모양이에요.

내가 잔디밭으로
돌아왔을 때,
어서, 빨리. 질베르트가 온 지
벌써 십오분은 됐겠어. 금방
다시 간대.
사람잡기 놀이 시작하려고
너를 기다리고 있어.
질베르트가 어느 길로 올지 결코
장담할 수 없었다.

내가 질베르트의 뒤를 쫓을 수는 없지만 그녀의 소일거리가 무엇인지
어렴풋이 눈치는 채고 있었다. 나는 알 수 없는 그녀의 삶의 신비와
맞닥뜨리고 있었다. 그토록 활달하고 예측하기 힘든 질베르트를 바라볼
때마다 내 마음을 온통 휘젓는 것 또한 바로 이와 같은 신비였다.

볕 참 좋구먼, 활활 타는 것 같네.

수줍은 미소를 머금은 채 어색하게 말하는 질베르트를 보고 있노라면,
내가 알지 못하는, 또 다른 삶을 영위하는 전혀 다른 사람 같다는 느낌이 들었다.

하지만 잠시 후 자기 딸을 데리러 오기로 되어 있는 스완 씨만큼
질베르트의 감춰진 삶에 대해 예감하게 해 주는 인물도 없었다.

까닭인즉, 스완 씨와 스완 부인은 질베르트에게 절대적인 영향을 미치는 전능한 신들인 만큼, 나에게는 질베르트보다 더욱더 접근할 수 없는 미지의 뭔가를, 고통스러운 매력을 간직하고 있었기 때문이다.

스완 씨는 일거수일투족이 지대한 관심을 불러일으키는 역사적 인물이기라도 한 듯 나에게 깊은 감동을 주었다.

그가 파리 대공(大公)과 친분을 맺고 있다는 이야기를 콩브레에서 들었을 때는 아무렇지도 않았지만, 그때의 나에게는 그저 신비롭게만 비쳐졌다.

스완 씨는 질베르트의 친구들이 하는 인사는 물론, 심지어 우리 집안하고 사이가 틀어진 상태인데도 내가 하는 인사를 점잖게 받아 주었는데, 나를 못 알아보는 것 같았다. (그는 예전에 시골에서 나를 수차례 본 적이 있었다. 나는 그 시절을 희미하게 기억할 따름인데, 왜냐하면 내가 질베르트를 또다시 보게 된 이후로, 나는 스완 씨를 콩브레 시절의 스완 씨라기보다 질베르트의 아버지로 여기고 있었기 때문이다.)

화창한 날인데도 내가 그토록 바라던 소망이 이루어지지 않고 무심하게만 지나가던 어느 날, 나는 질베르트에게 도저히 실망감을 감출 수가 없었다.
너한테 물어볼 게 정말 많았어. 바로 오늘이 우리 우정을 위해 아주 중요한 날이라고 생각했거든. 그런데 오자마자 가겠다니!
내일은 일찍 왔으면 해. 할 말이 있어.

내일? 잘 들어, 친구. 나는 못 와!
근사한 간식 모임이 있거든.
!

모레도 못 와. 친구네 집에 가서 창문으로 테오도즈 왕*이 지나는 걸 보기로 했거든. 정말 멋질 거야!
그 다음 날은 「미셸 스트로고프」* 공연 보러 가야 하고, 그 다음엔 금방 크리스마스고, 정초 바캉스지.
어쩌면 부모님 따라 남쪽 지방에 갈지도 몰라. 정말 멋질 거야. 크리스마스 트리가 아쉬워질지는 모르지만….

어쨌든 내가 파리에 있게 되더라도 여기는 올 수 없을 거야. 엄마하고 함께 가 봐야 할 곳이 많거든.
자, 안녕. 아빠가 나를 부르네.

나는 프랑수아즈와 함께 집으로 향했다. 나는 제대로 걸음을 뗄 수조차 없었다.
그럴 만해요. 제철 날씨가 아닌걸요. 뭐가 이리 덥담! 오, 주님, 곳곳에 아픈 사람들투성이겠어요. 하늘이 좀 어떻게 됐나 봅니다.

나는 터져 나오는 울음을 억누르면서, 질베르트가 기쁜 표정으로, 샹젤리제에 올 수 없다며 내뱉었던 말들을 속으로 되뇌었다.

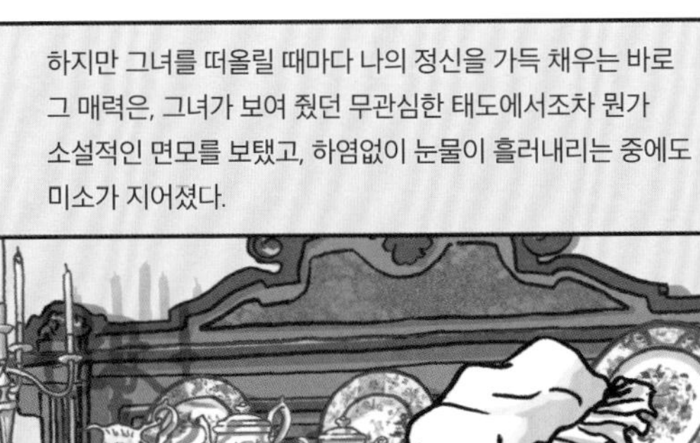
하지만 그녀를 떠올릴 때마다 나의 정신을 가득 채우는 바로 그 매력은, 그녀가 보여 줬던 무관심한 태도에서조차 뭔가 소설적인 면모를 보탰고, 하염없이 눈물이 흘러내리는 중에도 미소가 지어졌다.

그리고 우편물이 배달될 시각이 다가오자, 여느 저녁때도 그랬지만 그날 저녁에도,
질베르트가 보낸 편지를 이제 곧 받게 될 거야. 그러면 그녀는 그 편지에서 언제나 나를 연모하고 있고, 어째서 자기가 그저 놀이 친구처럼 굴어야 했는지 털어놓을 거야.

나는 매일 저녁 이와 같은 편지를 상상해 보길 좋아했다.
그러다가 갑자기 섬뜩한 생각이 들어 상상을 멈췄다. 만일 내가 질베르트로부터 편지를 받게 된다면, 그 편지는 내가 멋대로 상상해 보는 그런 편지일 수는 없다는 생각이 들었다.
그래서 나는 이렇듯 가짜 편지를 읊조리느라 정작 내가 그토록 소망하는 바를 망쳐 버리는 것이 아닐까 하는 생각이 들어, 상상의 편지를 머리에서 지워 버리려고 애썼다.

그러는 동안 나는, 질베르트가 나에게 써서 보낸 것은 아니지만
적어도 그녀에게서 받은 글을 다시 읽었다.
RACINE

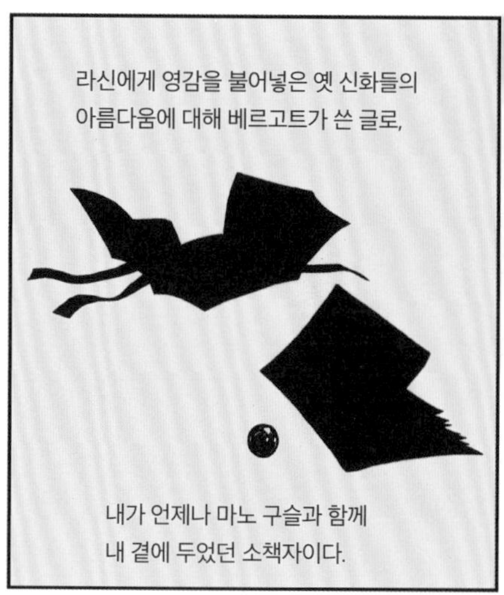
라신에게 영감을 불어넣은 옛 신화들의
아름다움에 대해 베르고트가 쓴 글로,
내가 언제나 마노 구슬과 함께
내 곁에 두었던 소책자이다.

베르고트는 무척이나 지혜로운, 거의 신과도 같은 노인으로, 바로 이 사람 때문에 내가 질베르트를
보기도 전에 사랑하게 되었지만, 이제 나는 질베르트 때문에 그를 사랑하게 되었다.

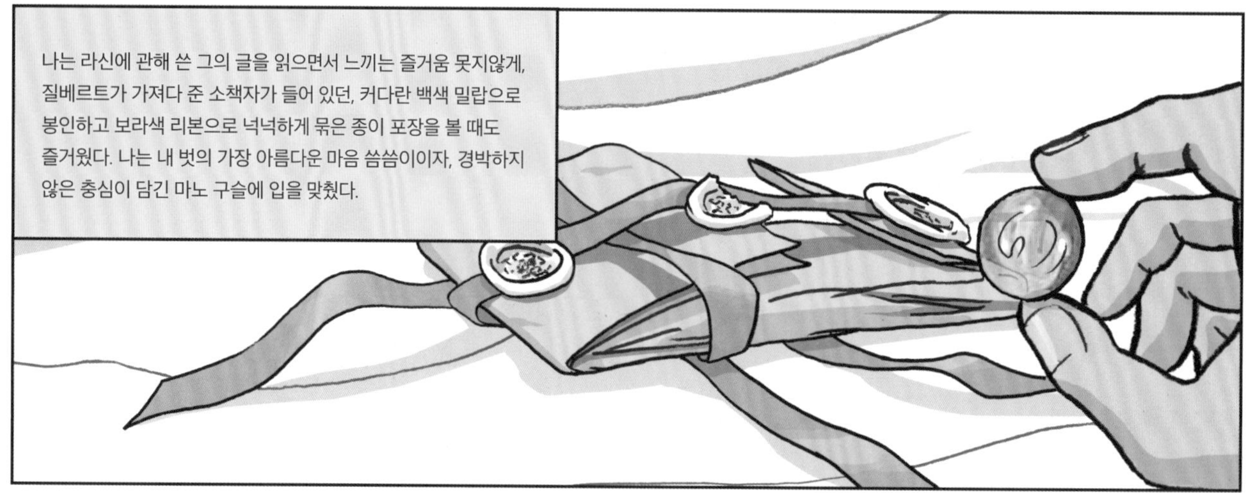
나는 라신에 관해 쓴 그의 글을 읽으면서 느끼는 즐거움 못지않게,
질베르트가 가져다 준 소책자가 들어 있던, 커다란 백색 밀랍으로
봉인하고 보라색 리본으로 넉넉하게 묶은 종이 포장을 볼 때도
즐거웠다. 나는 내 벗의 가장 아름다운 마음 씀씀이이자, 경박하지
않은 충심이 담긴 마노 구슬에 입을 맞췄다.

하지만 마노 구슬의 아름다움이나 베르고트가 쓴 글의 아름다움은 나의 사랑보다 시기적으로 앞선
것이고, 그 구성 요소들도 질베르트가 나를 알기도 전에 특별한 재능이나 광물학적 법칙에 의해 이미
결정된 것이란 사실에 생각이 미쳤다.

샹젤리제에 오는 대신 낮 모임에 가고, 가정교사와 쇼핑 다니고, 새해 바캉스 동안
파리를 떠나 있을 궁리나 하는 질베르트에 대해 나는 잘못 생각하고 있었다.
질베르트는 경박하고 순종적이야.
왜냐하면 질베르트가 나를 사랑한다면 그렇게 경박하거나 고분고분하게 굴지는
않았을 테고, 그녀가 별 도리 없이 순종할 수밖에 없다면 내가 그녀를 만나지
못하는 날이나 별반 다를 바 없이 절망스럽기는 마찬가지일 테니 말이다.

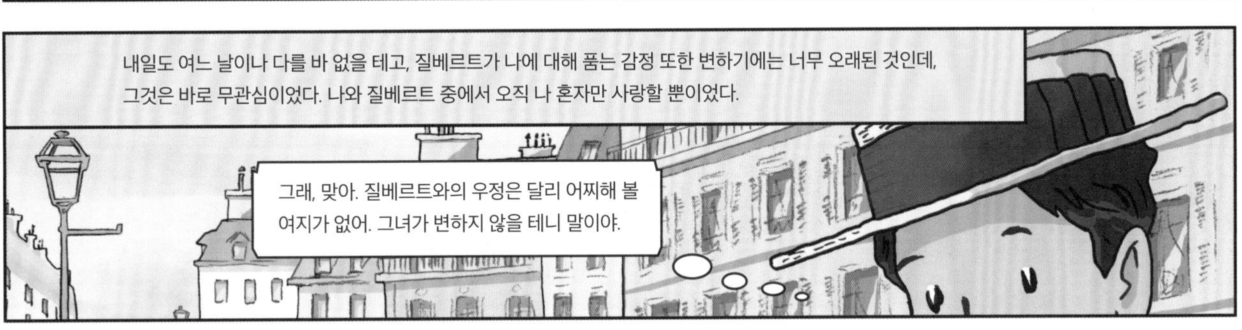
내일도 여느 날이나 다를 바 없을 테고, 질베르트가 나에 대해 품는 감정 또한 변하기에는 너무 오래된 것인데,
그것은 바로 무관심이었다. 나와 질베르트 중에서 오직 나 혼자만 사랑할 뿐이었다.
그래, 맞아. 질베르트와의 우정은 달리 어찌해 볼
여지가 없어. 그녀가 변하지 않을 테니 말이야.

이런 까닭에, 나는 다음 날 질베르트한테 예전의 우정은 떨쳐버리고 새로운 우정을 만들어 가자고 청할 생각이었다.

나는 파리 지도를 언제나 내 곁에 두곤 했는데, 언제라도 스완 씨와 스완 부인이 사는 집을 확인해 볼 수 있는 까닭에 보물이라도 되는 것 같았기 때문이다. 그리고 나는 기꺼운 마음으로 기회가 있을 때마다 스완 씨의 집이 소재한 길 이름을 입에 올리곤 했는데, 그래서 아버지는,

어째서 너는 그 길 이름만 대는 거냐? 별로 특별할 것도 없는 길인데 말이야. 물론 불로뉴 숲과 가까워서 환경이 훌륭한 편이긴 하다만, 그런 길은 족히 열 곳은 될 거야.

나는 우리 부모님이 어떤 말씀을 하시든지 스완이란 이름이 튀어나오도록 궁리하곤 했다. 이 이름이 발음될 때마다 느끼는 쾌감에는 석연치 않은 죄의식이 떠돌아서, 마치 사람들이 내 속내를 꿰뚫어보고, 내가 이 이름을 발음하도록 유도하면 의도적으로 화제를 딴 데로 돌리는 것만 같았다.

나는 질베르트와 연관된 화제를 끝없이 입에 올렸다. 그러면 이 말들이 질베르트의 주변을 맴돌고 어루만져 어쩌면 행복한 뭔가를 이끌어낼지도 모른다는 생각이 들었다.

나는 부모님께 질베르트가 자기 가정교사를 무척 좋아한다는 말을 거듭 늘어놨는데, 마치 똑같은 말을 되풀이하다 보면 불현듯 질베르트가 나타나 우리 집에서 영원히 살 것만 같은 기분이었다.

게다가 나는 『데바』를 읽는 노부인(나는 부모님께 이 노부인이 대사 부인이거나 대공 부인일 수도 있다고 넌지시 말했다)을 칭송하는 말도 여러 차례 꺼내고, 그녀의 미모며 우아함, 귀족다운 기품에 대해 침이 마르도록 찬사를 늘어놓았다. 물론 질베르트가 발음하는 품으로 짐작컨대, 그 노부인의 이름이 블라탱 부인인 것 같다는 말을 덧붙이기까지 했다.

아! 이제 알겠어. 네 가엾은 할아버지께서 늘 말씀하시듯, 조심, 또 조심! 아니, 그 부인이 예쁘게 생겼다고? 무슨 말씀, 끔찍한 여자인걸, 예전에도 그랬고! 그 여자는 집행관의 미망인이야.
왜 너도 기억하잖니? 너 어렸을 때, 내가 그 여자를 피해 다니느라 꾀를 냈었잖아.

그 여자는 사교계 인사에게 접근하려고 별짓을 다하는 여자였어. 예전에도 그렇게 생각했지만, 그 여자가 정말 스완 부인을 알고 있다고 한다면 정말 머리가 어떻게 된 여자임에 틀림없어. 왜냐하면 그 여자는 신분이 아주 천해서, 내세울 만한 것이 아무것도 없거든.
그런데도 그 여자는 인맥을 만들려고 언제나 애를 썼지.
정말 무서운 여자야, 말할 수 없이 저속하고. 게다가 골치 아픈 일이나 만들고.

나는 스완 씨를 닮고 싶은 마음에, 하루 종일 식탁에 앉아 코끝을 당기고, 손으로 눈을 부벼 보기도 했다.

저 녀석 바보 아니야? 못 봐 주겠구먼.

하루는 어머니가 여느 저녁식사 때처럼, 그날 오후에 물건 사러 갔던 일을 얘기하던 중에,
그런데 오늘 제가 '오 트루아 카르티에'◈의 우산 코너에서 누구를 만났겠어요?
스완.
스완 씨가 사람들의 틈바구니 사이로 초자연적인 육신을 이끌고 우산을 사러 왔다는 사실은 우수 어린 관능의 장면이 아닐 수 없었다.

어머니가 들려주는 크고 작은 이야기들이 대수롭지 않아 보이기는 매한가지였지만, 이 이야기만큼은 질베르트에 대한 사랑이 시종일관 내 가슴을 울렁이게 하는 바로 그 특이한 파장을 불러일으켰다.
너는 세상일엔 도통 관심이 없는 것 같구나, 안 그래? 지금 난 프랑스를 국빈 방문 중인 동맹국 테오도즈 왕에 대해 이야기하고 있단다. 대단히 중요한 정치적 결과를 초래할 수 있지. 넌 내 말을 듣지도 않는 것 같구나!

서로 인사는 나눴나요?
물론이지.
스완 씨가 내 쪽으로 와서 인사를 하던걸. 내가 못 봤거든.
어머니는 행여 우리 집 식구들이 스완 씨와 냉담한 관계에 있다는 사실을 공개적으로 드러내기라도 하면, 당신이 스완 부인과 알고 지내려 하지 않는 만큼, 바라는 것과는 달리 화해시키려 들지나 않을까 언제나 염려하는 기색이었다.

그럼 사이가 틀어진 게 아니로군요?
사이가 틀어지다니? 너는 우리 사이가 틀어지기를 바라기라도 하는 거니?
어머니는 마치 당신이 스완 씨와 좋은 관계를 유지하고 있다는 모양새에 내가 타격을 가하고, 이에 대해 '화해'를 꾀하기라도 한듯 펄쩍 뛰었다.

어머니가 초대하질 않아 기분이 상했을 거예요.
아무나 초대하란 법은 없지. 그 사람이 나를 초대하던? 어쨌든 그 사람 부인은 내가 모르는 사람이야.
하지만 콩브레에서는 우리 집에 자주 왔었잖아요?

그렇긴 해! 그 사람이 콩브레에서는 자주 왔었지. 하지만 파리에서는 그 사람도 바쁘고, 또 나도 그렇고.
어쨌든 우리가 마주쳤을 때, 사이가 틀어진 사람들처럼 굴지 않았다는 건 너에게 말해 줄 수 있단다.
우리는 잠시 함께 얘기를 나눴지. 그 사람이 산 물건 포장이 덜 끝났었거든. 그 사람이 네 안부를 묻더구나. 네가 자기 딸과 함께 놀더라고 하더구나….
스완 씨가 나란 존재를 알고 있다는 사실에 너무나 기뻤다.

부모님은 스완 씨네 집안도 수많은 여타의 환전상(換錢商) 집안들과 크게 다를 바 없다고 여기는 듯했다. 질베르트를 둘러싼 모든 문제들에서, 이를테면 색상의 영역에서 적외선이 그렇듯이, 감정의 영역에서도 미지의 성질을 지각할 수 있어야 하는데, 우리 부모님은 사랑이 나에게 부여한 일시적이고도 보완적인 바로 그 감각을 가지고 있지 못했기 때문이었다.

질베르트가 샹젤리제에 올 수 없다고 말한 날이면, 나는 그녀와 물리적으로나마 조금은 가까운 곳으로 산책할 수 있도록 노력했다. 이따금씩 스완 씨네가 사는 집 앞까지 프랑수아즈를 끌고 가 순례를 했다. 나는 프랑수아즈가 질베르트의 가정교사로부터 스완 부인에 관해 들은 것을 끊임없이 반복하게 했다⋯.

스완 부인이 메달에 꽤나 의지하는 것 같아요.

부인은 올빼미 울음소리를 들으면 절대 여행을 떠나지 않는대요.
벽에서 시계 똑딱거리는 소리를 들어도 그렇고요.

야밤에 고양이를 보거나 가구가 삐걱거리는 소리를 들어도 그렇대요.
아! 정말 신심이 깊은 사람인가 봐요!

질베르트에게 완전히 빠져 있던 나는 그녀가 사는 건물의 나이 든 집사가 개를 산책시키는 광경을 보고는 가슴이 뭉클해지는 바람에 걸음을 멈출 수밖에 없었던 적도 있었다.

무슨 일이에요?
RUE DE TRAKTIR
AVENUE D'EYLAU
TERRAIN à VENDRE

우리는 질베르트가 사는 건물의 마차 출입구까지 가 보았는데, 그곳을 지키는 수위는 내가 원초적으로 자격을 갖추지 못한 탓에, 바로 그 신비로운 삶에 접근할 수 없는 자임을 이미 알고 있는 듯했다.

때로는 대로변까지 나가, 뒤포가(街) 초입에서 지키고 서 있기도 했다. 스완 씨가 치과에 다니느라 그곳을 자주 지난다는 말을 들었기 때문이다.

나는 질베르트의 아버지를 여느 세상 사람들과는 다른 별개의 존재로 그리고 있던 터라, 내가 미처 마들렌 광장에 당도하기도 전에

어느 길에선가 초자연적인 존재가 불시에 출몰할지도 모른다는 생각에 흥분을 가누지 못했다.

하지만 대개는(내가 질베르트를 볼 수 없는 날에는) 스완 부인이 거의 매일같이 '아카시아 길'이나 호수 주변,
아니면 '마르그리트 왕비의 길'을 산책한다는 말을 들은 적이 있기 때문에 프랑수아즈를 이끌고 불로뉴 숲 쪽으로 향하곤 했다.

그곳은 이를테면 여인들의 정원이라 할 수 있었다. 마치 『아이네이스』의 미르트 길❖처럼
아카시아 길은 명망 높은 미녀들이 거니는 길이었다.

아카시아 길에서는 스완 부인 말고도, 대개 별명으로 불리는 아리따운 여성들을 볼 수 있을 것이란 말을 들은 적이 있다.

하지만 내가 진정 보고 싶은 사람은 스완 부인이었고, 나는 마치 질베르트를 보는 듯 떨리는 심정으로 그녀가 지나가기만을 기다렸는데, 그도 그럴 것이 그녀의 부모라면, 질베르트 주변의 모든 것들이 그러하듯 매력으로 충만해 있어 질베르트와 똑같은 정도의 애정을 불러일으키기 때문이었다.

난 도저히 한 시간에 수백 걸음은 못 걷겠어요.
얼마를 걸었는지 다리가 빠질 지경이에요!
!
드디어 부인이 탄 마차가 포르트 도핀 쪽에서 모습을 드러냈다.

혈기왕성하고 날렵하며, 콩스탕탱 기◆의 데생에서나 봄 직한 말 두 필이 이끄는 마차가 쏜살같이 다가왔다.

스완 부인은 좌석 깊숙이 편안한 자세로 앉아 있었다.

입술에 어렴풋이 지어진 그녀의 미소에서는 지엄한 존재의 선의만이
엿보였고, 화류계 여성의 도발적인 자태가 느껴지기도 했다.

사실상 이 미소는 어떤 이들에게는,
생생하게 기억해요, 정말 멋졌는걸요!

또 어떤 이들에게는,
저도 마음이 없지는 않았어요.
다만 운이 나빴던 겁니다….

또 어떤 이들에게는,
좋으실 대로!
잠시 얌전히 줄을 따라가기는 할 테지만,
틈만 보이면 앞질러 갈 거예요.

정말 미인이야!

또 그녀는 몇몇 남성들에게만은 신랄하고,
억지스러우며, 수줍고, 냉랭한 미소를 보냈는데,

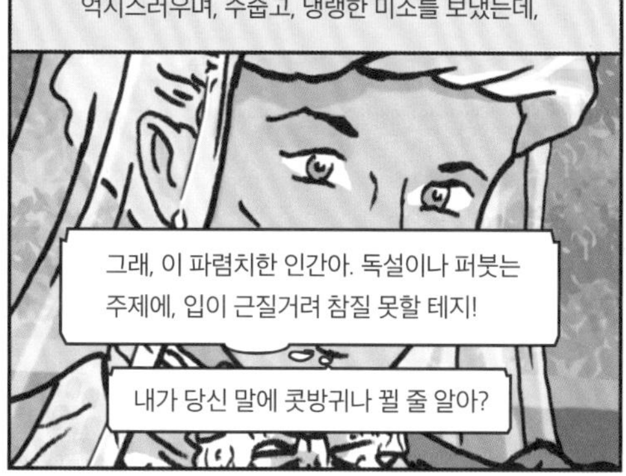
그래, 이 파렴치한 인간아. 독설이나 퍼붓는
주제에, 입이 근질거려 참질 못할 테지!
내가 당신 말에 콧방귀나 뀔 줄 알아?

코클랭이 친구들에게 장황하게 말을 늘어놓으며 지나가고 있었다.

하지만 나는 스완 부인 생각뿐이었고, 부인을 보고서도 못 본 척했는데, 왜냐하면
그녀는 일단 비둘기 사격장에 이르면 마부에게 행렬에서 빠져나와 멈춰 서게 하고
나서, 길을 걸어서 내려가기 때문이었다.

나는 한순간, 우리 쪽으로 걸어오는 스완 부인을 볼 수 있었다.

부인은 자신이 이목을 끌고 있고 모든 사람들이 자기를 돌아본다는 사실에는 생각이 미치지 못한다는 듯, 자신이 목전에 둔 중대한 목표는 오로지 그렇게 걷는 일인 양 처신했다.

누구지?

저 여자가 누군지 모른다고? 스완 부인이잖아!
그래도 모르겠어? 오데트 드 크레시잖아!

오데트 드 크레시? 그래, 맞아, 그러리라 짐작은 했어. 슬픈 눈 하며… 이제 젊다고 말하긴 힘들군.
막마옹 대통령*이 사임하는 날 저 여자와 함께 잤던 때가 생각나는군.

공연히 저 여자한테 그 당시 얘기는 하지 않는 편이 좋을걸. 이젠 스완 부인이거든. 남편이 조키 클럽 회원이고 웨일스 공과 친구 사이잖아. 어쨌든 여전히 예쁘군.
그래, 소싯적엔 정말 한 미모 했었지! 당시만 해도 저 여자가 참 요상한 집에 살았었지. 신문팔이가 어찌나 고함을 질러 대던지, 결국 저 여자가 날 일어나라고 깨운 셈이지.

나는 이렇듯 과거를 회고하는 말을 듣지 않고도 그녀의 유명세 때문에 주변에서 쑥덕댄다는 사실을 알 수 있었다. 나는, 아무도 관심을 보이지 않았던 미지의 젊은이가 모두에게 미모와 나쁜 행실, 그리고 우아함으로 평판이 난 이 여인에게 인사하는 광경을 선사하기까지 아직도 조금의 시간이 남아 있다는 사실에 애간장이 탔다.

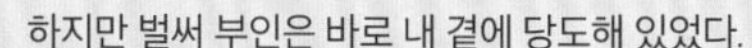
하지만 벌써 부인은 바로 내 곁에 당도해 있었다.

부인은 웃음을 참지 못했다.

사람들도 따라 웃었다.

부인은 내가 질베르트와 함께 있는 것을 한 번도 본 적이 없고, 내 이름도 모르며, 그저 나란 존재는 그녀에게 (공원의 경비원이나 뱃사공, 혹은 그녀가 빵조각을 던져 주는 호수의 오리처럼) 불로뉴 숲을 산책하는, 그저 그녀에게는 부차적이고, 이름도 없고, 마치 연극의 단역처럼 개성을 상실한 존재일 따름이었다.

내가 아카시아 길에서 부인을 볼 수 없었던 날에는, 혼자 있고 싶어 하거나 그렇게 보이고 싶어 하는 여인들이 즐겨 찾는 마르그리트 왕비의 길에서 부인을 마주치는 경우도 있었다.

부인은 그리 오래 머물지 않았다….

불로뉴 숲은 이같은 복합성으로 인해 인공적인 장소이자, 동물학적 신화적 의미의 정원에 해당하는 셈인데, 그해에 나*는 트리아농에 가면서 또다시 그곳을 가로지를 기회가 있었다.

불로뉴 숲은 묘목장이나 정원처럼 일시적이고 인위적인 면모를 띠고 있었다.

VILLE

이때야말로 불로뉴 숲의 정수를 가장 다채롭게 드러내는 계절이었고,

확연히 구분되는 부분들을 하나의 복합적인 공간 안에 가장 조화롭게 아우르는 계절이었다.

불로뉴 숲은 숲일 뿐 아니라 나무들의 삶과는
다른 별도의 목적에 부응하는 듯 보였다.

그래서 나는 나무들을 바라볼 때도, 나무들을 초월하여, 나무들이 매일 몇 시간 동안 품안에 가두는 산책하는 미모의 여인들이란 걸작을 향해, 나도 모르는 사이 뻗어나가는 불만스런 애정의 눈으로 바라보았다.

나무들은 여러 해 동안 일종의 접목에 의해 어쩔 수 없이 공생해야만 했던 까닭에, 드리아드◆처럼 민첩하고 다채로운 색깔의 사교계 미인을 나에게 떠올리게 했는데, 나무들은 그 여인이 곁을 지날 때 가지로 가리기도 하고, 또 자기네들처럼 여인도 계절의 위력을 실감하게 했다.

나무들은, 여성적 우아함이 무심하면서도 은밀한 잎새 사이에서 잠시 걸작품으로 화하는 곳에
너무도 가 보고 싶은, 아직 때 묻지 않은 행복했던 나의 어린 시절을 떠올리게 했다.

잠시 멈춰요.
똑
똑

나는 나의 내면에 간직하던 완벽성이란 개념을 사륜마차의 높이에, 사나울 뿐 아니라 말벌처럼 날렵하고 충혈된 눈을 가진 잔인한 디오메데스의 말들◈의 여윈 몸집에 적용했었는데, 내가 사랑했던 것을 다시 보고 싶은 욕망에 사로잡혀, 스완 부인의 마차를 모는 거구의 마부가 사납게 요동치는 강철 날개를 통제하던 바로 그 순간의 광경을 다시 한번 보고 싶었다….

슬프다! 이제는 자동차들만이 다닐 따름이다….

나는 여인들이 썼던, 나지막해서 수수한 왕관처럼 보이는 작은 모자가 내 기억의 눈으로 보는 것만큼이나 매력적일지 이 두 눈으로 직접 확인해 보고 싶었다.

하지만 이제 여인들의 모자는 예외 없이 커다랗고, 과일이며 꽃, 또는 다양한 새들이 얹혀 있다.

스완 부인과 함께 마르그리트 왕비의 길을 거닐었을 신사 양반들에게서도 더 이상 예전의 회색 모자는 찾아볼 수 없었다. 어디 그뿐인가.

아예 모자를 쓰지 않은 맨머리였다.

나는 이같은 새로운 광경의 모든 부분들에서의 일관성이나 통일성 내지는 존재감에 더 이상 믿음을 부여할 수 없었다. 이런 것들은 내 눈앞에서 그저 산만하고 우발적이며, 진실성을 획득하지 못한 채 스쳐 지나갈 따름이고, 예전 같으면 나의 시선이 구성하려 애썼을 그 어떠한 아름다움도 가지고 있지 못했다.

여인들은 그저 그런 여인들일 뿐, 그 우아함을 신뢰할 수도 없었고, 중요해 보이지도 않았다. 차림새도 그저 그럴 따름이었다.

하지만 믿음이 사라진 후에도, 그 믿음을 토대로 생동했던 과거의 것들에 대한 물신주의적 애착은 살아남게 마련이다. 마치 신성(神性)은 우리 자신이 아니라 그것들 안에 간직돼 있고, 믿지 못하는 지금의 심정은 우발적인 이유, 즉 신들의 죽음 때문이기라도 하다는 듯이 말이다.

끔찍하군! 과연 자동차가 마구를 매던 예전의 마차만큼 우아하다고 할 수 있단 말인가?

물론 나는 이제 너무 늙었다. 하지만 그렇다고 해서 내가 천도 아닌 것으로 옥죄는 드레스에 여인들이 갇혀 지내야 하는 시대의 사람은 아니다.

끔찍해라!
그저 내가 예전에 알던 여인들을 떠올리면서 위안 삼을 수밖에. 요즘은 우아함이란 존재하질 않아.

하지만 베일에 뒤덮이고 채마(菜麻)밭을 엎어 놓은 듯한 모자를 쓴 끔찍한 오늘날의 여인들을 바라보는 이들이, 스완 부인이 얼마나 고혹적이었는지 분간할 수나 있겠는가?
수수한 보랏빛 부인모(婦人帽)며 곧추 선 붓꽃 한 송이만 덩그러니 꽂은 작은 모자를 쓴 그 자태를….

게다가, 여인들이 당시와 똑같은 차림새를 한다고 해도 충분할 것 같지 않았다. 우리의 기억력이 균형 잡힌 전체로서 유지시키는, 바로 그 기억의 여러 부분들이 서로 품는 연대감 때문에 내가 당시의 여인들 중 하나가 사는 집에서 찻잔을 기울이고 싶어 하는 것일 테니 말이다.

그것도 당시의 바로 그 여인들, 다시 말해 내가 아직 순진무구하던 시절, 전설인 양 숭앙하던, 우아한 차림새를 가진 바로 그 여인네들과 함께 말이다.

슬프다! 나는 아카시아 길(미르트 길로 이름이 바뀌었다)에서 그 여인들 중 몇몇을 다시 보긴 했지만, 그녀들은 늙고, 예전 모습의 끔찍한 그림자가 되어, 마치 베르길리우스의 총림(叢林)을 배회하며 절망적으로 뭔가를 찾는 듯 보였다.

예전에 '여성'의 엘리제* 동산이란 사념이 비상(飛上)했던 불로뉴 숲에 또다시 자연이 군림하기 시작했다.

큰 새들이 날카로운 소리를 내지르며 불로뉴 숲을 통과하고 나서, 한 마리씩 차례로 키 큰 참나무들 위로 내려앉았다.

드루이드*의 왕관을 쓰고, 도도나의 위엄*을 갖춘 웅숭깊은 이 나무들은 황량한 숲에서 인간의 흔적이라곤 찾아볼 수 없다는 사실을 선포하는 듯했고, 나로 하여금 기억의 그림들을 현실에서 찾으려 하는 것은 그 매력이 기억 자체에서 연원하는 만큼 그것들에 결핍돼 있을 수밖에 없고, 감각에 의해 지각될 수도 없는 까닭에 모순이란 사실을 깨닫게 해 주었다.

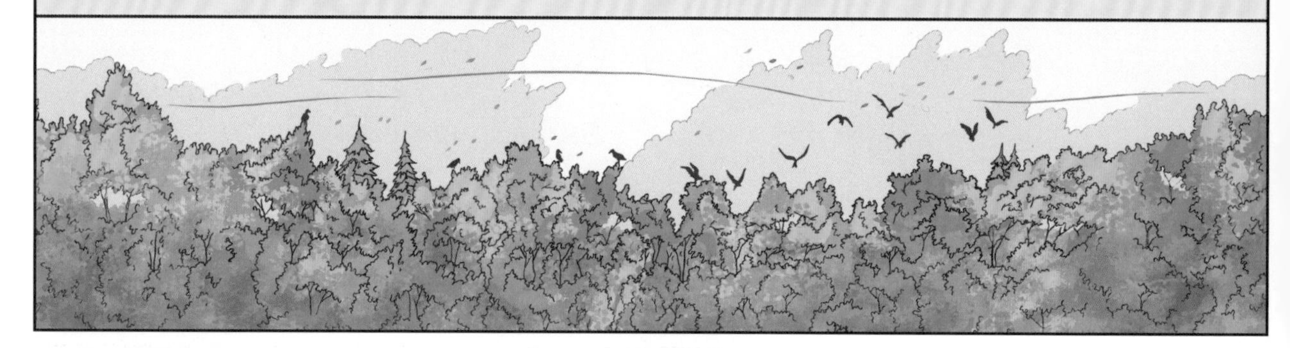

우리가 알았던 장소는 우리가 좀 더 편리함을 얻기 위해 위치시키는 공간의 세계에만 속하는 것은 아니다. 어느 특정 이미지에 대한 기억은 어느 특정 순간에 대한 그리움일 따름이다.

내가 알았던 현실은 더 이상 존재하지 않았다.

그리고, 슬프게도, 집이며 길, 대로들은 흘러간 세월처럼 달아나게 마련이다.

끝

부록

등장인물

화자의 가족

플로라 할머니
셀린 할머니
외할머니(바틸드)
외할아버지(아메데)
아돌프
외종조부
왕고모
아버지
어머니
레오니 이모 또는 '옥타브 부인'
화자(마르셀)

그 외 등장인물

프랑수아즈

샤를 스완

르그랑댕

오데트 드 크레시(스완 부인)

질베르트 스완(스완과 오데트의 딸)

의사 페르스피에

콩브레의 사제

욀랄리

부엌데기

알베르 블로크

사즈라 부인

오리안, 롬 공주
(게르망트 공작부인)

팔라메드 드 게르망트,
샤를뤼스 남작(애칭 '메메')

웨일스 공

시도니 베르뒤랭

귀스타브(또는 오귀스트) 베르뒤랭

나폴레옹 3세

포르슈빌 백작

'젊은 피아니스트'

사니에트

의사 코타르

코타르 부인

교수 브리쇼

화가 비슈(「스완의 사랑」에서)
이후엔 엘스티르(『활짝 핀 아가씨들의 그늘에서』에서)

작가 베르고트

작곡가 뱅퇴유

뱅퇴유 양

뱅퇴유 양의 친구

프로베르빌 장군

팔랑시 씨

생캉데 씨

브레오테 씨

사교계 소설가

포레스텔 씨

생퇴베르트 부인
캉브르메르 부인의 며느리
캉브르메르 후작부인
프랑크토 자작부인
갈라르동 후작부인
몽트리앵데르 백작부인
의사 불봉
오데트의 이웃들
스완의 정부인 어린 여공
젊은 피아니스트의 숙모
질베르트의 가정교사
블라탱 부인

오데트 스완의 마부

오데트의 어린 급사
〔고(故) 보드노르의 '호랑이'〕

레미, 스완의 마부

오데트 드 크레시의 하인

오데트 드 크레시의 하녀

아돌프 종조부의 하인

스완의 하인

트라크티르가(街) 스완네 집의 수위

창녀들

마르셀 프루스트

마르셀 푸르스트는 1871년 7월 10일 파리 16구 오퇴유 지역의 라퐁텐가(街) 96번지에서 태어났고,
1922년 파리 16구의 아믈랭가 44번지에서 오십일 세의 나이로 세상을 떠났다.

그는 부유한 부르주아 가정에서 자랐다. 저명한 위생학 의사인 아버지 아드리앵 프루스트는 파리 의과대학의 교수이자 국제위생단체의 총감이었다. 마르셀은 아주 어려서부터 귀족들의 살롱에 드나들었고, 사교계 인사로 시간을 보내는 동안 수많은 예술가와 작가 들을 만났다.

그는 여러 편의 짧은 산문과 시, 단편소설을 썼고(『기쁨과 나날들』), 기사와 모작 들을 묶은 『모작과 잡문』을 펴냈으며, 존 러스킨의 『아미앵의 성경』을 영어에서 프랑스어로 번역했다. 또한 그는 1895년에 첫 소설 『장 상퇴유』의 집필을 시작했으나 포기하고 마는데, 이 소설은 그의 사후인 1952년에 처음 출간되었다. 그는 1907년에 『잃어버린 시간을 찾아서』를 집필하기 시작한다. 일곱 권으로 이루어진 이 소설은 1913년에서 1927년 사이에 출간되었다.

『스완네 집 쪽으로』(1913년)
『활짝 핀 아가씨들의 그늘에서』『게르망트 쪽』
『소돔과 고모라』『갇힌 여인』『사라진 알베르틴』
『되찾은 시간』(1927년)

소설의 첫번째 권인 『스완네 집 쪽으로』는 세 부분(「콩브레」「스완의 사랑」「고장의 이름: 이름」)으로 되어 있다.

소설의 두번째 권인 『활짝 핀 아가씨들의 그늘에서』는 1919년 공쿠르 상을 수상했으며, 소설의 마지막 세 권은 프루스트 사후에 출간되었다.

『잃어버린 시간을 찾아서』는 소설 전체가 일인칭으로 서술되는데, 화자가 태어나지 않았거나 아주 어린 나이였으리라 간주되는 1880년대의 파리를 무대로 펼쳐지는 「스완의 사랑」만이 예외이다.

몸이 허약했던 마르셀 프루스트는 평생토록 중증의 천식으로 고생했다. 1922년 10월, 그는 에티엔 드 보몽 백작을 만나러 가던 중 감기에 걸리고, 결국 11월 18일에 기관지염이 도져 사망했다. 그는 파리의 페르라셰즈 공동묘지에 묻혔다.

프루스트의 설문지

'프루스트의 마들렌'(「콩브레」편)이나 '카틀레야를 하다'(「스완의 사랑」편)처럼, '프루스트의 설문지' 또한 프랑스어에 편입되어 통용되고 있다. 하지만 이 설문지는 프루스트 자신이 만든 것은 아니다. 영어로 작성된 설문지로, '고백'이란 별명으로 불리기도 한다. 프루스트는 적어도 두 차례 이 설문지에 응답했던 것으로 알려져 있다. 열세 살 때 처음으로 앙투아네트 포르의 설문지에, 두번째는 스무 살 때 설문지에 응했다. 질문들(그리고 대답들)은 똑같지는 않지만 거의 유사하다. 프루스트 설문지의 두 버전은 콜브 프루스트 재단의 홈페이지에서 열람할 수 있다.(http://www.library.illinois.edu/kolbp/proust/qst.html)

마르셀 프루스트의 가계도

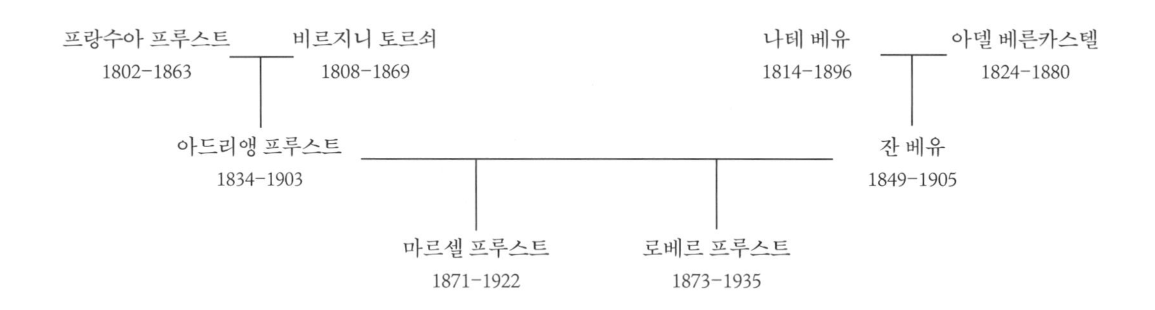
프랑수아 프루스트
1802–1863
비르지니 토르쇠
1808–1869
나테 베유
1814–1896
아델 베른카스텔
1824–1880
아드리앵 프루스트
1834–1903
잔 베유
1849–1905
마르셀 프루스트
1871–1922
로베르 프루스트
1873–1935

마르셀 프루스트의 아버지의 고향은 외르에루아르 지방의 일리에이다. '어린 마르셀'은 그곳에 사는 엘리자베트 아미오 이모네에서 바캉스를 보내곤 했다. 아미오 이모는 『잃어버린 시간을 찾아서』에서 '레오니 이모'로 화하고, 일리에는 소설 속 가상의 마을인 '콩브레'가 된다.

1971년, 작가의 탄생 백 주년을 기리기 위해 일리에 마을은 '일리에-콩브레'로 이름이 바뀐다. 일리에-콩브레는 문학 작품에 등장하는 이름을 채택한 프랑스 최초의 마을이다.

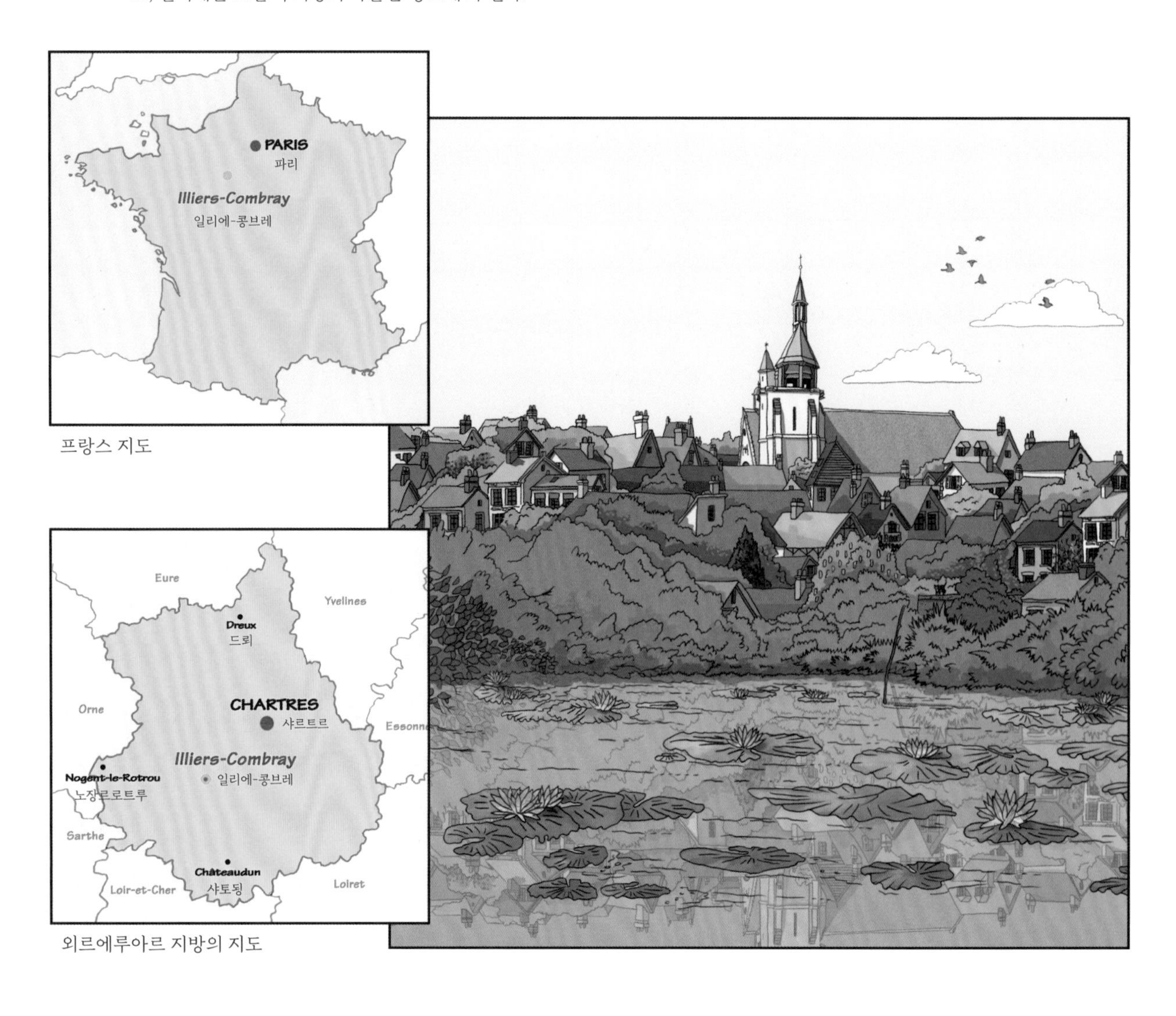
PARIS
파리
Illiers-Combray
일리에-콩브레
Eure
Yvelines
Dreux
드뢰
Orne
CHARTRES
샤르트르
Essonne
Illiers-Combray
일리에-콩브레
Nogent-le-Rotrou
노장르로트루
Sarthe
Châteaudun
샤토됭
Loir-et-Cher
Loiret

프랑스 지도

외르에루아르 지방의 지도

어휘풀이

원작 소설 『잃어버린 시간을 찾아서』의 첫번째 권 『스완네 집 쪽으로』를 구성하는 만화본 네 권이 완성된 시점에 원서 출판사가 내용 이해를 위해 덧붙인 자료로, 낱권으로는 『고장의 이름: 이름』(6권)에 수록되어 있다.

콩브레

3.

동시에르(Doncières): 가상의 해변가 휴양도시인 발벡 부근에 위치한 가상의 도시이다. 『활짝 핀 아가씨들의 그늘에서』에 등장하는 인물인 로베르 드 생 루가 복무하는 부대가 이곳에 있다. 보주 지방의 동시에르와는 아무런 상관이 없다.

4.

마술 환등기: 마술 환등기는 아주 단순한 구조를 가진 원시적인 영사기계이다. 광원, 채색유리, 볼록렌즈로 구성되어 있다.

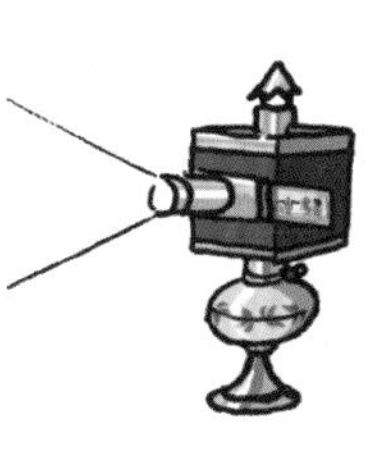

준비에브 드 브라방(Geneviève de Brabant) 전설: 준비에브 드 브라방의 남편인 시프루아는 전쟁터로 떠나면서 부인을 집사인 골로에게 맡긴다. 이때 부인은 이미 남편의 아이를 임신하고 있었는데, 그녀를 유혹하려다 실패한 골로는 앙심을 품고 그녀가 자신과 정을 통하여 아이를 가졌다고 거짓으로 고한다. 시프루아는 골로에게 준비에브와 갓 태어난 아기를 물에 빠뜨려 죽이라고 명령한다. 하지만 두 사람을 처형하려던 병사들은 불쌍한 마음이 들어 두 모자를 숲에 내다 버린다. 모자는 숲의 동굴에 숨어 사슴의 젖으로 연명한다. 여러 해가 흐른 후 사냥에 나선 시프루아는 이들을 발견하고, 사실을 알고 나서 골로를 처형한다.

7.

조키 클럽(Jockey-Club): 1834년에 설립된 프랑스 최고 귀족들의 사교 모임이다. 마르셀 프루스트는 여러 차례에 걸쳐 조키 클럽을 세계에서 가장 폐쇄적인 사교 모임이며, 엘리트 집단의 성전이자 자족적인 세계로 그린다. 클럽 본부는 오페라 광장 부근의 스크리브가(街) 1번지에 소재한 오텔 스크리브에 있었다.

영국 왕세자: 에드워드 7세는 왕위에 올라 구 년간 통치하기 전까지 근 육십 년 동안 웨일스 공(Prince de Galles)이란 이름으로 불렸다. 어머니인 빅토리아 여왕이 오랜 기간 영국을 통치하는 동안, 그는 영국 귀족 엘리트 사회를 대표하면서 해외를 무수히 드나들고 유행을 퍼뜨렸다. 프랑스를 사랑한 그는 프랑스어를 유창하게 했고, 벨 에포크의 파리 유명인사들과 교류했으며, 제이차 영불협상(1904)을 이끌어냈고, 스완의 주요 모델인 샤를 아스의 친구이기도 했다.

9.

포도주: 아스티 포도주(Vin d'Asti)로, 이탈리아 피에몬테 지방에서 생산되는 단맛이 도는 포도주이다. 이곳의 거품 이는 포도주인 아스티 스푸만테는 아스티

사향포도로 제조된다.

파스키에: 가스통 도디프레파스키에(Gaston d'Audiffret-Pasquier, 1823-1905)는 프랑스의 상원의장이자 아카데미 회원이었고, 파리 의회 의장을 지낸 종조부의 양자가 됨으로써 파스키에 공작의 작위를 갖게 되었다. 그는 그의 종조부가 집필한 『우리 시대의 역사, 파스키에 의장의 회고록』을 편찬했는데, 바로 화자의 할아버지가 언급하는 책이다.

생시몽(Saint-Simon): 본명이 루이 드 루브루아인 생시몽 공작(1675-1755)은 루이 14세와 섭정 시대의 궁정생활을 세밀하게 그린 『회고록』으로 유명하다.

몰레브리에(Maulévrier): 소설 속에서 스완은 생시몽을 인용하면서 몰레브리에에 관해 이렇게 말한다. "그는 우리 아이들을 향해 손을 주려 했다. 나는 이를 즉시 간파하고 그러지 말라고 말렸다." 셀린 할머니는 생시몽이 친절의 제스처를 방해한다는 사실에 분노한다. 왜냐하면 셀린 할머니는 '손을 주다(donner la main)'란 옛 표현이 '누군가에게 손을 내밀다'라는 뜻이 아니라, '이 사람 앞에서 물러서다(양보하다)'라는 뜻임을 모르고 있었기 때문이다.

10.
"주여, 당신은 우리로 하여금 얼마나 많은 덕목들을 증오토록 하십니까?(Seigneur, que de vertus vous nous faites haïr!)": 화자의 할아버지는 셀린, 플로라 자매가 적절치 못한 칭찬을 남발하고 공연히 달콤한 말을 늘어놓음으로써 스완이 하는 말을 제대로 음미하지 못하게 방해하는 데 화가 난 나머지, 코르네유의 비극인 「폼페이우스의 죽음」의 한 구절을 인용한다. 인용 원문은 다음과 같다. "오, 하늘이여, 당신은 나로 하여금 얼마나 많은 덕목들을 증오토록 하십니까?(Ô ciel, que de vertus vous me faites haïr!)"

14.
45번지: 쿠르셀가(街) 45번지로, 프루스트 가족이 1900년에서 1906년까지 이 주소의 삼층에 살았다.

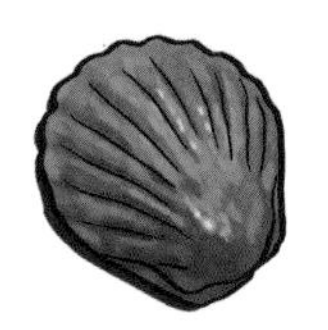

15.
마들렌: 계란이 주원료인, 조개 모양을 한 작은 과자이다. 18세기 로렌 지방의 코메르시에서 보몽 후작의 요리사인 마들렌 폴미에가 처음 만들었다.
전하는 이야기에 따르면, 이 과자가 조개 모양을 하게 된 것은 바로 이 조개 형상을 상징물로 삼은 산티아고 데 콤포스텔라 순례에까지 거슬러 올라간다. 마들렌 과자 대목(「콩브레」, 15-17쪽)은 '프루스트의 마들렌'의 기원을 이룬다.

17.
비본(Vivonne) 강의 연꽃: 황련은 사오 센티미터가량의 노란색 꽃이다. 수련은 꽃이 흰색이거나 분홍색, 붉은색 등으로 좀 더 화사하고 장식적이며, 이십여 개의 꽃잎을 가졌고, 직경이 십에서 십이 센티미터가량이다.
비본 강은 마르셀 프루스트가 만들어낸 가상의 강이다.

18.
옥타브 부인(Madame Octave): 레오니 이모는 과부로, 남편의 성이 옥타브이다. 오랫동안 '장군 부인'이란 호칭이 존재했던 것처럼, 프랑수아즈는 관습에 따라 레오니 이모를 옥타브 부인(마님)이라 부르곤 한다.

"성체를 거양한 다음이겠던데" "교회 종이 울리던데": 거양성체(Élévation)는 가톨릭 성사의 일종으로, 신부가 미사 집전 중 빵과 포도주를 들어 올리는 행위를 뜻한다. 죽은 이들을 위한 종 또는 조종(弔鐘)은 마을 주민이 세상을 떠났다는 것을 뜻한다.

19.
펩신: 펩신은 동물성 효소 중 하나이다. 레오니 이모는 소화를 촉진하기 위해 이 효소가 들어 있는 약을 복용한다.

21.
에스더 전설 태피스트리: 장 프랑수아 드 트루아가 1737년에서 1742년에 제작한 일곱 장의 밑그림을 기초로 하여 왕립 고블랭 제작소에서 일곱 장의 에스더 전설 태피스트리가 만들어졌다.

전설: 페르시아 제국의 아하스에로스 황제는 새로 왕비가 될 사람을 찾던 중 에스더에게 마음을 빼앗기고 그녀를 왕비로 맞이한다. 그런데 에스더의 사촌 오빠인 모르드개는 에스더에게 자신이 제국 내 유태인 종족의 수장이란 사실을 발설하지 말라고 이른다. 그러던 중 황제 수하의 대신인 아만은 점차로 세력을 넓혀 가는 모르드개에게 질투심을 느끼고, 또 에스더와 모르드개가 유태인이란 사실을 알고서 제국의 유태인들을 몰살할 계획을 세운다. 이에 에스더는 목숨을 걸고 황제에게 자신의 종족이 학살당하지 않게 해 달라고 간청한다. 왕비의 간곡한 청에 감동한 황제는 학살군을 제압하고 아만을 교수형에 처한다.

27.
아티초크 고갱이: 원문은 카르동(Cardon)으로, 이제는 사라지고 없는, 옛 전통음식의 식재료로 사용되던 채소이다. 아티초크와 비슷하게 생긴 야채로, 흰살 고기 요리에 곁들여 먹었다. 그라탱이나 도넛, 또는 그리스 식으로 버터와 함께 날로 먹거나, 프랑수아즈가 보여 주듯 식도락가들이 즐기는 골수 요리에 곁들여 먹었다.

29.
편도과자: 원문은 마스팽(Massepain)으로, 계란 흰자, 빻은 아몬드와 설탕을 주원료로 한 파스타이다. 베네치아가 원산지이고(마르치 파니스), 프랑스 오트비엔 지방의 생레오나르드노블라의 특산음식이다. 아몬드 파스타를 지칭한다.

배우들: 고트, 들로네, 페브르, 티롱, 모방, 코클랭(오른쪽 삽화), 사라 베르나르, 라 베르마, 바르테, 마들렌 브로앙, 잔 사마리 등은 당시 활동하던 배우들이다. 프루스트가 창조해낸 가공인물인 라 베르마는 레잔과 사라 베르나르를 모델로 삼았다.

32.
볼라벨(Vaulabelle): 아실 트나유 드 볼라벨(1799-1879)은 문교부 장관이었다. 아돌프 할아버지가 빅토르 위고와 함께 그의 이름을 언급하는데, 오데트는 그가 예술가인 줄 착각한다.

34-35.
조토: 조토 디 본도네(Giotto di Bondone, 1267-1337)는 기독교 예술과 후대의 예술가들에게 지대한 영향을 미친 이탈리아의 화가이자 건축가, 조각가이다. 그가 활동한 시기는 이른바 전기 르네상스로, 그가 그린 인물들은 생생하게 살아 움직이고, 천을 두른 묘사는 매우 자연스럽다. 그는 이미 원근법을 사용했다.

38.
"부대가 작전을 하러 이동하던 중 콩브레를 지나는": 프루스트는 어린 시절 '일리에'에서 바캉스를 보낼 때, '기갑부대'가 작전 중에 마을을 관통하여 레오니 이모네 집 뒤편으로 지나가는 광경을 보았다. 이 부대는 샤토됭에 주둔한 경기병대 제7여단이었다.

41.
메흐메트 2세(Mehmet II): 「콩브레」 편에서, 스완은 블로크를 벨리니가 그린 메흐메트 초상화에 빗댄다. '정복자' 메흐메트 2세(1432-1481)는 오스만 제국의 제7대 술탄이었다. 그는 1453년에 콘스탄티노플을 정복하고, 톱카프 궁전을 짓게 했다. 문학과 예술을

애호했던 그는 시와 노래를 지었고, 과학에 관심을 가졌으며, 젠틸레 벨리니 등의 이탈리아 화가들을 초빙했다. 가장 유명한 그의 초상화는 바로 벨리니가 그린 것이다.

「스완의 사랑」에서, 스완은 특히 메흐메트 2세에 얽힌 이야기 때문에 그에게 관심을 갖는다. "그런데 스완은 벨리니가 그린 초상화 때문에 좋아하게 된 메흐메트 2세가 유독 마음에 와 닿았다. 그의 전기를 쓴 베네치아 출신의 작가는, 그가 궁정의 여인 중 한 명을 몹시 사랑한 나머지 단도로 찔러 죽였는데, 이는 마음의 평화를 얻기 위한 것이었다고 담담하게 전한다."

47.
산사나무, 성모의 달: 18세기 이래 가톨릭 신자들 사이에서 5월은 성모의 달이라 불렸다. 5월이면 수많은 교구에서는 묵주(默珠) 신공을 드리고 성모 마리아에게 기도를 드리며, 그녀를 기리는 성가를 자주 불렀다. 화자와 화자의 가족은 저녁 후에 바로 이 집단 기도에 참석하고자 했다.
산사나무는 성모의 달과 연관을 가지고 있었다. 흰 꽃잎은 성모 마리아의 순수성을 상징하고, 가시는 그리스도의 면류관을 연상시키기 때문이다. 아직도 여전하지만, 5월은 순결의 달로 여겨졌다. 이같은 전통에 따르면, 5월에는 여성이 임신하기 힘들다는 이유로 결혼을 피한다. 마찬가지로, 예전에는 5월에 영성체와 세례가 집중돼 있었다. 이같은 풍속은 5월이 죽은 자를 기리는 달인 만큼 결혼을 금했던 로마의 전통과도 연관이 있다.

49.
폴 데자르댕(Paul Desjardins): 프랑스의 교육자이자 신문기자로, 폴 데자르댕(1859-1940)은 이십이 년 넘게 매년 지식인들이 회합하는 '데카드 드 퐁티니'를 조직했다.

58.
친척분: 원문은 둥근 괄호(parentèse, 파랑테즈)로, 이 대목에서 프랑수아즈는 연독의 오류[cuir, 프랑스어에서는 연독의 오류를 'cuir(가죽)'라 일컫는데, 이는 마치 가죽을 얻기 위해 짐승의 표피를 벗겨내듯, 언어의 가죽을 벗기는 셈이라는 데서 유래한 말이다]를 범한다. 프랑수아즈가 화자에게 했던 '둥근 괄호'란 말은 실상 '친척(parentèle, 파랑텔르)'을 지칭하기 위한 것이었다.

스완의 사랑

73.
플랑테: 프랑시스 플랑테(Francis Planté, 1839-1934)는 '피아노의 신'이라 불린다. 프레데리크 쇼팽의 연주를 직접 들은 유일한 피아니스트였던 그의 연주 녹음은 아직도 전해진다.

루빈시테인: 안톤 루빈시테인(Anton Rubinstein, 1829-1894)은 러시아의 피아니스트이자 작곡가, 오케스트라 지휘자로, 당대의 가장 중요한 음악가 중 하나였다. 그는 리스트와 쇼팽과 교류하고, 차이코프스키를 가르쳤던 스승 중 하나이다.

포탱: 프랑스의 심장 전문의인 피에르 샤를 에두아르 포탱(Pierre Charles Édouard Potain, 1825-1901)은 수많은 과학논문을 발표하고, 심장학 분야에서 크게 공헌한 인물이다. 아직도 '포탱 흡출기' '포탱 병' '포탱

증후군'이란 용어들이 사용되고 있다. 그가 심장 전문의로서 코타르에 뒤질 가능성은 매우 희박하다….

76.
포부르 생제르맹(Faubourg Saint-Germain): 파리에서 가장 멋지고 명망 높은 동네 중 하나이다. 하지만 그 범위는 매우 넓고 추상적이어서, 포부르 생제르맹의 대표적 인물들인 준비에브 스트로스나 그레필 공작부인은 센 강 북쪽에 거주했다. 좁은 의미의 포부르 생제르맹은 릴가(街), 콩스탕틴가, 바빌론가, 보나파르트가로 구획된 지역을 가리킨다고 볼 수 있다.

80.
델프트의 베르메르(Vermeer de Delft): 요하네스 베르메르 또는 델프트의 베르메르(1632-1675)는 네덜란드의 화가이다. 마르셀 프루스트는 그가 그린 〈델프트 전경〉(프루스트는 이 그림을 '세상에서 가장 아름다운 그림'이라고 말한다)을 헤이그에서 처음 보았고, 1921년 파리 죄드폼 미술관 전시회에서 재차 보았다. 스완은 베르메르에 관한 글을 준비하지만 결국 끝맺지 못하고, 작가 베르고트는 〈델프트 전경〉 앞에서 쓰러진 후 사망한다.

82.
악마 같은 미모: 오로지 젊고 싱그러운 데서 비롯하는 아름다움을 지칭하는 말이다.

푸른 피: 푸른 피를 가졌다는 표현은 귀족 출신이란 의미이다. 귀족은 좀처럼 악천후에 노출되지 않으며 일을 하지 않기 때문에 피부가 희고 고와 푸른 혈관이 그대로 내비친다는 데서 유래한 표현이다.

백지수표를 주다: 누군가에게 전권을 부여한다는 뜻이다.

의자 나무 봉과도 같은 생활: 언제든 분리나 조정이 가능하고 끊임없이 위치가 달라지는 의자의 다리처럼 혼란스럽고 난잡한 삶을 지칭하는 표현이다.

라블레의 십오 분: 금전적으로 곤궁한 상태를 가리키는 말로, 기지를 발휘하지 않으면 빠져나오기 힘든 상황을 일컫는 표현이다. 리옹의 어느 여관에서 계산서를 집어 든 라블레(16세기 프랑스의 인본주의 소설가)가 국왕에 대한 역모를 꾸몄다고 거짓 자백을 함으로써 체포되어 파리로 이송되고 감옥에 갇혀 공짜로 숙식을 해결할 수 있었다는 데서 유래한다. 당시 국왕인 프랑수아 1세는 이 이야기를 전해 듣고 크게 웃으며 라블레를 용서하고 여관비를 대신 물어줬다고 전해진다.

왜냐하면을 남발하다: 라틴어로 '쿠이아(quia)'는 '왜냐하면'을 뜻한다. 이를테면 "왜냐하면… 왜냐하면…" 이란 말만 반복하는, 궁지에 몰린 상황을 일컫는다.

83.
스마트: '우아한' '세련된'의 뜻을 가진 영어 단어이다. 당시 영어가 대단히 유행했었다.

86.
「제9교향곡」「음유시인」: 베토벤의 「제9교향곡」과 바그너의 「음유시인」을 지칭한다.

〈곰과 포도〉: 장 드 라 퐁텐의 「여우와 포도」와 이솝의 「곰과 여우」는 실재하는 작품이지만, 〈곰과 포도〉는 프루스트가 지어낸 가상의 작품이다.

90.
「피아노와 바이올린을 위한 소나타」: 화자가 「콩브레」 편에서 알게 된 작곡가 뱅퇴유가 작곡한 것으로 되어 있는 가상의 작품이다.

91.
작은 짐승에까지 관심을 쏟다: 까다롭게 따지거나 사소한 허물을 문제 삼는다는 뜻이다.

바늘 더미에 파묻히다: 사소한 문제를 빌미 삼아 트

집을 잡는다는 뜻이다.

머리카락을 넷으로 쪼개다: 작고 사소한 문제에 연연하거나 꼼꼼하게 구는 태도를 일컫는 말이다.

92.
샤틀레(Châtelet): 샤틀레 광장에 소재한 극장으로, 1862년 시립극장(같은 시기, 같은 도면에 의거하여 광장 맞은편에 지어졌다) 맞은편에 지어졌다. 이 극장은 센 강에 걸친 다리인 퐁토샹주와 이어진다.

강베타의 장례식: 프랑스 하원의 상임위원장과 의장을 지낸 레옹 강베타(Léon Gambetta, 1838-1882)는 제3공화국에서 중요한 위치를 차지했던 정치인이다. 1883년 1월 6일에 국장(國葬)으로 치러진 그의 장례식은 전 세계의 이목을 끌었다.

「다니셰프 사람들(Les Danicheff)」: 알렉상드르 뒤마 피스가 피에르 뇌스키라는 필명으로 피에르 코르뱅과 공동으로 완성한 4막의 희곡이다. 1876년에 초연되었고, 1884년에 포르트 생마르탱에서 재연됐다.

쥘 그레비(Jules Grévy): 1879년에서 1887년까지 재임한 프랑스 제3공화국의 대통령으로, 서훈(敍勳) 스캔들에 휘말려 사임했다.(그의 사위가 돈을 받고 레지옹 도뇌르 훈장을 팔았다.)

95.
라 페루즈가(街): 오데트가 사는 곳의 길 이름으로, 탐험가인 장 프랑수아 드 갈로, 즉 라 페루즈 공작의 이름을 땄다. 그는 1788년 탐험을 위한 항해 중에 실종되었는데, 그의 이국적인 이름이 오데트의 집 실내장식의 주조를 이루는 '일본풍'과 잘 어울린다.(동양 물건들로 꾸민, 무척이나 야릇한 작은 저택)

오데트의 침실은 지척에 이 길과 평행을 이루는 뒤몽뒤르빌가(街)를 향해 있다. 이 두 길 사이의 건물들은 옛 파리의 경계를 이루던, '일반 조세 징수처의 벽'이 있던 바로 그 자리에 지어졌다. 출입구가 둘인 오데트의 침실 구조는 그녀의 화류계 생활과 잘 어울린다.
또한 개선문에서 아주 가까운 이 길은 파리의 서쪽에 위치하며, 신흥 부르주아 동네이다. 이보다는 훨씬 동쪽이고 귀족적이면서 시대에 뒤처진, 케 도를레앙에 사는 스완의 동네와 대조를 이룬다.
「고장의 이름: 이름」에서, 스완 가족은 바로 이 길의 지척에 있는, 뒤 부아로(路)(현재의 포슈로)로 난 작은 길에 거주한다. 요컨대 개선문은 스완과 오데트 사이의 경계선 역할을 한다고 볼 수 있다. 즉, 스완은 치과가 있는 뒤포가(街), 쇼핑하러 가는 백화점인 오트루아 카르티에, 자기 딸을 데리러 가는 샹젤리제 공원 등 주로 동쪽에서 활동하는 반면, 오데트는 그녀의 가벼운 행실로 스완에게 고통을 안겨 주는 장소인 서쪽의 불로뉴 숲을 자주 드나든다.

96, 104, 105.
카틀레야(Cattleya): 영국의 식물학자 윌리엄 캐틀리를 기리기 위해 명명된 이름으로, 열대 아메리카가 원산지이다. 꽃은 크고 원뿔 모양으로, 보라색이나 백색이다. "그리고 나서 한참 후 (…) '카틀레야를 고쳐 주다'란 메타포는 생각 없이 그저 쓰는 말이 돼서 두 사람이 상대의 육체를 갖는 행위—하지만 실상 갖는 것은 아무것도 없다—를 가리킬 때마다 입에 올리게 되었다." '카틀레야를 하다' 또는 '카틀레야를 고치다'란 표현은 소설에서뿐 아니라 이제는 프랑스어에 편입되어 '성관계를 맺다'를 뜻하게 되었다.

97.
노트르담 드 라게(Notre-Dame de Laghet): 니스와 모나코 중간에 위치한 작은 마을이다. 1652년 성모 마리아가 이곳에 나타나 여러 기적을 행한 이래 그 자리에 성

전이 지어졌고 오늘날에도 수많은 순례자들이 찾는다. 오데트는 이 메달을 페티시처럼 집착한다.(스완은 "당신의 노트르담 드 라게 메달을 두고 맹세할 수 있겠소?"라고 묻고, 프랑수아즈는 "스완 부인이 메달에 꽤나 의지하는 것 같아요"라고 말한다) 메달에는 기적을 행하는 성모 마리아의 형상이 새겨져 있다.

98.

제포라(Zéphora): 스완은 대가들의 그림에서 자기가 아는 사람들을 분간해내길 즐긴다.

스완이 오데트를 사랑하게 되기까지에도 그림의 영향이 컸다. 그는 처음에는 오데트에게 신체적인 반감을 품지만, 어느 날 오데트에게서 보티첼리의 그림에 등장하는 제트로의 딸 제포라의 모습을 발견하고부터는 그녀에 대한 사랑이 싹트기 시작한다. 이리하여 스완 스스로 "내가 좋아하는 스타일이 아닌" 여성이라고 했던 오데트는, '더할 나위 없이 소중한 걸작'으로 바뀐다. 그는 집 책상 위에 마치 오데트인 양 제포라의 복제화를 올려놓고 쳐다보곤 한다.

로레단 총독(Doge Loredan): 로레단은 1501년 베네치아 공화국의 총독으로 선출되었다. 스완은 자기 마부인 레미가 안토니오 브레그노(일명 리조)가 제작한 로레단 흉상과 무척 닮았다고 생각한다.
안토니오 리조는 1498년경에 공금횡령 혐의를 받고 베네치아로부터 도망을 갔고, 1499년에서 1500년 사이에 사망한 것으로 간주된다. 따라서 그가 1501년에 로레단의 흉상을 조각할 수는 없었다. 프루스트는 청동 조각가 브리오스스코(일명 리치오)와 혼동한 듯하다.

기를란다요(Ghirlandajo): 스완은 피렌체 화파에 속하는 이탈리아 화가인 기를란다요(아래 그림, 〈노인과 아이〉의 일부)의 그림에서 팔랑시 씨의 코를 분간해낸다.

틴토레토(Tintoretto): 스완은 자코포 로부스티(일명 틴토레토, 1518-1594)가 그린 초상화에서 의사 불봉의 턱수염과 눈매, 코를 분간해낸다.

99.

친밀한 사이: 원문은 '최상의 관계이다(Être du dernier bien)'로, 누구와 절친하다는 의미이다.

돌이킬 수 없는 사이: 원문은 '목동의 시간(L'heure du berger)'으로, 황혼 무렵 연인들이 밀회를 갖기에 알맞은 시간을 뜻한다. 그리스 신화에 따르면, 목동 엔디미온을 사랑한 달의 여신 셀레네는 제우스에게 엔디미온이 아름다움을 간직한 채 영원한 잠 속에 빠지게 해 달라고 간청한다. 제우스가 자신의 청을 들어주자, 달의 여신은 매일 저녁 목동에게로 와서 그를 바라보고 사랑을 나눈다.

순진하다: 원문은 '조바르(Jobard)'로 남의 말을 잘 믿는 순진한 사람을 일컫는 구어적 표현이다.

100.
프레보(Prévost): 본 누벨로(路)에 소재했던 카페 겸 레스토랑.(지금은 존재하지 않는다.)

101.
에우리디케(Eurydice): 그리스 신화에 등장하는 요정 에우리디케는 오르페우스와의 결혼식 날 독사에게 발을 물려 죽는다. 오르페우스는 그녀를 산 자들의 세상으로 데려오기 위해 지옥으로 내려간다. 지옥의 신 하데스는 오르페우스가 에우리디케를 데려가도록 허락하지만 오르페우스가 지상에 도착할 때까지는 에우리디케를 향해 뒤돌아보지 말 것을 경고한다. 하지만 오르페우스는 에우리디케의 발소리가 들리지 않는 것 같아 뒤를 돌아보았고, 그 순간 에우리디케는 사라지고 만다.

102.
토르토니(Tortoni): 이탈리앵로(路)에 소재했던 카페 겸 레스토랑.(1893년에 문을 닫았다.)

메종 도레(Maison Dorée): 이탈리앵로 22번지에 소재했던 카페 겸 레스토랑으로, 별실을 갖추고 있었다.(1902년에 문을 닫았다.) 아직도 그 자리엔 당시의 건물 전면과 황금색 철제 발코니가 남아 있다. 지금은 은행 사무실로 사용되고 있다.

MAISON DORÉE
ENTRÉE

카페 앙글레(Café Anglais): 이탈리앵로 13번지에 소재했던 카페 겸 레스토랑.(1913년에 문을 닫았다.)

105.
타글리아피코, 올리비에 메트라: 오데트는 조제프 타글리아피코(Joseph Tagliafico, 1821-1900)의 「불쌍한 미치광이들!(Pauvres Fous!)」과 같은 발라드나, 대중적 인기를 끌었던 작곡가이자 오케스트라 지휘자인 올리비에 메트라(Olivier Métra, 1830-1889)의 「장미들의 왈츠(La Valse des roses)」(「창기병의 카드리유(Quadrille des lanciers)」도 유명하다) 등의 풍속 버라이어티를 즐겼다.

106.
바토의 삼색 연필 습작: '에스프리와 연정의 화가, 연애 축제의 화가'인 앙투안 바토(Antoine Watteau, 1684-1721)는 〈시테라 섬으로의 순례〉 〈피에로〉 등의 그림으로 유명하다. 또한 그는 삼색 연필 데생으로도 유명하다.
삼색 연필화 기법은 베이지색이나 회청색의 종이 위에 세 가지 색깔의 연필로 데생을 하되, 검은색 연필로는 대상의 윤곽과 그림자를, 핏빛 연필로는 색채를, 백묵으로는 빛을 표현한다. 이러한 기법은 18세기에 높은 평가를 받았다.
스완이 오데트에게서 보티첼리의 제포라를 떠올리는 것이 지극한 예술 애호 때문이라면, 이와는 반대로 스완은 바토의 삼색 연필 습작화를 떠올리며 무의식중에 오데트의 나쁜 행실과 '연애 축제(바토의 전문영역으로, 연애 감정을 표현한 바토의 화풍을 이르는 말이다—옮긴이)'를 연결 짓는다.

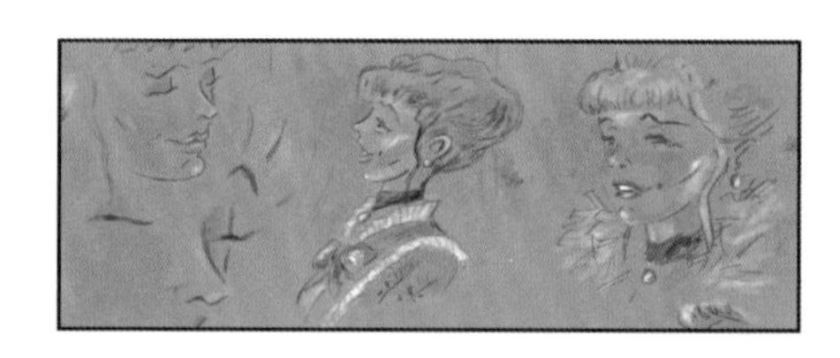

107.
아바튀시가(街)(Rue d'Abbattucci): 포부르생토노네와 생토귀스탱 광장 중간에 위치한 라보에시가의 일부로, 1868년에서 1879년까지 아바튀시가였다.

모피: 원문은 '비지트(visite)'로, 가장자리에 털을 덧댄 짧은 망토를 말한다.

108.
앵페라트리스로(路)(Avenue de l'Impératrice): 제2제정이 몰락한 후에는 뒤 부아로(숲길)로 바뀌고, 1929년에는 포슈로로 바뀐다.

호수: 투르 뒤 락(Tour du Lac)을 이르는 것으로, 불로뉴 숲에서 규모가 가장 큰 호수이다. 락 앵페리외르(아래 호수)를 지칭하며, 물이 락 쉬페리외르(위 호수)로부터 이곳으로 흘러든다.

에덴극장(Éden-Théâtre): 1882년 부드로가(街) 7번지에 지어진 극장이다. 현재는 아테네극장이다.

경마장: 석재와 철골 구조물로 지어진 일종의 원형경기장으로, 주로 말 관련 행사나 대규모 스펙터클이 벌어졌다. 오데트는 스완에게 알마 경마장(또는 파리 경마장)을 언급하는데, 이곳은 드 알마로(현재 조르주 생크로)와 마르소로가 만나는 장소에 있었으며, 육천 명의 관객을 수용할 수 있는 거대 시설이었다. 경마장은 소유주가 임대 계약 연장을 거부함으로써 1892년에 문을 닫았다.

케 도를레앙(Quai d'Orléans): 스완은 생루이 섬에 살았는데, 당시만 하더라도 유행에 뒤처진 동네였다.

110.
소르본(Sorbonne): 파리 학군을 관리하는 본부이자 명문대학이다. 현재 문화재로 등록되어 있다.

112.
〈순찰〉〈여섭정들〉: 렘브란트의 그림 〈야간순찰〉, 프란스 할스의 그림 〈하를럼 요양원의 여자 이사들〉을 일컫는다.

114.
"눈매까지 미국여자 같아 보인다": 원문은 '미국식 눈(L'œil américain)'으로, 무엇 하나 놓치지 않고 포착하는 날카로운 눈을 의미한다. 예컨대 19세기에 프랑스에 소개된 미국 소설 『마지막 모히칸』에서 볼 수 있듯, 탁월한 관찰력을 가진 아메리카 인디언의 매서운 눈에 빗댄 표현이다.

오말 공작과 담소를 나누다: '화장실에 가다'를 뜻하는 유머러스한 표현이다. 오말 공작, 즉 루이 필리프 왕의 아들인 앙리 도를레앙(1822-1897)은 왕위 계승권을 가졌던 인물로, 공화파로부터 조롱과 멸시의 대상이었다. 오말 공작이 있어야 할 자리는 바로 화장실이란 뜻을 암시하는 이같은 농담이 바로 그 예 중 하나이다.

115.
뚜쟁이: 원문은 '드미 카스토르(Demi-castor)'로, 화류계 여성, 즉 첩이나 고급 창부, 호색녀 등을 뜻한다. 본래 '드미 카스토르'란 말은 값비싼 비버 털(카스토르)을 섞은(드미) 신사모를 지칭했다.

128.
샤투(Chatou): 샤투는 파리 서쪽 십 킬로미터에 위치한 곳으로, 인상파들의 섬이 있는 마을이다. 이 섬에는 '메종 푸르네즈'란 레스토랑이 있었는데, 당시 이곳에는 카유보트, 드가, 모네, 르누아르, 시슬리 등이 드나들었다.

「월광 소나타」: 루트비히 판 베토벤(1770-1827)이 작곡한 올림 다단조의 소나타(작품번호 27-2)이다. 이 이름은 베토벤 사후에, 독일의 시인인 루트비히 렐스타프가 이 소나타의 제1악장을 들으면 '달밤에 루체른 호수에 떠도는 조각배'가 떠오른다는 일화에서 비롯한다.

130.
라비슈 연극: 외젠 라비슈의 풍속극으로, 부르주아 계층의 풍속을 꼬집는다.

131.
단테의 지옥의 최하계: 『신곡』에 등장하는 마지막이자 아홉번째 층인 배신자들의 지옥을 가리킨다.

'놀리 메 탄게레': "나를 만지지 말라"라는 뜻으로, 부활한 예수가 막달라 마리아에게 한 말.

132.
「클레오파트라의 하룻밤(Une nuit de Cléopâtre)」: 쥘

바르비에의 대본에 빅토르 마세가 곡을 붙인 3막 오페라.(1885년)

133.
피에르퐁 성(Château de Pierrefonds): 파리에서 북동쪽으로 칠십 킬로미터 떨어진 지점에 위치한 웅장한 요새 겸 성으로, 나폴레옹 3세 때 중세 성을 되살리고자 한 건축가 비올레르뒤크에 의해 건설되었다. 비올레 르 뒤크는 과거의 건축을 복원하고자 여러 차례 시도했는데, 파리의 노트르담 성당 복원, 카르카손 시(市) 복원 등이 대표적인 사례들이다.

애정의 지도: 17세기에 마들렌 드 스퀴데리가 창작한 나라의 지도이다. 여러 애정의 단계가 그려진다.(연서의 마을, 기울임의 강, 열정의 바다, 무관심의 호수 등)

134.
라페루즈 레스토랑(Restaurant Lapérouse): 1766년 케 데 그랑조귀스탱에 문을 연 규모가 큰 레스토랑이다. 1878년 소유주 중 하나가 탐험가 쥘 라페루즈의 이름을 본떠 레스토랑 이름으로 삼았다. 스완은 오데트와 좀 더 가까워지고 싶은 마음에 라페루즈 공작의 이름을 가진 이 레스토랑에서 가끔씩 점심식사를 한다.

136.
바이로이트(Bayreuth): 독일의 소도시로, 리하르트 바그너(1813-1883)가 자신의 작품을 공연하기 위해 이곳에 오페라 극장을 세운 이래 매해 여름 페스티벌이 개최된다. 명망 높은 고급 공연으로 인기가 높아 좌석 구하기가 대단히 힘들다.

클라피송(Clapisson): 루이 클라피송(1808-1866)은 오페라 코미크로 성공한 작곡가이다.

139.
크라포트(Crapote, 르 펠르티에 23번지), 조레(Jauret, 마르쉐생토노레 광장): 고급 과일가게.

슈베(Chevet, 팔레루아얄의 갈르리 드 샤르트르 16번지): 식료품가게.

147.
정통성을 극도로 고수하는 집안 전통(famille ultralégitimiste): 여기서 'légitimiste'는 정통왕조파를 이르는 것으로, 부르봉 왕가가 왕위에 복귀하길 희망하는 정치적 분파이다. 오를레앙 가문 지지자, 그리고 보나파르트 가문에 의한 제정을 지지하는 보나파르티스트들과 적대한다. 마틸드 공주는 나폴레옹 보나파르트의 조카딸이다.

150.
캉브르메르(Cambremer): 롬 공주와 샤를 스완은 캉브르메르 후작부인의 이름을 놓고 말장난을 벌인다. 캉브르메르란 이름의 첫 부분은 '캉브론(Cambronne) 장군의 단어'를 떠올리게 하고, 이름의 끝부분도 '똥(merde)'을 연상시킨다.

「베레니스(Bérénice)」[「끔찍한 랑피옹(l'affreuse Rampillon)」]: 라신의 비극작품으로, 로마 황제인 티투스가 정치적인 이유 때문에 절친한 친구 안티오코스뿐 아니라 사랑하는 베레니스 여왕까지도 멀리한다는 내용이다.

155.
「대리석의 여인들(Les Filles de marbre)」: 테오도르 바리에르(1823-1877)의 5막 드라마로, 무정한 궁정 여인들과 예술가들을 타락시키는 여배우들을 그린다.

산업전시관(Palais de l'Industrie): 1855년 만국박람회를 위해 샹젤리제 초입에 건립된 대형건물이다. 1900년 만국박람회에 맞추어 앵발리드 역이 건설되던 중, 이 역에 이르는 알렉산더 3세로(路)(현재의 윈스턴 처칠로)를 내기 위해 1897년 이 건물이 헐렸다. 이후 그 자리에 그랑 팔레와 프티 팔레가 지어졌고, 도로 축이 알렉산더 3세 다리로 이어진다.
건물의 정문을 장식했던 조각들(〈프랑스가 상업과 산업에 왕관을 수여하다〉)은 오늘날 생클루 공원의 저지대에서 볼 수 있다.

고장의 이름: 이름

166.
만국박람회의 조명 분수: 프랑스 대혁명 백 주년을 기념하여 1889년에 파리에서 만국박람회가 개최됐다. 이를 계기로 에펠탑이 건설되었고, 특히 '세계를 밝히는 프랑스'를 상징하는 조명 분수가 사람들의 이목을 집중시켰다. 그 중 하나는 군악대 음악에 맞추어 전기 조명의 색깔이 바뀌는 진풍경을 보여 줬다.

168.
피에솔레 들판(Les champs de Fiesole): 피에솔레는 피렌체 시를 굽어보는 멋진 파노라마로 유명하다.

황금 바탕: 목재판이나 화폭, 양피지 위에, 형상들을 제외한 나머지 모든 부분에 얇은 금편을 붙이거나 금가루를 뿌리는 기법이다. 특히 비잔틴 화가들은 배경으로 주로 황금 바탕을 애용했는데, 이는 15세기 전반부에 이르러서 세부적인 풍경으로 대체된다.

171.
백합의 도시: 붉은 백합은 피렌체의 문장(紋章)이다. 이로 인해 피렌체는 '붉은 백합의 도시'라는 문학적 별명을 얻었다.

바이외(Bayeux): '불그스름한 고급 레이스'라는 표현은 황토색과 빛바랜 적색이 주조를 이루고 올이 성긴 바이외 태피스트리를 암시하는 것으로 보인다. '그 뾰족한 끝'은 그곳 성당의 첨탑을 일컫고, 마지막 음절 '외(yeu)'는 해묵은 금색을 연상하게 한다.

비트레(Vitré): 악상 테귀(')는 마름모꼴의 옛 유리창(vitrage) 가장자리의 솟은 부분을 형상화한다.

랑발(Lamballe): 거듭 이어지는 철자 'l'로 인해 부드러워진 이 단어는 '흰(blanc)'이란 음소를 품고 있다.

172.
쿠탕스(Coutances): 쿠탕스의 마지막 이중모음은 '랑스(lance)', 즉 버터 덩어리를 연상시킨다.

케스탕베르(Questambert): 작가가 만들어낸 가공의 이름으로, 음성학적으로 '카망베르(camembert)' 치즈를 연상시킨다.

퐁토르송(Pontorson): 화자는 이 이름에서 웃을 때의 몸짓, 뒤틀림(contorsions)을 연상하는 듯하다.

라니옹(Lannion): 이 단어는 화자로 하여금 채찍의 가죽 끈(lanière)과 마부를 연상시키고, 마부는 장 드 라 퐁텐의 우화 「역마차와 파리」를 연상시킨다.

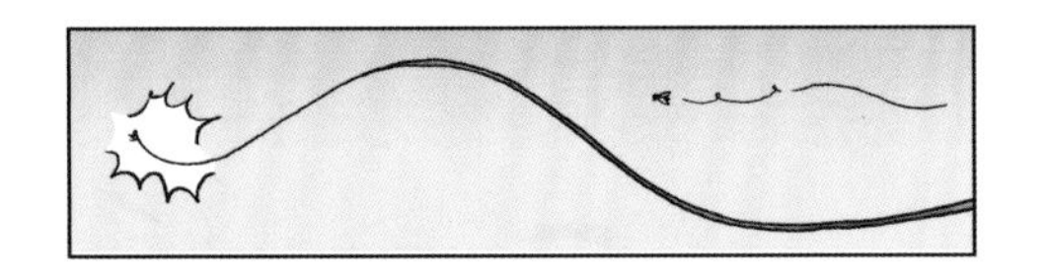

브노데(Benodet): 이 단어는 물의 흐름으로 인해 수면 위로 길게 늘어지는 북미 원산의 수초(élodée)를 연상시킨다.

퐁타벤(Pont-Aven): 프루스트는 브노데뿐 아니라 '화가들의 도시'인 퐁타벤에 대해서도 알고 있었다. 그는 그곳에서 고갱의 그림으로 유명한 여성의 전통 머리쓰개를 보았다. 이 머리쓰개는 양쪽에 가벼운 레이스로 짠 깃이 달렸다. 더불어, '아벤(Aven)'이란 말에는 새의 날개를 뜻하는 라틴어 '아비스(avis)'란 음소가 내포되어 있다.[클레망 아데르는 이 말에 기초하여 '비행기(avion)'라는 말을 만들어냈다.]

캥페를레(Quimperlé): 이 이름은 '진주(perle)'라는 단어를 포함하고 있다. 화자는 목걸이를 연상하는 듯하다.

193.
오 트루아 카르티에(Aux Trois Quartiers): 마들렌 성당과 마주보는 곳에 위치한 백화점으로 1828년에 문을 열었다.

194.
트라크티르-에일로(Traktir-Eylau) 모퉁이: 빅토르 위고로(路)는 1881년까지 에일로로라 불렸다.

195, 207.
『아이네이스』의 미르트 길: 롱샹 산책로는 양편으로 아카시아가 줄지은 까닭에 아카시아 길(allée des Acacias)이라 불렸다. 베르길리우스의 『아이네이스』에서 아이네이스는 지옥을 찾아 하강한다. 그는 미르트(사랑의 여신 비너스를 기리는 도금양 나무) 숲을 가로지르는 동안 페드르, 프로크리스, 에리필레, 에바드네, 파시파에, 라오다메이아, 카이네우스, 디도 등 사랑 때문에 죽은 유명한 여성들과 마주친다.

196.
콩스탕탱 기(Constantin Guys): 프랑스의 소묘가이자 화가(1802-1892)로, 대상을 보지 않고 기억력만으로 그림을 그렸다. 그는 특히 검은 잉크를 사용한 담채화와 수채화에 능하여, 전형화된 인물들에 강렬한 인상을 안겨 주었다. 보들레르는 그를 가리켜, "현대생활의 화가(…), 일시적인 아름다움과 덧없는 현재의 삶을 포착하는 화가"라 일컬었다.
그의 그림은 기품있는 머리카락, 거미줄을 연상케 하는 섬세한 팔다리 표현 등으로 특징지어진다.

202.
드리아드(Dryades): 그리스 로마 신화에서 나무와 숲을 수호하는 요정으로 그려진다.

204.
디오메데스의 말: 화자는 '사나울 뿐 아니라 말벌처럼 날렵하고, 충혈된 눈을 가진' 오데트의 사륜마차를 보면서 그리스 신화의 디오메데스의 말을 연상한다. 트라키아의 왕인 디오메데스는 자신의 암말들에게 인육을 먹게 했다. 헤라클레스의 열두 가지 위업 중 하나는 바로 자기를 잡아먹으려 달려드는 이 암말들을 정복하는 일이었다.
전설에 따르면, 알렉산더 대왕의 말인 부케팔로스는 이 암말 중 하나가 조상이라고 한다.

208.
도도나의 위엄: 고대 그리스 시대에 도도나 시(에피루스, 현재의 알바니아)의 사제들은 신성한 참나무 숲에 부는 바람 소리를 제우스 신의 신탁이라 여겼다.

역주

① ② ③ … 은 같은 페이지에서 역주가 두 개 이상일 때 그 순서를 가리킨다.
낱권에서와 달리 이 합본에서는 어휘풀이와 중복되는 내용의 역주를 생략했다.

콩브레

3. '콩브레'는 이미 중년의 나이에 이른 이 소설의 주인공이자 화자(話者)인 마르셀이 어린 시절 부활절 방학 때면 가족들과 함께 가서 지내곤 하던 레오니 이모네가 있는 시골 마을의 이름이다. 『잃어버린 시간을 찾아서』의 출발점을 이루는 이 '콩브레'는 그러니까 마을 이름인 동시에, 어른이 된 마르셀이 과거를 회상하면서 자기가 이곳에서 보냈던 어린 시절을 독자들에게 최초로 들려 주는 소설적·시간적 공간이기도 하다. 우리는 앞으로 이 작품을 읽어 가면서, '콩브레'가 왜 이 작품 전체의 모태를 형성하는지 점차로 발견해 나가게 된다.
7. 본명은 루이 필리프 알베르 도를레앙으로서, 프랑스 왕인 루이 필리프의 손자이다.
8. ① 인도의 카스트 제도를 말한다.
   ② 스완은 외환 중개업을 하는 유태인 출신의 부르주아로서, 그가 파리 최고급 사교계의 일원이라는 점은 당시 사회 통념상 극히 예외적인 일이라고 할 수 있다.
9. 스완의 말 중 'Journal'을 '일기'가 아닌 '신문'으로 잘못 알아듣고 있다.
11. 프랑스 사람들이 즐겨 마시는 차의 일종이다.
16. ① 이제까지의 이야기가 『잃어버린 시간의 찾아서』의 도입부라고 한다면, 이렇듯 마들렌 과자에 의해 기적처럼 온전하게 되살아난 과거의 기억을 찾아 나서는 주인공-화자의 기나긴 대장정은 지금부터 본격적으로 시작된다고 할 수 있다.
    ② 피나무 꽃을 달여서 마시는 차로서, 진정효과가 있다고 알려져 있다.
25. ① 이 작품에서 게르망트 가문의 조상으로 소개되고 있는 인물이다. p.44를 또한 참조할 것.
    ② 카뮈네 식료품 가게의 점원으로, 콩브레 성당에서 궂은 일을 맡아서 하기도 하는 인물이다.
    ③ 프랑스 오베르뉴 지방의 비시에서 생산되는 유명한 발포성 생수이다.
28. 앙시앵 레짐은 1789년에 발발한 프랑스 대혁명 이전의 구체제(舊體制)를 일컫는 말로서, 여기서는 '매우 고풍스러운'의 의미로 쓰이고 있다.
31. 이 여자는 장차 스완과 결혼하여, 스완 부인이 되는 고급 화류계 여자 오데트임이 은연중 암시되고 있다. 오데트가 이처럼 '스완 부인'으로 변신하여 주인공 앞에 최초로 모습을 드러내는 p.55의 장면을 함께 참조할 것.
32. 『파리의 노트르담』『레 미제라블』 등의 작품을 쓴 빅토르 위고는 19세기 프랑스 낭만주의 문학을 대표하는 작가로서, 문인으로서는 당대 최고의 국민적 숭앙을 받았던 인물이다.
34. ① 조토는 14세기에 활동했던 이탈리아의 미술가로, 이 작품에서는 화자-주인공이 지속적으로 그에게 대단한 존경심을 나타낸다. 여기서 언급되고 있는 조토의 상징적 인물들이란 그가 파도바의 아레나 성당 벽에 그린 프레스코화인데, 이 벽화는 일곱 가지 덕목과 일곱 가지 악덕을 의인화하고 있다. 일곱 가지 덕목은 조심성, 용기,

절제, 정의, 믿음, 자비, 희망이며, 일곱 가지 악덕은 광기, 변덕, 분노, 불의, 불성실, 선망, 절망이다.

② 우리는 이 대목을 통해, 소설 화자(話者)에 의해 회상되는 과거가 비단 '과거'에만 국한하지 않고 '현재'의 시간에서도 반추되고, 끊임없이 재해석되고 있다는 사실을 알 수 있다. 이 대목에서 '나'는 주인공으로서의 '나'가 아니라, 이야기를 하는 화자로서의 '나'이다.

38. '70년전쟁'은 1870년에 있었던 프랑스와 프러시아 간의 보불전쟁을 일컫는다.

39. ① 베르고트는 소설가가 만들어낸 가공의 인물로서, 이 작품에서 화자-주인공이 도달하고자 꿈꾸는 작가로서의 이상을 구현하고 있는 인물이다.

② 알프레드 드 뮈세는 19세기 초반의 이른바 프랑스 초기 낭만주의 문학을 대표하는 작가 중 한 사람이다. 또한 이 대목은 뮈세의 문학적 재능에 대한 객관적 서술이라기보다, 블로크란 인물의 경박하고도 독단적인 성격이 잘 드러나는 구절로 이해해야 할 것이다.

③ 오페라 「유태 여인」 중의 곡조에서 따온 것이다.

④ 유태인 문제는 『잃어버린 시간을 찾아서』 전체를 통해서 지속적으로 다루어지고 있는 중요한 테마 중의 하나이다.

40. ① 「아탈리」는 17세기 프랑스 고전주의 희곡작가인 장 라신의 작품으로, 잔인한 유태 여왕 아탈리의 비극적 운명을 그린 성서적 내용의 희곡이다. 특히 여왕 아탈리가 죽은 것으로 알았던 자기의 친손자 조아스가 살아 있다는 사실을 꿈을 통해 계시받는 장면이 유명하다.

② 「페드르」는 17세기 프랑스 고전주의 희곡작가 장 라신의 대표적 비극 중의 하나로, 화자-주인공이 이를 모두 외우고 있다고 고백할 정도로 『잃어버린 시간을 찾아서』 내에서 매우 중요한 위치를 차지하는 문학작품이다. 아테네의 왕 테세우스의 부인 페드르가 자기의 의붓아들 이폴리트에게 품는 운명적 사랑과, 또 이로 인한 비극적 결말을 그린 라신의 이 작품은 고전주의 비극의 정수로 꼽힌다.

41. ① 젠틸레 벨리니는 15세기에 활동했던 이탈리아의 화가로서, 그가 이스탄불을 여행하고 돌아와서 그린 〈메흐메트 2세〉는 베네치아파의 동양취미 도입에 많은 영향을 주었다.

② 「르 시드」는 17세기 프랑스의 희곡작가 코르네유의 대표작 중의 하나로, 서로 반목하는 두 집안 출신의 로드리그와 시멘의 사랑을 중심으로 개인적 정념과 고귀한 명예심 사이의 갈등을 그린 작품이다.

42. 프랑스 외르에루아르 지방의 도시이다. 독자들은 이 구절을 통해서, 이 소설의 주요 무대인 가공의 시골마을 콩브레가 지금 실명(實名)으로 소개된 샤토됭에서 그리 멀지 않은 곳에 위치한다고 추측해 볼 수 있다.

44. ① 구약성서 「에스더」의 중심인물로, 굳은 신앙심으로 자기 종족을 구했던 미모의 유태 여인이다.

② 프랑스 욘 지방의 소도시로서, 유서 깊은 고딕 성당이 유명하다.

45. '브리오슈'는 전체적으로 둥글고 가운데가 솟아오른 모양을 한 빵으로, p.27 "보답으로 드리려고 만들었지요." 칸의 그림을 참조할 것.

52. ① 이는 부활 백합에 관한 언급으로, 「마태복음」 6장 29절의 "그러나 온갖 영화를 누린 솔로몬도 이 꽃(백합) 한 송이만큼 화려하게 입지 못했다"를 변형하여 인용하고 있다고 간주된다.

② 프루스트 주석본에 의하면, '예루살렘 장미'는 존재하지 않으며, 이는 아마도 작가가 '예리코의 장미(rose de Jéricho)'와 혼동한 데서 생겨난 이름일 것이라고 적고 있다. M. Proust, *À la recherche du temps perdu*, tome 1, la Pléiade, nouv. éd., Gallimard, 1987, p.1160.

③ '자코뱅'은 프랑스 대혁명 당시 과격한 태도를 취했던 공화주의자들의 당(黨) 이름에서 유래하는 말로서, 일반적으로는 급진적 공화주의를 일컫는다.

53. ① 콩브레를 중심으로 한 두 산책로인 '스완네 집 쪽'과 '게르망트 쪽'은 각기 『잃어버린 시간을 찾아서』 전체를 이루는 일곱 권의 책 중 첫번째 권인 『스완네 집 쪽으로』와 세번째 권인 『게르망트 쪽』을 이미 예고하고 있다. 또한 이 두 산책로

는 주인공이 앞으로 겪게 될 기나긴 인생 역정의 커다란 두 방향을 제시하는데, 이를테면 '스완네 집 쪽'은 예술의 길을, '게르망트 쪽'은 신분 상승의 길을 대표한다고 할 수 있다. 주인공이 콩브레를 출발점으로 해서, 서로 갈라지는 이 두 산책로가 서로 이어져 있다는 사실을 깨닫게 되는 것은 소설의 마지막 권인 『되찾은 시간』에 이르러서이다.

② 프랑스 샹파뉴 지방의 도시로서, 전통적으로 프랑스 왕들의 대관식이 거행됐던 장소인 노트르담 대성당이 특히 유명하다.

③ '탕송빌'은 스완의 소유지가 있는 지명이다.

55. '샤를뤼스'란 인물은 게르망트 공작의 친동생으로, 스완과는 절친한 친구 사이이다. 나중에 밝혀지는 사실이지만, 스완이 부재중 자기 안사람을 샤를뤼스에게 맡긴 까닭은 그가 동성연애자이기 때문에 안심하고 맡길 수 있어서였다.

56. 콩브레로부터 몇 리 떨어진 곳에 있는 마을 이름이다.

57. 나중에 밝혀지는 일이지만, 뱅퇴유는 스완이 존경해 마지 않는 불후의 명작을 작곡한 장본인이다. 뱅퇴유가 작곡한 「사중주 소나타」는 스완과 오데트의 연애 시절, 그들 사이에 사랑의 찬가로 칭송된다.

59. 사디즘(학대음란증) 혹은 이 대목에서 그려지고 있는 바와 같은 동성애 등의 문제는 『잃어버린 시간을 찾아서』 전체를 통해 탐구되는 매우 중요한 테마 중의 하나이다. 이 테마는 특히 제4권 『소돔과 고모라』에서 본격적으로 다뤄지게 된다.

66. 콩브레 마을에 개업한 의사로서, 이 작품에서는 삽화적으로만 잠깐 등장하는 인물이다. p.51, p.56, 그리고 p.68 이후 그림을 참조하면 된다.

67. 샤를마뉴 대제는 프랑크 왕국의 왕으로서, 서유럽의 거의 모든 영토를 통합하고 구교도를 보호하여 800년에 로마 교황으로부터 신성로마제국의 제관(帝冠)을 받았다.

스완의 사랑

73. 프랑스에서 바그너(W. R. Wagner, 1813–1883)는 1876년 이후부터 쇼팽(F. F. Chopin, 1810–1849)의 인기를 압도하는 음악가로 군림하게 되었다. Marcel Proust, *À la recherche du temps perdu*, tome 1, la Pléiade, nouv. éd., Gallimard, 1987, p.1193, note 1 참조.

74. '발퀴레(Die Walküre)'는 바그너의 악극 「니벨룽겐의 반지(Der Ring des Nibelungen)」의 제2부로, 말타기는 그 중 제3막 서두에 등장한다. 위의 책, p.1193, note 3 참조.

75. 오데트는 당시에 유행하던, 영어를 혼용해서 쓰는 속물 취미를 가진 여인으로 줄곧 그려진다. '피싱 포 컴플리먼츠(fishing for compliments)'는 '칭찬이나 바라고 아첨하는' 정도로 새길 수 있겠다.

77. ① 스크리브(E. Scribe, 1791–1861)의 각본(1825)을 토대로 작곡한 부아엘디외(F.-A. Boieldieu, 1775–1834)의 오페라 「블랑슈 부인(La Dame Blanche)」(1825) 제1막의 마지막 대사이다. Marcel Proust, 앞의 책, p.1197, note 2 참조.

② 마스네(J. Massenet)의 오페라 「에로디아드(Hérodiade)」(1881)의 제2막에서 헤롯이 부르는 노래이다. 위의 책, p.1197, note 3 참조.

③ 몰리에르(Molière)의 희곡 「앙피트리옹(Amphitryon)」(1668)의 제3막 10장 1942–1943행의 원용이다. 위의 책, p.1197, note 4 참조.

86. 1734년 이후 보베 제작소 책임자였던 우드리(J.-B. Oudry, 1686–1755)는 라퐁텐(La Fontaine)의 『우화(Fables)』를 주제로 이백서른 점 이상의 데생을 제작했다. 라퐁텐의 『우화』에는 〈곰과 포도〉 대신에 〈여우와 포도〉가 수록돼 있다. Marcel Proust, 앞의 책, p.1200, note 2 참조.

110. ① 13세기에 살았던 프랑스의 왕비로, 남편인 루이 8세가 죽은 후의 섭정 기간 동안 철권을 휘둘렀다.

② '수브 로사(sub rosa)'는 라틴어 성구로, '우리끼리 하는 얘기인데' 정도의 뜻이다.

111. 헨리 플랜태저넷(Henri Plantagenet, 1133-1189)은 영국의 왕인 헨리 2세를 일컫는다.

112. ① 화가가 청동을 뜻하는 브롱즈(bronze)라는 말을 하자, 코타르 박사가 뒷글자 옹즈(onze, 십일을 뜻한다)를 따 와 말장난을 하고 있다.

② 할스(F. Hals, 1581 혹은 1585-1666)는 네덜란드의 화가로, 렘브란트(Rembrandt)와 같은 시기에 활동했다.

113. 타구(唾具)는 침을 뱉는 그릇을 말하며, '타구를 붙잡다'는 것은 '혼자서 제멋대로 지껄인다'는 뜻의 속어이다.

115. 귀족의 성 앞에 붙는 'de'를 뜻한다.

130. 라비슈(Eugène-Marin Labiche, 1815-1888)는 19세기 프랑스의 희극작가이다. 그의 작품은 경쾌한 풍속극이 주를 이루는 가운데, 제2제정 시대의 황금만능 풍조에 젖은 부르주아 사회를 신랄하게 꼬집는다. 어리석고 유혹에 빠지기 쉬운 등장인물들이 벌이는 사건이 복잡하게 얽히고설킨 줄거리가 그의 작품의 전형을 이룬다.

131. ① 플라톤의 『공화국(Politeia)』 제5권에서 예술가를 비난하는 대목을 암시한다. Marcel Proust, *À la recherche du temps perdu*, nouvelle éd. établie sous la dir. de Jean-Yves Tadié, Gallimard, La Pléiade, vol. I, 1987, p. 1221, note 1 참조.

② 보쉬에(Jacques-Bénigne Bossuet, 1627-1704)는 프랑스의 주교이자 대중연설가로, 특히 유명 인사들을 위한 조문(弔文)을 포함한 문학작품으로 유명하다. 이 대목은 그의 『희극에 관한 격언과 사색(Maximes et réflexion sur la comédie)』(1694-1695)을 암시한다. 위의 책, p. 1221, note 1 참조.

132. 빅토르 마세(Victor Massé, 1822-1884)는 19세기 프랑스의 작곡가로, 「클레오파트라의 하룻밤(Une nuit de Cléopâtre)」을 비롯해 여러 편의 대중적인 오페라를 작곡했다.

133. ① 생제르맹 (앙 레)〔Saint-Germain (en Laye)〕은 파리에서 서쪽으로 이십 킬로미터 떨어진 곳에 위치한 도시로, 루이 14세 이전의 프랑스 국왕들이 거주했던 유서깊은 곳이다.

② 뫼랑(Meulan)은 파리에서 서쪽으로 사십 킬로미터 떨어진 곳에 위치한 소도시이다.

③ '드뢰의 무덤(la chapelle royale Saint-Louis de Dreux)'은 드뢰 시에 있는 오를레앙 가문의 가족 묘지를 일컫는다.

④ 콩피에뉴(Compiègne)는 파리에서 북동쪽으로 팔십 킬로미터 떨어진 곳에 위치한 소도시로, 왕궁이 유명하다.

⑤ 루이 필리프(Louis-Philippe d'Orléans, 1773-1850, 재임기간 1830-1848)는 이른바 칠월혁명에 의해 왕에 추대된 프랑스의 마지막 왕으로, 1839년 드뢰의 생트 샤펠을 확장하여 오를레앙 가문의 가족묘로 지정한다.

⑥ 비올레르뒤크(Eugène Emmanuel Viollet-le-Duc, 1814-1879)은 19세기 프랑스 건축가로, 중세 건축물을 복원한 것으로 유명하다.

136. 바이로이트 음악제(Beyreuther Festspiel)는 1876년 「니벨룽겐의 반지(Der Ring des Nibelungen)」를 초연으로 시작해, 매년 또는 격년 칠팔월에 바그너의 업적을 기념하여 그가 창설한 바이로이트 축제극장에서 개최되는 음악제이다.

140. 베르니사주(vernissage)는 전람회, 리셉션을 가리키는 말이다. 프랑스에서는 전람회가 일반에 공개되기 전날에 작품 전체 또는 퇴색한 부분에 베르니(니스)를 바라는 습관이 있는데, 그런 관계로 전날의 초대를 이렇게 부르게 되었다.

142. ① '메메'는 샤를뤼스 남작의 애칭이다.

② 그레뱅 박물관(Musée Grévin)은 1882년에 세워진 파리 몽마르트르 부근에 위치한 밀랍인형 박물관으로, 밀랍으로 만든 유명인사들의 전신상이 전시돼 있다.

③ '샤 누아르(Chat Noir)'는 '검은 고양이'란 뜻으로, 1890년을 전후로 성황을 이뤘던 파리의 카바레이다. 예술가, 사교계 인사, 화류계 여성들이 드나들던 장소였다. 위의 책, p. 1229, note 1 참조.

144. '팔라메드'는 샤를뤼스 남작의 또 다른 이름이다.

145. 키클로페스는 호메로스의 『오디세이아(Odys-seia)』에 등장하는 거인으로, 얼굴의 중앙에 외눈이 박혀 있는 식인족이다.

147. ① '롬 공주'는 게르망트 공작부인의 또 다른 이름이다.

② 소설에서 마틸드 공주는 오랜 전통을 지닌 귀족 가문 출신이 아니라, 나폴레옹 1세의 아우인 제롬 보나파르트의 딸로, 나폴레옹 집권 이후 형성된 '신흥귀족'으로 그려진다.

148. '오리안'은 게르망트 공작부인의 이름이다. 게르망트 공작부인은 롬 공주 외에도 여러 작위명을 가지고 있다.

149. ① '바쟁'은 롬 공주의 남편인 롬 대공, 또는 게르망트 공작의 이름이다.

② '이에나'는 파리 에펠탑과 샤요 궁을 잇는 다리의 이름으로, 나폴레옹이 1806년 프러시아와의 이에나 전투에서 거둔 승리를 기념하기 위해 1814년 건설되었다.

③ 서구인들이 싫어하는 13이란 숫자를 피하기 위해 덤으로 초대하는 손님을 의미한다.

④ 베르킨게토릭스(Vercingétorix, B.C. 82–B.C. 46)는 기원전 52년에, 옛 프랑스 영토인 골 지방에서 카이사르가 이끄는 로마군에게 맹렬하게 저항했던 골 족의 용맹한 지도자였다.

150. 나폴레옹 치하의 프랑스군 사령관이던 캉브론(P. J. E. Cambronne, 1770–1842) 장군이 워털루 전투에서 영국군에게 항복을 권유받고 나서 내뱉었다는 유명한 말을 근거로 한 말장난이다. 캉브론 장군은 영국군의 거듭된 항복 요청에 '메르드(merde)!'라고 대답했다고 전해진다. '똥'이라는 뜻의 '메르드'는 프랑스인들이 가장 보편적으로 사용하는 점잖치 못한 비어이다.

151. 라 페루즈(J. F. La Pérouse, 1741–1788)는 루이 16세가 발족시킨 해양원정대의 탐험대장으로, 1783년에 출항해 사 년 후에 오스트레일리아 북부에서 실종되었다. 1828년 프랑스의 탐험가 뒤몽 뒤르빌(J. Dumont d'Urville, 1790–1842)이 세계 일주 탐험에서 돌아오는 길에 라 페루즈 원정대의 잔해를 일부 발견해 회수해 왔으나, 라 페루즈가 탄 배와 그의 시신은 결국 찾지 못했다.

153. 회전탁자는 점술에서 사용하는 주술적 도구이자, 기도로써 탁자를 회전하게 하여 혼을 부르는 의식을 보여주는 점술 자체를 가리키기도 한다.

157. 알프레드 드 비니(Alfred de Vigny, 1797–1863)는 19세기에 활동했던 프랑스 낭만파 시인이다. 만년에 쓴 그의 내적 수기인 『어느 시인의 일기(Journal d'un poète)』는 그가 죽고 난 뒤인 1867년에 출판되었다.

고장의 이름: 이름

165. '그랑토텔(Grand Hôtel)'은 이 소설의 화자이자 주인공이 가상의 해변가 휴양 도시인 발벡에 체류할 때마다 머무는 호텔 이름이다.

167. 피니스테르(Finistère)는 프랑스의 브르타뉴 지방 말단에 위치하며 대서양과 면해 있는 지역이다.

168. 귀도 디 피에트로〔Guido di Pietro, C.1400–1455, 종교명은 프라 조반니 데 피에솔레(Fra Giovanni de Fiesole), 일명 일 베아토(il Beato), 혹은 프라 안젤리코(Fra Angelico)〕는 이탈리아의 화가로, 피렌체의 산마르코 수도원을 장식한 바 있다. 그가 사용했던 '황금 바탕' 기법은 서양에서 15세기 전반기까지 사용되었다. Marcel Proust, *À la recherche du temps perdu: Du côté de chez Swann*, la Pléiade, Gallimard, 1944, p.1264, note 2 참조.

171. ① 19세기 프랑스의 소설가 스탕달(Stendhal)의 대표작 중 하나로, 나폴레옹 전쟁을 전후로 한 이탈리아를 배경으로 젊은 청년의 파란만장한 삶을 낭만적으로 그린 소설이다. 그 무대인 파름(Parme)은 이탈리아의 북부에 위치한 도

시로, 원래의 이탈리아 지명은 '파르마(Parma)'이나, 여기서는 원작의 프랑스식 표기를 존중했다.

② '피오레(fióre)'는 이탈리아어로 꽃이란 뜻이다.

173. '옛 다리'란 뜻으로, 피렌체를 관통하는 아르노 강에 놓여 있는 다리이다.

177. 이 대목에서 프랑수아즈는 통상적인 프랑스어에서 거의 사용하지 않는 어법을 구사하고 있다.

179. 『주르날 데 데바(Journal des Débats)』는 1789년에서 1944년까지 프랑스에서 발간되던 주요 주간지·일간지이다.

180. 아직 미혼인 질베르트의 여가정교사를 높여 부르는 말이다.

181. '브라보'는 본래 이탈리아어로 남성에게 찬사를 보낼 때 쓰는 말이며, 여성형은 '브라바'이다. 하지만 통상적으로는 '브라보'를 사용한다. 엄격하게 이탈리아 어법을 적용하고자 하는 노부인의 스노비즘(속물주의)을 드러내는 대목이라고 볼 수 있다.

183. '영혼의 자매(une âme soeur)'는 프랑스어에서 굳어진 표현으로, 성별과 관계없이 서로 깊은 교감을 이루고 남다른 친밀감을 느끼는 두 존재를 일컫는다.

184. 장 라신(Jean Racine, 1639-1699)은 17세기 프랑스 고전주의 시대에 활동한 삼대 극작가 중 하나로, 「페드르」「앙드로마크」「브리타니퀴스」「베레니스」 등 주옥같은 수많은 비극작품을 남겼다.

185. 통상적으로 서양인의 이름은 세례명인 까닭에, 이름을 부르겠다는 뜻이다.

188. ① 1896년에 프랑스를 방문한 러시아의 차르 니콜라이 2세를 암시하는 대목으로 여겨진다. Marcel Proust, 앞의 책, p.1276, note 1 참조.

② 쥘 베른(Jules Verne)의 소설을 쥘 베른과 덴네리(A. Dennery)가 각색한 연극으로, 1880년에 샤틀레 극장에서 초연되고, 대성공을 거뒀다. 위의 책, p.1276, note 2 참조.

198. 파트리스 드 막마옹(Patrice de Mac-Mahon, 1808-1893)은 프랑스의 원수이자, 프랑스 공화국의 제3대 대통령(1873-1879)이다. 그는 1879년 1월 30일 대통령직에서 사임했다.

200. 지금의 '나'는 이제까지의 '나'와는 달리, 화자인 '나'로 복귀하고 있다. 다시 말해, 이 소설의 서두에서 독자에게 확연하게 모습을 드러낸 바 있던 이야기 주체로서의 '나'인 셈이다.

207. 고대 로마문학에서, 선한 이가 죽어서 가는 천상세계를 일컫는다.

208. 켈트족의 전지전능한 제사장을 일컫는다.

역자해설

다시 찾은 시간 속에서

프랑스의 소설가 마르셀 프루스트(Marcel Proust, 1871–1922)의 대하소설 『잃어버린 시간을 찾아서(À la recherche du temps perdu)』는 현대문학이 거둔 최고의 성과들 가운데 하나로 손꼽힌다. 단순화의 위험이 있긴 하지만, 이러한 평가를 받기까지는 여러 가지 면에서 이 소설이 극한의 사례를 나타내는 점이 크게 기여했다고 할 수 있다. 그중 무엇보다도, 전대미문의 정교하고도 치밀한 심리 및 자아 탐구의 세계를 보여주는 작품임을 말하고자 한다. 소설의 서두를 여는 반수면 상태의 혼란상에서부터 이야기가 전개됨에 따라 펼쳐지는 탐구의 치열함은, 전 세계 소설을 통틀어 이전까지 볼 수 없었던 깊이의 파고듦이었기 때문이다. 1908년 남다른 애착을 갖고 있었던 어머니의 죽음 이후 본격적으로 집필하기 시작한 이 소설은 프루스트 자신이 죽음에 이르기까지 그야말로 목숨을 걸고 증언하고자 했던 것으로, 보편적 인간성에 대한 빼어난 성찰과 통찰력을 보여준다. 예컨대 자아, 기억, 시간과 공간, 세계관, 예술과 예술가, 사랑과 욕망, 사회성, 삶과 죽음 등, 인간학의 거의 모든 분야에 걸쳐 한 인간이 어떻게 성장해 나가고 또 한 사람의 소설가가 어떻게 탄생하는가를 그리고 있다.

어쩌면 이에 대한 대가라고나 할까? 이토록 지난한 작업에 비례하기라도 하듯, 그의 소설은 지극히 난삽하며 과거와 현재가 끊임없이 중첩되고 혼재되는 양상을 띤다. 엘리베이터 보이가 문을 닫는 짧는 순간에 일곱 차례에 걸친 추측과 분석이 뒤따르는가 하면, 좋아하는 여인에 대한 반복되는 의심은 주인공을 끝 모를 나락에 빠지게 한다. 게다가 그의 악명 높은 만연체 문장은 때론 열 줄, 스무 줄, 심지어 한 페이지 전체에 걸쳐 끊이지 않고 이어지기도 한다. 그의 소설이 이뤄낸 엄청난 성과에도 불구하고 독자들에게 쉽게 다가가기 힘든 까닭이자, 그 때문에 바로 이 만화본이 갖게 된 커다란 장점 중 하나이다. 좋은 작품이란 의당 널리 읽혀야 하지 않을까? 과격한 표현이긴 하지만 오래전부터 역자가 품고 있던 생각은 여전히 조금도 색이 바래지 않고 남아 있다. 다름 아니라, 『잃어버린 시간을 찾아서』를 읽지 않고 세상을 떠난다면, 그것은 인간에 대한 제대로 된 이해를 얻지 못한 채 세상을 뜨는 셈이란 생각이다.

이 소설이 보여주는 또 다른 극한적 사례로는 소설이 지닌 다양한 스펙트럼을 들 수 있다. 개인이 성장하며 겪는 무수한 '시행착오'에 섬세하게 천착하면서도, 심리소설이나 성장소설의 범위를 뛰어넘어 당대 사회에 관해 더할 나위 없이 충실히 증언하고 있기 때문이다. 유복한 가정에서 태어나 평생토록 경제적 걱정 없이 문학에 매진할 수 있었던 마르셀 프루스트는 한동안 사교계나 들락거리는 '댄디'로 치부되었다. 하지만 작가의 이같은 면모는 그야말로 피상적일 따름이며, 『잃어버린 시간을 찾아서』를 접하는 독자들이라면 이 소설이 당대 프랑스 사회, 특히 사교계를 중심으로 하는 한 시대가 어떻게 만들어지고 또 붕괴되는지를 분석하는 빼어난 사회소설임을 인정할 수밖에 없다. 19세기 말, 이른바 '벨 에포크'로 불리는 시대를 배경으로 온갖 인간 군상의 위선과 가식, 욕망을 지켜보는 일은 이 소설을 접하는 독자들이 누릴 수 있는 또 다른 즐거움이다. 더불어, 우리가 흔히 예술의 대표적 영역으로 손꼽는 문학('베르고트' '라 베르마')과 미술('비슈'), 음악('뱅퇴유')의 대가들이 주인공 곁에서 활약하는 모습은 이 소설이 오직 한 사람의 소설가가 탄생하기까지의 복잡한 우여곡절을 보여준다는 점에서 볼 때 무척이나 감동적이다. 어디 이뿐이랴? 언어에 대한 남다른 성찰, 유머, 어원학, 수사학, 생리학, 심지어 당대엔 아직 미지의 분야였던 정신분석학에 이르기까지, 『잃어버린 시간을 찾아서』에서 캐내야 할 분야는 여전히 무한히 남아 있다.

소설의 각 권은 약 오백에서 칠백 쪽에 달하며, 학술적 목적의 주석본에는 독자들이 실제로 접하는 결정본에 앞선, 여러 형태의 전 텍스트들(avant-textes, 초고 및 수정, 가필 등을 가한 수정본)도 수록한다. 이때의 '결정본'이란 말은 책의 최종적인 상태를 일컫는다기보다, 단지 시기적으로 볼 때 가장 나중의 판본을 가리킬 따름이다. 프루스트가 살아 있을 당시 앞서 집필한 원고를 끊임없이 퇴고했다는 일화는 대단히 유명하다. 단언컨대, 현재 우리가 읽는 『잃어버린 시간을 찾아서』는 그가 죽음으로써 퇴고의 과정이 끝났기에 망정이지, 그렇지 않았더라면 또 어떻게 달라졌을지 모른다.

프루스트 자신의 주장이기도 한데, 이 기나긴 소설의 주제는 그 자체로는 중요하지 않다. 왜냐하면 그에게 소설이란, 주제보다 그 주제를 어떻게 바라보고 접근하느냐가 더욱 중요하기 때문이다. 가히 현대소설의 선구를 이룰 법한 혁명적인 소설관이다. 그의 소설이 그보다 앞선 '낭만주의' 소설과는 달리, 초자연적 등장인물을 내세우거나 거창한 주제 의식을 보여주지 않는 것도 바로 이같은 이유에서이다. 이 대하소설은 대략 천여 개의 일화들이 모여서 하나의 거대한 세계를 이루는데, 이야기들 사이의 연결이 그리 강하지 않고 유연한 편이기 때문에 어느 부분을 펼쳐 읽어도 비교적 무방하게 읽을 수 있다. 그렇긴 하지만, 이 소설에도 주제 내지는 줄거리랄 것이 존재하기는 한다. 손꼽히는 프루스트 전문가 중 하나인 제라르 주네트(Gérard Genette)는 이 긴 소설을 다음의 한 문장으로 요약한다. "어린 마르셀이 소설가가 되다." 크게 보자면, 주인공이자 화자인 마르셀(이 대하소설은 일인칭 소설이다. 다만 1권의 제2부, 「스완의 사랑」만이 유일하게 삼인칭으로 서술된다)이 기나긴 우여곡절을 거쳐 마침내 소설가가 된다는 결말로 대단원의 막을 내리기 때문이다. 책의 말미에서 소설가로서의 소명을 얻게 된 마르셀은 그간의 생을 되돌아보며 소설화하고자 하는데, 사실상 이제껏 독자들이 읽은 이야기가 바로 그 소설인 것이다. 즉, 이야기의 끝과 시작이 맞물리는 셈이다.

소설의 서두에 등장하는 '마들렌 과자 일화'는 이야기의 발단이자 원동력을 이룬다. 주인공 마르셀이 지긋한 나이가 되어, 외출 후 돌아와 맛본 마들렌 과자의 맛이 예전, 그러니까 아주 어린 시절 부활절이면 부모님과 함께 가서 지내곤 하던 시골 콩브레 마을의 레오니 이모네에서, 이모가 내줬던 차에 적신 바로 그 과자란 사실을 깨닫자마자 당시의 정황은 물론이고 그때의 모든 기억이 고스란히 되살아나는 기적과도 같은 일화이다. 이렇게 되찾은 과거의 기억은 이를테면 두 차례나 온전히 겪은 셈으로, 그런 의미에서 볼 때 시간을 초월해서 존재하는 초(超)경험이다.(이같은 '감각 체험'이 내포하는 전폭적인 의미는 『잃어버린 시간을 찾아서』 의 마지막 권인 『되찾은 시간』에서 피력된다.) 다시 말해, 콩브레는 소설뿐 아니라 마르셀의 내면에서도 본연의 '원형'을 이루는 셈이다. 더욱이 그 콩브레에는 두 갈래의 산책로가 있었으니, 하나는 사랑과 예술의 길을 상징하는 '스완네 집 쪽'이고, 또 다른 하나는 사교계(사회 및 신분 상승)를 상징하는 '게르망트 쪽'이다. 이후, 스완네 집 쪽과 게르망트 쪽 모두에 이르길 원하는 마르셀은 '활짝 핀 아가씨들의 그늘에서'에서 청소년기를 보내고, 마침내 파리 최고급 사교계인 '게르망트 쪽'에 발을 들이는가 하면, '소돔과 고모라'에서는 도착된 성의 광란을 엿보기도 하고, 갇혔다가 도망치는 여인을 통해 사랑의 지옥을 맛봐야 하기도 한다.

스테판 외에(Stéphane Heuet)의 만화 시리즈 '잃어버린 시간을 찾아서'가 발간될 때마다 원작만으로는 얻기 힘든 감동과 흥미를 느끼면서도 못내 아쉬웠던 점은, 만화본의 순서가 원작 소설의 순서를 그대로 따르지 않는다는 점이었다. 외에는 만화본 1권인 「콩브레」 편 이후 순서를 뒤바꾸어 출간했는데, 그에게 직접 물어본 적은 없지만, 그 나름의 방식으로 원작에 충실했던 결과라 짐작한다. 하지만 이로 인해 빚어지는 혼란이 적지 않았을 것이다. 하나의 예만 들자면, 「콩브레」 편에서는 어린아이였던 마르셀이 갑자기 세월을 건너뛰어 껑충한 청소년이 되었다가 다시금 어린아이로 복귀하는 기이한 현상이 벌어지기도 했으니 말이다. 만화화 작업이 지난하다는 점을 감안하더라도(만화가가 처음 밝힌 포부대로라면, '잃어버린 시간을 찾아서' 만화본 시리즈는 이미 끝나 있어야 한다), 워낙 중요한 소설이니만큼 본래의 순서가 어서 맞춰지기를 소망했다. 그러던 차에 마침내 발간된 합본 제1권은 그간의 아쉬움과 우려를 단번에 씻어 주는 기획이라고 할 수 있다. 좀 복잡해지긴 했지만, 이번 합본은 『잃어버린 시간을 찾아서』의 출발점이자 앞서 강조했듯 원작 소설의 가장 중요한 부분인 『스완네 집 쪽으로』를 온전히 담게 되었다. 다음은 이 합본에 포함된, 만화본 1, 4, 5, 6권에 해당하는 줄거리이다.

먼저 「콩브레」 편은 이를테면 이야기 전체의 관점에서 볼 때 포석(布石)에 해당하는 것으로, 그 주체인 마르셀은 아직 주인공이라기보다 화자(話者)에 가깝다. 반수면 상태에서의 착각과 혼미함, 과거 콩브레 마을에서 있었던 일들에 대한 불완전한 기억 등, 이야기는 앞서 언급한 '마들렌 과자 일화' 이후부터 본격적으로 펼쳐진다. 이 이야기에선, '사건의 시간'(주인공)과 '서술의 시간'(화자)이 일치하는 경우가 좀처럼 존재하지 않는다는 점에 유의해야 한다. 두 종류의 시간 사이에서 빚어지는 차이, 즉 주인공이 보여주는 '시행착오'야말로 이 이야기의 가장 커다란 주제라고도 할 수 있다.

「스완의 사랑」은 마르셀이 태어나기 전에 있었던 일인 까닭에, 이 편에서 그는 그저 전해 들은 이야기를 서술자로서 전할 따름이다.(따라서, 마르셀은 이 부분에서 등장하지 않는다.) 여러 가지 면에서 마르셀의 호기심을 끌고 엄청난 매력을 발산하는 인물인 샤를 스완과, 그의 행실 나쁜 부인 스완 부인(오데트 드 크레시)이 벌이는 별난 사랑을 엿볼 수 있다. 사랑이란 곧 질투의 진폭이 만들어 내는 것이라는, 프루스트 특유의 사랑의 현상학이 최초로 등장하는 부분이며, 이는 이후 소개되는 모든 연애 관계에서 반복적으로 나타난다. 벨 에포크 시대의 파리가 정밀하게 복원되어 소개되고 있으며, 어떻게 유태인 출신 주식 중개인에 불과한 스완이 파리 최고급 사교계의 기린아로 군림하게 되었는지가 절묘하게 그려진다.

「고장의 이름: 이름」 편은 마르셀이 무척이나 가 보고 싶어 했던 이탈리아의 두 도시(베네치아와 피렌체)로의 여행이 무산되고 나서, 질베르트 스완(스완과 스완 부인 사이에서 태어난 외동딸)과의 사랑을 주로 그리는 부분이다. 무대는 어느덧 시골 콩브레 마을에서 파리로 옮겨진다. 어린 마르셀에게 스완은 그의 탁월한 예술적 감각과 최고급 사교계 인사로서, 그의 부인 오데트는 우아함과 여성성을 대표하는 인물로, 질베르트는 첫사랑의 대상으로 찬란한 광채를 발한다. 요컨대 마르셀에게 질베르트란 그녀뿐 아니라, 그녀의 부모인 스완과 스완 부인까지를 포괄하는 연장선상에 놓인 존재라 할 수 있다. 아직 어리고 모든 것이 미숙한 마르셀에게 '고장의 이름'은 이름 그 자체를 넘어 그가 꿈꾼 모든 현실을 은닉한 신비의 대상을 의미한다. 이후 머지않아 뒤를 잇는 「고장의 이름: 고장」 편에서는 마르셀이 꿈꿨던 대상이 더 이상 이름이 아닌, 현실세계(활짝 핀 아가씨들)를 통해 재차 변주된다.

최근 들어, 프랑스에서 「스완 부인의 주변에서 II」(만화본 8권)와 『활짝 핀 아가씨들의 그늘에서』를 총체적으로 담은 합본 제2권이 드디어 출간되었다는 기쁜 소식을 접했다. 그야말로 반가운 소식이 아닐 수 없다. 원고를 미리 접한 소감으로, 그 어느 때보다도 원작에 대한 충실하고도 풍부한 구성이란 생각이 들었고, 만화본 독자들뿐 아니라 역자 자신 또한 한국어판의 출간을 잔뜩 기대하고 있는 중이다. 더불어 역자의 솔직한 견해로는 만화본 1권 이후 전체적으로 삽화의 수준이 크게 향상되었고, 또한 고증의 문제에서도 만화가가 심혈을 더해 가고 있음을 말하고 싶다. 원작 소설만으로는 도저히 얻을 수 없는 또 다른 성과이다. 더불어 이 만화본에서 소개되는 모든 글은 원작에 비해 무척이나 적은 분량이긴 하지만, 원작 소설을 발췌할 경우에는 반드시 원문 그대로를 온전히 인용했다는 사실을 밝히고자 한다. 만화가에 의해 소설이 문장 단위에서 인위적으로 축약되거나 훼손된 부분은 전혀 없다는, 무척이나 다행스러운 일이다. 아무쪼록 후속 편도 너무 늦지 않게 이어졌으면 하는 바람이다.

마지막으로 의견 두 가지만 덧붙이고자 한다. 우선, 프루스트라는 소설가에게 여러 감각 중에서도 시각은 대단히 중요한 감각이라는 점이다. 오랫동안 『잃어버린 시간을 찾아서』를 읽고 분석해 온 결과, 프루스트에게 '본다'는 것은 일반적인 의미와는 다르다고 여기게 되었다. 그에게 '본다'란 것은 곧 생각하고 이해한다란 뜻이다. 이에 병행해, 그의 소설에서는 신비로운 '미메시즘'이 목격된다는 점을 말하고자 한다. 즉, 그가 표현하려 하는 소설의 내용과 이를 문장으로 구현하는 형식 사이에는 프루스트만의 독특한 닮은꼴이 형성된다는 점이다. 그렇다면 원작 소설의 문자와 문장을 체계적으로 시각화해야 하는 만화가의 작업에서 이같은 프루스트의 시각에 관한 특수성이 과연 어떻게 반영되고 있는지 궁금하지 않을 수 없다. 문자와 영상 사이의 만남과 어긋남… 역자로서는 이 끊임없는 줄다리기 놀음에서 엄청난 흥분과 쾌감을 느낀다는 점을 고백하고 싶다. 과연 독자 여러분은 어떻게 생각하시는가? 원작 소설뿐 아니라 만화 대역본까지 갖게 된 우리로선 크나큰 기쁨이 아닐 수 없다.

2021년 9월
정재곤

감사의 말

마르셀 프루스트 및 콩브레 동호회
국제 마르셀 프루스트 협회와 그 협회장 미레유 나튀렐,
프랑스 한림원(아카데미프랑세즈)의 고(故) 장 피에르 앙그레미,
안 보렐과 엘리안 드종 존스,

카부르 발벡 프루스트 문학회와 그 회장인 장 폴 앙리에,

남프랑스-장 지오노 작가 센터와 그 대표인 폴 콩스탕, 실비 지오노,

갈리마르 출판사의 카트린 파주르,

외무성의 장 루이 데뫼르, 크리스티앙 무아르, 파트리크 페레즈,

오르세 미술관장이자 수석 큐레이터인 앙리 루아레트,
오르세 미술관 자료수집관 이자벨 캉,

문화재관리국장, 국립유물관리국장,
고블랭·보베·사보느리 관리국장인 장 피에르 사무아요,

군사도서관 사서인 미셸 피에롱,
에펠탑 재개발사의 마리 클로드 드 마느빌,
아미앵 시립 도서관장인 크리스틴 카리에르,
프랑스 철도역사협회의 마리 노엘 폴리노,
『철도 생활』 자료실의 크리스티앙 포네,
카부르(칼바도스 도) 그랑토텔의 임직원
자크 포르크, 카트린 시카르 마르탱, 필리프 드르뱅, 파트리스 불레,

쉬젤 피에트리, 마리엘 피에트리, 이자벨 롤랑,
상드린 보스만, 오로르 팔레, 앙토니 폴리오, 기욤 마요,
오르비-메디아 사(社),

옹플뢰르(칼바도스 도) 시립 문서보관소장 장 씨,
디디에 팽켈, 르 옴(칼바도스 도),
스크리브 호텔의 제라르 투페와 기욤 피엥,
낭트 소재의 바랭-베르니에 사(社)의 브리지트 기요모,
사블로니에르 경마장의 지옹 여사
일리에-콩브레의 시장과 시민들,

니콜 독생,
프랑수아 부아슬로, 스타니슬라스 브레제, 카트린 브랭,
세브린 쿠르토, 다니엘 쿠티, 카트린 뒤크레, 디아냐 느데이,
안나 가발다, 카롤린 주네 봉드빌, 장 바티스트 외에,
이자벨 르 보제크, 피에르 말바슈, 마르탱 파주, 제라르 프로스페르,

『프루스트 소설 속의 파리』(세데스 출판사, 1996)의 저자인 시니치 사이키.

스테판 외에(Stéphane Heuet)는 1957년 프랑스 브르타뉴 지방의
브레스트에서 태어났다. 어린 시절을 고향에서 보낸 후, 군 계통의
중학교를 다녔다. 칠 년 동안 해군으로 복무한 후, 십오 년 동안 광고회사의
예술담당 책임자로 일했다. 여러 편의 광고용 만화영화와 텔레비전용
만화자막을 제작했다. 프루스트의 『잃어버린 시간을 찾아서』에 매료되어,
이를 만화화하는 작업에 전념하고 있다.

정재곤(鄭在坤)은 서울대 인문대학원 불문학과를 졸업하고, 프랑스 파리
8대학에서 마르셀 프루스트의 소설에 대한 정신분석비평으로 박사학위를
받았다. 역서로 『가난한 사람들을 위한 은행가』『자유를 생각한다』
『가족의 비밀』『앙리 카르티에 브레송』『정신과 의사의 콩트』『앙리
카르티에 브레송과의 대화』 등이, 저서로 『나를 엿보다』가 있다. 프루스트
소설의 수사학적 면모를 파헤치는 논문 「프루스트의 알려지지 않은
문채(文彩)」를 프랑스 문학 전문지 『리테라튀르(Littérature)』에 게재했다.
이후 로렌 대학에서 심리학 석사학위를 받고, 프랑스 정부 공인
심리전문가 자격증(다문화심리학)을 취득했다.

'잃어버린 시간을 찾아서' 만화본 시리즈

1권 스완네 집 쪽으로-콩브레
4권 스완네 집 쪽으로-스완의 사랑 I
5권 스완네 집 쪽으로-스완의 사랑 II
6권 스완네 집 쪽으로-고장의 이름: 이름
합본 스완네 집 쪽으로

7권 활짝 핀 아가씨들의 그늘에서-스완 부인의 주변에서 I
8권 활짝 핀 아가씨들의 그늘에서-스완 부인의 주변에서 II (근간)
2권 활짝 핀 아가씨들의 그늘에서-고장의 이름: 고장 I
3권 활짝 핀 아가씨들의 그늘에서-고장의 이름: 고장 II

합본 활짝 핀 아가씨들의 그늘에서 (근간)

시리즈 기획: 그레고리 스갱
채색(pp.3-72): 베로니크 도레

마르셀 프루스트
잃어버린 시간을 찾아서
스완네 집 쪽으로

각색 및 그림 스테판 외에 번역 정재곤

초판1쇄 발행 2021년 10월 10일
발행인 李起雄 발행처 悅話堂
경기도 파주시 광인사길 25 파주출판도시
전화 031-955-7000 팩스 031-955-7010
www.youlhwadang.co.kr yhdp@youlhwadang.co.kr
등록번호 제10-74호 등록일자 1971년 7월 2일
인쇄 제책 (주)상지사피앤비

ISBN 978-89-301-0715-0 03860

Originally published in French under the following title:
À la recherche du temps perdu, by Marcel Proust, volumes 1, 4, 5 and 6, adapted
by Stéphane Heuet

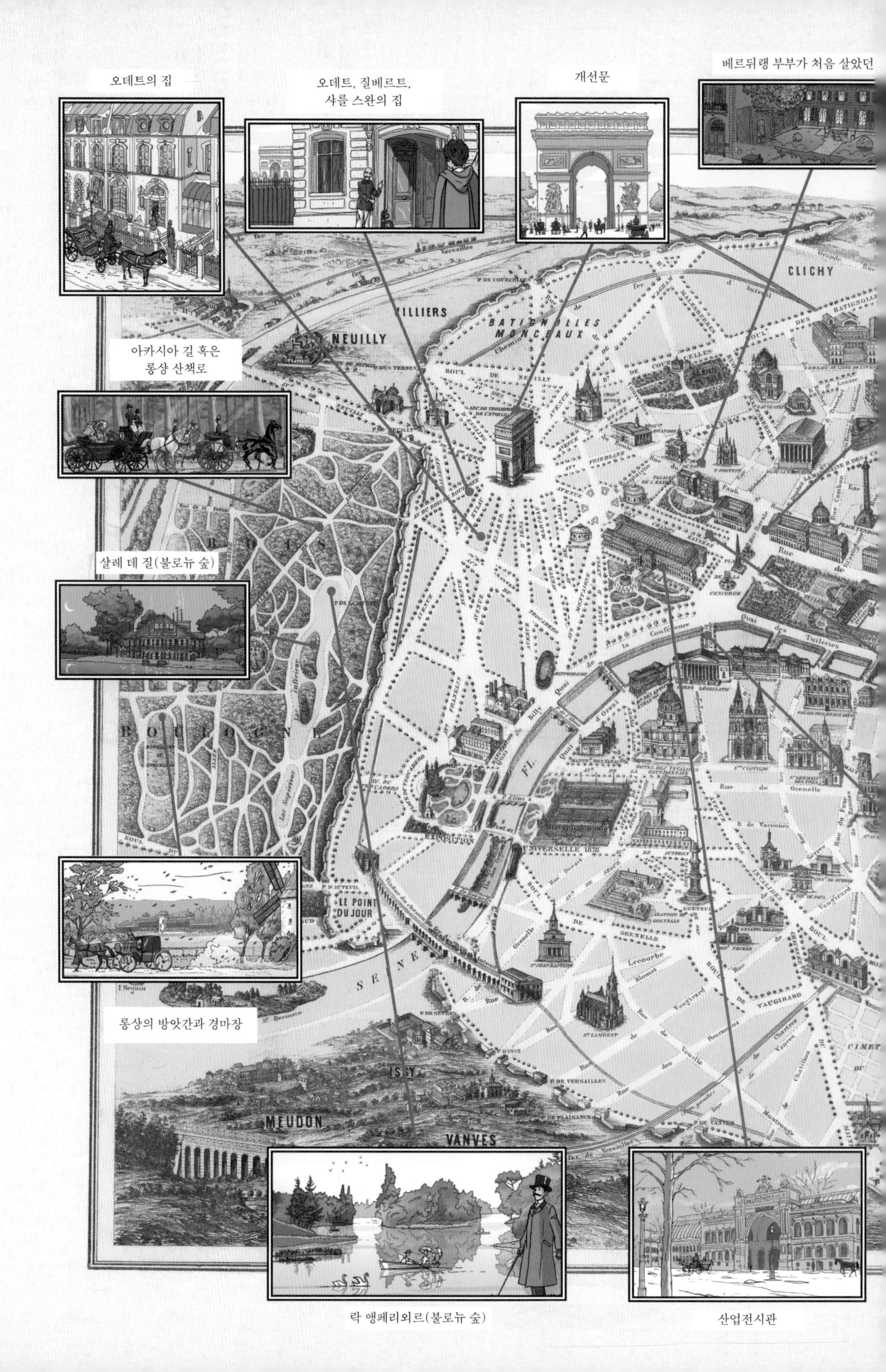
오데트의 집
오데트, 질베르트,
샤를 스완의 집
개선문
베르뒤랭 부부가 처음 살았던
아카시아 길 혹은
롱샹 산책로
샬레 데 질(불로뉴 숲)
롱샹의 방앗간과 경마장
락 앵페리외르(불로뉴 숲)
산업전시관
CLICHY
VILLIERS
BATIGNOLLES
MONCEAUX
NEUILLY
BOIS
BOULOGNE
LE POINT
DU JOUR
ISSY
MEUDON
VANVES
CONCORDE
Quai des Tuileries
UNIVERSELLE 1878
EXPOSITION
Rue de Grenelle
VAUGIRARD